Martin Mosebach

Das Beben

Roman

Carl Hanser Verlag

1 2 3 4 5 09 08 07 06 05

ISBN 3-446-20661-2

Satz: Gaby Michel, Hamburg
Druck und Bindung: Ebner & Spiegel, Ulm
Printed in Germany

Erstes Buch
Manon

1.
Unterirdische Verbindung

Der Aufzug führte vom Parterre unmittelbar in den siebten Stock. Als die Schiebetür sich öffnete, umgab mich Licht aus großen Fensterscheiben, das von allen Seiten im Überfluß herabfiel. In dieser Raumlosigkeit hatte der Ankömmling das Gefühl, in den Himmel oder jedenfalls auf ein schwindelnd hohes, im Winde schwankendes Aluminiumgerüst hinaufgeschossen zu sein. Vor mir tat sich eine luftige Treppe auf, zwischen deren Stufen man auf ein tiefergelegenes Stockwerk und weitere Treppen hinabblickte. Hier oben schien die Welt nur aus Treppen zu bestehen. Die Stufen schwangen leicht, wenn man sie betrat, ein heller, metallischer Ton erklang. Die Wipfel der Kastanien lagen beträchtlich unter mir. In der Tiefe wogten grüne Wolken. Dies war eine Architektenwohnung, vor Jahrzehnten schon in der Absicht geschaffen, den Stil ihres Meisters besonders rein darzustellen, so kompromißlos, wie man nur bauen kann, wenn nicht die Bedenken eines Bauherren unablässig die schönsten Pläne durchkreuzen. Die Wohnung war als Museum für die Sammlung ihres Schöpfers konzipiert.

»Ich brauche keine Wände für Bilder, ich brauche Lichträume um meine Objekte«, hatte er in jenem Aufsatz geschrieben, der seine Wohnung in einer Architekturzeitschrift vorstellte, und diese Objekte waren afrikanische Masken und Figuren in einer Fülle, als habe hier hoch über der Stadt ein ganzes schwarzes Volk angesiedelt werden sollen. Man kennt das gesprungene Holz solcher Plastik, die Stricke aus zerfaserndem Hanf, die Zähne, Muscheln, Knochen, die in sie hineingearbeitet sind. Diese Roheit und Bäuerlichkeit des Materials war nun von lauter Glas umgeben, stand auf Plexiglasstelen, schwebte an unsichtbaren Fäden von der Decke, lehnte sich an spiegelblank polierte Aluminiumwände. Die dicken Augenlider der Masken, die zu schwer waren, um sich für mehr als einen Sehschlitz zu heben, die Körperchen in der hockenden Haltung von verwachsenen Zwergen mit übergroßen Geschlechtsteilen, die von Narben geschmückten Frauenkörper mit Zitzenbrüsten waren in eine gleichsam ärztliche Sphäre von Wissen und Reinheit gehoben, fern vom Schweiß der nächtlichen Tänze, vom Wummern der Trommeln und den Ritualen der Beschwörung, für die sie geschaffen worden waren. Zwischen den afrikanischen Holzgebilden standen japanische jadegrüne Keramiken auf ihren Glaswürfeln.

Dies war das Haus des Seniorpartners von Kross & Gran, dem größten und wirtschaftlich potentesten Architekturbüro, mit dem ich je zu tun hatte. Er hatte das industrialisierte Bauen noch als die Riesenaufgabe erlebt, die es war: Ganzen Kontinenten ein neues Gesicht zu geben. Sein Teil waren Flughäfen gewesen, Messehallen, neue Städte, Riesenschlangengeflechte von Autobahnen, kleinteiliger Planung hatte er sich selten widmen können, und um so wichtiger war dies private Gehäuse für ihn geworden, seine Teilhabe am Künstlertum der neuen Ideen. Ich hadere nicht mehr mit diesem Geschmack, er ist eine Generationenfrage. Wenn wir anfangen, etwas nicht mehr schön zu finden, heißt das nur, daß Menschen eines bestimmten Jahrgangs in die Minderheit geraten. Dort befand Herr Gran sich schon eine ganze Weile, aber obwohl von den Geschäften zurückgezogen, war er immer noch einflußreich und mächtig. Daß ich zum Tee im Hause Gran gebeten wurde, war eine hohe Ehre. Gran bekundete manchmal den Wunsch, mit gegenwärtig laufenden Projekten seiner Sozietät vertraut gemacht zu werden – er wolle »noch einmal ein bißchen Pulverdampf riechen«, nannte er das. Oft enthielten solche Einblicknahmen für ihn Enttäuschungen und Beunruhigungen, die seine Frau fürchtete, und sie versuchte, hinter den Kulissen, wie sie sagte, bei den Geschäftsführern um Behutsamkeit zu werben.

»Er wird im April fünfundachtzig.«

Frau Gran war viel jünger als ihr Mann, der nur junge Frauen mochte und schon dreimal geschieden war. Diese Vorliebe hatte ihn Geld gekostet, ihm aber auch den Ansporn gegeben, noch mehr zu verdienen, vor allem aber die Fähigkeit dazu.

»Eine junge Ehefrau hat mich selbst immer um Jahrzehnte verjüngt«, sagte er noch jetzt gern, indem er mit seinem Gebiß spielte und die gebräunte, von Aderngeflecht überwölbte Hand fest auf den gleichfalls gebräunten Arm seiner Frau legte. Frau Gran jedoch war von dem Zusammenleben mit dem immer gebrechlicher werdenden Greis gezeichnet. Sie war erst sechzig, aber die Sorgen um seine Verdauung, auch das Gehen mit kleinen Schritten ließen sie trotz ihres glänzend konservierten Zustandes furchtsam und ältlich erscheinen. Wenn sie ihn begleitete und eben längst nicht mehr an seinem Arm geführt wurde, sondern selbst zu führen hatte, hielt sie nach Stufen und Teppichfalten Ausschau, die ihn stürzen lassen könnten. Sorgenvoll waren ihre Augenbrauen zusammengezogen, und ihr Blick flehte gleichsam die ganze Welt an, Herrn Gran mit Katastrophennachrichten zu verschonen. Ihr Blond war alterslos, unversehrt wie das Haar einer Jungfrau, die nach Jahrhunderten im Sarg völlig unverwest aufgefunden wird. Der leichte Schritt, mit dem sie mir entgegenkam, hallte im metallenen Treppenhaus. Sie ging mir voraus, bis sich das lichte Raumdurcheinander in eine langgestreckte Halle ordnete, mit einer asymmetrisch geformten Feuerstelle aus unebenen Schieferplatten. Hier befand sich das Sanktuarium für eine phallische Gottheit mit mageren Kinderärmchen, Turmschädel und Kugelbauch aus ausgedörrtem Holz, das vielleicht länger unter Wasser gelegen hatte. Auf einem Schiefertisch war ein Teetablett aus altem Silber, mit großer Teekanne und schönen Tassen aus dem 18. Jahrhundert vorbereitet. Frau Gran setzte sich auf die Kante eines vier Meter langen Ledersophas, ein zartgliedriger Vogel, der nichts braucht als seine Stange, um sich festzuklammern, und schenkte den Tee mit großer Vorsicht ein. Er war rotgolden wie alter Cognac. In diesen Räumen wirkten Farben, wenn sie denn überhaupt auftraten, um so stärker.

»Mein Mann hat sich heute morgen aufgeregt«, sagte sie gedämpft, als wolle sie vermeiden, daß Unbefugte mithörten, und tatsächlich gab es in dieser Wohnung keine Türen.

»Unsere Tochter ist der Augapfel meines Mannes. Er kann sich nicht daran gewöhnen, daß sie nun schon längst kein kleines Mädchen mehr ist und ihre eigenen Wege geht. Deshalb hat es heute Vormittag eine kleine Auseinandersetzung gegeben – in Liebe natürlich, meine Tochter liebt ihren Vater womöglich noch mehr als er sie, aber sie hat seinen Kopf geerbt, und von einem gewissen Alter an kann auch Liebe sehr anstrengend sein.« Daß Herr Gran mich empfangen wolle, sei gut und schön, für mich natürlich ein kostbares Erlebnis, dessen mich gewiß niemand berauben wolle, aber sie sehe ihre Aufgabe vor allem darin, zu bremsen, wo Gran seine Kräfte nicht ganz richtig einschätze. Auch ich wünschte doch selbstverständlich nicht, daß Gran nach anregendem – allzu anregendem – Gespräch mit mir später noch stundenlang vor Husten nicht einschlafen könne.

Ich sah diese Worte als den höflichen, aber bestimmten

Versuch, mich zum sofortigen Aufbruch zu bewegen. In Grans kritischem Zustand durfte nichts riskiert werden, was das kostbare Lebensrestchen bedroht hätte.

»Nein, wenn Sie jetzt gingen, machten Sie alles nur schlimmer«, sagte sie beschwörend und legte mir kräftig die kühlen Finger auf die Hand. »Herr Gran würde nicht verstehen, was geschehen ist, und mich beschuldigen, Sie vertrieben zu haben. Und dann wäre der Husten erst recht unvermeidlich.« Sie bat mich um meine Mitwirkung bei einer »kleinen Verschwörung«. Sie werde das Gespräch im Auge behalten, und wenn sie bemerke, daß Herr Gran sich anstrenge, werde sie ihn fragen, ob er seine Tropfen schon genommen habe – und auf dieses Zeichen hin könne ich mich mühelos verabschieden, denn das Tropfeneinnehmen sei stets eine Ruptur, in der Herr Gran die Kraft nicht finden werde, seine Medikamente zu sich zu nehmen und gleichzeitig den Gast am Gehen zu hindern.

Fern rollte dunkler Husten, dem es wohl gelang, den Schleim in den Bronchien zu lockern. Unhörbar waren Grans Schritte. Er schob sich auf englischen Samtpumps voran, das dicke gelbe Malakkarohr, auf das er sich stützte, war mit einem Gummipfropfen ausgerüstet. Bei Gran mischte sich Hinfälligkeit mit Geputztheit. Sein Tweedanzug war weit und von individuellem, gemeinsam mit dem Schneider erarbeitetem Schnitt, die erdbeerfarbene Krawatte sandte Lebenslust- und Frühlingshauch-Signale aus, aber die Gesichtshaut war papierdünn, und die verbliebenen Härchen lagen wie mit der Säuglingsbürste nach dem Bad geglättet auf dem großen Schädel. Den nachhaltigsten Eindruck in seinem Gesicht machte die Nase, die nach scharfem Einschnitt an der Wurzel immer noch recht fleischig vorsprang, seinem Geist entsprechend, der stets etwas Vorandrängendes, sich Einmischendes besessen hatte. Ägyptische Skarabäen hielten die

Manschetten zusammen, aus denen die Hände groß und braun hervorragten; wie die Hand die Stockkrücke hielt, daran war Willenskraft und zupackendes Festhalten abzulesen. Er kam von weither über den spiegelglatten Steinboden und sank in einem Sessel zusammen, so daß die Anzugjacke sich hob und die Revers sich im Nacken auftürmten. Es war, als werde er in seinen Anzug hineingezogen.

»Sie sind der junge Mann, der mit Herrn Doktor Grothe arbeitet«, begrüßte er mich, und tatsächlich war dieser Grothe in seiner Firma mein häufigstes Gegenüber, ein fleißiger, etwas enttäuschter Mann, der für eigentlich unrentable Hotelprojekte abgestellt war – in Prospekten machten die Arbeiten freilich etwas her, wahrscheinlich war es der Werbeeffekt, der Kross & Gran bewog, sich mit solchen Winzigkeiten zu belasten.

»Grothe ist mein Sorgenkind«, sagte Gran, »mir ist Grothe oft nicht mutig genug. Ich sage das nicht hinter seinem Rücken, ich habe es ihm selber schon oft gesagt.«

Gerade das war nicht richtig. Gran konnte in seiner Schwäche und in dem Gefühl, die Entwicklung nicht mehr in Händen zu halten, der Versuchung zur Intrige nicht widerstehen und hatte sich deshalb darauf verlegt, die jüngeren Partner in deren Abwesenheit recht harsch zu kritisieren. Zum Glück kam das Gespräch jetzt auf die afrikanischen Masken. Ich hätte zur Frage des Mutes von Dr. Grothe ungern Stellung nehmen wollen. Gran sagte, er sei ein Sammler der ersten Stunde. Er habe nicht wie die dummen Deutschen erst nach dem Zweiten Weltkrieg entdecken müssen, daß die plastische Kunst des schwarzen Kontinents nicht weniger aufregend sei als die der Griechen. »Ich habe schon in den zwanziger Jahren in Verbindung mit Michel Leiris gestanden.« Die erste Maske habe er nebenbei in Belgien erworben, das sei damals eine Fundgrube gewesen.

»Wenn ich daran denke, was die Stücke damals gekostet haben«, diesen Satz ließ er unvollendet wie ein alter Wüstling, den bei der Schilderung vergangener Liebesabenteuer die Erinnerung überwältigt. »Ich war jung, ich hatte keinen Pfennig Geld, aber was ich hatte, habe ich für afrikanische Kunst ausgegeben.« Er habe nebenbei Picasso gekannt. Nicht sehr gut, sei ihm aber mehrfach begegnet. »Er wollte mich malen, er sagte, meine Nase sei kubistisch.«

Frau Gran schien an dieser Vorstellung etwas Fragwürdiges zu finden, sie schüttelte verständnislos den Kopf.

»Das war vor deiner Zeit, my darling.« Die englischen Wörter sprach er so überscharf aus, daß ich nicht wußte, ob er sie im Spaß gebrauchte, ein explizites »my darling« kam allerdings später noch wiederholt, ich vermutete deshalb, daß er dem abgegriffenen Kosewort durch zelebrierende Aussprache seine shakespearische Würde zurückzugeben wünschte.

»Wieso kam es nicht zu dem Porträt?«, fragte Frau Gran, und hier hatte ich den sicheren Eindruck, daß sie diese Frage schon häufig gestellt hatte, womöglich bei jedem Besuch, den ihr Mann empfing, ein ehegattenhaftes Stichwortgeben, als sei die Frage nach einem immerhin möglich gewesenen Picasso-Porträt noch niemals zwischen ihnen erörtert worden.

»Ich glaube nicht mehr an Porträts«, antwortete Gran, und so leise er knarrte und zirpte, es lag doch Triumph in seinen Worten. »Und Picasso gab mir sogar recht: Ein Porträt sei nur erlaubt, wenn es unähnlich sei.«

»Köstlich«, sagte Frau Gran und schenkte cognacfarbenen Tee nach.

Absatzklacken in der Ferne ließ Herrn Gran aus den Tiefen seines Anzugs in die Höhe fahren. »Manon? Ist sie noch im Haus?« sagte er gedämpft und zugleich alarmiert zu seiner Frau. Der Gleichmut, der souveräne Umgang mit den großen Phänomenen der Zeit war wie weggeblasen aus seiner Miene. Er war wie ein Kind, das die Mutter in der Nähe ahnt und das fürchtet, sie könne ihm dennoch entkommen. Aber die Schritte näherten sich. Er durfte sich beruhigen. Er zwang sich wieder zu Disziplin und wandte sich mir mit der bereits erprobten Miene kritischer Gleichgültigkeit zu. Nein, er würde keinesfalls die Stimme heben, um Manon zu rufen.

Und er wurde belohnt. Hinter seinem Rücken erschien ein großes schönes Mädchen, mit einem vielfältig gemusterten Kaschmirschal über der Schulter, so lang, daß er hinter ihr auf dem Boden schleifte, legte ihre große und zugleich zarte Hand auf seine Wange, neigte sich zu ihm herab und küßte mit geschlossenen Augen voller Liebe seinen Kopf. Er ließ sich zurücksinken. Die Mutter verfolgte den Austausch der Zärtlichkeiten mit Rührung.

»Ein Liebespaar«, flüsterte sie mir zu. Manon blickte auf, sah mich aus ihren großen grauen Augen an und bestätigte, was ihre Mutter gleichsam beiseite gesprochen hatte: »Natürlich, wir sind ein Liebespaar.«

Jedes Interesse an meiner Person war jetzt dahin. Die Eltern forschten bange und zugleich bemüht, nicht zuviel Interesse spüren zu lassen, nach den Plänen ihrer Tochter.

»Wirst du nun hierbleiben?« fragte der Vater und »Wirst du nun morgen abend fahren?« die Mutter. Das schöne Mädchen sah lächelnd auf das Elternpaar, setzte sich zu ihrem Vater auf das lange Sopha und kuschelte sich in das Leder, als wolle es einen Winter dort verbringen.

»Ich friere«, sagte sie sanft klagend und zog den Schal fester um sich herum.

»Wirklich, es ist kalt«, sagte Gran. Sein Zorn regte sich. »Es ist seit heute morgen eiskalt in der Wohnung.«

»Ich habe mit dem Hausmeister telephoniert«, sagte Frau Gran, von Kummer gezeichnet. Sie klagte sich an, daß sie einfach nicht bemerkt habe, wie kalt es in der Wohnung sei, weil sie sich so viel bewege; kein Vorwurf lag darin gegen Faulpelze, die sich nicht tummelten, nur Gewissenserforschung, wie sie es soweit habe kommen lassen, daß ihr Mann und ihre Tochter zu Hause, statt Schutz und Trost zu finden, unter der Herbstkälte litten. Wenn die Kälte Manon aus dem Haus trieb, dann wäre der Frieden, das ahnte Frau Gran, für eine Weile dahin. Sie ergriff die Hand ihres Mannes. Tatsächlich, die war kalt und steif.

»Mir wird schlecht von dem vielen Tee«, sagte Manon, die noch keine Tasse getrunken hatte.

In ihrer Gegenwart gerieten ihre Eltern aus dem wohlerprobten Konzept. Sie wollten der Tochter etwas bieten, was ihre Aufmerksamkeit fesselte. Hatte sie es sich auch so bequem gemacht, als wolle sie sich für einen Winterschlaf einmummeln: sogar ich täuschte mich nicht darüber, daß ihr Aufenthalt nur flüchtig sein würde. Dieses Sich-tief-und-entspannt-ins-Sopha-Sinkenlassen hatte schauspielerischen Charakter. Die dargestellte Gelöstheit sollte den kurzen Augenblicken, bei denen es bleiben würde, in der Erinnerung eine größere Dauer verleihen. Die Eltern sollten noch eine Weile von dem inneren Bild zehren, wie vertrauensvoll und kindlich, wie glücklich ihre Tochter in väterlicher und mütterlicher Gesellschaft geruht hatte. Herr Gran trachtete dennoch danach, Zeit zu gewinnen, und war sogar bereit, mir dafür eine Rolle zuzuweisen, die mir an sich nicht zugekommen wäre. Anstatt ihm ehrfürchtig zu lauschen, wie es vorgesehen war, sollte nun ich sprechen. Das Unbehagen, einem anderen Menschen zuhören zu müssen, der dazu noch vollständig bedeutungslos war, und die hoffnungsvolle Freude, Manon unterhalten und damit zum Verweilen überlistet zu sehen, lagen auf seinem mageren Gesicht im Streit. Doch Manon nahm alles, was ich auf wiederholte Aufforderung des Elternpaares immer weiter ausbreitete, mit einer Hingabe auf, als sei sie endlich an den Stoff geraten, der ihre Lebensrätsel löste. Ganz abwegig mochte das noch nicht einmal sein; für wohlhabende Leute ist das gesamte Hotelwesen von brennendem Interesse. Wenn das Wort Hotel fällt, werden diese Menschen in ihrem Innersten berührt, eine geheime Saite der Seele beginnt zu schwingen. Es ist, als ob an das Hotel alles delegiert sei, was ein ökonomisch abgesichertes Leben an außerordentlichen Zuständen noch erwarten darf. Und als Unterabteilung des Gesamtfaszinosums Hotel vermochte meine Sparte, das »besondere Hotel«, das »unwiederholbare Hotel«, das »individualistische Hotel«, das den Gästen mit dem Zimmerschlüssel ihren Anteil an einer bedeutenden, beruhigenderweise jedoch abgeschlossenen und damit unverbindlichen Geschichtsepoche verlieh, durchaus noch größere Aufmerksamkeit zu wecken.

Manons Lauschen war einzigartig. Ihre Augen verdunkelten sich. Ihr lässiges Ruhen und Sich-Einkuscheln auf dem Sopha war nun nichts als Vorbereitung auf ein konzentriertes Lauschen. Immer noch fühlte ich die Peinlichkeit, hier vorgeführt zu werden wie ein Schuljunge, aber unter ihren Augen gab es kein Verweigern. Ich sprach nur für sie. Ihre Lippen waren halb geöffnet und glänzten. Es war, als nehme sie meine Worte nicht mit dem Gehör auf, sondern mit dem Mund. Herr Gran hatte indessen den Punkt erreicht, an dem das Unbehagen, zuhören zu müssen, in quälende Langeweile umschlug. Es half ihm auch nichts mehr, sich zu sagen, daß er diese Prüfung selbst gewollt habe und sie um so leichter ertragen könne, als der gewünschte Erfolg nicht ausblieb. In seinen nur mühsam beweglichen Körper fuhr der Ungeduld-Dämon und ließ ihn knacken und zucken. Frau Gran beugte sich zu ihm. Ich meinte, sie von den angekündigten Tropfen flüstern zu hören, aber nun nicht mehr als mir bestimmtes Signal zum schleunigen Aufbruch, sondern vielmehr um

Gran selbst das Ausbrechen aus dem Konversationscirculus möglich zu machen. Hustend und grummelnd und seine baldige Rückkehr verheißend, tappte er hinweg, von seiner Frau behutsam geführt.

»Waren Sie mit meinen Eltern auf der Dachterrasse?« fragte Manon unversehens. Sowie ihre Eltern den Salon verlassen hatten, war ihre Hingerissenheit beendet. Sie stand mit einer einzigen schlangenhaften Bewegung auf, als gelte es, daran zu erinnern, daß selbst der hinfälligste Mensch eigentlich als Idealwesen gedacht worden sei. Die Dachterrasse war weit und zugig. In Betonkübeln wuchsen japanische Fichten, die in ihrer Geduckt- und Verdrehtheit aussahen, als habe nie abreißender Wind ihre Gestalt verformt. Nahm auf den riesigen Sonnensesseln aus weißem Segeltuch auch einmal jemand Platz? Die Bodenplatten wackelten. Die Semiramis-Phantasie, die diese weit hingebreitete Dachterrasse einst hervorgebracht hatte, war verblaßt. Der Himmel wölbte sich weiß-grau über das dunkelgrüne Kastaniengewoge tief zu unseren Füßen.

»Früher kamen hier die schönsten Vögel«, sagte Manon, »aber die Raben haben alle vertrieben. Sie kommen in Schwärmen aus dem Park mit ihren blauen Schnäbeln und ihrem Krächzen und sitzen dann hier groß und feist und sind unheimlich.«

Ich ließ mich verleiten, weiter zu dozieren, obwohl dies Kapitel doch glücklich hätte abgeschlossen sein können, seit die Alten mich nicht mehr antrieben. Das seien keine Raben, sagte ich, das seien Krähen, und zwar Saatkrähen. Raben seien größer.

»Diese schwarzen Vögel sind aber auch groß«, sagte Manon. Ja, aber Raben seien riesengroß – keine sehr gescheite Bemerkung, denn ich wußte ja nicht, wie groß Manons Vögel gewesen waren. Die Wahrscheinlichkeit war auf meiner

Seite, aber warum sollte sie keine Raben gesehen haben? Die einsamsten und wildesten Tiere fanden inzwischen den Weg in die Großstadt. Was nicht ausgerottet war, machte seinen Frieden mit der Zivilisation und versuchte sich in der Kohabitation. Zwischen den Kastanienwogen lugte zwei Parallelstraßen weiter das Schieferdach einer hübschen Villa hervor, eines florentinischen Hauses, eines Miniaturpalazzos aus den Jahrzehnten der Renaissance-Verherrlichung. Jetzt war das meteorologische Institut darin untergebracht. Auf dem Belvedere ragte ein Windmesser in die Luft, ein Kreuz mit vier Halbkugeln, die den Wind wie ein Konditor sein Schokoladeneis in Kugellöffeln maßen. Die Terrasse wurde von einem Geländer aus dicken Glasscheiben begrenzt, nicht angenehm für Schwindlige, unter meinen Zehenspitzen gähnte der Abgrund.

»Dies Institut steht auf einer Ader, die es mit allen Erdbeben der Welt verbindet«, sagte Manon, als ich auf die sich träge drehenden Windhalbkugeln zeigte. »Wenn irgendwo die Erde bebt, zeichnen sie es hier auf. Wenn in der Türkei oder in Sizilien oder in Pakistan die Häuser einstürzen, dann zuckt es hier immer noch schwach – es gibt auch hier Erdbeben, aber schwache«, das alles klang aus dem Mund dieser frühen Schönheit seltsam naiv, schulmädchenhaft und auswendiggelernt. Nein, nein, widersprach ich in törichter Beflissenheit, ich wisse schon, was sie meine: Im Schaukasten neben dem Eingang des Instituts würden zwar tatsächlich alle Erdbeben der ganzen Welt, wie stark oder schwach auch immer, angeschlagen, aber doch nicht, weil sie gerade in diesem Haus meßbar seien. Die Leute in dem Haus dort unten erführen von den Erdbeben auf demselben Weg wie wir: durch das Fernsehen. Mir war, als höre sie das nicht gern. Doch, doch, sie wisse es genau, das mit der Ader, es gebe diese Ader. Sie wisse von dieser Ader seit langem, sie wohne schließlich hier und habe während eines Abendessens einmal neben dem Direktor des Instituts gesessen, der dasselbe gesagt habe – nein, kein Zweifel, sie mäßen dort alles unmittelbar bis China und Japan. Sie hatte sich in dieser Vorstellung fest eingerichtet. Vor unserer Unterhaltung waren ihr die Erdbeben und die Seismographen vielleicht gar nicht so wichtig gewesen, sie hatte sie hingenommen wie alle anderen Wunder, die ihr Leben umgaben, jetzt aber, wo jemand sie in Zweifel zog, spürte sie, daß es auf deren Verteidigung ankam. Ihr Weltgebäude war bedroht, wenn die Erdbebenmessungen nicht dort unten stattfanden. Ich schwieg, und auch sie schwieg.

»Es ist eine schöne Vorstellung, daß von hier aus Adern und Nerven in den gesamten übrigen Teil der Welt gehen«, sagte ich schließlich in versöhnlicher Geschmeidigkeit. »Daß man von hier aus, genau von hier aus, die gesamte übrige Welt am Wickel hat und verstehen kann ...«

»Es ist nicht nur schön, es ist vor allem wahr«, sagte Manon, und ihre Augen blickten nun gleichfalls wieder sanft, wenngleich etwas zerstreut.

Unten schob sich ein großer dunkelblauer Wagen vorsichtig in die stille Straße. Warum verbindet man mit Riesenautos Langsamkeit, raupenhaftes Gleiten? Der Wagen dort unten hatte sein Tempo gedrosselt, weil er halten wollte. Zielstrebig schob er sich in die Einfahrt des Granschen Hauses. Der Fahrer blieb im Wagen sitzen. Er wartete. Er war verabredet.

»Ich muß leider los«, sagte Manon, die dem Auto ebenso wie ich mit den Augen gefolgt war. »Würden Sie mich hinunterbegleiten?« Es zeigte sich, daß sie fertig zum Ausgehen war, sie war von der Ankunft des Autos nicht überrascht. Die Aufzugskabine, in der wir uns gegenüberstanden, war eng. Sie war eigentlich zu eng für ihren Prachtkörper, wenn noch ein fremder Mann dazupassen sollte. Ich war in dieser Enge förmlich von Verlegenheit überwältigt. Soviel ich zuvor gesprochen hatte, sowenig sagte ich jetzt, und wenn ich zu Boden blicken wollte, sah ich ihre Brüste unter dem enganliegenden Pullover. Auch sie schwieg. Doch als ich mich vor der Haustür von ihr verabschieden wollte, fühlte ich plötzlich ihre weichen Lippen auf den meinen. Vor der dunkelblauen großen Limousine küßten wir uns lang, ohne uns dabei sonst zu berühren.

»Verzeihen Sie bitte«, sagte sie, als wir uns voneinander lösten, »dies ist etwas sonderbar, eigentlich nicht für Sie bestimmt, für den Mann im Auto aber eigentlich auch nicht – nicht böse sein.« Sie ging um den Wagen herum und stieg ein, nicht ohne mir noch einmal zuzulächeln. Der Mann hinter den getönten Scheiben war sehr braungebrannt. Ein goldenes Armband und Goldknöpfe an seiner Jacke blitzten durch das grüne Glas. Stoisch wartete er unsere Verabschiedung ab. Ich hätte sie nicht in solcher Gesellschaft vermutet.

2.
»Hier müßte man einen Film drehen«

Wenn ich mir als Schüler vorstellte, eines Tages Architekt zu sein, hatte ich natürlich nicht im Sinn, in einem Riesenbüro jahraus, jahrein Aufzugsschächte von mittleren Hochhäusern zu zeichnen, nein, es sollte viel höher hinaus mit mir gehen, nicht nur Paläste, Dome, Museen wollte ich entwerfen, sondern gleich ganze Städte, zu denen die Paläste nur Zellbausteine bildeten. Einzelgebäude sah ich niemals deutlich vor mir. So groß und mächtig sie auch sein mochten, sie sollten nur Werkstoff für das Ganze werden. Man erinnert sich der Städte im Hintergrund von Poussin-Landschaften, ein Geschiebe trigonometrischer Körper, das man sich zur Verdeutlichung in der Küche mit Konservendosen und Milchtüten gut veranschaulichen kann, und ich bin überzeugt, daß gewisse Stillebenmaler, die Flaschen und Büchsen hin und her rückten, dabei eigentlich an Städte dachten. Morandi bemalte die Flaschen und Dosen aus seiner unerschöpflichen Rumpelkammer mit grauem und blauem Lack, um ihnen das Flaschen- und Dosenhafte zu nehmen und sie zu reinen Körpern zu machen, und solche reinen Körper kann man sich mühelos in jede Größe übersetzen. Aber das Wichtigste war mir doch, daß die Bauten meiner Phantasiestadt, die eines Tages eine reale werden würde, sich auf engstem Raum zusammendrängten. Durch die Lage auf einer Landzunge oder Insel, an einer Schlucht, an einer Felswand, in einer Flußschleife, von Stadtmauern umgeben, wie sie unter den politisch allerdings traurigen Bedingungen des zwanzigsten Jahrhunderts durchaus nicht verschwunden waren, sollte der Stadtraum kostbar sein, ein Geschachtel der Bauwerke erzwingen und alle meine Pyramiden, Zylinder, Würfel und halbkugelförmigen Kuppeln zu einem Gesamtgebilde verschmelzen, aus dem keine Einzelteile mehr zu lösen waren. Die Normalvoraussetzung moderner Architekten, jener immense Rasenplatz nämlich, auf dem das Bauwerk wie ein gelandetes Raumschiff weniger steht als parkt, war mir ein Graus. Und wo war den Stadtplanern, die ihren Größenwahn auf nur vom Horizont begrenzten Plätzen austobten, schon etwas zur Pflasterung eines solchen Platzes eingefallen? Asphaltbahnen, Beton- und Kunststeinplatten, die bereits nach kurzem zersprangen und sich verschoben, bedeckten meist ein wahrhaft grenzenloses Elend. Zu diesen maßlosen Plätzen und Boulevards gehörten die mickrigen Grasbüschel, die sich zwischen den Ritzen unweigerlich ausbreiteten und bereits die bevorstehende Verwahrlosung ankündigten.

In meiner vollgestopften, luftlosen, in ihrem Innern dunklen Idealstadt, die ihren Bewohnern wie ein Innenraum erscheinen würde, sollte es überhaupt keine Pflanzen geben, kein Gras, keine Geranien, keinerlei dekorative Stadtbegrünung und Blumenbeete, man sollte sich in Steinschluchten bewegen und das Himmelsblau hoch über sich in geometrischen Ausschnitten sehen. Meine Illusionen kamen mir schon nach den ersten Monaten auf der Technischen Hochschule abhanden. Ich sah, daß ich überhaupt nicht wie ein Architekt empfand und urteilte. Es ging gar nicht um das Bild einer Stadt, wie es sich etwa auf meinen Poussin-Landschaften präsentierte: kristallin, geballt, ineinandergesteckt, oder in abgeschwächter Form auf Merian-Veduten, wo die Städte viel ordentlicher und geheimnisloser, aber doch immer noch als zusammenhängende Körper erschienen. Man hatte sich von dem Gesamtbild einer Stadt längst verabschiedet. Mein malerischer Blick war völlig fehl am Platze. In meiner Anlage zum Dekorativen, zum Bühnenbildmäßigen, zu alldem, was eben in dem nicht ganz unproblematischen Begriff »malerisch« enthalten ist, lag von vornherein etwas Unprofessionelles. Ich wollte mich am Anblick eines Gebäudekomplexes offenbar erwärmen wie an einem Kaminfeuerchen. Nun, mit Kaminfeuern sollte ich in der Zukunft dann derart gründlich zu tun bekommen, daß sie ihren herzstärkenden Reiz für mich schließlich verloren. Das Studium schloß ich dennoch mit einem ordentlichen Diplom ab. Ich habe dann Jahre damit zugebracht, Tiefgaragen und Aufzugsschächte zu berechnen, aber dann gelang der Befreiungsschlag. Heute bin ich ausschließlich mit den schönen, oder vielmehr den schönheitlichen Aspekten des wohlhabenden Lebens befaßt.

»Wir planen für Sie das besondere Luxushotel«, heißt es in unserem auf Bütten gedruckten, mit eingeklebten Tiefdruckphotos ausgestatteten Prospekt. Das »Wir« bedeutet, daß ich meiner Beschäftigung nicht allein nachgehe – das könnte ich gar nicht, die eigentliche Bauerei habe ich von meinen Schultern gewälzt, wechselnde freie Mitarbeiter und manchmal kleinere Büros ziehe ich hinzu, wenn es ernst wird mit einem Projekt, aber das Entwickeln der »Idee«, wie man jeden bescheidenen Einfall heute zu nennen pflegt, das ist allein meine Sache und bringt auch das Geld. Mit Arbeit verdient man bekanntlich nicht viel, je anspruchsvoller sie ist, desto mehr muß man womöglich draufzahlen. Pessimistische Kulturkritik ist leider wohlfeil; wer die entsprechende Klage anstimmt, hat stets die Mehrheit auf seiner Seite. Unversehens sitzt man mit den unerfreulichsten Zeitgenossen in einem Boot, von denen keiner daran denkt, beim eigenen Haus auch nur einen Pfennig mehr für Schönheit und Solidität auszugeben. Und so ist mein Geschäft, das so viel abwechslungsreicher und reizvoller ist als die übliche Architektenfron, denn auch mit der allgemeinen, letztlich von jedermann gewollten ästhetischen Misere aufs engste verbunden.

Ich nämlich lege meine Hand an schöne, gelegentlich sogar spektakulär schöne alte Gebäude, die zwar zuweilen vom Verfall bedroht sind, jedoch ihre Geschichte, ihre nach heutiger Rechnung wahrhaft unbezahlbaren Mauern, das anmutige Auf und Ab ihrer eingesunkenen Ziegeldächer, ihre Lage, die die Schönheit der Landschaft nicht nur nicht stört, sondern sie vielfach noch steigert, als habe die Landschaft von Anbeginn nur auf diese Ergänzung von Menschenhand gewartet, die all das über Jahrhunderte bewahrt haben. Ich nehme an einem der wirkungsvollsten Anschläge auf die europäische Kultur teil: an der Hotelisierung der Welt.

Das höchste Lob, das der Zeitgenosse zu spenden vermag, wenn er eine guterhaltene Stadt, ein pittoreskes Gemäuer, ein unzerstörtes Interieur besichtigt: »Hier müßte man einen Film drehen.« Die Verwendung als Hintergrund für Drehbuchdialoge ist tatsächlich die einzige Form der Nützlichkeit, die man solchen in die Gegenwart gelangten architektonischen Zimelien noch zuzuerkennen vermag. Nur der Film schlägt noch eine Brücke ästhetischer Verbindlichkeit vom Mittelalter in unsere Zeit. Der Film und das Hotel.

Wenn keiner mehr weiß, was mit dem verlassenen Schloß, dem säkularisierten Kloster, dem aufgegebenen mittelalterlichen Weiler, dem frühklassizistischen Gefängnis, der uralten Mühle, mit den Scheunen, Ställen, Landgütern, Gründerzeitfabriken und alten Bahnhöfen anzufangen sei, nachdem das Gesetz verbietet, sie einfach abzureißen, dann kommt unfehlbar die Erleuchtung: das Hotel. Vorbei ist die Zeit, in der das Hotel ohne weiteres von außen als solches zu erkennen war, vom ländlichen Gasthof bis zum Badehotel der Belle Époque, nein, es ist sogar umgekehrt: Ein mit großem Aufwand gebautes Gründerzeithotel kann nur selten noch als

Hotel genutzt werden, da müssen Büros und Apartments und Ladengalerien und Kulturzentren hinein. Dafür gibt es nichts auf der Welt, was nicht Hotel werden könnte. Auch früher sind Häuser heruntergekommen. Die Abtei wurde Irrenhaus, das Schloß Gefängnis, die Kirche Kornspeicher. Die Hotelisierung aber macht etwas anderes mit den alten Häusern. Als wirklicher Kenner und Nutznießer der Materie weiß ich, daß die Natur eines Schlosses bei der Verwandlung in ein Irrenhaus weniger leidet als bei der Umgestaltung in ein opulentes Hotel. Erst das Hotel macht die einsam auf dem Felsvorsprung ins Meer ragende Burg zur Kulisse. In Frankreich wurden nach der Dreyfus-Affäre viele Klöster geschlossen und profanen Zwecken zugeführt, ich kenne ein tausendjähriges, das zur Knopffabrik wurde. Die Wege im Park sind heute noch mit rundgestanzten farbigen Muschelresten bestreut. In der Verletzung, die das Fabrikwesen für die heiligen Mauern bedeutete, war immer noch etwas von dem Kampf zwischen Christentum und Illuminismus zu spüren. Würde dieser Komplex zum Hotel, wozu er sich gut eignete – Klöster geben viel bessere Hotels als Schlösser –, dann sähe er von Ferne womöglich wieder viel klösterlicher aus, teuer restauriert, das Feldsteinmauerwerk mit der Zahnbürste zu hellem Gelb gereinigt und wäre doch nur ein säuberlich abgenagtes und präpariertes Gerippe.

Was macht ein altes großes Haus zum Hotel? Es ist der Swimming Pool zwischen den Barockrabatten. Nachts leuchtet er magischer als die Blaue Grotte in Capri und beweist, daß der störrische alte Palast nun endlich unter das bequeme Joch der Nutzbarkeit gezwungen worden ist. In Kalifornien gibt es Täler, die tagsüber in stiller Ländlichkeit dazuliegen scheinen – aber wenn es dunkel wird, beginnen überall bis an den Fuß der hohen Berge die Swimming Pools zu glühen wie Katzenaugen im nächtlichen Dschungel. Das ganze Land wird zur Papierlaterne aus schwarzem Karton, mit türkisen Transparentpapierlöchern, durch die die Realitäten hervorblitzen, das ausländische Geld, das sich auf seinem beständigen Kreisen um die Weltkugel für nur einen winzigen historischen Augenblick hier niedergelassen hat und vielleicht morgen schon anderswo ist. Verlöschen wenigstens dann die Swimming Pools? Gegenwärtig kommen eher noch neue hinzu, und ich bin nach Kräften daran beteiligt. Ich bin für meine organisch wirkenden, für meine sich »schonungsvoll in das Ensemble einfügenden« Swimming Pools berühmt – was es gar nicht gibt, so viel phosphoreszierendes Türkis kann kein Zauberkünstler verstecken. Ich zwänge Schwimmbecken zwischen Klippen, vor Orangerien, in Zitronenhaine, hinter barocke Follies und in gotische Waschhäuser. Die Pool Bar trägt ein originales Mönch- und Nonnendach aus alten, von mir gelegentlich selbst zusammengesuchten Ziegeln, in Riesentonkübeln mit Mediceer Wappen blüht Oleander.

Nein, wir machen das gut – man gestattet doch, daß ich, während ich mich hier anpreise, zu meinem hochstaplerischen »Wir« zurückkehre?

Große alte Häuser zeichneten sich einst vor allem durch den ungenutzten Platz in ihnen aus. Vor den Salons lagen Vorzimmer, die nur zum Durchschreiten da waren. Von den Korridoren öffneten sich zahlreiche Türen zu Zimmern, in denen nur selten einmal jemand schlief. Kabinette, Speicher, Keller, Vorratskammern, Turmzimmer, die niemals jemand betrat, legten einen Kranz um die tatsächlich bewohnten Räume. Die vergessenen, die leeren, die verstaubten Zimmer, immer abgeschlossen und nur mit dem großen Schlüsselbund der Beschließerin zu öffnen, waren die schlafenden Möglichkeiten des Gebäudes, wie ein Mensch unentwickelte Talente besitzt – es hätte im Leben alles auch anders kommen können, warum ist man nicht Opernsänger geworden, die

Stimme war da. Aber wir Zeitgenossen dulden nichts Potentielles. Alles muß ans Licht gezerrt werden. Jeder gemauerte Weinkeller, dessen Reiz gerade darin bestand, daß man ihn selten, allein und mit einer Taschenlampe betrat, muß zum Kellerrestaurant ausgebaut werden, Pferdeställe zu Maisonette-Apartments, Speicher zu Ateliers mit Riesenfenstern und angestrahlten Dachkonstruktionen. Kein Haus darf sein Geheimnis behalten. Nirgendwo könnte noch ein vergessener Koffer stehen, in dem Generationen später Manuskripte oder silberne Suppenlöffel oder zerfallene Seidenkleider gefunden werden. Weil das Haus bis auf den letzten Quadratzentimeter genutzt ist, erscheint es plötzlich klein. Ohnehin ist es nur noch Anhängsel, dekorative Brosche an dem Trakt, der daneben hochgezogen wird und der aussieht wie überall auf der Welt.

Kann man seine Arbeit eigentlich gut machen, wenn man derart über sie herzieht, wie ich das hier tue? Die Frage ist beantwortet: durch meinen Erfolg. Im letzten Jahr sauste ich zwischen einem Weingut in Portugal, einer Kreuzritterburg auf Rhodos und einem neugotischen Schloß in Mecklenburg hin und her. Und macht mir denn dies systematische Ausblasen von oft nur schwach flackernden Flämmchen der Vergangenheit vielleicht gar noch Spaß? Es macht mir einen gewissen Spaß. In meinem Innern gibt es einen für mich unentwirrbaren Salat von Ressentiments: gegen unfähige, aber erfolgreiche Stadtplaner, gegen dumme Hotelentwickler, gegen die unverschämte Souveränität alter Häuser, gegen die Unmöglichkeit, etwas gelungenes Altes auch nur annähernd nachzuahmen, gegen reiche Leute, gegen arme Leute.

Und dann hat meine Arbeit inzwischen unverwischbare Spuren in meinem Leben hinterlassen. Ohne sie hätte ich niemals Manon kennengelernt, und ohne sie wäre ich nicht nach Sanchor gefahren.

3.
Zurück zur Natur

Durch meine Arbeit habe ich Manon kennengelernt, und durch meine Arbeit bin ich ihr wiederbegegnet und habe mich ihr von einer neuen, unerwarteten Seite angenähert. Sie war keineswegs verlegen, als sie später davon erfuhr. Wenn etwas herauskam, was sie kunstvoll verschleiert hatte, blieb sie stets so gleichgültig, daß man sich fragte, warum sie ihr Camouflage-Werk überhaupt betrieb.

Daß meine Auftraggeber ein besonders luxuriöses »ökologisches Hotel« planten, war nun wirklich keine ausgefallene Idee, und der Künstler, der es gestalten sollte, hatte sich sein esoterisches Air zwar bewahrt, baute aber längst in ganz Mitteleuropa höhlenhafte Wohnsiedlungen, organische Bahnhöfe und von russisch-bayrischen Goldkuppeln überragte Kraftwerke. Er war nicht mehr jung, aber Kunstzeitschriften und Fernsehen vermittelten ein jugendliches Bild von ihm. Sein langer Bart war noch dunkel, obwohl von Silberfäden durchzogen, sein magerer Körper dunkelbraun gebrannt. Er war ein Gymnosoph und zeigte sich gern in der ernsthaften, unschuldsvollen Nacktheit eines soeben im Amazonasgebiet entdeckten Indianers. Inzwischen hatte er ein Museum seiner selbst geschaffen, einen großen Häuserblock mit einem Restaurant voller Palmen, mit Ausstellungsräumen, die den rechten Winkel vermieden, und einer Dachgartenwohnung für sich und seine Familie, die aber nur selten bewohnt wurde. Meist lebte er auf seinem großen Segelboot, auf einer Insel im Mittelmeer oder auf seinem von biologisch gedüngten Gemüsefeldern umgebenen Landsitz in Kärnten. In den fünfziger Jahren hatte er von Paul Klee inspirierte bunte Spiralbilder gemalt, die aber den Dekorationen australischer Aborigines huldigen sollten, und war damit berühmt geworden. Jetzt ging es darum, die damals gefundene Formensprache zu vervielfältigen und jeden Ort der Welt, der sich dafür anbot, mit einer vereinfachten Version dieser frühen Bilder zu schmücken. Es war, als sollten die Farbspiralen der Aborigines, aus den Rahmen befreit und auseinandergerollt, ganze Länder umspannen, nach dem Vorbild von Dido mit jener Kuhhaut, die in Spiralstreifen geschnitten immerhin die Grenzen des zu gründenden Karthago markierte.

Ich nahm es hin, daß ich nicht der einzige war, der dem Meister an dem Vormittag, da er mir eine Audienz in der Museumscafeteria gewährte, ökonomische Vorschläge unterbreiten sollte. »Meister« war übrigens die vorgeschriebene Anredeform innerhalb der Mauern des Museumskomplexes. Der Künstler hatte erkannt, daß »Professor« zu seiner Nacktheit einen womöglich komischen Kontrast gebildet hätte. Die Mädchen im Museumsladen, der größten Räumlichkeit des Museums, die Kellner im Restaurant, die Aufseher und Assistenten, sie alle sagten »Meister«, wenn sie den ehrwürdigen, durch sein magisches Haus schreitenden Greis begrüßten. Er war nicht nackt, denn draußen lag Schnee. Die bunten Industriekacheln, die, in Scherben zerschlagen, Außen- und Innenmauern des Kunsthauses schmückten, hoben sich scharf von der ringsum alles Häßliche bedeckenden und beruhigenden Weiße ab. Wie mit dem großen Mietshauskomplex, den er zu seinem Kunst-Gehäuse verwandelt hatte, war er mit seinem Namen verfahren. Wer wußte noch, wie er im Paß hieß, aber wie viele Menschen verbanden mit seinem selbstgeschaffenen Prophetennamen Assoziationen von kindlicher Buntfarbigkeit. Er war inthronisiert als König im

Reich der Phantasie. Phantasie war eines der Schlüsselwörter seiner Lehren, vorzüglich in Zusammenhang mit »Befreiung der Phantasie«. Erlösung zur Kreativität, Wirklichkeit des Traums – das waren in den Jahrzehnten, in denen er seine Botschaft verkündet hatte, feste Begriffe geworden, die seine Sammler und Bewunderer gern übernahmen. Er schien schläfrig, als er mir entgegenkam, und wäre er nicht so klein gewesen, hätte man ihn einen »schönen Greis« nennen können, mit langen orientalischen Augenwimpern und einer scharfen, schmalen Adlernase, die sein ausgemergeltes Gesicht wie ein Messer teilte. Auf dem Kopf trug er ein orientalisch besticktes Käppchen. Er hatte keine Schuhe an, so daß man die rotgeringelte Socke am rechten, die gelbgeringelte am linken Fuß gut erkannte. Ein Bergsteigergesicht, ein Guru-Kopf voll Weisheit und Güte.

Mit mir wartete der Vertreter eines Buchversandes, der eine vom Meister geschmückte Bibel herausbringen wollte.

»Die Bibel ist für mich ein Märchenbuch«, sagte der Meister, aber aus seinem schmallippigen Asketenmund klang das nicht sarkastisch. »Märchen« waren hier etwas Edles, Schönes und enthielten unendlich viel Wahrheit. »Die Märchen haben die ganze wissenschaftliche Zukunft vorweggenommen«, erklärte er dem demütigen, zu jeder Belehrung bereiten Verlagsabgesandten, der hinter seiner Ergebenheit jedoch sein Geschäftsziel nicht aus dem Auge verlor und heimlich auf die Uhr sah, »Tiere mit Menschenköpfen und Menschen mit Tierköpfen, das ist eine Vorwegnahme der Gentechnologie.«

Dabei sah er schnell zu mir herüber, als wolle er sich in jede nur erdenkliche Richtung absichern: Dem Vertreter als berufsmäßigem Verehrer der Bibel ein Kompliment machen, indem er ihr die Schönheit der Märchen zusprach, mir als möglichem Verächter der Bibel mit der Anspielung auf die allerneueste Wissenschaft schmeicheln. Der Verlagsmann ertrug diese Deutungen, von denen ihm jede einzelne unsagbar gleichgültig war. Er hatte ersichtlich überhaupt keine Meinung bezüglich der Bibel, außer daß es sich um ein verkäufliches Buch handelte, und zwar besonders, wenn man einen Verkaufsköder hatte und nicht »nur einfach eine Bibel verkaufen« wollte; selbst dann lief der Artikel noch erstaunlich gut.

»Wir haben hier eine Graphik von Ihnen für den Buchrücken...«, sagte er in eine nachdenkliche Pause des Meisters hinein, »und wir wollen ja Einzelstückcharakter erzielen.«

»Der Einzelstückcharakter entsteht durch den Wechsel der Farbkombinationen«, sagte der Meister milde. »Sie können die Graphik in Rot, in Blau, in Grün und in Gelb drucken und haben dann Einzelstückserien von je hunderttausend Exemplaren. Ich hätte natürlich auch gerne etwas Gold- und Silberpapier dabei, um den orientalischen Märchencharakter zu betonen. Die Bibel als Buch der Sheherazade... Das ist mein Lieblingsgedanke.«

»Ja, wundervoll«, sagte der sorgenzerfurchte Verlagsmann, »aber Gold und Silber treiben die Kosten hoch, wir sind gegenwärtig bei einem Blindprägepreis von...«

»Nein, bitte keine Zahlen«, sagte der Meister und strich den dunklen, von nahem sehr dünnen Bart. »Ich bin der Künstler und gebe mich ganz. Wie Sie dann finanziell zurechtkommen, müssen Sie selber sehen.«

»Es ist ein teures Projekt«, seufzte der Verlagsmann. Ich fühlte, daß er sich wegwünschte. Der Überdruß an Künstlern stand ihm ins Gesicht geschrieben. Ein Leben ohne Kunst und ohne Bibel, in diesem Augenblick war das sein Traumziel. »Künstler sind verrückt und schwierig«, mochte er von Kindheit an von seinen Eltern gehört haben, ordentlichen Leuten, beide in städtischen Diensten, die niemals einen Künstler zu sehen bekommen hatten, aber nun war es, als stecke der Meister mit diesen Eltern unter einer Decke und erfülle die Pflicht, den elterlichen Weisspruch empirisch zu bestätigen.

Der große Mann dachte nach.

»Ich frage mich, ob es zu meiner Bibel nicht noch ein passendes Lesezeichen in gestanztem Goldpapier geben sollte, und eine asymmetrisch gestaltete, blattvergoldete Kerze in passendem Lapislazuli-Leuchter. Wir könnten als Unterlage der Bibel auch an einen Patchwork-Quilt denken –«

»Erst muß die Kuh vom Eis«, unterbrach ihn der Verlagsmann. Er klang jetzt ängstlich. Seine Redensart paßte zur Jahreszeit. Drei Tassen Kaffee hatte der Meister bringen lassen, jeder von uns hatte nur ein paar Schlucke getrunken.

»Sie sprechen mit meinem Agenten Herrn Tofet«, sagte er mit großer Milde. »Und vergessen Sie nicht, unsern Kaffee zu bezahlen.«

Das war eine Prinzipiensache, erzieherisches Wirken. Ein solcher Mann mußte lernen, daß in der Sphäre der Kunst Geld keine Rolle spielte und daß der Meister niemals welches bei sich trug, weil ihm Vögel und Eichhörnchen die Körner sammelten und zu Füßen legten. Daran änderte sich auch nichts, wenn das Kaffeehaus ihm gehörte.

Draußen stauten sich Schulklassen, die ins Museum geführt werden sollten. Der Meister ging mit seinen verschiedenfarbigen Socken durch die Menge der schnatternden Kinder; die Menge teilte sich und wich auf gedämpftes Kommando der Lehrerin zurück: »Das ist ER.« Er hörte das Respektsgewisper in seinem Rücken, drehte sich aber nicht um. Im Aufzug schwebten wir davon, als entziehe uns eine Wolke den Blicken des Volkes.

Die Pläne für unser Hotel waren fix und fertig, wie sich oben in dem kahlen, häßlichen Zimmer mit Eisenstühlen und einem Küchentisch herausstellte. Der Meister hatte den Entschluß gefaßt, einen vor vielen Jahren gemachten Plan für ein »ökologisches Stadtviertel«, das nicht verwirklicht worden war – denn Sozialwohnungen lassen sich viel weniger leicht in Erdhöhlen unterbringen als Luxusappartements – jetzt als Hotelplan auszugeben.

»Rom und Griechenland und die Gotik und die Renaissance waren eine Katastrophe für die Menschheit«, sagte er, während er auf das bereits etwas verstaubte Modell zeigte, das seit Jahrzehnten immer wieder ausgestellt wurde, ohne daß der Funke bei einem stadtplanenden Investor übergesprungen wäre. »Das war eine Architektur der Macht, und die Macht ist böse. Ich fordere eine Architektur der Ohnmacht. Das Bauhaus war schon besser als die traditionelle europäische Architektur, denn es hat sie vernichtet, aber wir müssen jetzt einen Schritt weiter gehen. Das goldene Zeitalter herrschte, als das Gold noch im Boden lag.« Von wem stammte dieser Satz? Hätte ich ihn das gefragt, ich hätte gewiß einen traurigen, weisen Blick als Antwort erhalten.

»Große Architektur sind für mich Blockhütten in den Favelas, Slums, Schrebergartenhütten mit vielen Anbauten, afrikanische Erdhütten, amerikanische... irgendwas in Amerika...?« Ich vermutete, daß ihm das Wort Pueblo fehlte, half ihm aber nicht. Sein Modell glich freilich diesen Vorbildern nicht. Von oben betrachtet war alles grün, mit grünen Sägespänen beklebt wie die Landschaft in einer elektrischen Eisenbahn. Aus diesem welligen Rasen- und Hügelland ragten kleine Maulwurfshaufen, die eine Tür und ein Fenster hatten. So sahen früher Eiskeller auf dem Land aus oder die Zufluchtsräume, die in Amerikas Taifun-Regionen neben den Pappwohnhäusern gegraben werden.

Die Fenster des Zimmers öffneten sich auf den Dachgarten, der schneebedeckt war, aber der Schnee hatte das wüste

Unkrautgestrüpp nicht vollständig verborgen – »Meine Gärten sind alle vollkommen naturbelassen«, sagte der Meister, der meinem Blick nach draußen gefolgt war. Jeder weiß, wie eine Wiese aussieht, die jahrelang niemand gemäht hat. Die Natur mag von der Vielfalt ausgehen, strebt aber zur Einfalt. Aus dem Chaos geht nach dem würgenden Kampf der kräftigsten Pflanzen gegen die zarteren ein monotones Brennessel- und Queckenfeld hervor. Arme, wäßrige Blätter stehen über holzig-krautigem Gebüsch. Jetzt im Schnee sah der meisterliche Naturgarten womöglich am harmonischsten aus. Sollte auch die Hotel-Hügellandschaft in eine Unkrauthalde verwandelt werden? »Sie haben für alle Dächer Rasen vorgesehen? Wenn man das Hotel von einem höhergelegenen Punkt überblickt, wird es unsichtbar sein? Wird das Hotel wie ein Golfplatz wirken? Oder soll der Rasen auf den Dächern wie grüner Schnee erscheinen?« Das waren mehr generelle Fragen, ich richtete sie nicht eigentlich an den Meister.

»Grüner Schnee. Das ist der Ausdruck, den ich gesucht habe.« Er nahm einen unförmigen Zimmermannsbleistift, der zum Schreiben auf Papier gar nicht geeignet ist, und kritzelte mit ungefügen, hin- und herfallenden Linien die Worte »Grüner Schnee« in ein Oktavheft. Dann sah er mich unversehens mißtrauisch an. Würde ich für die Benutzung von »grüner Schnee« Tantiemen verlangen? Würde ich später durch die Welt laufen und jedermann erzählen, »grüner Schnee« hätte eigentlich ich und nicht der Meister erfunden? In seiner Ratlosigkeit fand er die Ausflucht sich totzustellen. Seine Augen wurden ausdruckslos, das Kinn fiel herunter, das Gesicht bekam etwas von einem vertrockneten Kuheuter. Dies war ein Zauberschlaf. Wenn er aus ihm erwachte, wäre die Welt erneuert, er und ich hätten beide vergessen, daß »grüner Schnee« von mir stammte.

In das Schweigen näherte sich ein Paar. Mann und Frau blieben befangen im Türrahmen stehen. Sie trugen Wintermäntel und Schals und hielten zusammen eine große Tasche. Der Verlagsmann mit seiner Ausstrahlung eines von vielen Sorgen bedrückten Familienvaters war schon fern der Künstlerwelt gewesen, als Bücherverkäufer aber in immerhin gelegentlicher Berührung mit Literaten, er wußte, worauf er sich einzustellen hatte. Das eben eingetroffene Paar hingegen betrat zum erstenmal ein Künstleratelier, und das nun noch in hoher Mission. Der Mann war Subdirektor in der Marketingabteilung eines Autokonzerns, die Frau war seine Assistentin, eine bodenständige Bayerin, die gut auch Wirtin hätte sein können, so frisch und resch trat sie auf, und doch fühlte sie, daß hier Reschheit nicht am Platze sei, sondern Dämpfung des frischen Auftretens und Ehrfurcht. Beide hielten Visitenkarten in den Händen und streckten sie dem Meister entgegen, wie Städter mit Zuckerstückchen ein vielleicht doch plötzlich zubeißendes Pferd für sich einnehmen wollen. Der Meister erwachte nicht sofort. Er ließ die Karten in der Luft schweben, schlug dann die großen, tierhaften Augen auf und sagte, indem er auf den Küchentisch zeigte: »Legt sie halt da her, sie sind ohnehin für den Herrn Tofet. Sie werden kaum erwarten, daß ich mir Ihre Namen merke.«

Er tat nichts, um den beiden ihren Auftritt zu erleichtern, obwohl er in seiner Zerstreutheit und Verschlafenheit genau instruiert war, was die Leute wollten. Sie flüsterten miteinander, während sie ihre Tasche gemeinsam auspackten. Schließlich hatten sie ein längliches schwarzes Kunststoffnetz in einem gerundeten Aluminiumrahmen hervorgeholt. Der Mann übernahm die technischen Erklärungen. Jedermann sei bekannt, daß den Insassen eines Cabriolets bei zurückgeschlagenem Verdeck das Haar vom Wind verstrubbelt werde. Dies Netz, über dem zusammengefalteten Verdeck mit einem einfachen Handgriff einzusetzen, leite den Wind ab, so daß man mit völlig unzerstörter Frisur den Wagen verlasse.

Wollten sie das Netz dem Meister verkaufen? Besaß er ein Cabriolet? Reiste er nicht auf fliegenden Teppichen? Ein Cabriolet jedenfalls paßte überhaupt nicht zu ihm, schon eher ein Wohnwagen, in dem während der Fahrt Brei gekocht wurde. Und so war auch nicht er es, der etwas kaufen sollte, sondern das tuschelnde und unsicher lächelnde Paar. Das schwarze Plastiknetz erfüllte eine Funktion, es war nicht schön und nicht häßlich, es war ein nichtiger technischer Gegenstand, ebenso praktisch und unnötig wie beinahe alle industriellen Erzeugnisse. Aber es sollte mehr werden. Der Sturmwind im Haar war lästig, aber auch ein Zeichen für Lebenslust und Wildheit, und wenn er gebannt war, mußte etwas anderes an seine Stelle treten, das gleichfalls die einzigartige Köstlichkeit, im Cabriolet herumzubrausen, fühlen, ja Bild werden ließ. Das Paar erläuterte, sich ins Wort fallend und sich ergänzend, daß man in der Marketingabteilung auf einen Einfall gekommen sei, der »alle« begeistere, und in diese Begeisterung der vier oder sieben Personen, die mit »alle« gemeint waren, wünschten sie den Meister hineinzuziehen.

»Wir stellen uns vor, auf dieses Netz eines Ihrer Gemälde zu drucken – damit geben wir jedem Cabriolet individuelles Flair.«

Ich kannte den Meister noch nicht genug, ich hatte die Vorstellung seines kauzigen, kompromißlosen Künstlertums, die er von sich verbreitet hatte, noch zu eindringlich im Gedächtnis. Jeden Augenblick mußte es zu einem Ausbruch kommen, der die Abgesandten in ihre Marketing-Abteilung zurücktrieb. Der Meister hatte die Worte des arbeitenden Paares in einem bangen Gestammel auslaufen und verhallen lassen. Er schwieg und legte die feinknochige Hand auf seinen Bart. Dann erhob er sich und ging zu einem Regal. Dort standen zwei neue Teekessel, der eine aus rotem, der andere aus weißem Email, Nostalgieprodukte aus einem Kaufhaus, für den Gebrauch in Skihütten bestimmt. Diese beiden Kessel stellte er vor das Paar. Das Paar war zum Ablegen der Wintermäntel nicht ermutigt worden. Obwohl das Zimmer schlecht geheizt war, standen dem Mann schon die Schweißtropfen auf der Stirn.

»Ich denke in letzter Zeit öfter über Autos nach«, sagte der Meister und setzte sich hinter die Teekessel. Die Assistentin ließ das Netz sinken, ihr Chef hielt seine Seite des Netzes noch in die Höhe.

»Diese Teekessel sind Autos«, sagte der Meister. Er habe diese beiden Teekessel soeben gekauft, um seine neue Idee bezüglich der Autoproduktion zu erproben. Es gehe um das große Thema Individualismus in der Massenproduktion. Darum kreisten all seine Gedanken.

»Nun lassen Sie doch endlich dieses grausliche Ding und kommen einmal her.« Er sah dem Chef tief in die Augen, während er die nervigen Hände auf die Deckel der Teekessel legte. Er war ein Zauberer. Das Paar blickte gebannt, die Frau schloß sich der Hypnose ihres Vorgesetzten willig an, obwohl der Meister an sie keine Seelenkraft verschwendete. Er lüpfte die Deckel, den weißen und den roten, und vertauschte sie: Der rote saß jetzt auf der weißen Kanne, der weiße auf der roten. Tableau! Hatte das Paar verstanden? Natürlich nicht, die Hingerissenheit, in die sie sich programmatisch hineingesteigert hatten, behinderte ihr Denkvermögen. Der Meister schüttelte das Haupt, erhob sich, so sportlich er war, mit Mühe und ging erneut zum Regal.

»Hier haben Sie einen Wecker aus dem Kaufhaus« – er zeigte ein weiteres Nostalgieprodukt, einen nachgeahmt-altertümlichen Messingwecker – »Sehen Sie die Schellen? Der

Wecker ist aus Messing, aber die Schellen sind aus Kupfer. Ich habe den Verkäufer gezwungen, an diesen Messingwecker die Kupferschellen von einem Kupferwecker dranzuschrauben – für den übrigbleibenden Kupferwecker mit den übrigbleibenden Messingschellen habe ich ihm eine Garantie ausgesprochen: Ist er in einem Jahr nicht verkauft, nehme ich ihn ab – Er hat tatsächlich einmal angerufen, aber ich weiß nicht mehr, wie das ausgegangen ist.«

Mir war klar, wie das Geschäft ausgegangen war. Der zusammengestoppelte Wecker war nicht verkauft worden, aber der Meister hatte erklärt, sich an nichts zu erinnern, und darum gebeten, in Ruhe gelassen zu werden. So schoß es mir durch den Kopf, während das Paar noch immer nichts verstand. Und deshalb bekam es jetzt die Füße des Meisters entgegengestreckt.

»Was sehen Sie? Eine rote und eine gelbe Socke. Ich habe den Verkäufer gezwungen, mir nicht ein Paar rote oder ein Paar gelbe Socken zu verkaufen, sondern eine rote und eine gelbe – verstehen Sie endlich?«

In die inzwischen zu Verzweiflung gewordene Stummheit des Autopaares hinein begann er mit einer Müdigkeit, die von dem erschöpfenden Kampf gegen die Schwerfälligkeit der Menschengeister zeugte, seine Idee nun unverrätselt darzulegen. Es war die Zeit gekommen, wo er nicht mehr in Gleichnissen sprach. Es schwebe ihm ein Auto vor, bei dem alle Teile des Chassis – die Türen, die Motorhaube, der Kofferraumdeckel, die Kotflügel – andersfarbig lackiert seien. Der Kunde solle sich beim Kauf sein neues Auto selbst farblich zusammenstellen können. In diesem vom Kunden selbst schöpferisch gestalteten Auto offenbare sich eine »neue Philosophie«. Diese »neue Philosophie« aber, das habe er beschlossen, werde er mit der durch das Paar hier repräsentierten Autofabrik in die Wirklichkeit umsetzen.

»So wie ich durch den weißen Deckel auf der roten Kanne aus einem gesichtslosen Massenfabrikat ein individuelles Objekt habe werden lassen, so werden Sie das erste individuelle Auto anbieten können.« Die Vorteile lägen auf der Hand. Wenn man eine Schramme an diesem Auto habe, müsse man nur das entsprechende beschädigte Teil neu lackieren, nicht gleich, wie jetzt, den ganzen Wagen. Aber das liefere er ihnen nur als Verkaufsargument, das eigentliche Konzept wurzele natürlich im Philosophisch-Ästhetischen. Mit dieser Botschaft schicke er sie nun nach Stuttgart zurück.

»Alle haben sich schon so auf Ihre Graphik auf dem Netz gefreut«, sagte der Marketingmann schüchtern.

»Ich habe Größeres mit Ihnen vor«, antwortete der Meister. Er versank in Schweigen. Er zergrübelte sein Hirn nach einem schlagenden Wort, das das Brett vor dem Kopf dieser Leute zerhauen würde. Dann bückte er sich und zog alle gelben Socken aus. Sein Fuß war entfleischt wie eine Hahnenkralle; Fußnägel und gegerbtes, um Sehnen und Knochen gespanntes Fleisch bestanden aus derselben leblosen Substanz. Er zeigte die Socke vor, der Mann mußte sie in die Hand nehmen, die Frau auch. Sie war an der Ferse grün gestopft.

»Verstehen Sie mich endlich? Ich habe sie bewußt nicht gelb stopfen lassen.«

Im übrigen könne man die wirkungsvollsten Farbnamen erfinden, um der Phantasie der Käufer auf die Sprünge zu helfen: alabastergrün, tigergelb, orchideenblau, arterienrot, augenweiß und erdschwarz.

»Der Wiederverkauf wird unmöglich sein«, murmelte die Assistentin.

»Dummes Zeug«, sagte der Meister und tauschte aufs neue die Deckel der Teekannen. Das Paar folgte ihm bei diesem Tun mit geheucheltem Interesse, um den dünnen Diskussionsfaden bloß nicht reißen zu lassen.

»Der ganze Vorstand müßte über Ihr Projekt entscheiden«, sagte der Mann in dem Versuch, auf das nun unbeachtet auf dem Boden liegende Netz zurückzukommen.

»Ich möchte gern mit kompetenten Leuten sprechen«, antwortete der Meister schläfrig, »dann bringen Sie mir den Vorstand.«

»Das Netz hier könnten wir auf unserer Ebene entscheiden«, sagte der Mann. Die beiden standen in ihren Wintermänteln vor dem Tisch des Meisters wie Prozeßzeugen vor einem aus einer Höhle geholten weisen Richter. »Es geht uns bei der Sache überhaupt nicht um Geld – es ist die Schönheit der Idee, für die wir kämpfen. Wir sind auch schon mit den Erben von Miró in Palma de Mallorca im Gespräch. Dort kann man sich eine Zusammenarbeit sehr gut vorstellen, die Erben von Miró sagen, es gehe Ihnen vor allem um die Verbreitung des Werkes ihres Großvaters, sie sähen eine Zusammenarbeit mit der Industrie sehr positiv.«

»Um Geld geht es mir auch nicht«, sagte der Meister. Große Würde lag in seinen Worten. »Und auch mir geht es darum, der Industrie zu helfen.« Zur Technik habe er seit jeher vertreten: Es gebe keine schlechte Technik an sich, nur gut angewandte und schlecht angewandte. Er erhob sich mühsam, das Paar mußte zusehen, wie sehr sich der erfinderische Greis um seinetwillen anstrengte. Auf dem Regal lag allerlei Papier. Er suchte quälend lang, als sei er allein, und kehrte dann mit einer Zeitschrift zurück. Diese Zeitschrift schenke er ihnen. Darin stehe ein Interview mit ihm, und in diesem Interview habe er zuerst preisgegeben, daß er ein Auto plane.

»Aber damals habe ich nicht gesagt, daß ich das Auto mit Ihnen plane. Zeigen Sie das Ihren Herrschaften, das wird sie überzeugen.« In diesem Augenblick betrat ein dunkelbraungebrannter Mann mit Brillantinescheitel die Szene, Herr Tofet, der Agent, und neben seinem aus der Höhle gekrochenen Herrn war er mit goldfunkelnden Knöpfen am Blazer, Goldarmband und dickem Goldring die überraschendste Erscheinung. Er grüßte knapp und wandte sich dann sofort in gebrochenem Deutsch an den Meiser, in dringender Angelegenheit. Er komme von Kurzenegger und Silvini, den Anwälten: Die Sache mit der Veröffentlichung der Photos sei entschieden.

Der Meister wurde hellwach. Tofet legte einen Stoß großer Schwarzweißabzüge auf den Tisch. Ich konnte sie, ohne den Kopf zu verdrehen, in Ruhe studieren, während das Paar sich bückte und bedrückt und blamiert das Netz wieder in die Tasche packte. Auf einem Bootsdeck stand der Meister, der Wind spielte in seinem silberfädigen Bart. Das arabische Mützchen war sein einziges Bekleidungsstück. Er war vollkommen fleischlos. Man hätte mit dem Fingerknöchel auf sein Brustbein klopfen mögen, das hätte geklungen wie ein Holzbrett. In der Unschuld eines Wilden hielt er dem Kameraauge das kleine Schrumpelding zwischen seinen Beinen hin. Er besaß eine Souveränität, als sei er der einzige Mann auf der Welt. Und neben ihm stand, ohne Hose, aber mit einer winzigen Bluse, die kaum die großen Brüste bedeckte, vom Wind leicht zerzaust, aber so milchblaß wie immer, Manon, in sternenhafter, von nichts Irdischem berührter Heiterkeit.

Der Meister sah mich unversehens an und sagte dann zu Herrn Tofet: »Das ist ein großer Schweiger. Die sind die schlimmsten. Sie sagen nichts, aber sie machen nachher die schlimmsten Sachen.«

4.
Das silberne Telephon

Sein Instinkt trog den Meister nicht. Ich sah aus dem Fenster in den struppigen Dachgarten, in dem die Spatzen zwischen den vertrockneten Strünken umherhüpften, als hofften sie, hier oben auf eine vergessene Samenkapsel zu stoßen, die ihre Körnchen bis in den Januar bewahrt hatte. Eine stille Weile fühlte ich seinen Blick auf mir ruhen. Es war, als krabbele mir eine schwerfällig gewordene Fliege in den Hemdkragen. Ich wartete darauf, daß dieser Unverschämtheit irgend etwas folgte, ein gespielter Wutanfall vielleicht, aber dem Meister schien es zu genügen, einen Verdacht recht grob auszusprechen, um die Gefahr damit gebannt zu haben. Der braune Herr Tofet nahm die Worte seines Herrn ungerührt entgegen. In seiner Sphäre war es wohl üblich, sich vor den Leuten in acht zu nehmen. War er nicht selbst ein solcher Schweiger? Er sprach kaum, während er im Zimmer war, und schenkte mir so viel Aufmerksamkeit wie dem Küchenstuhl, den er soeben zur Seite schob.

Ich war zu meiner Tat entschlossen, seitdem ich Manon erkannt hatte, und der Entschluß versetzte mich in die entspannte Ruhe einer Katze, die vor dem Mauseloch lauert und jede Bewegung unterdrückt. Solange ich aus dem Fenster sah, davon war ich überzeugt, würden auch der Meister und Tofet sich nicht mit den Photographien beschäftigen. Ich hatte nur eine einzige Sehnsucht: eines dieser Bilder genau zu studieren und mich daran buchstäblich satt zu sehen. Während ich meine ganze Kraft auf den Verzicht wandte, den

Photostapel auch nur aus den Augenwinkeln zu streifen, steigerte sich meine Hoffnung zur Gewißheit. Ich gehöre jener Generation an, der es völlig selbstverständliche Übung war, in Buchhandlungen zu stehlen. Nicht der Schatten eines schlechten Gewissens trübte die Tage meiner Freunde, die sich ganze Regale zusammenklauten – schon im Wort »klauen« lag die lustige Harmlosigkeit, die solche enteignenden Feldzüge angeblich auszeichnete. Meine Hemmungen, es gleichfalls so zu halten, hatten nichts mit meiner Moral zu tun, sondern nur mit meiner Feigheit. Ich genierte mich früher sogar dafür, ein teures Buch gekauft zu haben, und log meinen Kumpanen eine Räubergesinnung vor, zu der mir tatsächlich der Mumm fehlte. Und jetzt übertraf ich die frechsten Bücherdiebe meiner Bekanntschaft an Kaltblütigkeit. Hinter meinem Rücken entfernten sich die Stimmen. Es sollte in dem angrenzenden Zimmer etwas geholt und betrachtet werden. Als hätte ich alle Zeit der Welt, wandte ich mich mit Engelsgeduld dem Tisch zu, trat an ihn heran, nahm, ohne mich umzusehen, das oberste Photo in die Hand und legte es mit Sorgfalt in die Pappmappe, die ich bei mir trug. Alle bösen Geister standen auf meiner Seite. Unter dem Bild, das ich genommen hatte, lag ein sehr ähnliches, es war nur etwas weniger von den Planken des Segelbootes darauf zu sehen.

Als ich aufblickte, bemerkte ich den Automann und seine tüchtige Assistentin, die noch nicht entlassen waren und den Vorgang verfolgt haben mochten, aber meine Miene blieb unbewegt. Mir war, als befände ich mich in meinem guten Recht, und so empfanden es auch die beiden in ihren Wintermänteln und hatten, obwohl sie Zeugen des beiläufigen Handgriffs waren, wahrscheinlich alsbald vergessen, was sich vor ihren Augen abgespielt hatte.

In meinem Büro nahm ich eine große Papierschere und

schnitt das Photo in zwei Teile. Der Amazonas-Indianer-Körper mit Missionarsbart kam in den Papierkorb. Manon aber nahm ich mir im Licht der Schreibtischlampe gründlich vor. In ihrer Hüftgegend lag noch die Asketenhand des Künstlers, auf unzähligen nudistischen Segeltouren so braun geworden wie ein Kautabakspfriem. Jahre vollständiger Sonnenlosigkeit würden diese Pigmenthaufen nicht wieder in die Löcher zurücktreiben können, es bliebe zumindest ein schmutziges Gelb-Oliv, das wohl nahe der natürlichen Tönung des Meisters war. Hätte ich auch diese Kralle noch wegschneiden wollen, dann wäre Manons liebliche Hüfte verletzt worden, auf der die pelzige Vogelspinne der Meisterhand krabbelte. Für den Kontrast war sie nicht schlecht: Auf dem Schwarzweißbild hätte man ohne sie Manons Hautfarbe schwer erschließen können. Die stach immer noch, trotz luftiger Meerfahrt in feinstem Hellgrau ab, und diese zarte Färbung übersetzte ich mir ohne weiteres in einen nur leicht angerauchten Meerschaumton. Ihre Blässe und lebensfrische Weiße war im Sturm- und Sonnenbrausen nur leicht gebrochen und angehaucht worden. Ob sie sich wirklich ebenso hartnäckig wie der Meister den Sonnenstrahlen in der glitzernden Wasserfülle ausgesetzt hatte? War dies Photo wirklich ein Schnappschuß und nicht vielmehr ein gestelltes, kunstvoll arrangiertes Bild? Ohne den wildhaarigen Mann an ihrer Seite verlor Manon das Verwahrloste des freizügigen Lebens auf dem Wasser. Ihr Haar war frisch gewaschen, nicht von Salz und Schweiß verklebt, sie hatte nicht die von Strapazen und Bordschmuddeligkeit mitgenommene Erscheinung, wie sie das Segelbootwesen mit sich bringt. Ihr Körper schimmerte nicht von Sonnenöl, er war appetitlich wie ein Pfirsich, von teuren Lotionen gesalbt, frisch aus der Badewanne, das meinte ich erkennen zu können. Die Grübchen in ihren Knien ließen die schlanken Beine mit einer leichten, mich anrührenden Neigung zur X-Beinigkeit säuglingshaft, weich und voll wirken. Unter den hellen Löckchen ihres Schamhaares tat sich ein winziges Dreieck auf, durch das man hindurchblicken konnte, das war wie eine ihr verborgen gebliebene Schwäche – sie konnte doch unmöglich wissen, daß man dort unten hindurchgucken konnte, und obwohl dies Dreiecksloch zwischen den schief eingesetzten Oberschenkeln und den Löckchen ja keineswegs ein Makel war, beschäftigte es mich sonderbar, daß es an ihrer vollkommenen Erscheinung Eigenheiten geben sollte, die ihr nicht bekannt waren. Ich war inzwischen fest überzeugt, daß diese Frau die Bootsfahrt des Meisters nicht oder nur zum kleinen Teil, der die Erscheinung nicht hatte angreifen können, mitgemacht hatte. Sie hatte sich aus einer bizarren Laune heraus einfach neben den Naturapostel gestellt und bewies doch eigentlich sogar Witz, bei dieser Gelegenheit die Brüste verhüllt zu lassen.

Kannten Manons Eltern dieses Photo? War die Nacktheit durch die Anwesenheit des weltberühmten Künstlers, der aus seiner Hosenlosigkeit letztlich sogar eine hochmoralische Sendung gemacht hatte, auch für Herrn und Frau Gran inmitten jener animistisch-afrikanischen Stammesgötter mit den ausdrucksvollen Geschlechtsteilen akzeptabel? In der Theorie ganz gewiß: Hätten sie den Meister in Tiefdruck auf schwerem Papier einer luxuriösen Kunstzeitschrift betrachtet, so hätten ihre Augen gewiß wohlgefällig auf seiner Nacktheit geruht. Anders mit Manon daneben. Da verblaßte, so war ich überzeugt, die Theorie vor den Stichflammen von Eifersucht und Empörung, die unfehlbar aus den Augen von Gran père schlagen würden. Manon führte ein Doppelleben, womöglich sogar ein Tripelleben, wenn meine Eingebung, daß ihre Nacktheit womöglich eine gleichsam nur geschauspielerte war, ins Schwarze traf. Ich beschäftigte mich mit dem Photo wie ein Sammler, der einen seltenen Kupferstich ergattert hat. Ich fuhr mit der Nase darüber. Manons Körperdüfte schlugen durch das metallisierende Hellgrau nicht durch. Wohin damit, dachte ich schließlich. In die Mappe mit dem ökologischen Hotelprojekt unter den grünen Schnee? Nein, nicht zurück in die Sphäre des Meisters, entschied ich. Der lag im Papierkorb und sah seiner Zerknitterung entgegen. Das hellhäutige Mädchen mit seinem ernsten Lächeln und der dunklen, haarigen Hand auf der Hüfte sollte am Tageslicht bleiben, obwohl ich mich vor meiner Sekretärin etwas genierte. Anna Pfeiff ist die strengste Richterin jeder Frau, die sie in meiner Nähe entdeckt. Ich fürchte oft, sie traut meinem Geschmack so wenig, daß es schon an Verachtung grenzt.

War ich bezaubert, erregt, intrigiert von Manons Photo? Das gestochen scharfe Bild, das von einem guten Photographen stammen mußte, offenbarte ihren Körper in seiner ganzen herausfordernden Pracht und seinen Eigentümlichkeiten und kleinen Fehlern, ohne im strengen Sinn ein erotisches oder erotisch anregendes Bild zu sein. Ohne Hose, dafür aber mit Bluse wirkte der Körper zwar viel ausgezogener und ausgestellter als ein vollkommen nackter, das wissen die Hersteller von erotischer Kunst seit ältesten Zeiten und geben ihren Modellen deshalb stets ein Restchen Stoff oder Pelz mit, zu klein, um die nackte Haut tatsächlich bedecken zu können. Aber hier war die Wirkung eine andere. Das Fehlen jeder Koketterie auf ihren Zügen, ihre Heiterkeit und Souveränität vermittelten den Eindruck, Manon sei genau angemessen und vorbildlich gekleidet, als könne eine Frau wie sie sich in diesem Sommer nur in ebendiesem Aufzug vor anspruchsvollem Publikum zeigen. Ihr Körper war zartgliedrig und zugleich voll. Lange untersuchte ich ihren Bauchnabel, der aussah, als öffne sich an seiner Stelle ein schneckenhausartiges

Gewinde in ihren Leib hinein. Mir wurde plötzlich sichtbar, wie sich Geist und Seele eines Menschen in seinen Körper verströmen. Ich vermutete, daß ihre dunklen Knie kühler seien als die Haut der Schenkel, und fand in dieser weichen Kühle den ganzen Ausdruck ihrer Person, auch in ihren schmalen, aber langen Füßen mit hohem Spann, die ich mir kalt vorstellte. Und so wurde in der Betrachtung dieses stummen, für mich aber immer beredteren Körpers auch der überraschende Kuß, den ich unvermittelt von ihren Lippen empfangen hatte, zu einer Offenbarung ihrer Persönlichkeit: diese jähe, aber keinesfalls eindeutig erotische Mitteilung, die, wie ich mich wohl erinnerte, nicht mir allein gegolten hatte. Ein braunhäutiger Mann mit viel Gold am Leib hatte zuschauen müssen, ohne sich zu regen.

Weckte das Photo in mir den Wunsch, Manon wiederzusehen? Nein, das kann ich beschwören, daran dachte ich keinen Augenblick. Ich sah das Bild und noch mehr die darauf Abgebildete als Kunstwerk. Man verabredet sich nicht mit der Venus von Milo – schon reut mich dieser Vergleich, denn Manon besaß Arme, deren Anschwellen und Schlankwerden um die Handgelenke sie hoch über die vielphotographierte Göttin erhob.

Nackt ist ein schönes und sprechendes Wort. Das akustisch Packende an der Nacktheit liegt wohl in dem Zusammenklang von A und K und T verborgen, dem auch »gelackt« und »befrackt« ihre Straffheit und Frische verdanken. »Ich kenne dich nackt«, das war ein angenehm zu denkender, ein die Phantasie erwärmender Gedanke. Und er stellte sich augenblicklich ein, als ich Manon zum drittenmal begegnete, nun wieder in Fleisch und Blut.

Der Ort war trist, die Visa-Abteilung des indischen Generalkonsulats. Hier blickten von großen Photographien Mahatma Ghandi und Mutter Teresa auf uns herab, mit solch guten, ja heiligen Menschen schmückte sich der indische Staat an dem Ort, wo er mit Ausländern in erste Fühlung trat. Das Neonlicht und der von grünlichem Panzerglas gesicherte Schalter, hinter dem der griesgrämige Konsularbeamte saß, gaben aber gleich zu erkennen, daß das Land, in dem diese Heiligen gewandelt waren, ein Staat war wie andere auch. Ich hatte mein Antragsformular für das Visum empfangen und stand nun an einer Art Pult, um es auszufüllen. »Zweck der Reise«, hieß es da, und ich schrieb: »Geschäftlich«. Eine dänische Touristikplanungsfirma war an mich herangetreten. Es ging um die Prüfung eines Hotelentwicklungsprojektes im südlichen Radjastan. Eine der alten Fürstenfamilien dort gedachte, nun gleichfalls jenen Pfad zu betreten, auf dem die abgesetzten Maharadjas rund um Delhi schon seit längerem gutes Geld verdienten. Ich war stolz, daß mein Ruf als Verwandler von Schlössern in Hotels bis nach Kopenhagen in die Büros dieser finanziell sehr potenten Gruppe gelangt war, obwohl ich dem Vorhaben nach einem Blick auf die Landkarte wenig Chancen gab. Sanchor lag fernab von den Trampelrouten des Luxus-Tourismus. Den Dänen waren großzügige Strategien jedoch zuzutrauen. Wer wußte schon, in welchem länderumspannenden Netz dies ferne kleine Sanchor einen Knoten bilden sollte? Absagen konnte ich immer noch, wenn ich die Umstände kannte. Mein Visum beantragte ich für ein halbes Jahr, um ohne weitere Wartezeit abreisen zu können, wenn sich einmal zwei freie Wochen auftaten.

Ich entdeckte Manon, bevor sie mich erkannte. Als ich den Kopf von meinem Formular hob, sah ich in der Warteschlange vor dem Schalter eine Frau, deren großer Körper von grauem, dünnem Stoff umspannt war. Der strenggeschnittene Hosenanzug schien zu sagen: »Ich weiß wohl, daß dieser Körper eine Augenweide und ein Sinnenfest ist, aber ich dämpfe diese Wirkung, denn hier geht es nicht um Freude und Schönheit und Bewunderung herrlicher Formen, sondern um strenge vormittägliche Geschäfte. Ich bin an diesem Körper eigentlich überflüssig, hinzuzufügen habe ich ihm nichts, nur wegzunehmen. Aber das soll diskret geschehen. Im Grunde wäre Unsichtbarkeit mein Ziel – nun, das werde ich bei dieser Frau niemals erreichen, aber ich will wenigstens so tun – du, lieber Betrachter, berücksichtige diesen Wunsch und senke die Augenlider und sei so zurückhaltend in deiner Bewunderung wie dieses zarte Grau.« Es war deutlich, auch Manon war hier in geschäftlicher Mission. Vor ihrer Brust hielt sie eine dünne Mappe aus rotem Leder, in der gewiß nur wenige Blätter lagen, eine Andeutung von Akten und Geschäftspapieren, gerade so viel, daß sie nicht zur Last fielen. In ihrer Miene lag der gesammelte Ernst jener tiefen Zufriedenheit, die aus der Pflichterfüllung herrührt, kaum Notiz nimmt. Jetzt sollte sie ihren Papierbogen erhalten, zugleich aber ihren Paß zeigen. Wo war nur der Paß? Außer der Mappe trug sie an der mir abgewandten Schulter eine große Handtasche. In ihr mußte der Paß verborgen sein, das schwor sie, geläufig und mit gutem Akzent englisch sprechend. Sie lächelte und schüttelte über sich selbst den Kopf. In der Handtasche rührte sie herum, daß es leise schepperte. Die Leute hinter ihr machten böse Gesichter. Sie alle hielten ihre Pässe in der Hand, sie hatten keine Zeit und verursachten anderen keinen Zeitverlust. Aber wer nicht empfänglich war für solch ein rührendes Lächeln und für solche Selbstironie und die Bereitschaft, sich selbst absurd und komisch zu finden, der sollte ruhig böse gucken, dachte ich, während sie vergeblich kramte und lächelte, und hielt mich zu ihrer Verteidigung bereit, falls der Volkszorn sich regen sollte.

Fand sie den Paß? Jedenfalls stand sie unversehens neben mir, ohne das mindeste Erstaunen.

»Sind diese altertümlichen Formulare nicht schön?« sagte

ich zu ihr, als hätten wir uns nie getrennt. Ich lobte das Dichtgedrängte, die Buchstaben, die immer noch im Buchdruck gesetzt waren und die Schrift geradezu ertastbar machten, das Tanzen mancher Buchstaben, die nicht exakt auf der Linie standen. Die Striche waren noch aus Bleilinien zusammengesetzt und unterbrochen, wo eine neue Linie angesetzt war. Ich sang, während ich Manon ansah, ein Loblied auf die Rückständigkeit. Nur die Rückständigkeit sei es, die den Gegenständen des Alltags zu Sichtbarkeit verhelfe. Ein neuer Briefkasten, ein neues Fahrrad, ein neues Formular, ein neuer Wasserhahn seien unsichtbar, wir nähmen sie als Selbstverständlichkeiten hin und könnten sie kaum beschreiben, wenn wir sie auch täglich benutzten. In unserer Welt beständiger Innovation gehe es im letzten darum, die Gegenstände des täglichen Lebens in andauernder, durch Zeitgenossenschaft garantierter Unsichtbarkeit zu halten.

»Wenn ein Wasserhahn fünfzig Jahre alt geworden ist, tritt er aus seiner Unsichtbarkeit auf einmal wieder heraus, wir sehen ihn wieder«, sagte ich mit einem Nachdruck, der an diesem Pult unter diesen Neonröhren und dem väterlichen und mütterlichen Lächeln der Heiligen unfreiwillig komisch wirken mußte. Ich redete wie ein Wasserfall, wie bei jenem Referat über das Umbauen alter Gemäuer in neue Hotels, das ich auf Befehl der Eltern Gran zur Unterhaltung ihrer Tochter gehalten hatte. Es war, als sei damals, in dem historischen Augenblick meiner ersten Begegnung mit Manon das Gesetz formuliert worden, das unsere Begegnungen hinfort regierte: Ich würde atemlos allen möglichen Theorienkehricht herbeifegen und Schaugerüste daraus aufrichten, und sie würde die atemlos und hingegeben Lauschende spielen. Spielen – oder war sie nicht doch ein wenig beeindruckt? Ihre Augen hingen groß und sanft an meinen Lippen, sie studierte meinen Mund, sein Auf- und Zuklappen, und schließlich, als ich

Atem holen mußte, sagte sie langsam und mit warmer, inniger Stimme: »Ja, genau.«

Es war noch früh am Vormittag. Ich bemerkte eine hübsche, leichte Geschwollenheit in Manons Gesicht, als sei sie noch nicht lange aus dem Bett gestiegen. Wenn sie keine Visa beantragte, stand sie gewiß nicht so früh auf. In der Nähe lag ein Hotel, ganz neu etabliert und für mich also wirklich vollkommen unsichtbar, aber das war eine gewillkürte Blindheit, ich bin geradezu allergisch gegen von anderen Leuten konzipierte Hotels. Dorthin schlenderten wir, absichtslos und jedenfalls unverabredet – nein, Manon hatte tatsächlich noch nicht gefrühstückt, ja, sie hatte Zeit für eine kleine, eine einzige Tasse Kaffee oder noch besser Tee. Die Halle war leer, die Sessel waren tief, warmes Licht kam aus einer Lampe mit goldenem Schirm.

Wie richtig hatte ich erkannt, daß sie in ernsten Angelegenheiten unterwegs war. Sie unterstütze einen Freund bei einem großen künstlerischen Vorhaben. Ein ganzer Stab sei mit der Vorbereitung befaßt, aber wenn man genau hinsehe – ein tragischer Zug erschien um ihre Augen – sei es dann immer nur sie, die arbeite. Das Wort »arbeiten« sprach sie mit besonderer Emphase, eine pathetische Untertreibung könnte man es nennen. Eine Heldin der Arbeit sprach, die ihr Leben lang im Geschirr geht und es verschmäht, auf die Leistung von gestern auch nur zurückzublicken.

»Ich motiviere mich zu Tode«, sagte sie dunkel. Was meinte sie damit? Ich versuchte, diese Bemerkung zu verstehen. Ich stellte mir vor, daß sie selbst ihre Antriebskraft aus ihren Lebensreserven hervorbringe und dieselben dadurch aufzehre – war es das, was sie sagen wollte? Ich wußte noch nicht, daß sie Fremdwörter wie Joker benutzte, die in jede Satzlücke und gleich welchen Zusammenhang hineinzupassen hatten. Manon erwartete, daß ich sie verstand, also verbot sich jede Rückfrage. Vor ihr standen Teller mit Schinken, Lachs und Käse, die sie sich vom Frühstücksbüffet geholt hatte, auch ein Rührei war bestellt worden, sie hatte genaue Vorstellungen, wie dies Rührei gemacht werden solle – mit Sprudelwasser, das war von entscheidender Wichtigkeit. Als es dann kam, war sie satt von dem Schinkenbrötchen und probierte nur noch eine Gabel.

»Das schmeckt gut«, sagte sie fromm und still und schob den Teller von sich. Nein, nach Indien sei sie noch nie gereist bisher, aber sie sehne sich jetzt schon dorthin.

»Ich will schöne Steine und schöne Stoffe kaufen und mich mit Öl beträufeln lassen und die Fußsohlen mit Zimt einreiben«, dies kam träumerisch wie von einem kleinen Mädchen, das dem Zug der Wolken aus einer Dachluke folgt. Aus all dem werde aber nichts, denn die Reise stehe im Zeichen der Arbeit.

Welcher Arbeit? Manon bat um einen Augenblick Geduld. Sie mußte telephonieren. Die Nummer war schon eingegeben, ihr winziges Telephon glich einer Puderdose. Während sie lauschte, kräuselte sie die Stirn.

»Ich möchte bitte Professor ... sprechen«, sagte sie mit einer gewissen Strenge im Blick. Sie hatte so schnell und undeutlich gesprochen, daß ich den Namen nicht verstand. Im Hörer quäkte die Antwort. Sie klappte ihre elektronische Dose zu und wandte sich wieder an mich. War sie verstimmt? Ein wenig angespannt vielleicht. In ihrem jugendlich weichen Gesicht zeigte sich plötzlich ein Anflug von Härte. Aber die Vorstellung von der Wichtigkeit ihrer Arbeit nahm sie alsbald wieder gefangen. Einer ihrer Freunde – Manon war kein Snob und mußte keine berühmten Namen fallen lassen, um mich zum Staunen zu bringen – war dabei, einen wahren Feldzug in Szene zu setzen, der durch alle zahlungsfähigen Länder Europas führen sollte, einen Triumphzug aus Akrobatik, Zauberei, Gaukelei, Dressur, »ein Fest der Phantasie«, sagte Manon etwas kühl, das war nicht ihre Formulierung, und als sie sah, daß ich ihre Distanz mit einem Lächeln belohnte, ging sie darauf sofort ein und erklärte, Wörter wie Phantasie oder Kreativität – sie betonte überdeutlich und höhnend auseinandergezogen Kre-aaa-tiii-viii-tät – könne sie schon längst nicht mehr hören, es werde damit Schandluder getrieben – »Schindluder«, verbesserte ich Idiot und erhielt zurecht den Verweis, das sei dasselbe. Schlangenbeschwörer mit armdicken Schlangen, die Schweine erdrosseln konnten und das vor Publikum auch taten, Magier mit dem Seiltrick, die tausend Zuschauer unter das Joch ihres Willens zwangen, eine Tiger- und Elephantendressur und als Krönung ein bengalisches Feuerwerk – dies seien die Höhepunkte eines Programms, das durch gestickte Kostüme, echt indische Musik und »poetische Texte« verzaubern solle. Es sei Unesco-Geld in der Sache drin, auch der Kulturfond der Europäischen Union wolle einen Teil der Kosten tragen. Tatsächlich gebe es erstaunliche Höhepunkte: Sie denke vor allem an einen Fakir, der einen ausgewachsenen Löwen vor den Augen des Publikums wegzaubere – einen großen Löwen! Dies sei der Höhepunkt der Manipulation ihres Freundes – ich verstand endlich ohne Zwischenfragen, daß sie von »Konzeption« sprechen wollte: Aus der Überfülle zum Nichts zu gelangen, das reize ihn. Er stelle sich vor, daß ein Chor singender Liliputaner mit Riesenturbanen Stück für Stück weggezaubert werde, eine musikalische Zwergenarmee, die ins Nichts ziehe, und was dergleichen große Einfälle noch mehr seien.

Und sie sei die Anwerberin dieser zur Auflösung berufenen Zwergentruppe?

Vieles sei ihre Aufgabe, sagte sie lächelnd, und wenn es wie bisher laufe, werde auch die Zwergenarmee bei ihr hängen bleiben – ob ich gestattete, daß sie noch einmal telephoniere?

Und wieder sprach sie mit leicht ungeduldiger Sachlichkeit, die sich stark von dem schwebend ironisch-amüsierten Tonfall unterschied, in dem sie mit mir gesprochen hatte. Aber diesmal verstand ich den Namen. »Professor« – das war nur das bürgerliche Inkognito eines höchst unbürgerlichen Mannes. Ein Professor ist kein Prophet und mag viele beherrschen, ohne deshalb jemals ein Meister zu sein.

Ahnt man, was ich empfand? Hier vor mir saß die Frau, eine geradezu überlebensgroße Schönheit, im vertraulichen Gespräch mir zugewandt, und erwies mir die Gunst, sich von mir nähren zu lassen. Wie dankbar war ich, daß die angekündigte »Tasse Tee« nur die redensartliche Umschreibung eines reichhaltigen Gabelfrühstücks war. Und doch mischten sich unreine Elemente in meine Bewunderung und mein Vergnügen. Ich wußte etwas über Manon, ich war ihr, so souverän sie auch auftrat und so ungleich unsere Beziehung auch sein mochte, mit Spezialkenntnissen über ihre Lebensführung voraus. Dies Wissen erfüllte mich mit Triumph. Roll du nur deine Augen, sprich du nur mit deinen schönen Lippen, dachte ich, stelle dich nur schön ungehemmt vor mir dar, ich weiß es doch besser. Etwas Hämisches war in diesem Gedanken. Diese Bewunderung, die mich durchglühte, war mit giftigen Essenzen durchmischt, nicht nur freundliche Regungen machten mir die Wangen warm. Daß sie voll Ungeduld versuchte, den Meister ans Telephon zu bekommen, verstärkte den Reiz des Schauspiels. Sie mußte wissen, daß ich den Namen, nach dem sie in wachsender Verstimmtheit verlangte, sehr wohl kannte. Wer kannte ihn nicht? Seine Kunst war in den breitesten Kreisen angekommen; für das naive Publikum war er längst der Künstler schlechthin. Daß Manon mit den Großen der Erde verkehrte, war nicht verwunderlich. War nicht umgekehrt der eigentliche Lohn einer großen Karriere, mit Frauen wie Manon verkehren zu dürfen? Verkehren ist ein vieldeutiges Wort. Ich konnte es nicht ohne Hohn gebrauchen, und diese Bereitschaft, Manon von Anfang an in schiefem Licht zu sehen, hätte mich stutzig machen müssen. Mit einer Schadenfreude, die mich unwillkürlich lächeln ließ, dachte ich an ihren Vater und seine Picasso-Anekdote. Was ihre Beziehung zu dem Meister anging, hatte Manon durchaus mehr vorzuweisen als ein nicht zustandegekommenes Porträt. Und so behandelte ich Manon in Gedanken wie eine Angeklagte, auf eine verdrehte Weise war mir, als überführe sie sich, wenn sie die Wahrheit sagte, obwohl ich doch bei dem gegenwärtigen Stand unserer Bekanntschaft gar keinen Anspruch besaß, über ihre Verhältnisse aufgeklärt zu werden. Ja, es stimmte: Von den indischen Zirkusplänen des Meisters hatte ich sogar schon in der Zeitung gelesen. Sein Büro arbeitete vorzüglich. Es beteiligte die Öffentlichkeit an jedem seiner durchführbaren und undurchführbaren Pläne. Wenn er einen Einfall gebar, wurden Staat und Gesellschaft augenblicklich der Prüfung unterzogen, ob sie seinem Genie gewachsen seien. Auch wenn eines der Vorhaben dann am öffentlichen Finanzmangel oder an der ihr innewohnenden, a priori jede Realisierung verweigernden Narretei scheiterte, waren die Leser der Kulturseiten und die Zuschauer der Fernsehrunden doch überzeugt, Zeugen einer nie ermüdenden Schöpfungsenergie geworden zu sein. Dem Meister gelang es, den Leuten zu vermitteln, er habe den Regenbogen erfunden, und es hänge nur an ein wenig gutem Willen der Verantwortlichen, in jedem Neubaugebiet einen soliden Regenbogen zu installieren, der alle Gebrechen unserer Zeit zuverlässig heilte. Der »Indisch-magische Zirkus« war einer der kleineren Pläne. Viel Geld dafür war auch schon zusammengebracht. »Wasser für Indien« war die Flagge, unter der das Unternehmen segelte. Mehreren Zwecken zugleich sollte es dienen: den Westmenschen Herz und Sinn aufschließen und in den trockensten Regionen Indiens, aus denen die Artisten – die »Gaukler«, wie es in den Ankündigungen hieß – stammten, Quellen sprudeln lassen. Was beim Meister und seinem beträchtlichen Stab hängenblieb, hatte gar keine Rolle zu spielen – »Ich arbeite ohnehin meist nur für meine Selbstkosten«, pflegte er zu sagen, und daß eine Sekretärin oder Assistentin wie Manon nicht von Luft lebte – nein, unterbrach ich mich, es könnte tatsächlich sein, daß sie eine Art Ehrendienst an der Kunst leistete.

Der zweite Anruf bei dem Meister war nicht der letzte. Wir saßen nah beieinander und sprachen leise und vertraut, als kennten wir uns seit langem, aber wenn wir schwiegen, dann führte der liebevolle Blick, den sie mir schenkte, unweigerlich zu einer neuen Bitte um Geduld und einem neuen Aufklappen des silbrigen Puderdöschens. Ihre Miene verfinsterte sich dann. Mit wem immer sie dort sprach, der Meister blieb unerreichbar, und Manon wurde bei jedem ihrer vergeblichen Versuche härter und spitzer. Jedesmal überwand sie die kleine, unruhevolle Nachdenklichkeit nach dem Zuklappen des Telephons schnell und wandte sich mir noch schmelzender und bereitwilliger wieder zu. War es wie bei ihren Eltern, als sie ihren Entschluß auszugehen, in einer besonders zärtlichen, gleichsam zeitlosen Entspanntheit verborgen hatte?

Das Büfett war längst abgeräumt, aber die gescheiterten Gespräche machten Manon hungrig. Wenn sie die Stimme des Meisters nicht zu hören bekam, mußte sie offenbar etwas Salziges oder Süßes in den Mund stecken, und so bestellte sie noch mehrere kleine Gerichte nach der Karte, von denen sie keines aufaß. Ihr Rhythmus war Essen, Flüstern und Telephonieren, und ich ließ mich davon einnehmen und einspinnen und verzaubern.

Der erste Kuß von Manon war ein bizarrer Einfall gewesen, eine Art »acte gratuit«, der mich verdutzt zurückgelassen hatte. Keinen Augenblick glaubte ich, daran anknüpfen zu dürfen. Die Stimmung unseres Zusammenseins jetzt unterschied sich von der ersten Begegnung durch eine unvergleichlich gesteigerte Vertraulichkeit, aber auch durch eine Gespaltenheit und Zerfahrenheit, die mich geradezu trunken machte vor Verwirrung. Nichts konnte ich so eindringlich darlegen, daß sich nicht doch ein weiterer Telephonversuch daran angeschlossen hätte. Manon stand unter einer Spannung, die sie zerriß. Sie ließ alle Manieren fahren, zerriß die Schinkenscheiben mit den Händen, leckte sich die fein durchgebildeten Fingerspitzen ab und tippte wieder auf ihrer Telephontastatur. Dann kam ein Augenblick, in dem sie unversehens innehielt und mich verzweifelt ansah. Sie sammelte ihre Kräfte, um die sie belagernden Dämonen mit entschlossener Tat zu bannen.

»Jetzt küssen wir uns«, sagte sie, als kapituliere sie vor dem Unausweichlichen. Die Hotelhalle war nicht bevölkert, doch auch keine einsame Waldlichtung. Was machst du, bist du verrückt geworden, dachte ich, während ich mich in einen langen, schier endlosen Kuß hineinsinken ließ. Als ich mit rotem, feuchtem Gesicht daraus emportauchte, stand der Kellner vor mir, die Rechnung in der Hand. Noch heute sinne ich nach über das Rätsel dieses ersten großen Liebesvormittags. Manon war von der ungezwungensten, weltläufigsten Eleganz, und doch war alles an diesem Zusammentreffen ein Desaster, voller Entgleisungen, Verhuschtheiten, Peinlichkeiten. Ich benahm mich mit ihr wie ein Schuljunge auf der Kirmes. Sie sah den Kellner, der wer weiß wie lange unserem Kuß zugesehen hatte, ernsthaft an, nichts dämpfte ihre Selbstgewißheit. Und so wunderte ich mich denn auch nicht, als sie es ablehnte, zu mir nach Hause zu fahren. Ich solle jetzt hier sofort ein Zimmer nehmen. Ja, das war mir klar, das war die einzige Möglichkeit. Wir waren die einzigen

Menschen auf der Welt. Das Personal hatte nur Schattenkörper. Der junge Mann an der Rezeption, der uns wahrscheinlich gleichfalls beobachtet hatte, war von leidenschaftsloser Korrektheit. Als ich zu Manon zurückkehrte, sprach sie mit gerunzelter Stirn in ihr silbernes Döschen, ließ es aber zuschnappen, als ich näher kam.

Im Aufzug standen wir wie Fremde nebeneinander und vermieden, uns anzusehen. Ich dachte an Dr. Grothe, der in einer halben Stunde in mein Büro kommen würde, um den längst überfälligen Plan für das Mecklenburger Schloßhotel mit mir durchzugehen. Jetzt war er wohl schon unterwegs. Ich hatte immer noch Gelegenheit, Anna Pfeiff anzurufen und ihr zu sagen, daß ich nicht käme. Auch wenn ich nicht die Nerven hatte, sie zu belügen, und noch weniger, ihr die Wahrheit zu sagen, hätte ich immerhin in beschwörender Dringlichkeit einen einzigen Satz in den Hörer rufen und die Erklärungen auf später verschieben können. Herr Dr. Grothe saß jetzt wohlgemut und hoffnungsvoll im Auto und dachte an die bevorstehende, zum Glück in letzter Minute noch zustandegekommene Beratung. Für ihn war die Welt noch immer in Ordnung. Erste Zweifel würden seine Laune vielleicht erst zwanzig Minuten nach seinem Eintreffen verdunkeln. Konnte ich es schaffen, bis dahin, abgehetzt und leicht zerrauft, das Büro zu erreichen? Ich rührte mich nicht. Ich war außerstande anzurufen. Manon war imstande, in meiner Gegenwart ungezählte Telephonate zu erledigen, ich in der ihren nicht ein einziges.

Im Zimmer angekommen, verschwand sie sofort im Bad. Von drinnen hörte ich ihre Stimme. Ich öffnete die Tür, da saß sie mit herabgelassenen Hosen auf der Schüssel, hielt ihr Silberdöschen ans Ohr und schnitt, als sie mich sah, ein derart komisches Gesicht, daß ich laut lachen mußte. Sie verwickelte mich in den unwürdigsten Kuddelmuddel allein dadurch, daß ich hinter ihr her tappte, aber sie selbst konnte sich aus jeder grotesken Lage durch ihren Witz und ihr Gefühl für Absurdität befreien.

Hell fiel das Mittagslicht auf das Bett, auf dem wir uns ausstreckten. Jetzt besaß ich sie in einem Maß, das ich mir eben noch nicht hatte vorstellen können. Ihre Zerstreutheit war weggeblasen. Es gab nur noch mich, das ließ sie mich fühlen. Zum Verliebtsein hatte ich überhaupt keine Zeit. Das In-sie-Verliebtsein stellte sich erst in ihrer Abwesenheit ein. Während ich sie umarmte, war ich fest davon überzeugt, sie nach dieser Laune nie wiederzusehen, und das befeuerte mich und regte mich an. Hindernislos durfte aber wohl nichts bei ihr ablaufen. In der größten Liebeshitze flüsterte sie mir zu, ich müsse unbedingt vorsichtig sein, und als sie glaubte, ich hätte sie nicht recht verstanden, wand sie sich mit hoher Geschicklichkeit unter mir weg und lag neben mir, der ich sie verblüfft und wahrscheinlich mit ziemlich zerlaufener Miene anstarrte.

Sie lachte leise. Ich habe keinen Anlaß, mich über den Verlauf dieses Mittags zu beklagen, aber es erwies sich doch, daß das Gestückelte, Verzerrte, das unserem Treffen von Anfang an eigen war, sich behaupten sollte. Ich dämmerte vor mich hin, während sie eine Packung Erdnüsse aus dem Eisschrank öffnete und sich eine große Handvoll in den Mund schüttete. Im Einschlafen sah ich dieses Bild und empfand es als reizvoll und friedlich. Wie traurig für Watteau, daß er nie eine junge Frau beobachten konnte, die sich heißhungrig über eine Erdnußpackung hermacht, welche Drehungen und Wendungen des Halses bewirkte dies Den-Kopf-nach-hinten-Legen. Als ich kurz danach erwachte, sah ich sie immer noch so gut wie nackt, aber schon wieder mit ihrer nur aus Schnüren und Strängen bestehenden Unterhose bekleidet, mit gebeugtem Rücken auf dem Bettrand sitzen und mit dem herabhängenden Haar eine Laube für das kleine Telephon bilden. Sie gab fremdartige Geräusche von sich, ein Einziehen der Luft und ein schluckaufähnliches Hecheln, und ich brauchte eine Weile, bis ich verstand, daß sie schluchzte.

»Ich verstehe dich nicht«, sagte sie leise, aber nicht aus Rücksicht auf meinen Schlaf, ich war jetzt vergessen. »Du mußt mir nur sagen, wenn ich lästig für dich bin ... Warum läßt du dich verleugnen ... Ich habe den ganzen Vormittag nichts anderes getan, als dich anzurufen ... Wie bös du bist...« Und dann richtete sie sich auf, warf das Haar zurück und sagte plötzlich laut, geradezu schreiend wirkte das auf mich nach dem scheuen Flüstern: »Du bist eben einfach ein dreckiges Schwein.«

Sie ließ das Telephon sinken. Hatte ihr Gegenüber dieses letzte Wort noch gehört, oder war es ins Leere gesprochen, nachdem er aufgelegt hatte? Ich wagte mich nicht zu rühren, aber ich blinzelte zum Spiegel hinüber, der Manons Bild einfing, einer dieser bronzierten Spiegel, die auch blasse Menschen gut durchblutet und sogar leicht gebräunt erscheinen lassen. Das feine Haar umstand ihr Gesicht zerdrückt und wie gesträubt. Ihr Gesicht war rot und verzerrt, alles, was an ihr hübsch und sogar schön sein konnte, war verschwunden. Schönheit ist oft nur eine Frage von Millimetern, von Duft und Licht und dem Kreislauf guter, lebenspendender Säfte. In ihre Züge war jetzt die schwarze Galle ausgegossen. So sah eine Mörderin aus, die von ihrer Tat noch vollständig erfüllt ist. Langsam stand sie auf und ging ins Badezimmer. Dort hörte ich das Wasser rauschen, aber das Silberdöschen hatte sie zwischen den Falten des Leintuchs liegenlassen, von dort glitt es sanft zu Tal und fiel mit leisem Pochen auf den Teppichboden.

Ich war schon angezogen, als sie zurückkam, und drehte mich zum Fenster, um die kahlen Kastanien zu betrachten, denn ich wagte nicht, sie noch einmal nackt zu sehen. Frauen wie Manon brauchen oft lange, bis sie angezogen sind, aber sie war, so schien mir, in Sekunden fertig. Ihr Gesicht war immer noch gerötet, aber jetzt von viel kaltem und heißem Wasser. Sie hatte sich nicht wieder geschminkt, ihr Haar war gebürstet, aber ohne den Versuch, eine schöne Frisur herzustellen, es lag platt um den Kopf. Sie lächelte traurig, und als ich sie stumm und betreten ansah, machte sie wieder ein Clownsgesicht und wackelte drollig mit dem Kopf.

Wir verließen das Zimmer und gingen durch den langen Hotelkorridor, der im vierten Stock lag und zehn Meter unter der Erde hätte liegen können. In der Halle hielt ich am Pult der Rezeption an, um zu zahlen. Sie küßte mich leicht auf die Wange und ging mit ihren großzügigen, schönen Bewegungen davon. Das war ein Abschied für immer. Der kleine trockene Kuß, der mir ihren Körper noch einmal nahegebracht hatte, löste eine stille Explosion in mir aus. Ich wurde von einem Glücksgefühl durchströmt, das in seiner Fülle und Reichlichkeit einen Ausweg suchte. Mir war, als stiegen Tränen in meine Augen.

Das Büro fand ich verwaist. Auf meinem Schreibtisch lag ein Zettel von Anna Pfeiff: »Dr. Grothe hat eine gute Stunde auf Dich gewartet und ist dann weggegangen. Er legt die Pläne jetzt in Hamburg vor und hofft, daß man die Änderungen später noch anbringen kann.«

Das war schlimm, genau das hatte ich befürchten müssen, als ich ihn nicht anrief. Anna Pfeiff war auch sonst nicht untätig geblieben. Sie hatte meinen Papierkorb geleert und etwas gefunden, was ihr Eindruck machte. Auf ihrer Filzwand, auf der sie Urlaubspostkarten anzuheften pflegte, prangte jetzt der nackte Meister mit Sanjasi-Bart, magerer Asketenbrust und dem Unschuldsgebammel zwischen den Beinen. Seine rechte Hand war abgeschnitten. Ich wußte, daß sie den Meister verehrte. Erfolglos hatte ich einen leicht stichelnden Krieg gegen den großen Kalender mit Aborigines-Spiralen im Vorzimmer geführt; sie ließ mich den Januar abwarten, bis ein Mapplethorpe-Kalender voll weißer Wachslilien ihn ersetzte.

Auf ihrem Schreibtisch fiel mir eine zweite Nachricht auf, die sie in der Minute ihres Aufbruchs entgegengenommen hatte und mir wohl erst morgen überreicht hätte: »Eine Frau Dr. Gran hat angerufen und bittet dringend um sofortigen Rückruf.«

5.
Manon läßt sich frisieren

Manons Haar war sehr fein. Es kitzelte mich in der Nase, wenn ich einer Strähne zu nahe kam, so daß ich niesen mußte. Ich dachte an die kleine Alice, die durch den viktorianischen Spiegel über ihrem Kinderzimmerkamin in den Zaubergarten der sprechenden Blumen gelangt, wo sich die Blumen über ihr Haar unterhalten; diese Pflanze habe unglaublich lange und feine Staubfäden, sagen sie über das Mädchen. Manon wirkte blond, ohne es zu sein. Ihre Haarfarbe war genau betrachtet schwer zu beschreiben, ein feines Hasenfell-Umbra mit silbrigen und goldenen Fäden, bei günstiger Beleuchtung meinte ich sogar Grau- und Grüntöne in dem kühlen Braun zu entdecken. Viel schien sie mit diesem Haar nicht zu unternehmen. Sie sah jedenfalls niemals aus, als komme sie vom Friseur. Ihr Haar duftete und schimmerte eben von Natur aus. Ich glaubte zunächst, sie lasse den Friseur nur an sich heran, wenn sie mit ihren Eltern ausging. Auf einem Photo aus Salzburg sah ich sie mit Fernsehansagerinnenlocken, weich und großzügig und dennoch irgendwie perückenhaft. In Wahrheit war der Friseur ein wichtiger Mensch in ihrem Leben, vielleicht sogar der wichtigste, der Mann, dem sie kindlich vertraute, der nichts von ihr verlangte, der ihr zuhörte und sie beriet, ohne böse zu sein, wenn sie seinen Rat nicht befolgte. Ganz selbstlos war der Mann nicht. Er erwartete und durfte erwarten, zu jeder Zeit zu Manon vordringen zu können. Ihre Eltern und Geliebten mochten vergeblich auf einen Rückruf warten, während dieser Mann sich in innigem, mühelosem Austausch mit ihr befand.

So erwachte ich schon in einer unserer ersten Nächte von einem stetigen Murmeln, das in meinen Traum drang, und brauchte im Dunkeln einige Zeit, um zu verstehen, daß Manon unter ihrem Kopfkissen, von mir abgewandt und ganz in sich zusammengerollt, telephonierte.

»Sie müssen darüber schlafen und vorher ein schönes Bad nehmen«, sagte sie sanft und liebevoll. »Sie machen sich jetzt ein wunderbares Ölbad und nehmen dann eine halbe Schlaftablette und schlafen. Er kommt zurück, Sie kennen ihn, und ich kenne ihn auch. Und Sie dürfen keine bösen Gedanken gegen ihn haben, nichts ›Ich habe ihn aus der Gosse geholt‹ und solche Sachen, das fällt nur ..., doch, das fällt auf Sie zurück... Nichts Böses denken, an Liebe und Freundschaft denken, baden und schlafen ... Nein, ich halte für ausgeschlossen, daß er nicht zurückkommt – er braucht nur das Gefühl der Freiheit... Nein, ich weiß, Sie brauchen das Gefühl der Freiheit nicht. Sie sind der wundervollste Mensch, den ich je gesehen habe, aber andere... Ich doch auch, ich brauche es auch, die meisten brauchen es...«

So ging das lang, während ich lag und lauschte. Ich fürchtete, daß meine Atemzüge anders klangen als im Schlaf, aber darum brauchte ich mir keine Sorgen zu machen. Manon sprach nicht über sich, aber sie unternahm keinerlei Anstrengungen, etwas zu verbergen; sie schwieg, aber sie verschwieg nichts. Was herauskam, kam nicht einmal gegen ihren Willen heraus. Es verlor, sowie es am Tageslicht war, jede Bedeutung für sie; sie zuckte nur mit den Achseln und lehnte jede weitere Erklärung ab. Jetzt fiel der Name des Mannes, mit dem sie sprach: Sie sagte »Herr Haag« zu ihm. Dies intime, tröstende und von der Autorität einer Seelenführerin zeugende Gespräch wurde mit einem Mann geführt, den sie »Herr Haag« nannte, in ihrer Sphäre, in der es eigentlich nur Vornamen gab, sehr ungewöhnlich, wobei mich besonders reizte, wenn sie behauptete, die betreffenden Nachnamen nicht zu kennen, sie habe kein Gedächtnis für Namen. Das war ausnahmsweise geschwindelt, nebenbei, sie wußte genau Bescheid.

Herr Haag sollte für mich vorerst ein akustisches Phänomen bleiben. Als ich mit Manon zusammen war, hatte er Sorgen und bedurfte des ständigen Austauschs mit seiner Kundin. Als Friseur war er berühmt, eine Diva, und die Frauen, denen es gelang, auf seine Kundinnenliste zu kommen, was gar zu Intrigen und Beißereien herausforderte, waren ihm treu. Sie wollten sich das Leben ohne ihn ebensowenig vorstellen, wie ein Nierenkranker ohne Dialysegerät sein möchte. Aus seinen Händen empfingen sie nicht so sehr auffällige Kreationen, kühne Schnitte, gewagte Farben, als Sicherheit. Seine Behandlung bestand im buchstäblichen Sinn aus Handauflegungen. Hatte er sich ein oder zwei Stunden mit dem Kopf einer Frau befaßt, war sie den Kämpfen der Welt wieder gewachsen. Nicht gewachsen war dieser Welt allein er.

Haag war kein Geschäftsmann. Schon zweimal hatte ein von ihm organisierter Salon Bankrott anmelden müssen. »Herr Haag ist ein Künstler«, sagten seine Kundinnen, von denen manche noch weit über die hohen Rechnungen hinaus einzuspringen bereit waren. Aber Untergebener zu sein war noch weniger seine Sache als das Chefsein. Als Angestellter brachte er das soziale Gefüge eines großen Friseursalons durcheinander. Er gab seine Gastrolle und gab sie glanzvoll, und das Publikum strömte herbei, um seine Kunst zu bewundern, und der gesamte Friseursalon sollte nur ihm zu Diensten sein, nachdem er gerade als Schiffbrüchiger dort aufgenommen worden war. Gerade war wieder der Augenblick erreicht, in dem ihm das Zusammenwirken mit den anderen Friseuren im Salon Hölzle zur Pein wurde. Wir saßen bei einem späten Abendessen, als er Manon um Hilfe rief. Körperlich blieb sie vor mir sitzen, aber mit ihrer Seele war sie weit weg bei Herrn Haag; sie stützte ihren Ellenbogen auf, legte den Kopf in die Hand und ließ ihr Haar als Vorhang herabfallen, der sie vor mir verbarg. Aus Manon, die von allen heiklen Lebensvollzügen, vom Kampf ums Dasein so gründlich verschont war, wurde eine Ratgeberin in arbeitsrechtlichen Fragen.

»Er kann Sie deswegen nicht kündigen«, hörte ich hinter dem Haarschleier sagen, »wenn Sie wollen, können Sie morgen zum Anwalt meines Vaters gehen, dem besten Arbeitsrechtler der Stadt... Nein, natürlich haben Sie das Recht, die Kundinnen, die Sie gebracht haben... Bitte, Herr Haag, ich bin davon überzeugt, niemand hat Ihre Bürste versteckt, das war ein Versehen, das klärt sich auf... Das Wichtigste ist jetzt, die Nerven zu behalten... Jederzeit können Sie Hölzle verlassen, aber was dann? Wollen Sie etwa wieder zu Mezzina – natürlich wäre Mezzina überglücklich, aber haben Sie denn vergessen, warum Sie dort weggegangen sind?... Sie machen sich jetzt einen schönen Fisch mit einer Weißweinsauce und trinken ein Glas Wein...«

Schon aus diesen wenigen Kostproben sieht jedermann, wie zutiefst vernünftig und lebenszugewandt Manon hier vorging und wie klug sie die Lage sah. Hier waren auf einmal überhaupt keine Launen, keine Unergründlichkeit, keine zerstörerischen Anwandlungen. Herr Haag tat gut daran, ihr zu vertrauen und sie anzurufen, wobei sie wußte, daß sie keineswegs die einzige war, mit der er Rats pflog. Er selbst nannte ihr immer die Kundin, die das genaue Gegenteil vorschlug wie Manon. Es war auffällig, wie wenige Friedensstifter es in seinem näheren Kreis gab. Die meisten heizten an und genossen es, Herrn Haag zu furiosen Ausbrüchen zu reizen, nach denen er dann einen Tag das Bett hüten mußte.

Bei Manon fand er Selbstlosigkeit, Aufrichtigkeit und Sicherheit. Sie beruhigte ihn, und sie erinnerte ihn daran, in welchen Situationen sie ihn früher beruhigt hatte: wie gut damals alles gegangen war und wie gut es auch jetzt wieder werden würde, wenn er ihr folgte. Man kann nicht behaupten, daß die Anrufe von Herrn Haag zu gelegener Zeit kamen. Sie störten meistens. Es war, als ahne er, wann Manon seelisch angewärmt war, um diese fruchtbare Energie in sein eigenes Bett umzuleiten.

»Hol mich bei Herrn Haag ab«, sagte sie eines Tages, nachdem ich mir schon ein ziemlich genaues Bild von seiner Erscheinung gemacht hatte. Ich stellte ihn mir sehr weiblich vor, klein und jung, ein Fliegengewicht, leicht von den Erschütterungen des Alltags zu bewegen, leicht, aber nur für kurze Zeit zu beeinflussen. Der Salon Hölzle lag im ersten Stock eines älteren Hauses. Seine Fenster gingen auf Kastanienkronen hinaus, ein Meer aus frischem Hellgrün umgab den Saal, in dem Wasser gedämpft in die Waschbecken rauschte und schwache Seifendüfte schwebten. Die Frauen in den Sesseln kannten einander und unterhielten sich, aber Manon wurden solche Unterhaltungen nicht zugemutet. Herr Haag empfing seine Kundin in einem Zelt. »Kundin« – das magische Wort, beinahe steckt schon Kundry oder der Name einer arabischen Sklavin von berückender Schönheit darin. Für Herrn Haag teilte sich die Welt in zwei Hälften: die seiner Freunde, Feinde, des Alltags und des Feiertags auf der einen Seite, auf der anderen aber die Kundin, das eigentlich ihm zugeordnete Gegenüber, seine eigentliche Heimat, seine wahre Entsprechung. Das Zelt, in das er sich mit Manon zurückgezogen hatte, war pfirsichfarben. In seiner Umgebung war alles auf Begünstigung und Verschönerung der weiblichen Erscheinung eingestellt. Im Licht des Pfirsichstoffs gossen sich milde, blühende Farbtöne auch über unfrische und kränkliche Frauen. Viele gelangten freilich nicht hinein in dieses Zelt. Die meisten sahen nur die französischen Sprudelwasserfläschchen und die winzigen Kaffeetassen, die dort hineingetragen wurden, um die Kundin während des langen Umwandlungsprozesses bei Laune zu halten. Ich war unsicher, ob mir schon das schöne Recht des Liebhabers zustand, solche Vorhang-Compartimente, wie auch in Kleidergeschäften, zu betreten und meine Meinung zu sagen. Fürchtete ich die Konkurrenz von Herrn Haag? Ich ließ mich also vor dem pfirsichfarbenen Vorhang nieder und betrachtete die Frauen, die im Saal frisiert wurden. Eine schlanke, von der Sonne braungegerbte Frau mit schwarz hängendem Haar folgte mit weit geöffneten Augen, in höchster Alarmiertheit, dem Weg der Schere in den Händen eines jugendlichen Friseurs mit spanischem Ziegenbart, die von den hoch über ihren Kopf gehobenen Haarsträhnen die Spitzen abschnitt. Haarkonfetti rieselte herab. Sie mußte zwinkern. Ihrer Miene war abzulesen, daß für sie das Haareschneiden ein Akt der Vivisektion war, ein Eingriff ohne Narkose. Sie gab sich dem bärtigen Jüngling in die Hand wie sonst nie einem Mann, und sie fühlte ihre Ausgeliefertheit und litt, obwohl er lächelnd auf sie einsprach und sie abzulenken versuchte.

Währenddessen vernahm ich nun zum erstenmal die Stimme von Herrn Haag, die meiner Vorstellung von ihm derart widersprach, daß ich kurz glaubte, vor der falschen Kabine zu sitzen. Er hatte den häßlichsten Dialekt, den ich kenne: das industriell verformte Pfälzisch von Mannheim und Ludwigshafen. Dieser Dialekt ist sehr schwer nachzuahmen, seine Lautquetschungen setzen Mund- und Lippenstellungen voraus, die einem vermutlich angeboren sein müssen. Kittelschürzen und Plastiktischdecken wehen durch dieses Ludwigshafenerische, dazu ein Jammern und Klagen. Ich erfuhr verblüfft, daß Herr Haag, der respektvoll Gesiezte, seinerseits

Manon duzte und sie »Manonchen« nannte, »Manongsche« genaugenommen, was ein wenig wie ein deutsch ausgesprochenes »Annonce« klang.

Manon schien verzagt. »Ich weiß nicht, was mit meinen Haaren los ist«, sagte sie in tiefer Trostlosigkeit. Sie vermute, bald schon überhaupt kein einziges Haar mehr zu haben. Wie Stroh sei ihr Haar, leblos. Sie verwende alle neuen Flaschen, die Herr Haag ihr empfohlen und mitgegeben habe, aber ohne Erfolg. Ich wußte schon, daß Herr Haag an die Entwicklung eigener Produkte für die Haarpflege dachte und sogar schon Musterflaschen aus schwarzweißem Kunststoff hatte entwerfen lassen, mit unförmigen Schraubdeckeln, die größer als die gesamte Flasche waren, obwohl er doch nachweislich niemals Glück mit solchen Eigenunternehmungen gehabt hatte. Manons Eltern, die den Anfang der Produktion wirtschaftlich begünstigen sollten, wären dazu grundsätzlich auch bereit gewesen, wenn Herr Haag ihnen einen fähigen Kompagnon präsentiert hätte. In ihrer Absage war wieder von Haags Künstlertum die Rede: Er brauche jemanden, der ihn beschütze, hieß es, und Haags Antwort, das gebe es heute nicht mehr, die Menschen dächten alle nur an sich selbst, enthielt auch Stolz. Er war davon überzeugt, daß er Anspruch auf bedingungslosen Schutz besitze. In solchen Flaschen, solchen Pflegeserien, wie es in Haags Profession hieß, wenn ein und dasselbe Parfum den unterschiedlichsten Inhalt verkaufen sollte, seien keine Zaubereien enthalten. Manons Haar könne nur so glücklich sein, wie sie selbst. Das Haar sei der Spiegel von Herz und Seele.

»Ach, ach, ach«, klagte nun auch Manon, leicht komisch und doch auch bitter. Sie schlafe schlecht und fühle sich so unruhig.

»Das ist kein Wunder«, sagte Haag, sie unternehme einfach zuviel, sie schone sich nicht. Das Leben sei so anstrengend. Heute früh, anstatt auszuschlafen, habe sie zum Friseur gemußt, jetzt warte schon ein Mittagessen, dann müsse man packen, um nach Baden-Baden zu fahren.

Manon lachte, wie sie bei mir noch nie gelacht hatte, nicht besonders laut, aber vernünftig und zufrieden. Sie ließ sich gern von Haag ausschimpfen und ein wenig verspotten. Ich wurde Zeuge einer Intimität, die ich mit ihr nie erreichte. Ich vermute, daß Manon bei Herrn Haag eine Ehrlichkeit möglich war, die ihr sonst verschlossen blieb. Er führte sie und ließ sich von ihr führen. Sie hatten voreinander keine Verstellung nötig, keiner spielte dem anderen etwas vor. Nichts gab es, was Herrn Haag aus dem Gleichgewicht gebracht hätte, wenn sie es ihm gestand, außer vielleicht wenn ihr Vermögen verloren wäre. Auf Manons Seite gab es für Haag noch nicht einmal diese Einschränkung. Sie konnte kein finanzieller Verlust und keine Entgleisung seines Liebeslebens erschrecken. Wie sollte man solche Vertraulichkeit ohne Illusionen nennen? Stammte sie aus dem Bordell oder der Galeere?

Aber solche von der Eifersucht eingegebenen Gedanken streiften mich nur flüchtig. Ein anderes Wort war von viel größerer Bedeutung und durchflutete und durchströmte mich mit der dankbar empfundenen Hitze einer Thermalquelle: Baden-Baden. Sie fuhr also wirklich nach Baden-Baden. Ich mußte nicht gewärtig sein, sie unversehens an ganz anderer Stelle zu wissen, in den faltigen Armen des Meisters womöglich. Die Mühe, zweimal zu lügen, brachte Manon üblicherweise nicht auf.

Ich sah in die Kabine hinein. Ihr Kopf war von großen Papilloten umgeben. Sie sah aus, als trage sie eine exotische Krone. Ich konnte durch die Lockenwickel hindurchsehen, Teile meines Gesichts erschienen zwischen ihnen im Spiegel. Als sie mich erkannte, lächelte sie und stellte mich Herrn Haag vor, dessen Aussehen mich noch mehr verblüffte als seine Stimme. Er war sechzig, nicht sehr schlank und trug Jeans und einen weißen Kittel, als arbeite er in einer Polsterwerkstatt. Auf der mit Altersflecken bedeckten Haut seiner Brust lag eine ägyptische Hieroglyphe in Gold. Wollte er damit die Hoffnung ausdrücken, auch nach dem Hingang dieses Leibes irgendwie weiterzuleben? Er, der Meister der Färbekunst, der mit Manons Haar solch undurchschaubare Kunststücke vollbrachte, war bei sich selbst achtlos mit den Farbtuben umgegangen. Buttergelb strahlte sein Haar, darunter lächelte ein wohlwollendes Bauerngesicht. Ich vergaß, daß ich ihn eben noch unbestimmt widerwärtig gefunden hatte. Mit leichter Hand nahm er jetzt die Rollen aus Manons Haar, das sie daraufhin in dicken Pudellocken umstand, fuhr mit den pratzenartigen Händen hindurch, zerstörte die künstliche Lockenpracht, bürstete daran herum, sprühte und griff immer wieder mit den Händen zu, und schließlich sah Manon aus wie gestern abend, nur um eine Nuance flauschiger, kükenartig frischgeschlüpfter, von Frühlingswinden durchpusteter. Sie küßte Herrn Haag auf den Mund, und er ließ sie ziehen wie ein gerührter Vater, der im Bahnwärterhäuschen einen jungen Schwan großgezogen hat. Ihre großen Augen glänzten, ihre Lippen blühten. Sie war jetzt geradezu furchterregend schön, eine schöne Fremde, die sich in meine Stadt verirrt hatte und sich unbegreiflich genug nun gerade an meinen Arm schmiegte, um mich, während wir über die dichtbefahrene Straße gingen, mit aller Kraft festzuhalten.

6.
Schlechte Manieren

Manon gehörte mir ganz und gar, mit Haut und den soeben derart kundig gepflegten Haaren. Sie hatte Zeit für mich, denn die Beschäftigung mit dem »Indisch-magischen Zirkus« des Meisters hatte sie von sich gestoßen, nicht ganz so heftig übrigens, wie ich das nach ihrem Ausbruch im Hotelzimmer erwartet hatte. Mir war zunächst, als glaube sie, an dieser »rein organisatorischen Tätigkeit«, wie sie sagte, festhalten zu sollen. Stand sie bei ihrem Liebhaber etwa unter Vertrag? Nein, das nicht gerade, obwohl der Meister in seiner nächsten Umgebung sonst alles vertraglich regelte. Keine seiner Mätressen oder Ehefrauen schwebte im unklaren über das, was von ihm zu erwarten sei: wenig oder gar nichts. Was er überhaupt zahlte, gewährte er stets ohne Anerkennung einer Rechtspflicht. Nur mit Herrn Tofet konnte er nicht so despotisch verfahren: »Tofet hat ihn mit irgendwelchen Sachen fest am Wickel.«

Manon erklärte plötzlich, es sei »unprofessionell«, ein Ausdruck, der mich aus ihrem Mund mit besonderer Rührung erfüllte, wenn sich das Persönliche und das Geschäftliche derart verwische, daß sie bei einem Ende ihrer Liebesbeziehung mit dem Meister auch das Arbeiten für ihn aufgebe.

»Wo ist denn das Geschäft, wenn du kein Geld für deine Arbeit bekommst?« fragte ich und erhielt ein listiges Lächeln zur Antwort. Hieß das, daß sie sich über ihren eigenen treuen Biedersinn amüsierte, oder hatte sie mir nur einfach nicht mitgeteilt, worin eigentlich das Geschäft mit dem Meister bestand? Den Meister aufgeben, das bedeutete in ihrem Leben eine große Veränderung. Da gab es nicht nur den Geliebten mit seinen Reisen, seinem Auftreten bei Ausstellungen und Kongressen, bei der Entgegennahme von Preisen und Einweihungen, sondern auch den Apparat, den er unterhielt und in den Manon einbezogen war. Für sie war vor allem Herr Tofet zuständig gewesen. Er holte sie im Wagen ab und brachte sie, wohin der Meister sie haben wollte. Er reiste mit ihr, er bestellte ihre Flugtickets, arrangierte ihr Hotel, begleitete sie beim Einkaufen und war das Sprachrohr seines und ihres Herrn. Hörte man Manon, war Tofet allgegenwärtig, täglich um den Meister bemüht und zugleich mit Augen und Ohren bei allen Affären, die die gemeinsame Firma betrafen, und selbstverständlich auch immer im Dienst der Frauen, die gerade seine Gunst genossen. Manon schilderte, ohne sich zu schonen, wie kläglich sie sich oft vorgekommen sei, als Maîtresse en titre – das war mein Ausdruck, den ich sofort bereute, denn ich mußte ihn ihr erklären, und das verführte mich zu redseligen Auskünften über Louis XV., die uns weit von ihren Geständnissen wegführten. Oder fürchtete sie, schon zuviel preisgegeben zu haben? In meinem Interesse wäre es gewesen, die gesamte Meisterei so weit wie möglich von uns wegzuschieben: am besten gar nicht mehr über den Mann zu sprechen, ihn einer Erinnerungsverdammung anheimfallen zu lassen.

Aber da war meine Neugier, in deren Zeichen wir uns kennengelernt hatten. Ich hatte es noch immer nicht übers Herz gebracht, Manon von dem Photo zu erzählen. In das Fundament meiner Liebe zu ihr war dies Heimlichtun eingemauert. Und diese Absicherung meiner Überlegenheit über sie, ein Element wirklicher Bosheit, trieb mich dazu, sie zu verleiten, über den Meister zu sprechen, stets mit der verhohlenen Absicht, ihre Worte auf deren Wahrscheinlichkeit abzuwägen. Sie kam meinem Bedürfnis arglos nach. Auch sie wollte über ihren Freund sprechen, den sie verlassen oder der sie verstoßen hatte, das wurde nie vollständig klar.

Es gab auch gegenwärtig eine Ehefrau des Meisters, und es gab aus früheren Ehen Nachkommenschaft, die gleichfalls Rechte geltend machte. Wenn ich das Indiz des besessenen Telephonierens deutete, mochte es um Manons Versuch gegangen sein, eine Forderung durchzusetzen, vermutlich nach Ausschließlichkeit ihrer Beziehung, woran aber gar nicht zu denken war. Der Mensch war nicht geboren, der dem Meister etwas abtrotzte, was der nicht herausrücken wollte. Ich glaubte, inzwischen sicher sein zu dürfen, daß es keine Verbindung mehr zwischen Manon und diesem Mann gab, der ihr Vater hätte sein können, wie sie selbst es vorwurfsvoll und sanft vor sich hinsagte. Wenn sie über ihn sprach, zeichnete sie am Porträt eines Monstrums. Sie gab mir das Gefühl, daß sie von einem Alpdruck befreit sei. Sie scheute sich nicht, mir zu danken, daß ich ihre Flucht ermöglicht hätte. Zwar sei Tofet gelegentlich noch in der Nähe ihres Elternhauses, aus einem Rhododendron- oder Kirschlorbeerbusch tretend, auf sie zugekommen. Verborgen hatte er auf sie gewartet, um sie im Wagen zu seinem Kompagnon zu bringen, aber von dem Alten selbst hatte sie kein Wort mehr gehört und gelesen.

»Er glaubt, daß ich einem von Tofet überbrachten Befehl ganz einfach gehorche«, sagte sie nachdenklich. Völlig in die Irre gehe diese Annahme nicht. In früheren Zeiten habe sie sich tatsächlich schon von Tofet halb unwillentlich zum Meister zurückbringen lassen. Wenn der Meister seinem Freund eine Anordnung erteile, kehre Tofet alsbald mit einem Erfolgsbericht zurück. Für den Meister sei eine Angelegenheit in dem Augenblick erledigt, wo er Tofet angewiesen habe, sich darum zu kümmern.

Sie gebe etwas darum, das Gesicht des Meisters gesehen

zu haben, als Tofet allein zurückgekehrt sei. Fassungslos müsse der große Befehlshaber gewesen sein. Aus solchen Worten sprach für mich die Endgültigkeit ihres Trennungsentschlusses. Daß dieser Entschluß wahrscheinlich nicht die Folge der ihr seit langem bekannten Charaktereigenschaften des alten Mannes war, sondern allein auf »ihrer hohen Willkür«, wie die alten Könige einst sagten, beruhte, beunruhigte mich nur gelegentlich. Ich sagte mir, daß auch meine eigene Leidenschaft im Grund nicht von Manons Qualitäten ausgelöst werde, sondern von letztlich unergründlichen Reizen. Die Kerze des Alten war einfach heruntergebrannt, seine Flamme war erloschen. Seinen Geiz, seine Falschheit und Rücksichtslosigkeit verzieh sie ihm, seit sie nicht mehr darunter zu leiden hatte. Seinen erotischen Geschmack behauptete sie, stets sonderbar gefunden zu haben, aber ein Trennungsgrund war das gewiß nicht.

Sie sprach plötzlich von dem Tag, an dem er mit ihr und Tofet in Paris Wäsche einkaufen ging; das knappe Ding aus Schnüren, die zwischen den Backen des Hinterteils verschwanden, stammte auch aus diesem Kauf, bei dem Tofet wie immer zu Rate gezogen worden war und sie kalt und kennerhaft gemustert hatte. Das gefiel dem Meister. Die Seidenstrümpfe mit dem dehnbaren Spitzenrand, die sie sofort anziehen mußte, waren gegenüber dem Höschen-Takelwerk geradezu diskret gewesen, aber es fiel ihr doch der Eifer auf, mit dem der Meister im Geschäft ihren Rock hochzog und Tofet darauf hinwies, wie ihre eigentlich recht straffen Schenkel über der stramm sitzenden Spitzenmanschette der Strümpfe hervorquollen. Vor Tofet hatte sie freilich nicht die geringste Scham angewandelt. Er war ein Dienstbote, geschlechtslos, obwohl er den Frauenkenner gab.

Auf einmal befanden wir uns in einer nächtlichen, verzauberten Welt. Die Ereignisse, die sich an den Kauf der

Strümpfe anschlossen, erzählte Manon wie einen Traum, der sie noch lange nach dem Erwachen beschäftigte. Ob ich in Paris den großen Park kennte, den Wald im Westen der Stadt? Der Bois de Boulogne hatte in ihrer Schilderung eine Liebesgeographie, einer Landschaft aus den Romanen der Mademoiselle de Scuderi mit ihren Tälern der Seufzer, Bächen der Hoffnung und Felsen der Treue vergleichbar. Nur daß die Liebeslandschaft der Precieusen weniger auf die erotischen Spezialitäten eingestellt war als der moderne Bois. Glaubte man Manon, fand dort jeder Geschmack sein Gebüsch. Das Wäldchen der Koprophagen lag neben dem Hain der Masochisten. Tofet kannte sich aus in dieser Geographie und lenkte vom Rücksitz des Mercedes den chauffierenden Meister auf nur von wenigen Laternen erhellten Wegen. Es hatte geregnet, durch den Spalt des geöffneten Fensters drang appetitliche Kräuterluft. In einer dunklen Ecke hielten sie an. Der Meister machte Licht und schob dann Manons Rock hinauf, so daß wieder das weiche, aus den Spitzen hervorquellende Fleisch zu sehen war, das unter seinen mit flacher Hand ausgeteilten, leise klatschenden Schlägen erzitterte.

»Männer sind etwas Unbegreifliches«, sagte Manon. Aus dem Dunkel hätten sich Schatten gelöst, bis das Auto rings von Männern umgeben war, die ins erleuchtete Innere blickten, mit von Schlagschatten verzerrten Gesichtern. »Sie machten ihre Hosenlätze auf und guckten auf meine Strümpfe und rubbelten an sich herum.«

»Hattest du keine Angst?«

»Nein, Angst wenig, es war eine Spannung, wie wenn der Zahnarzt den Mund sorgfältig untersucht und man darauf wartet, daß der Draht plötzlich eine wehe Stelle berührt.« Sie habe nicht gewußt, wie lange das alles dauern solle. Der Meister forderte sie auf, im Sitz etwas nach vorn zu rutschen und die Beine weiter zu spreizen. Mit der mageren Künstlerhand hielt er ihren Rocksaum fest, damit die Einsicht der Umstehenden nicht behindert war.

»Er wollte das so.«

»War dir das nicht widerwärtig?«

»Nein, wieso? Es war ja eine Glasscheibe dazwischen. Und außerdem – als bei den Herren aus dem Gebüsch dann schließlich die Milch überkochte, waren sie ganz schnell wieder weg.«

Der Meister sprach mit Tofet französisch. Daß der auch noch da war, hatte sie ganz vergessen.

»A-t-elle pris son pied?« fragte Tofet. Der Meister sah sie unruhig und prüfend an.

»Was sollte das denn heißen?« fragte ich mit wachsender Entrüstung. »Wahrscheinlich etwas Unanständiges«, antwortete Manon mit kindlich-vergnügtem Lächeln. Der Meister und Tofet hätten stets unanständige Unterhaltungen gehabt. Sie hätten über Sachen gesprochen, von denen sie nicht die blasseste Ahnung habe. Ich sah sie an und fühlte wieder die Liebe zu ihr aufsteigen, die meine Zunge lähmte und die Augen unversehens feucht werden ließ, und hoffte, daß die Tränentröpfchen die Augen nur glänzend erscheinen ließen.

»Sie ist keusch«, dachte ich mit einer Andacht, die sich des Makels bewußt war, selbst leider nicht keusch zu sein.

»Ein fürchterlicher Mann, ohne Gefühl, ohne Takt, in allem verdorben«, sagte Manon, deren Gedanken abschweiften. Mein zustimmendes Nicken mit eindringlicher Miene bekam sie gar nicht mit. Ich hütete mich davor, ein Wort zu sagen. Natürlich wollte ich sie in ihrer Abneigung gegen den Meister bestärken, aber meine Neugier auf ihre Geständnisse war noch größer.

Sie habe einen schönen Schal besessen, sagte sie leise und voll Trauer, und ich meinte mich an den bettlakengroßen

Kaschmirschal zu erinnern, den sie hinter sich hergeschleift hatte, als ich ihr zum erstenmal begegnete. Von diesem Schal sprach sie mit einer Zärtlichkeit wie von einem Kind – ja, gewiß, es gab eine Überfülle von hübschen, eleganten und sogar gelegentlich schönen Sachen in ihrem Leben, aber diesen einen Schal hatte sie auserkoren, sie hatte ihn geliebt und liebte ihn jetzt immer noch mit der ganzen Kraft ihres Herzens. Das hatte sie nicht daran hindern können, ihn liegenzulassen, im Auto von Tofet war er, der Vielgeliebte, achtlos vergessen worden, und selbst Tofet, der sonst jedes Detail im Auge behielt, hatte ihn übersehen. Als sie jedenfalls nach ihrem Schal forschte – »Er ist alt«, bemerkte sie beiläufig, was in diesem Zusammenhang aber »antik« bedeuten sollte –, stellten Tofet und der Meister sich ahnungslos. Der Meister sah ihr sogar zu, wie sie Restaurants und Hotels anrief und nach dem Schal fahndete, ohne daß seine Miene irgend etwas verraten hätte. Und dann, Wochen später, sah sie im Fernsehen den Meister und seine Frau bei Eröffnung eines golden überkuppelten und mit bunten zerschlagenen Kacheln geschmückten Heizkraftwerks in Niederösterreich. Glaubte man Manon, war die Frau des Meisters eines der abstoßendsten Lebewesen unter der Sonne; nun, aus solchen Schmähungen kann man sich kein Bild machen, es gibt hundert Arten, abstoßend zu sein. Aber was sie mir lebhaft vor Augen stellte, war die Hilflosigkeit, mit der Madame, eine Belgierin mit vietnamesischer Mutter, wahrscheinlich also sehr hübsch, Manons Schal umgewickelt hatte. Diese Kuh wisse natürlich nicht, wie man einen solchen Schal zu tragen habe, sagte Manon, und die Verachtung spendete ihr sichtlich ein wenig Trost.

7.
Wie entsteht Literatur?

»Worüber hast du dich eigentlich mit ihr unterhalten?« Ich weiß nicht, worüber wir uns unterhalten haben, außer wenn wir uns stritten und ich sie mit Vorwürfen überschüttete, manchmal bitter, dann wieder sarkastisch. Wir haben uns möglicherweise überhaupt nicht unterhalten, obwohl ich mich in ihrer Gegenwart pausenlos sprechen sehe. Einmal sagte sie zu mir, sie habe von mir geträumt. War das nicht ein zweifelhaftes Kompliment? Hieß es nicht, einer Person ein gewisses Gewicht im eigenen Leben zuzuerkennen, wenn man von ihr träumte? Sie habe im Bett gelegen, sagte Manon, und ich hätte neben ihrem Ohr beständig den Mund weit auf- und zugemacht, ohne daß sie etwas verstanden habe, einen Sturzbach von eindringlichen, aber unverständlichen Mitteilungen hätte ich über sie hinwegrauschen lassen.

Ich weiß nur, daß ich in ihrer Gegenwart stets beflissen war, daß keine Stille aufkomme. Während ich sprach, betrachtete ich sie. Ich habe mich an ihrem Gesicht nie satt sehen können. Die großen grau-beigen Augen, die vollen, blaßrosa, gelegentlich grau-rosa Lippen mit den weißen Zähnen dahinter, die kleinen Ohren, das grau-blonde Haar, wie mit feinster Asche gepudert, dies alles enthielt Botschaften, die kein Wort hätte ausdrücken können, obwohl alles in schönem Licht und anschaulich vor mir ausgebreitet war. Sie zeigte sich hemmungslos und ließ sich betrachten, und ich sah sie wie ein hungriger Hund, unnennbare Verheißungen ahnend und nichts von dem, was sich da offenbarte, in den Griff bekommend. Sie verkörperte für mich die höchste Form des Geheimnisses, das »heilig offenbar Geheimnis«, von dem Goethe spricht, das wie eine zweite, durchscheinende Haut über der Oberfläche der Dinge liegt, nichts verhüllt, nichts hinzufügt und immer nur angesehen werden will. Ich ging gern mit ihr in helle Restaurants, nicht nur weil mich ihre Gewohnheit nervös machte, während meiner Monologe den Kerzendocht zu richten und farbige Wachsinondationen auszulösen, sondern auch weil das helle Licht ihr anders als den meisten Frauen nicht schadete. Ich hatte keinerlei Bedürfnis nach »romantischer Stimmung« mit ihr, wie man sagt, wenn nicht viel zu sehen ist. Ohnehin lagen unsere Liebesstunden oft nachmittags. Wir waren schon lange zusammen, ohne bisher eine ganze Nacht miteinander verbracht zu haben. In dem Gesprächsbrausen unter den weißen Deckenlampen erlebte ich kontemplative Stunden, während sie mit ihrer Gabel auf meinem Teller spazierenging und nachdenklich aufspießte, was sie beim Bestellen noch gar nicht hatte haben wollen. Leider blieben wir nicht immer ungestört. Helle, gutbesuchte Orte steigern die Wahrscheinlichkeit, Bekannten zu begegnen. Meine Lust darauf war klein, aber ich wußte, daß Manon sich gern in einem Saal aufhielt, wo sie von rechts und links gegrüßt wurde. Und ich muß auch bekennen, daß ich es stets ein wenig genoß, mit ihr aufzutreten. Sie war auf eine beiläufige Weise auffällig. Im Winter trug sie große Mäntel, die mit seltenen Pelzen gefüttert waren, und wenn sie im Sommer nur ein dünnes Hemd auf dem Leib hatte, war erst recht eine spürbare Aufregung um sie, bis sie endlich saß und die große Tasche verstaut war. Die Leute sahen mehr oder weniger diskret zu ihr herüber. Auch auf mich fielen Blicke, weniger freundliche als abschätzende: Hat der Kerl eine solche Frau verdient? Kann der Kerl eine solche Frau halten?

Ja, ich gebe zu, ich war in diesen Augenblicken ebenso stolz und befangen wie ein Student, der in einem ausgeliehenen Cabriolet vorfährt. Und es kamen dann auch Männer an den Tisch, die arglos taten, aber die Lage prüfen wollten. Wem es um Blicke zu tun war, der fuhr bei Manon reiche Beute ein. Sie konnte gar nicht nichtssagend blicken. Wenn ihr ein Fremder vorgestellt wurde, war ihr Blick dunkel und prüfend, womöglich geradezu ein wenig furchtsam, man sah afghanische Nomadenfrauen mit Schleiern in herrlichen Farben und mit unergründlichen Augen vor sich, die voll Neugier, Scheu und Xenophobie den Ausländer begrüßten. In Manons Gegenwart gab es einfach keine unverbindliche Atmosphäre. Nach wenigen Worten zogen sich die Vorgestellten zurück, beschwingt von der Vorstellung, in einem schwer bewachten Harem eine Eroberung gemacht zu haben. Das war noch der willkommenere Fall. Andere unternahmen den Versuch zu bleiben.

Mein letzter Abend mit Manon – nein, nicht der letzte, es folgten noch viele, die mir heute aber blasser vorkommen wollen, von einer Vorahnung des Abschieds gezeichnet – wurde von solch einem Hinzutretenden überschattet. Das war der Hinzutretende schlechthin, der erfahrene Damen-Annäherer, genuiner Restaurant-Falke mit leichtem Zigarillo und halb geleertem Rotweinglas. – »Darf ich mich zu Ihnen setzen?«

»Das ist der Dichter Ivan Schmidt«, sagte ich, indem ich schön brav die mir von ihm zugewiesene Rolle des Einführenden, Wegweisenden, Vorbereitenden übernahm. Der Dichter Ivan Schmidt lächelte anzüglich. Er fühlte sich wohl in seiner Haut. Er übte seinen Oberkörper mit Hanteln. Er war nicht der Seele gewordene Dichter mit dünnen weißen Armen, sondern der Dichter als Mannsbild. Das Dichtersein gab ihm eine zusätzliche virile Qualität. Die trainierten Schultern rollten unter seiner schwarzen Anzugjacke, obwohl sie weit und bequem saß. Ein prachtvoll gesunder Mensch war Schmidt, der Kopf war rasiert, die Fingernägel frisch gebürstet, die Fingerspitzen rosa wie Marzipanschweinchen. Manon sah ihn an – nun, man ahnt, wie sie ihn ansah. Ihr Gesicht war eine einzige sanft vorwurfsvolle Frage. Wer so angesehen wurde, mußte einfach darum bitten, sich setzen zu dürfen. Einem solchen Blick nicht Folge zu leisten wäre unritterlich, mit der dichterischen Virilität unbedingt unvereinbar gewesen. Ich hätte auswendig sagen können, wie Ivan Schmidt sich einführen würde, zu oft hatte ich dieser Erklärung gelauscht.

»Schmidt ist in meinem Fall kein deutscher Name, wir sind italienischer Abkunft, der Name ist eigentlich Scamizzo, aus Venetien, zu Schmidt verballhornt.« Er servierte das wie einen Knalleffekt; unerhörte, das gewohnte Weltbild verrükkende Verhältnisse taten sich auf. Kein dankbareres Publikum war möglich als Manon.

»Ach«, sagte sie träumerisch, und vor ihrem inneren Auge schienen die venezianischen Scamizzi durch die schroffen Alpen nach Norden zu wandern, wo sich in der Kälte der Name zusammenzog und sich nördlichen Sprechwerkzeugen anbequemte, bis er zu etwas vollständig Neuem geworden war. Ihre Lippen bewegten sich. Ich konnte ihnen ablesen, wie Scamizzo zu Scamiz, Schmiz und schließlich Schmidt wurde, und wie der Name durch diese Wandlung alles Nichtssagende verlor und zu einem schwarzen Dreispitz wurde, unter dem die lange weiße Pappmaché-Nase einer venezianischen Karnevalsmaske hervorlugte.

»Aber Ivan . . .?«

Das war Schmidts zweiter Trumpf.

»Meine Mutter ist Russin.« Die Wörter haben eine schwer zu überschätzende Macht. Es gibt russische Schneiderinnen, Lehrerinnen, Sekretärinnen, Huren, Putzfrauen. Aber »Meine Mutter ist Russin«, das war aufgeladen mit Rossen und Rassen, gespannt bis zum Reißen, verheißungsvoll, natürlich in erotischer Hinsicht. Mir war Schmidts Programm wahrhaft nicht neu. Mit Scamizzo und der Russin zog er durch alle Restaurants und Bars, die seinen Ansprüchen genügten. Alle Kellner kannten sie, denn wenn Schmidt an einem Abend fünf Leute traf, erzählte er seine Geschichte fünfmal. Aber nie abgedroschen, immer funkelnd. Er war professionell wie ein Broadway-Schauspieler, der zweitausendmal in ein und derselben Rolle auftritt. Professionalität gehört zur Kunst. Kein Zweifel, Schmidt war Künstler.

Wahrscheinlich hatte er beobachtet, wie ich mit weit vorgebeugtem Kopf auf Manon einredete, als hätte ich ihr Leben zu retten, während sie träumerisch, zerstreut, friedlich lauschend von meinem Teller aß und den ihren beinahe unberührt zurückgehen ließ. Waren wir nicht unter der Glasglocke der Intimität derart ineinander verschränkt, daß es zutiefst taktlos sein mußte, uns zu stören?

Taktlos gewiß, aber leider nicht unmöglich. Die Glasglocke hatte Sprünge, durch die Schmidt sich hindurchzwängen konnte. Und abgewiesen wurde er nicht, auch nicht von mir, nebenbei gesagt, der ich vor anderen ängstlich bemüht war, Zeichen der Eifersucht zu unterdrücken. Eifersucht hatte einen fatalen Effekt bei Manon. Traurig hörte sie einem Eifersuchtsanfall zu und war danach tagelang, einmal sogar eine Woche lang unerreichbar.

»Kann man nicht auch lieb und höflich zu Leuten sein, die einem nichts getan haben und auch gar nicht weiter in Betracht kommen?« Ich wollte an diesem Abend unbedingt unter Beweis stellen, daß ich das konnte. Wer zwang mich aber, dem Dichter zuzuarbeiten und ihn noch mehr herauszustreichen, als er selbst es schon tat?

»Ivan Schmidt arbeitet an einem großen Roman.« Ich

fühlte, wie Manon und Schmidt mich von zwei Seiten in die Zange nahmen. Beide waren sie Instinktwesen, Manon ohnehin, aber der Dichter eben auch, und zwar mit einer Feminität, die sich neben seiner demonstrativen Virilität mühelos behauptete, und so zogen sie an den Fäden, die aus meiner schlichten Persönlichkeit für sie deutlich sichtbar heraushingen, und ließen mich tanzen. Von Schmidts Roman hatte ich schon viele Male gehört, das ging nun schon Jahre, ohne daß das Buch fertig wurde. Aber Manon, der ich heute abend die ausgefeiltesten Gedanken unterbreitet hatte, war von der Vorstellung eines unfertigen Romans fasziniert. Mit einer an Selbstgefälligkeit grenzenden Befriedigung erklärte Schmidt: »Das Manuskript hat den Titel ›Hoffmann, der Diurnist‹.« Es gehe bei diesem Werk nicht darum, einfach einen weiteren Roman vorzulegen. Die Welt ersticke an Romanen.

»Uns allen hängen Romane, die sogenannten gut gemachten Romane, zum Hals heraus.« »Hoffmann, der Diurnist« werde das Genre an eine Grenze führen und sie überschreiten. »Mein Held ist negativer Held in des Wortes eigentlicher Bedeutung – er ist ein nicht vorhandener Held, eine echte Leerstelle im Erzählgefüge. Der ganze Roman wird bis an den Helden heran erzählt und endet an ihm wie an einer Betonwand. Und hinter der Betonwand ist nichts. Hoffmann, der Diurnist, ist für mich die Nullposition im Weltkoordinatensystem. Dies System basiert auf der Null. Deshalb könnte man mein Werk ebensogut auch als den ersten kybernetischen Roman der Literaturgeschichte bezeichnen.«

Schmidt rollte in der leichten Anzugjacke mit den Schultern, es sah aus, als begehre er mehr Raum für seinen muskulösen Körper, als wolle er die Jacke, die ihn doch gar nicht beengte, mit einem Ruck sprengen. Geistige Arbeit war für ihn, das zeigte er uns, etwas sehr Körperliches. Die Null-

Kammer, in der Hoffmann, der Diurnist, hauste, war von starken Armen erbaut.

»Was ist ein Diurnist?« fragte Manon mit der kindlichen Stimme, die sie annahm, wenn sie glaubte, etwas Dummes zu fragen. Tatsächlich gehörten die Badehäuser in den Kellergewölben der Bahnhöfe inzwischen der Vergangenheit an. Der Badediener dort, der Handtücher und Seife an übernächtigte Reisende austeilte und ihnen eine Wanne einließ, hieß in Schmidts Werk »Diurnist«, ein in der Bahnhofsunterwelt hausender Molch, ein Grottenolm, der bei schwachem Glühbirnenlicht in der von faden Seifengerüchen und Wasserdampf erfüllten Luft seiner Kabinen herumweste. Seine Kundschaft kam Schmidts Phantasie entgegen: unrasiertes Gelichter, kranke Prostituierte, ölige Levantiner mit ominösem Gepäck, Alkoholiker und Morphinisten sollten sich nach seinem Willen dort unten einfinden. Hoffmann als blasser Intrigant wäre das eigentümlich eigenschaftslose Bindeglied in diesem Abschaum-Kosmos, und schmutziger Schaum fiel in den Badewannen denn auch reichlich an. Der entstehende Roman war natürlich eine Hommage an die zwanziger Jahre, und sein Autor verstand sich als Abenteurer, als Dandy. Aus dem gefährlichen Leben, dem Moloch Großstadt, rotgefärbten Syphilitikerinnen, Polizeispitzeln und dem anarchischen Milieu in den Kellern der Zivilisation plante er die reine Literatur zu destillieren, eine bombensichere Methode, wie er überzeugt war, um zu unvergänglich schönen Texten zu gelangen. Für Manon waren solche Überlegungen neu. Nicht, daß sie bereit gewesen wäre, einen Roman von Schmidt zu lesen, aber davon erzählen hören war aufregend. Und dann sollte es auf diesen bedrängend scharf riechenden Stoff eigentlich auch gar nicht ankommen, wie Schmidt uns mit Nachdruck versicherte. Für ihn zähle allein die Form, und das glaubte ich ihm sofort, denn seine Augen waren bei diesen Worten angelegentlich auf Manons Brüste gerichtet, von denen man heute Abend viel sah, und so entzückt ich war, als Manon in diesem Kleid aus dem Haus kam, so sehr verfluchte ich es jetzt.

»Hoffmann, der Diurnist, ist für mich letztlich Gott«, sagte Schmidt, »eine metaphysische Kaverne, die in dem Schleim des Chaos treibt.« Er hatte die Rotweinflasche auf unserem Tisch ausgetrunken und erhob sich gestärkt, nicht ohne uns aufzuklären, daß eine lange Nacht ihn erwarte. Ein solcher Mensch vergnügte sich nicht. Er war ein Nachtraubtier, das auf Jagd ging. Ich hielt es für richtig, mich darüber zu entrüsten, wie unhöflich er zu Manon gewesen sei – tatsächlich sah er sie, nachdem er sich vorher nur an sie gewandt hatte, beim Abschied kaum an. Dieser Fall war erledigt, schien er zu denken, während er die Augen schon wieder kühn durch den Saal schweifen ließ.

»Ein geheimnisvolles Buch«, sagte Manon. Sie sah Schmidts Roman vor sich, als sei er vollendet.

»Keineswegs geheimnisvoll«, widersprach ich. Ein Geheimnis sei etwas anderes als ein solches exotistisches Puppentheater. Ein großes Haus etwa, mit beständig geschlossenen Fensterläden und niemals geöffnetem Haustor: Man hat die Person, die es bewohnt, noch nie zu Gesicht bekommen. Manchmal fällt gelbes Lampenlicht durch die Ladenschlitze. Einmal hat innen eine dunkle Stimme gesprochen, zugleich strahlte durch die Läden bläuliches Fernsehlicht. An einem eisklaren Wintervormittag stieg grauer Rauch aus dem Kamin. Dann plötzlich: alle Läden aufgeklappt, das Haustor sperrangelweit geöffnet und auf die Straße dringender Handwerkerlärm. Das Haus war ausgeweidet, die Türen ausgehängt, Tapeten in Fetzen, staubige, lumpige Möbel auf dem Korridor zusammengeschoben. In einem Zimmer mit weißlackiertem Eisenbett lag auf dem Boden eine geplatzte

Schachtel, aus der gedruckte Briefumschläge quollen, kein Name stand hinten auf der Klappe, aber die Adresse überraschend luxuriös in Stahlstich.

»Das ist ein Geheimnis, das den Namen verdient; ein solches Haus ist ein Roman«, sagte ich in dem Bestreben, durch meine eigene Doktrin den Eindruck, den Schmidt hinterlassen hatte, zu verwischen. »Und es muß auch gar kein Haus sein; es genügt, eine Tür in einer fremden Wohnung zu öffnen. Die Möbel stehen still und wie verdattert, der Schreck ist ihnen in die Holzbeine gefahren, und nun halten sie den Atem an und stellen sich tot, während man selbst kaum einen Schritt in den Raum wagt, die Hand auf die kühle Steinplatte einer Kommode legt und fühlt, wie sie sich erwärmt. Die Vorhänge bewegen sich. Die Tür schwingt leise im Luftzug. Und schon ist man wieder draußen, schon ist die Tür wieder geschlossen, und das Leben kann in das verlassene Zimmer zurückkehren.« Authentische Geheimnisse, die zur Literatur taugen, wohnten letztlich in jedem trivialen Quartier. Von der Straße aus erkenne man in der Dämmerung eines Zimmers einen über etwas gebeugten Menschen – Mann oder Frau? Wurde da geschrieben oder Zwiebeln gehackt oder ein Uhrwerk repariert? Dann ging im Hintergrund ein Licht an, und zugleich schlug die Tür zu.

»Die meisten Dinge, die uns unbekannt bleiben, verdienen den Namen Geheimnis nicht«, sagte ich. »Die meisten Geheimnisse kann man irgendwie lüften, und dann sind sie eine Enttäuschung. Und Enttäuschung mag ich mit dem erhabenen Begriff des Geheimnisses nicht zusammenbringen. Ein Geheimnis, das diesen Namen verdient, muß seiner Natur nach unentschlüsselbar sein. Was ich mir vorstellen kann, habe ich schon zu mir herüber und in mich hinein geholt, da gibt es kein Geheimnis mehr.«

»Ja, genau«, antwortete Manon. Sie gähnte, und das sah

so niedlich aus, wie wenn junge Katzen gähnen. Sie war müde. Langweilte ich sie? Ich wußte, daß sie so viel Schlaf brauchte wie ein kleines Kind, aber sie war kein kleines Kind, sie war die Göttin des Schlafs. In leichter Benommenheit, wie gar nicht an mich, sondern im Schlaf zu sich selbst gesprochen, fuhr sie fort: »Es wäre so schön, wenn du mich morgen abend, wenn ich nach Hause komme, in meiner Wohnung erwarten würdest.«

Und ohne wie sonst ihre Handtasche auskippen zu müssen, fand sie mit einem einzigen Griff ein Schlüsselbund und legte es vor mich. Ist es verwunderlich, daß ich alles, was an diesem Abend mißtönend gewesen war, augenblicklich vergaß?

Bisher hatte ich ihre Wohnung nur betreten, um sie abzuholen. Es war eine geräumige Wohnung mit mehreren Türen in einem dunklen Flur, dessen Wandleuchter ausgebrannt waren, solange ich Manon kannte. Als ich allein im Finstern stand, fand ich mich nicht gleich zurecht. Ich hatte Blumen gekauft, mehrere Bunde Löwenmäulchen aus einem Eimer beim Gemüsehändler, eine rot-weiße und gelb-weiße wäßrige Fülle, deren Farben verschwammen und wie ländlicher Kunstmarmor aussahen, ein von einem Dekorationsmaler mit dicken Pinselstrichen hingewischter Strauß. Vielleicht waren diese Blumen in Manons Umgebung ein Fehler. In dieser Unordnung hätten frischere und festere Knospen einen deutlicheren Akzent gesetzt als die feucht-zerlaufenden Blütenflammen. Manon zog sich aus, wenn sie noch in der Haustür stand. Nah der Schwelle lagen ihre Schuhe, danach schlängelten sich aprikosenfarbene Strumpfhosen auf dem fleckigen Teppichboden, dann kam eine Bluse, ein Gürtel und ein Rock, und wenn man die Tür öffnete, vor der der Rock lag, stand man im Bad, in dem zwanzig verspiegelte Glühbirnen eine Vielzahl von Kristallfläschchen mit cognac- und tee- und sherryfarbenem Inhalt anstrahlten. Warum müssen Parfums bräunlich sein? Warum nicht rot oder grün? In Manons großem Wohnzimmer stand eine Vase mit hohen dunkelroten Rosen, alle vertrocknet und mit geneigtem Kopf. Wer hatte dunkelrote Rosen geschenkt? Vor einer Woche oder zehn Tagen? Ich empfand meine Frage als kleinlich. Manon hatte mir ihren Wohnungsschlüssel überlassen. Ich mußte ihr vertrauen. Sie verbarg nichts vor mir. Wie leicht wäre es gewesen, diese Rosen wegzuwerfen, bevor ich die Wohnung betrat. Sie hatte sie stehenlassen, weil es auf diese Rosen und ihren Schenker nicht ankam, das würde mit einem nebenbei gesprochenen Wort geklärt werden. Aber nein, im Grunde war es nach Erhalt des Wohnungsschlüssels und der damit geschehenen Auslieferung ihres gesamten Privatlebens unmöglich, noch eine Frage nach diesen Rosen zu stellen.

Ich hätte nun ungestört Manons Schubladen, Schreibtisch, Kommoden durchsuchen können, Briefe lesen, die offen umherlagen, nach Lebensspuren stöbern, die mir Verborgenes kundgetan und mir Unverständliches aufgeklärt hätten, aber damit hätte ich mich dieses Schlüssels unwürdig erwiesen, den ich nicht verlangt, sondern gleichsam geschenkt bekommen hatte. Außerdem konnte sie jeden Augenblick eintreffen. Es war kaum Zeit, die welken roten Rosen in den schon gut gefüllten Mülleimer zu stampfen, die Löwenmäulchen aufzubinden, in die freigewordene Vase zu stellen und die Vase wieder zurück zu dem mit dicker Staubschicht bedeckten Flügel zu bringen. Ich goß mir einen Cognac ein – viel war in keiner der auf einer Truhe zusammengedrängten Flaschen mehr drin – und setzte mich aufs Sopha. Die Sonne ging unter und warf durch die Schlitze des ausgestellten Rolladens über Fußboden und Flügel rotgoldenes Leiterwerk. Die Löwenmäulchen flammten marmorn auf. Wie schade, daß Manon die Blumen jetzt nicht sah. Das Sonnenuntergangsfeuerwerk ist so schön, als könne es ewig dauern, aber in zwanzig Minuten war alles vorbei.

Manon ist ein duftendes Lebewesen. Ihre Kleider, die sie so mißhandelt, riechen nach schönen Essenzen und ihrem frischgebadeten Körper, aber in der Wohnung hing kein guter Geruch. Es war ein wenig muffig hier, schlecht gelüftet, ein Schwall wie aus lang verschlossenen Koffern und aus alten Plumeaus kam mir beim Eintreten entgegen. Und darunter lag etwas Scharfes, Tierisches. Das wurde, wie ich da versonnen und erwartungsvoll im Abendsonnenschein saß, geradezu ein wenig unangenehm. Ich überlegte, ob ich nicht alle Fenster öffnen solle, um Durchzug zu machen. Andererseits wollte ich von Manon nicht beim Fensteraufreißen angetroffen werden. Geruchsdinge sind immer heikel. Vielleicht hatte das verbrauchte Blumenwasser der Baccarat-Rosen Übles verbreitet. Aber das war inzwischen in den Ausguß geflossen.

Ein dunkles Wesen schob sich vorsichtig durch die Tür: Eine Katze musterte das Zimmer, streifte mit ihrem Blick den Flügel, bemerkte die Löwenmäulchen, sah zu der Truhe mit dem Schnaps hinüber und schoß plötzlich, ohne mich zu beachten, durch den ganzen Raum, kauerte sich vor das Fenster und sprang nach kurzem Zögern vom Boden auf das Fensterbrett. Dort raffte sie ihren Körper so eng zusammen, daß er auf das schmale Bord paßte, und sah unter dem Rolladen auf die abendliche Straße hinab.

Richtig, sagte ich mir, Katzenurin, ich habe es mir doch gleich gedacht. Zu vermeiden war der Geruch nicht, wenn Manon so selten hierher kam. Die Kiste mit dem Katzensand erfuhr gewiß dieselbe Fürsorge wie die Blumenvase auf dem Flügel. Manon hatte mir nie etwas von einer Katze erzählt. Die Katze war nicht dunkel, wie es im Dämmern ausgesehen hatte. Sie war weiß und wie mit Zimtpuder bestäubt, ihre Augen waren hellgrün.

Auf einmal hatte ich die Vorstellung, Manon sei schon in der Wohnung. Erwartete sie mich nicht längst im Schlafzimmer? Das Schlafzimmer war der improvisierteste Ort in ihrer Wohnung. Im Wohnzimmer gab es noch ein paar Barocksessel und Landschaftsbilder in dicken alten Rahmen; ich wußte, hier hatte ihre Mutter gewirkt in der Absicht, ihrer Tochter mit Erbstücken, die nicht zu den afrikanischen Masken paßten, eine elegante Garconnière einzurichten. Ich hörte Frau Gran förmlich erklären, daß man »mit einigen guten Stücken, die man geschickt mit modernen Möbeln kombiniere«, eine große Wirkung hervorrufen könne. Vielleicht hätte sie es bereut, daß sie ihre »guten Stücke« in dem romantischen Überschwang, mit der Tochter eine zweite Jugend zu erleben, herausgerückt hatte. Die »guten Stücke« gingen zwischen Zeitungsstapeln, herumliegenden Kleidern und Pappkartons unter, aber im Schlafzimmer fehlten selbst solche versprengten und ins Exil geratenen »guten Stücke«. Hier lag, wie in allen Studentenwohnungen Europas, eine Matratze auf dem Boden, ein großes Floß, das zwischen umhertreibenden Kleidern und Schuhen nach einer Schiffsexplosion auf dem Wasser schwamm. Ich sah gemeinsam mit der Zucker-und-Zimt-Katze in das Zimmer. Sie begleitete mich und beobachtete, was ich tat.

Auf der Matratze lag ein dickes Eiderdaunen-Plumeau, das den Schläfer federleicht mit gewärmter Luft umschmeichelte. Immer fror Manon, immer wollte sie sich wie ein Eskimo in seinem Schlafsack im Iglu zusammenrollen. Sie schlief fest, vollkommen unbewegt. Ich spitzte die Ohren. Hörte ich Atemzüge? Tiefes Schweigen herrschte um uns, wie es nur in der Innenstadt still sein kann, nach meiner Erfahrung mit Landaufenthalten jedenfalls, bei denen immer im Hintergrund ein Traktor rumpelte oder eine Säge kreischte. Für die Katze war diese Stille ihr natürliches Element. In ihrer Welt war jedes Geräusch alarmierend. Sie löste sich von meinem Bein, an das sie sich geschmiegt hatte, und stolzierte auf geradezu affektiert gesetzten Pfoten zum Bett ihrer Herrin. Mit wohlberechnetem Sprung landete sie in dem Eiderdaunenwulst. Die aufgeblasenen Federn sanken in sich zusammen. Die Katze lag in einem luftigen, dickwolkig aufgeplusterten Nest. Mit wenigen Schritten war ich am Bett und griff in die Daunen, um Manons Füße zu berühren.

Da war nichts. Manon, die eben in der dichten, weichen Umhüllung noch Gegenwärtige, hatte sich in Luft aufgelöst.

Draußen war es jetzt dunkel geworden. Die Straßenlaternen traten an die Stelle des Sonnenlichts und warfen kaltweiße Streifen durch die Jalousien. Der Flügel schimmerte wie ein Eisblock. Ich machte kein Licht an und setzte mich wieder aufs Sopha. Die Katze kam in meine Nähe, sah zu mir hinauf, als wolle sie mir etwas sagen, und sprang dann unversehens in meinen Schoß. Ich legte die Hände auf ihren zarten, atmenden Leib und streichelte sie mit einem Finger behutsam zwischen den aufgestellten Ohren. Sie begann zu schnurren. Wurde ihr Fell durch mein Streicheln elektrisch aufgeladen?

Warteten wir noch? Dies war ein Zustand, der alles Zielbewußte verloren hatte. Eigentlich warteten wir jetzt nicht mehr. Die Katze teilte mir ihre Zufriedenheit mit, die Funken ihres knisternden Fells sprangen zu mir herüber und machten mich gleichmütig. Es war nicht das erstemal, daß Manon zu spät kam. Hatte sie mir nicht gerade in Vorahnung dieser Verspätung den Schlüssel gegeben? War es nicht beglückend, hier in ihrem Gehäuse zu sein, umgeben von ihren Lebensspuren, von aus dem schönen Elternhaus geerbten »guten Stücken«, von ihrer Wäsche, die noch warm zu sein schien, so schwungvoll weggeschleudert lag sie hier herum, und unterhalten von der kleinen, zärtlichen Gefährtin, die nun dort saß, wo später vielleicht ihr Kopf liegen würde? Wenn Manon kam, würde sie, wie ich, zunächst im Dunkeln tappen, dann ins Wohnzimmer treten, Licht anmachen und vor Schreck einen kleinen Schrei ausstoßen. Diesen Schreck hatte sie verdient, eine kleine Strafe für das Zuspätkommen durfte schon sein.

Ein Taxi näherte sich, erkennbar durch das Dieselmotorgeräusch, Türen klappten und das Auto fuhr wieder an. Taxis waren Manons übliches Fortbewegungsmittel, denn mit dem Sportwagen, der so gut zu ihr paßte, war häufig etwas nicht in Ordnung, und wenn er schließlich fahrbereit war, verlor sie den Autoschlüssel oder brach ihn ab. Mir war, als entwickele sie einen zu geringen Magnetismus für die Dinge, die ihr gehörten. Es gab da keinen Sog, der die Sachen rund um ihre Person zusammenhielt, sondern eher im Gegenteil eine Zentrifugalkraft, die alles ihr Bestimmte und ihr Gehörende weit von ihr wegfliegen ließ. Wer sie dabei beobachtete, wie sie Kleider und Schuhe und Schmuck kaufte, hätte sie für hemmungslos und besitzgierig gehalten, aber ich war überzeugt, daß es eine solche Besitzgier in ihrer Seele nicht gab. Diese Seele war neugierig und von hübschen Sachen schnell angezogen, und zugleich besaß Manon viel Phantasie, wenn sie in einem Schaufenster etwas liegen sah: was man alles damit tun und wie man es zu welchen Gelegenheiten tragen könne. Dann kaufte sie es ohne weitere Überlegung, und dann trieb die Sache auch schon wieder von ihr weg. Wenn es an einem Kleid etwas zu verändern und anzupassen gab, vergaß sie, es später abzuholen. Vieles verschwand in der Reinigung, blieb in Hotelzimmern liegen oder war auf geisterhafte Weise plötzlich weg, obwohl es doch eben noch dagewesen war. Viele neue Kleidungsstücke schenkte sie ihrer Putzfrau, einer hübschen Serbin mit allerdings viel kürzeren

Beinen. Von dort wanderten die Sachen in den Sandschak, wo sonntags auf den Dorfplätzen erstaunlich angezogene Frauen herumlaufen mußten.

Es war eine warme Nacht, und die Katze auf meinem Schoß machte mir noch wärmer. Ich verlor mich in halb schon geträumten Gedanken, während mir die Schweißtropfen den Körper hinabrannen. Manons Seele – das war jetzt ein verblüffender Begriff, noch nie hatte ich über Manons Seele nachgedacht. Manon war im ganzen für mich viel zu undurchschaubar, als daß ich das Bedürfnis empfunden hätte, mir zu ihrer körperlichen Erscheinung auch noch eine Seele vorzustellen, das hätte die Verwirrung komplett gemacht. Aber jetzt, in ihrer Abwesenheit, während mir ihre Katze Gesellschaft leistete, als habe sie diese Aufgabe regelrecht übernommen, war »Manons Seele« plötzlich ein faßbarer Begriff. Wie mochte sie aussehen?

Ich vermutete, daß sie klein sei wie eine Erdnuß und ganz ähnlich geformt, ein drüsenhaftes Gebilde, das nicht viel Platz zwischen Herz, Lunge und Rippen beanspruchte. Sie war blütenweiß und bei genauerem Hinsehen reich gefältelt. Wenn man einer Orange mit einer scharfen schmalen Messerklinge das Fruchtfleisch herauslöste, daß zum Schluß nur das Gerippe der weißen Häutchen wie eine weiße Papierkrause übrigblieb, dann entstand ein Gebilde, das mit diesen feinen Seelenfalten vergleichbar war. Die Seele pumpte leise wie ein pflanzenhaftes Wassertier. Die Vorstellung, sie könne durch irgend etwas befleckt werden, war furchterregend. Dies feine Gebilde, in ein Tintenfaß getaucht, wäre für immer zerstört. Und tatsächlich war eine Befleckung oder Besudelung dieser Seele auch überhaupt nicht möglich. »Sie ist in meiner Brusthöhle luftdicht aufbewahrt und vollständig geschützt, was auch geschieht«, hörte ich Manon dicht neben meinem Ohr laut sagen.

Ich erwachte. Auch heiße Nächte kennen kühle Stunden, wenn sie auch manchmal erst so spät kommen, daß es schon wieder hell wird. Frierend und steif saß ich auf dem Sopha, als hätte ich immer noch der Katze als Kissen zu dienen. Die war natürlich längst verschwunden. Manons Schlafzimmer lag im weißen Morgenlicht. Die Katze hatte sich in den Eiderdaunen ausgestreckt. Ich war zu benommen, um wütend zu sein. Die Löwenmäulchen sahen jetzt geradezu schmierig aus, der Kunstmarmor war am Zerlaufen, sie waren verdächtig billig gewesen.

Wie beende ich diese kleine, aber bezeichnende Episode meiner Liebe zu Manon? Es war ihr bestimmt, keine wirkliche Pointe zu haben. Welche Erklärungen sie für ihr Ausbleiben hatte, habe ich vergessen. Ihr Fundus an überraschend zu besuchenden Onkeln und Tanten, die im Sterben lagen und Abschied nehmen wollten, war unübersichtlich groß. Und warum hatte sie nicht angerufen?

»Du hättest doch gar nicht abgenommen«, sagte sie schnell, und tatsächlich hatten wir ausgemacht, daß ich bei ihr nicht an den Apparat gehen würde. Es hatte auch niemand angerufen, der mich in Versuchung hätte führen können. Seltsam, dachte ich jetzt erst, eine ganze Nacht bei einer Frau wie Manon und nicht ein einziger Anruf.

»Und außerdem hatte ich meine Handtasche verloren, mit allem drin, auch dem Telephon, das ich jetzt sofort sperren lassen muß, und die Plastikkarten von der Bank und der Ausweis sind auch weg.« Ein lästiges Mißgeschick, was zählte da eine unbequeme Nacht auf einem Sopha? Es war doch schön bei ihr gewesen? Ja, ich gab zu, daß ich den Aufenthalt bei ihr in vollen Zügen genossen hatte.

Im Leben folgen die Ereignisse nicht wie in den Romanen Schlag auf Schlag. Man muß die Steinchen, die ein Bild ergeben sollen, in weitem Umkreis verstreut aufsammeln. Vieles geschah in den nächsten Tagen. Ich arbeitete angespannt. Ich sah Manon. Sie war zärtlich und komisch. Es waren Begegnungen mit viel Gelächter. Es bildete sich ein Wandschirm aus starken, einprägsamen Ereignissen, hinter dem die Nacht in Manons Wohnung verschwand. Als ich überhaupt nicht mehr daran dachte, schlug ich eine Zeitung auf, in deren Feuilleton eine Kurzgeschichte von Ivan Schmidt abgedruckt war, eine Liebesnacht im Hotel, so kraß und männlich, wie er das eben machte. Zum Schluß hieß es: »Sie wimmerte aus einem Maskengesicht heraus, eine weißgeschminkte Opernsängerin. Ich stand auf und ging ins Bad. Breitbeinig stand ich vor der Schüssel. Die höchste Lust: das Pinkeln danach.«

Es war die Opernsängerin, die mir ein Hotel in der Nähe der Oper vor Augen treten ließ. Hier wohnten Sänger und Sängerinnen, im Frühstücksraum stand ein Klavier, manchmal sangen Sänger sich hier ein, dann wurde der Frühstücksraum abgeschlossen. Daß man ihnen in diesem Hotel so entgegenkam, belohnten die Künstler mit ihrer signierten Photographie. Ich erinnerte mich an die Wand mit den aneinandergedrängten Bildern von Sängern und Sängerinnen, Atelierphotos mit weichen Lichtern, die Gesichter auf Fernwirkung geschminkt, mit mützenhaft starren Perücken, füllige Frauen mit wehem Fischmund und starren Augen, als ob Ivan Schmidt das so beschrieben hätte, und obwohl er doch in Wahrheit gar nichts beschrieben hatte. Ich ließ die Zeitung sinken. Ich war frei von Haß oder Mißtrauen und ruhig wie im Grab, als ich das Telephonbuch nahm und die Nummer des Hotels heraussuchte. Der Portier sprach nur wenig Deutsch. Er rief die Wirtin herbei. Ich nannte ihr Manons Namen und das Datum der Nacht, in der ich auf sie gewartet hatte. Ob sich die Handtasche der Dame inzwischen gefunden habe?

Das Bedauern der Wirtin war mit leichter Gereiztheit gemischt. Nichts sei gefunden worden, gar nichts. Den Namen der Dame kenne sie nicht. Und dennoch war ich lange felsenfest davon überzeugt, daß sie Ivan Schmidt wiedergesehen habe. Ich brauchte eine Weile, bis ich verstand, was ihm, bei allem, was sie an ihm faszinieren mochte, fehlte: dasselbe wie mir – ein mit silbernen Härchen durchsetzter Schnurrbart.

8.
Zufall

In einem Alpental, von einem milchgrauen Gletscherbach durchrauscht, so laut, daß man sich nur schreiend unterhalten konnte, während die mitgeschwemmten runden Steine eigentümlich hohl auf dem Grund des Bachbetts rumpelten, lag am Fuß der Steilwand ein mächtiger Felsbrocken, groß wie ein Heustadel, der vom Gipfelgrat abgebrochen war und mit seinem Sturz wohl das ganze Tal hatte erbeben lassen. Nun war er wieder unbewegt wie in den ungemessenen Zeiträumen davor, aber auch für immer von dem Ort getrennt, an dem er gewachsen war. Ich sah ihm seine Verdutztheit an, von dort hoch oben losgerissen und in rasende Fahrt geraten zu sein und plötzlich mit einem bis in sein Innerstes reichenden Stoß zum Stehen zu kommen. Auch wenn er dort nun schon hundert Jahre lag, waren der Schreck und das Staunen über diese Katastrophe gewiß nicht abgeklungen. In dem träumerischen Bewußtsein, das ich diesem Felsen zuschrieb, entfaltete sich stets aufs neue das unausdenkliche Wunder des Sturzes und sein donnerndes Ende.

Meine flüchtige, zapplige kleine Seele mit der dieses Steins zu vergleichen ist natürlich der reinste Hohn. Der Tag, die Einheit, in der sie ihre Zeit maß, war für ihn wahrscheinlich nicht einmal wahrnehmbar. Und doch glaubte ich, mit Manon eine Ewigkeit erlebt zu haben, die der des Steins hoch oben in der Felswand glich. Sie bestand aus Wochen oder vielleicht sogar Monaten, aber ihr Erlebnis war so eindringlich, daß die Zeit stillzustehen schien. Zwischen uns war ein neuer

Zustand erreicht, eine Gewißheit. Niemals, so fühlte ich, würden sich meine Gefühle für Manon ändern. Ich hatte gezweifelt, sie überhaupt für mich gewinnen zu können. Die Eifersucht, die ich für gut begründet hielt, weil ich mir einfach nicht vorstellen konnte, was sie bei mir suchen mochte, hatte mich gequält und mir oft genug die Trennung von Manon als einzige vernünftige Lösung, ja als Erlösung erscheinen lassen. Nach meiner Untersuchung im Fall Schmidt war diese Eifersucht in sich zusammengesunken. Ich hatte mit ganzer Seele im geheimen nur darauf gewartet, Manon zu verlieren, nachdem meine Verdächtigungen aber ihren absurden Höhepunkt erreicht hatten, war ich aus meiner Tollheit erwacht und sah nun klar, wie es zwischen uns stand.

Manon suchte nichts anderes als ich. Auch sie wollte sich arglos und treu an einen wirklichen Freund anlehnen, einen Menschen, der ihre Vorzüge bewunderte und ihre Schwächen zum Anlaß nahm, sie um so umsichtiger vor einer verständnislosen Umwelt zu schützen. Auf Knien hätte ich dem Himmel danken mögen, gegenüber Manon nicht den Schimmer eines Verdachts geäußert zu haben. Ich hatte allein gelitten und empfing deshalb ungeteilten Lohn.

Wir lebten nicht zusammen, dazu waren unsere Wohnungen noch nicht eingerichtet – und dieses »noch« war jetzt stets in meinen Gedanken –, aber so hatte sich auch keine Routine gebildet. Jedes Zusammentreffen war ein unverhofftes Fest. Gegenwärtig hatte Manon die Lust an ihrer Wohnung vollständig verloren und war zu ihren Eltern gezogen. Dort wurde sie am Frühstückstisch erwartet, wie spät sie auch nach Hause gekommen sein mochte. Aber zum Mittagessen waren wir oft wieder vereint. Oft kehrte ich am Nachmittag, manchmal wurde es vier oder halb fünf, deutlich beschwingt ins Büro zurück. Anna Pfeiff musterte mich ironisch und zitierte Kommentare aus dem amerikanischen Geschäftsleben:

»Lunch is for loosers«, oder sie behauptete, was gar nicht zu ihr paßte, ich sei »voll des süßen Weines«. Ihre Skepsis fügte meinem Glück einen spitzigen Akzent hinzu. Ich war stolz, daß sie mir mein Glück ansah. Es war offenbar objektiv so groß, daß es mir aus allen Poren herausschlug. Das war mein Zustand, als mich das Verhängnis traf.

Sicherheit, Strahlen, Heiterkeit, Stolz, Selbstgewißheit. Was an jenem verfluchten Mittwoch und Donnerstag geschah, will ich so knapp zu Protokoll geben, daß die Mechanik sichtbar wird, die den Felsen, auf dem ich ruhte, behutsam lockerte. Wer behauptet, daß solch ein Fels aus Zufall stürzt? Zufälle gibt es nicht, wie man gern behauptet, solange nichts so Schlimmes geschieht, daß plötzlich auch die Feinde des Zufalls sich vorstellen wollen, alles hätte doch auch ganz anders kommen können. Es verblüfft allerdings, wenn man sieht, von wie weit her die verschiedenen Kausalitäten sich aufeinander zubewegen, um dann schließlich verheerend aufeinander zu prallen.

Am Mittwochmittag sagte Manon mir zum Mittagessen ab, nachdem wir uns erst um fünf Uhr morgens getrennt hatten. Sie sei ein wenig krank. »Es geht mir nicht so gut«, hieß das bei ihr, ein Satz, den alle Frauen offenbar verstehen, der Männern aber geheimnisvoll bleibt – »Ich bleibe heute am besten im Bett«. Ich möge auf ihren Anruf warten und die Eltern nicht beunruhigen, die bei meinen Anrufen neuerdings immer Fragen stellten. Nichts war leichter als das. Ein Manon-freier Tag war hochwillkommen. Anna Pfeiff war mit mir zufrieden – »So sollte es immer sein«. Abends rief Manon an. Es gehe ihr allmählich besser, aber sie sei noch zerschlagen. Eine entzückende Schilderung ihrer Krankenkost folgte: heiße Schokolade, heiße Bouillon, ein mit Zucker und Marsala gequirltes Ei, Zeugnisse mütterlicher Pflege. Ich sah mit halbem Blick zum Fernsehen hinüber, wo eine Kultursendung lief. Soeben kündigte die Sprecherin an, der Künstler und Allround-Genius, Manons einstiger Meister, stelle heute in Wien auf einer Pressekonferenz den »Indisch-magischen Zirkus« vor. Manon lachte, ein köstlich warmes Lachen. Wie froh sie sei, von diesem Zirkus losgekommen zu sein.

Vermisse sie wirklich nichts? Nein, nichts, sie sei von einer Riesenlast befreit. Ich machte das Fernsehen aus und wandte mich wieder ganz ihr zu. Ich war unersättlich in meinem Wunsch, immer wieder zu hören, daß sie mich vermisse, und sie ging liebevoll und großzügig darauf ein.

Tief nachts ein weiterer Anruf: Herr Sörensen aus Kopenhagen, der Geschäftsführer der dänischen Investorengruppe, hat morgen früh um sieben Uhr eine Stunde Aufenthalt auf dem hiesigen Flughafen und bietet eine Besprechung an, die uns viel schriftliches Hin und Her ersparen würde. Ich sage ihm mit Freuden zu. Kurz danach ein flüsternd zärtlicher Anruf von Manon, die gute Nacht sagt.

Das Treffen am Donnerstagmorgen in der Senator's Lounge war das frühe Aufstehen wert. Die Bekanntschaft mit Herrn Sörensen gibt mir die Hoffnung, mit ihm und seinem Haus vorzüglich arbeiten zu können. Obwohl keiner von uns beiden gefrühstückt hatte, schlug Sörensen, der ein kugelrundes, purpurrotes Gesicht hatte, ein Glas Champagner vor. Wir trennten uns als alte Freunde.

Ich schlenderte etwas ziellos durch die Hallen. Ich faßte den Entschluß, vor der Fahrt in die Stadt noch einen Kaffee zu trinken. In der Nähe der Kaffeebar ist ein Ankunftstor, in gewissen Rhythmen quellen soeben gelandete Passagiere daraus hervor. Das nächste Flugzeug kommt aus Wien. Die Flügeltüren öffnen sich für eine große, elegante Frau in engem Kostüm aus gewachster Seide, schwarz-gelbes Glencheck, ich sehe es noch heute deutlich vor mir, ihr Haar hochgesteckt – Manon steckt das Haar hoch, wenn sie die Frisur nach einer Liebesnacht nicht mehr wieder herstellen kann. In der Hand trug sie eine Zeitung, in der Zeitung steckte eine dunkelrote Rose. Ich ließ den Kaffee stehen und ging auf sie zu.

Eine Weile standen wir stocksteif da. Dann drehte ich mich um und lief in langen Sätzen davon, auf die Rolltreppe zu, die zur Untergrundbahn führte. Sie folgte mir. Weil sie auf ihren hohen Absätzen nicht rennen konnte, warf sie die Schuhe weg. Die Rolltreppe war dicht besetzt von einer japanischen Reisegruppe, das sicherte mir den Vorsprung. Kleine faltige Asiaten mit Pepita-Reisehütchen, die Geschlechter stark aneinander angeglichen, hinderten Manon, sich zu mir nach vorn zu drängen. Da stand die Bahn. Ihre Türen waren geöffnet. Ich rannte auf sie zu, Manon immer hinter mir her. Als ich das Trittbrett erreichte, schlossen sich die hydraulischen Türen. Manon stand draußen. Jetzt hatten wir noch ewige zwei Sekunden, um unsere Augen ineinanderzutauchen. Ihre Hände lagen auf den Glasscheiben. Es war, als wollten sie sich daran festsaugen. Der Zug fuhr an. Sie lief noch ein Stück mit, in ihrem Gesicht mischten sich wilder Eifer und Verzweiflung.

9.
»J'aime les rois!«

Ein einziger Gedanke beherrschte mich und machte mir den Schmerz erträglich, wie man sich den Arm nach einem Messerstich mit Knebeln abschnürt: Ich mußte fliehen, ich mußte augenblicklich unsichtbar und unerreichbar sein. Nach dem Auftritt in der Untergrundbahn mußte ich damit rechnen, daß Manon mich verfolgte und nicht lockerließ, bis sie meiner habhaft wurde, und dann war ich verloren. Sollte ich sie etwa schlagen? Danach war mir zumute, ich muß es bekennen, und zugleich wußte ich, daß sie dann endgültig über meine Vorsätze gesiegt hätte. Sie durfte keine Minute Zeit erhalten, etwas zu erklären, sich zu rechtfertigen oder zu entschuldigen. Blitzartig erhellt lag die Landschaft unserer Liebe vor mir da. Die Verbindung mit ihr würde niemals auf ein rechtes Gleis kommen, ich war dazu ausersehen, eine lächerliche Rolle zu spielen und immer verzweifelter zu werden. Ich sah, daß ich Manon nicht ein einziges Wort glauben durfte. Wenn ich sie nicht im Haus ihrer Eltern kennengelernt hätte, wäre ich davon überzeugt gewesen, daß sogar ihr Name erlogen sei. Vergeblich grübelte ich nach, warum sie mich belog. Was erhoffte sie sich? Welche Vorteile waren damit verbunden, mich in dem Glauben zu lassen, wir seien ein Liebespaar? In der Verbindung mit mir lag doch keinerlei Nutzen. Ich gab ihr recht, daß sie sich zu einem reichen und berühmten Mann hingezogen fühlte, daß sie glaubte, einen Anspruch auf einen solchen Mann zu haben. Jede schöne Frau hat diesen Anspruch und ist schlecht beraten, wenn sie ihn vergißt. Heiraten sollten ausschließlich nach finanziellen Gesichtspunkten geplant werden, alles andere mündet in eine Enttäuschung.

Ich steigerte mich in einen hysterischen Zynismus. Der eigentliche Schmerz pochte weniger vernehmlich, wenn ich mein Herz in einen Dornbusch warf und es von vielen Dornen aufspießen ließ. In dem Wunsch, unsichtbar zu werden, lag auch die Sehnsucht nach Selbstvernichtung. Warum konnte man nicht auf Kommando sterben? Aber abreisen war auch ein Tod und erlaubte womöglich, was der echte Tod verbietet: etwas vom Verhalten der trauernden Hinterbliebenen mitzubekommen.

Als ich Anna Pfeiff im Büro erklärte, für Frau Manon Gran sei ich hinfort nicht mehr zu sprechen, ich sei ohne Angabe einer Adresse verreist, erfüllte mich Rachsucht. Ich wußte, daß Manon verrückt wurde, wenn sie jemanden nicht erreichen konnte. Es gab nichts, was sie derart mit einem Zauberbann belegte, wie ein Mensch, den sie nicht an den Apparat bekam. Das hatte mit Liebe nichts zu tun, es war eine Besessenheit, die sich gegen sie selbst richtete, wenn ihr nicht sofort gehorcht werden konnte. Mit wem sie telephonierte, den hatte sie während des Gesprächs schon halb vergessen, aber wer sich ihr entzog, der fügte ihr körperliche Qualen zu.

Daß Anna Pfeiff mit schadenfrohem Lächeln auf diese Anweisung einging und ihren Grund augenblicklich verstand, trübte mein Racheglück freilich. Ich stand, sogar vor meiner Sekretärin, sichtbar bekleckert da. Wenn ich abreiste, entkam ich aber auch den Blicken, womöglich gar den Ratschlägen von Anna Pfeiff. Ich hatte das indische Projekt der dänischen Investoren eigentlich zum Vorwand für eine Reise mit Manon nehmen wollen. Sie sollte für ihren Verzicht auf den »Indisch-magischen Zirkus« eine Entschädigung erhalten, und

»Stoffe und Steine« kauften sich womöglich noch leichter, wenn man von Organisationsarbeit unbelastet war.

»Ich fliege mit dem nächstmöglichen Flugzeug nach Delhi«, sagte ich in Annas mütterlich strahlendes Gesicht.

»Morgen schon?«

»Morgen, übermorgen ist zu spät, heute.«

Sie wandte sich zum Telephon. Mein Blick fiel auf ihre Filzwand mit den Postkarten. Mit einem Griff riß ich den nackten Meister herunter und zerfetzte ihn in kleine Stücke. Vielleicht versetzte ihm diese Behandlung seines Abbildes einen jähen Stich in der Nierengegend, der ihn mit hypochondrischen Besorgnissen erfüllte?

Anna Pfeiff, die mir jetzt zur Flucht verhalf – tatsächlich gelang es ihr, noch für den selben Mittag einen Flug zu finden –, hätte mir auch geholfen, zu Hause zu bleiben. Sie war es, die, mißtrauisch genug, die Renovierung meiner unbehaglichen Wohnung ins Werk gesetzt hatte. Aber natürlich hätte sie auch die eigene Hinrichtung gewissenhaft vorbereitet. Und mein Entschluß, der Wohnung endlich zu Leibe zu rücken, endlich ein paar Möbel zu kaufen, endlich vor die kahlen Fenster Vorhänge zu hängen, war ihr schon unheimlich genug.

Sie kannte mich und meine Reden. Ich gehöre zu dem Typus des mit Schönheit und Glanz befaßten Entwerfers, der für sich selbst jede Art von Dekoration unerträglich findet. Nach welchem Prinzip auch immer eingerichtete Wohnungen waren mir ein Graus. Hinter jedem Stil, der sich der Analyse nicht entzog, vermutete ich irgendein mieses Kalkül. Bei jedem Stoff, den ich sah, fiel mir das Jahr ein, in dem er entworfen worden war, die nichtige Mode, zu der er gehörte, die Farbpalette, die zur Zeit seiner Entstehung propagiert wurde. Wenn es um mich geht, sind mir neue und alte Möbel gleich verdächtig. Früher behauptete ich gern, am liebsten in Apfelsinenkisten leben zu wollen, aber seitdem habe ich so viele verlogene Interieurs à la Apfelsinenkiste gesehen, daß mir scheint, Apfelsinenkisten seien geradezu das allerschlimmste. Schlechter Geschmack ist schon unerfreulich genug, aber ich leide viel mehr unter gutem Geschmack, sogar unter meinem eigenen. Wie manche Modemacherinnen, die nur im schwarzen Pullover herumlaufen, oder wie Köche, die ihre Gourmet-Restaurants verlassen, um an der Imbißbude eine Bratwurst zu essen, habe ich die Haltung angenommen, daß, was ich herstelle, nur für andere da ist, nie für mich.

Weil Anna Pfeiff das wußte, konnte sie sich ausrechnen, daß ich meine Wohnung nicht für mich allein herrichten lassen wollte. Ich stellte mir vor, die Wohnung in einen Zustand zu versetzen, der Manon gefiel, ohne sie festzulegen und einzuzwängen. Sie sollte einfach Lust haben, bei mir einzuziehen, um sich dann selbst alles so zurechtzumachen, wie sie es brauchen konnte. Ich wußte, daß es ein Riesenfehler gewesen wäre, nach Art junger Paare zu versuchen, mit Manon gemeinsam den Nestbau zu planen. Wie schlau ich mir im Vermeiden von Fehlern vorgekommen war! Konnte ich mir nicht vorstellen, daß womöglich überhaupt keine Fehler notwendig waren, um Manon zu verlieren?

Als ich meine Wohnungstür aufschloß, um schnell ein paar Kleidungsstücke in einen Koffer zu werfen, hörte ich aus der Küche ein regelmäßiges Scharren und Kratzen. Ich fuhr zusammen, als fürchtete ich, jeden Augenblick Manon gegenüberzustehen. Dann erinnerte ich mich, daß Anna Pfeiff von einem Handwerker gesprochen hatte, der die Klebstoffkrusten eines Kunststoffbelages auf dem alten Kachelfußboden abkratzen sollte. Dieser Klebstoff war haltbarer als der zerbröselnde Belag. Chemikalien konnten ihm nichts anhaben. Ich fragte Anna Pfeiff nie, woher sie die Handwerker nahm. Der Mann, den sie an die Beseitigung dieser dunkelbraunen Klebstoffkruste gesetzt hatte, war offenbar unmittelbar aus einem nordafrikanischen Orangenhain hierher gekommen.

Er kniete auf dem Boden, vom Staub des nur mit Mühe zum Splittern zu bringenden Klebstoffs bepudert, und schabte und stieß mit einem Spachtel gegen die steinharte Kruste. Als ich eintrat, sah er auf. Er war noch jung, sehr mager, mit fellartigem schwarzem Haar auf der Brust, das aus seinem Unterhemd hervorsah, und langen, dünnen Armen mit harten Muskeln. Er schwitzte, aber er war gut gelaunt und begrüßte mich lächelnd. Er sprach ein bißchen Französisch. Stolz zeigte er auf drei Spachtel, die er beim Abkratzen schon abgeschliffen hatte, ihre einst spitzen Ränder waren rund geworden, die Arbeit war übermäßig schwer und mühsam. Der Küchenboden schien eine Art Zimmersteinbruch. Aber der junge Araber war unerschrocken. Zwei Quadratmeter etwa hatte er schon freigelegt. Die achteckigen Fliesen sahen schön sauber aus einem See von braunschwarzem Teer hervor. Die Arbeit lohnte sich. Sie war hart, und sie machte ihm Spaß.

»Je veux faire un bon travail«, sagte der Araber und betonte, auf Knien vor mir liegend, das Wort »bon«. In ihrer Tüchtigkeit hatte Anna Pfeiff nur versäumt, ihn mit ordentlichem Arbeitsgerät auszustatten, wenn er selbst schon nicht wußte, was er zu diesem Abkratzen brauchte. In jedem Baumarkt gibt es rasiermesserscharfe Kratzer, mit denen man in einem Ratsch splitternde Straßen in die verpapptesten Krusten hineinschneiden kann. Der junge Araber aber wäre auch bereit gewesen, die Kruste mit seinen Fingernägeln abzukratzen, die, wie ich bemerkte, schön geformt waren. Zu der hoffnungslosen Rückständigkeit seiner Arbeitsmethode gesellte sich Furchtlosigkeit und – obwohl er hoffentlich auf die Stunde bezahlt wurde, wobei Anna Pfeiff zuzutrauen war, eine Pauschale vereinbart zu haben – das Gefühl der Zeitlosigkeit. Mir schien, wie er sich voll Geduld wieder dem Fußboden zuwandte, er hätte bis zum Ende der Welt hier herumgekratzt, mit regelmäßigen Pausen, in denen er aus der Flasche Exportbier trank, ein gekauftes Brötchen aß und seinen Gott lobte. In der starken Verwirrung meiner Gefühle überfiel mich eine Rührung, die zu gleichen Teilen aus Selbstmitleid wie der Empfindung von Trost gemischt war.

Auf dem Küchentisch lag eine aufgeblätterte arabische Zeitung voll winziger Artikel mit großen Überschriften. In der Mitte der Seite sah man ein Bild von einem arabischen Gipfeltreffen oder Staatsbesuch – ich erkannte den markanten Kopf des Königs von Jordanien in strengem Zivil, eine dicke Ader zog sich über seine straff mit Haut bespannte Stirn, neben ihm stand mit rotem Fez der König von Marokko, fleischig, dicklippig, sonnenbebrillt, daneben ein saudischer Fürst mit illusionslosen Wüstlingszügen, umrahmt von blütenweißem Schleier.

»Vous êtes marocain?« fragte ich den jungen Mann.

»Non, algerien«, antwortete er mit stolzer und glücklicher Miene.

»Je ne parle pas votre langue«, sagte ich entschuldigend. Ich zeigte auf die Zeitung, auf den Marokkaner. Ich hätte geglaubt, das sei sein König.

»J'aime les rois«, sagte der junge Araber mit einer verträumten Miene.

»Moi aussi«, sagte ich, obwohl ich mir darüber noch nicht ein einziges Mal den Kopf zerbrochen hatte. Ich ging ins Schlafzimmer, um meinen Koffer zu packen. Den jungen Araber habe ich nicht wiedergesehen. Als ich Wochen später aus Indien zurückkehrte, war der halbe Küchenboden noch mit der Kruste bedeckt, der junge Mann war verschwunden. Ich gestehe, daß seine Flucht mich erleichterte, obwohl ich so tat, als teilte ich Anna Pfeiffs Empörung.

Zweites Buch
Der König

1.
Anbetung der heiligen Kuh

Ich hatte nicht damit gerechnet, so schnell einer heiligen Kuh zu begegnen. Als habe sie es gewußt, erwartete sie mich gleich am Flughafen von Udaipur. Ich trat aus dem niedrigen Gebäude, über den fettigen, wie mit Butter eingeriebenen Marmor der Empfangshalle wandelnd, und da stand sie, ungeachtet meiner vielstündigen Verspätung, und vertrieb sich die Zeit des Wartens, indem sie still und gesammelt an einem Pappkarton kaute. Ihr Fell war von feinstem Hellgrau, gelegentlich schwarz überpudert, wo die Haut sich an Gelenken oder im Nacken faltig staute. Die Ohren waren groß, bewegten sich wie rosige Hände beim Fliegenverscheuchen, leichthin zuckend, und hatten an den Spitzen weiße Pinselhärchen. Wie alt war die Kuh? Die großen Augen hatten in ihrer Sanftheit etwas Kindliches. Sie standen enger beieinander als bei einer europäischen Kuh. Der Kopf war schlank und schmal, und die Augen saßen ein wenig schief. Die Kuh glotzte nicht – das vorgewölbte europäische Kuhauge, der bedeutungsvolle dramatische Juno-Blick gefällt mir auch, aber hier war, durch das edle Hellgrau vermutlich noch gesteigert, auch etwas von eselhafter Frömmigkeit und Geduld. Schön war der nicht sehr straff gefüllte Zebu-Höcker und das schlabbernde, leere Doppelkinn, das dem Kopf wie ein Jabot oder ein Plastron anhing. Das Euter war jungfräulich klein mit zarten Zitzchen, der Körper knochig, aber nicht ausgemergelt. So stand sie, von niemandem beachtet, zwischen den parkenden, den an- und abfahrenden Autos, die um sie herumfuhren, ohne sie anzuhupen. Während ich auf den angekündigten Fahrer aus Sanchor wartete, von dunkelhäutigen Männern mit nachlässig um den Kopf gewundenen Tüchern und ausdruckslosen Mienen beobachtet, faßte die Kuh unversehens den Entschluß, sich zu bewegen.

Ein Ruck ging durch ihren großen Körper. Sie machte, ohne von irgendwem dazu genötigt zu sein, mit gesenktem Hörnerkopf einige staksende Schritte, hob den Kopf dann wieder und sah sich um, ob die Veränderung ihrer Lage etwas Neues in ihrer Umgebung zur Folge habe. Sie war allein dem eigenen Willen unterworfen, aber sie schien das nicht völlig begriffen zu haben. Kein Hirte trieb sie, keine Melkerin forderte von ihr, still zu stehen, niemand war durch sie behindert oder gestört oder versuchte, sie anderswo hinzuschieben. Die Welt, die die Kuh am Flughafen umgab, war geschäftig. Autos rollten heran, Gepäck wurde ausgeladen, die lauernden Turbanträger schlenderten heran und trugen Dienste an; die Kuh aber war für diese Leute unsichtbar, so mußte sie selbst es verstehen. Ich habe ihre Ohren und Augen und den ausdrucksvoll gerundeten Kuhkörper groß genannt und fühle mich etwas hilflos, daß nun kein anderes Attribut zur Stelle sei als immer nur »groß«, aber es muß einem klar sein, daß ein schöneres und angemesseneres Wort als »groß« für die Kuh nicht zu finden wäre. Das Unprätentiöse, Ruhige, Gesammelte, das Farblose, Allgemeine von »groß« war genau zutreffend für diese Kuh, die mit ihrem die Autos überragenden Leib und mit den Hörnern, mit denen sie eine Windschutzscheibe hätte einrennen können, ohne Eitelkeit und Selbstdarstellung ihre Größe eher ertrug, als sich ihrer zu freuen. Heu oder Gras oder die Büsche der niedergetrampelten staubigen kleinen Anlage am Flugplatz wären eine bessere Nahrung für sie gewesen als der Pappkarton, der laut seiner Aufschrift Tintenpatronen für Kopiergeräte enthalten hatte und jetzt mit Demut und Geduld und, während die lang bewimperten Augen bescheiden über ihn hinwegblickten, eingespeichelt, zerkaut, zermahlen und heruntergeschluckt wurde. Die Fetzen, die von ihm übrig blieben, baumelten aus dem weichen grau-rosa Maul heraus, als wolle die Kuh vorn am Kopf ein Pendant zum Kuhschwanz schaffen.

Auf der Fahrt über Land begegneten wir der Kuh stets aufs neue. Sie stand wie ein Denkmal am Straßenrand und achtete der Autos nicht, die an ihr vorbeisausten. Sie lag mitten auf der Straße, den Kopf von den herankommenden Autos abgewandt, als wisse sie schon, daß kein noch so eindringlich seelenvoller Blick einen Fahrer dazu verführen werde, anzuhalten und mit ihr zu sprechen. Man steuerte vielmehr höchst geschickt um die lagernde Kuh herum, die auch dies Manöver nicht zur Kenntnis nahm. Ich wußte schon, daß dies immer neue Kühe waren, aber ich stand noch so stark unter dem Eindruck der Flughafen-Kuh, die ich eine halbe Stunde lang betrachten durfte, daß ich gesonnen war, alle Kühe, die uns begegneten, für ein und dieselbe zu halten. Alle waren gleich fern von den Menschen, gleich sanft, gleich in sich gekehrt.

Ich erfuhr dann, daß diese Getrenntheit der Menschen- und der Kuhwelt nicht lückenlos sei. Die Menschen aßen nicht das Fleisch der Kühe, aber sie tranken ihre Milch, sie sammelten die Kuhfladen und trockneten sie an den Mauern der Häuser – diese Fladen rochen nicht schlecht, nichts fäkalisch Ekelhaftes war daran, eher pilzig Staubiges wie von Bovisten – und sie machten aus Kuh-Urin Medizin und ein Farbpigment, dessen pulvriges Gelb das tiefste Gelb der Welt war, leuchtende Erde. Auch scheinbar wild umherlaufende und -stehende Kühe hatten oft einen Besitzer, der sie regelmäßig molk. Aber daß es sich bei diesen Kühen, die ich sah, oder eben dieser einen an allen Orten treu auf mich wartenden Kuh nicht um die Frucht von etwas handelte, was in Europa Viehzucht genannt wird, war auch klar. Die Kuh duldete, daß man Nutzen aus ihr zog. Sie sah sich vom Menschen unbegreiflich geschieden, obwohl mitten auf seinen Straßen lebend, und sie bemerkte, daß es ihn gelegentlich dazu trieb, an ihrem Euter zu zupfen, ohne daß man sich dadurch nähergekommen wäre. Wie die sie umfahrenden Autos, wie plötzlicher Maschinenlärm, wie das Geschrei des Marktes ertrug sie auch das Melken. Auch an der Auffahrt zum Palast in Sanchor erwartete mich die Kuh, langsam hob sie mir ihren Kopf entgegen, wir mußten halten und warten, und so stand sie lange vor meinen Augen, vom Scheinwerferlicht aus der Dunkelheit gehoben. Es war weder Trotz noch gar Faulheit, daß sie die Bahn nicht freigab. Es war, diesen Gedanken meinte ich hinter ihrer hellgrauen Stirn zu fühlen, ihre immer neue Frage, was diese unruhigen zweibeinigen Lebewesen in den rollenden Blechgehäusen eigentlich im Schilde führten. Wie gern wollte sie jedem Wunsch entsprechen, wenn sie ihn nur verstanden hätte. Und genau so waren auch ihre sich allmählich aus dem edlen Torso entwickelnden Schritte, die sie aus dem Scheinwerferkreis führten, kein Nachgeben oder Zurückweichen, sondern gehendes Denken, das zu ihrer Verwunderung die Einsamkeit im Dunkeln wiederherstellte. Hinter dem Kuhschwanz rumpelten wir auf dem ausgefahrenen Weg an ihr vorbei.

Wohin ich mich in den nächsten Tagen auch begab, die Kuh war schon da. Ich bog in Sanchor in eine Gasse und stieß dort auf die Kuh, die im Schatten stand und die Kühle auskostete. Als sie meinen Schritt hörte, wandte sie mir den Kopf zu und erfaßte mich mit jenen melancholischen Eselsaugen. Jeder, der in Europa schon einmal auf einer Kuhweide war, kennt das unbehagliche Gefühl, wenn die Kühe den Eindringling bemerken und näher kommen. Nicht nur Stiere, auch Kühe können bei uns angriffslustig sein. Es heißt, sie beruhigten sich, wenn ihnen der Mensch selbstsicher entgegentrete, nicht davonlaufe, sondern seine Brust zeige und mit den Tieren spreche. Wer kein Landkind ist, braucht dafür Mut. Ich bekenne, daß ich vor einer sich, wie mir schien, drohend nähernden Phalanx von Kühen schon davongelaufen bin. Meine indische Kuh in ihren tausend Inkarnationen hat in mir niemals, trotz Hörnern und körperlicher Kraft und Gewicht, auch nur die leiseste Besorgnis ausgelöst. Ebenso wenig, wie ich mir von Bäumen oder Felsen eines Angriffs gewärtig wäre, fürchtete ich die heilige Kuh. Ich hätte mich neben einer lagernden heiligen Kuh zum Schlafen ausgestreckt, selbstverständlich nicht in der Erwartung, daß sie meinen Schlaf bewache. Die vollständige Gewaltlosigkeit muß auch mit vollständiger Interesselosigkeit einhergehen, das lehrte mich die Kuh. Sie war keine Heuchlerin. Sie war rein.

Ich bin hinfort außerstande, die Heiligkeit der heiligen Kuh irgendwie augenzwinkernd oder überlegen völkerkundlich zu betrachten. Ich habe an der Gestalt der heiligen Kuh so viel Heiligkeit erfahren, wie uns auf Erden überhaupt möglich ist. Zunächst eine konkrete Heiligkeit, keinen abstrakten Begriff, sondern ein großes lebendes Tier, größer als der Mensch und seiner berechnenden, alles zergliedernden Denknatur unzugänglich, in den Augen aber stumm-beredt zu ihm sprechend. Ein Tier, das nicht unterworfen und nicht beschädigt werden darf, ein Tier außerhalb der Pyramide von Befehl und Gehorsam und dennoch selbstlos den Menschen mit allen Ausscheidungen beschenkend: mit dem Dung Wärme spendend, mit dem aus der Milch gewonnenen Butterfett Licht. Seine Heiligkeit ist so fremdartig, wie alles Heilige den Menschen fremd sein muß, sie ist so entrückt, wie die Heiligkeit allem Profanen entrückt zu sein hat, aber sie ist zugleich allgegenwärtig. Es gibt keinen Ort ohne heilige Kuh. Sie steht in den einsamsten Waldtälern oder zwischen dem erregten Hupen von tausend Autos. Sie liegt am Rand der Lehmhütten und der Villenviertel, sie steht mitten im Marktgewühl, nachdenklich kauend und vollkommen allein auf weithin ausgedörrtem Feld. Jeder kann das Heilige täglich sehen, ohne daß die Sphären sich unzulässig vermengen, niemals droht der Heiligkeit die Profanisierung, und niemals ist der Alltag versucht, sich lästerlich Heiligkeit anzumaßen. Durch ihre Augen sind die heiligen Kühe den Menschen zugleich aber wieder nahe genug, um die Heiligkeit als etwas unserer Natur nicht grundsätzlich Verschlossenes erscheinen zu lassen. Ich habe begriffen, daß die heiligen Kühe ein Schatz sind, den die ganze Welt sich aneignen müßte.

Wenn ich mir vorstelle, was es für Deutschland bedeuten würde, wenn die heilige Kuh zu uns käme, welches Glück und welcher Segen ginge von allgegenwärtigen heiligen Kühen aus! Wohl keines unserer Übel würde nicht wenigstens gelindert durch die heilige Anwesenheit der mütterlichen, gedankenversunkenen Tiere. Ich sehe die heilige Kuh auf einer vielbefahrenen Autobahn zwischen Köln und Frankfurt liegen und eine Bild-Zeitung auffressen. Ich sehe unsere beliebtesten und deshalb hassenswertesten Fernsehgesprächsrunden, durch die gemächlich die heilige Kuh schreitet, ein Manuskript des Moderators kauend und eine halbe Stunde lang vor der Linse der Kamera verweilend. Ich sehe die heilige Kuh in unseren höllenmäßigen Häuschen-Vororten, zwischen den Jägerzäunen und Garagen, große Fladen hinterlassend und den toten Asphalt mit reichen Gaben ihres heilbringenden Urins besprengend. Zwischen den Kaufhäusern im heftigsten Weihnachtsgeschäft, von Millionen aus- und angeknipsten Glühbirnchen bestrahlt, im Geschiebe der hochbeladenen Käufer: die heilige Kuh. Man stelle sich eine

Wahlversammlung vor mit einem berühmten Politiker, von Fähnchen und Lautsprechern eingerahmt, seine kunstvoll kalkulierte Rede routiniert abwickelnd – und vor ihm schreitet bescheiden und würdig und voller Güte eine heilige Kuh vorbei. Wäre nicht, so scheint es mir zwingend, jedes seiner geschliffenen, in Parteigremien prämeditierten Worte augenblicklich geradezu fundamental in Frage gestellt, durch das bloße stumme Vorbeiziehen der Kuh? Nur sehr wenig in unserer Welt würde der Gegenwart der heiligen Kuh standhalten. Es liegt im Vermögen der Heiligkeit, durch bloße Anwesenheit die richtige Rangfolge herzustellen oder wiederherzustellen. Dafür darf das Heilige eben nicht zu klein sein. Um Sand im profanen Getriebe zu sein, darf das Heilige kein Sandkorn sein. Es muß eine gewisse unübersehbare Dimension haben, um als heilsames Hindernis zu wirken. Es sollte kein Elephant sein – was zu groß ist, wirkt leicht unverbindlich. In den Ausmaßen einer Kuh ist das Heilige unbesiegbar, und die offensichtliche Unbesiegbarkeit des Heiligen ist das für uns Notwendigste.

Dieses alles wollte ich Manon mitteilen, philosophische Reflexionen, die mir im Angesicht der heiligen Kuh von zwingender Klarheit schienen, ohne die die große milde Kuh-Gegenwart aber viel weniger zwingend klingen mußte. Immerfort sage ich von den Augen der heiligen Kuh, daß sie wenig den europäischen Kuhaugen, dafür aber eher Eselsaugen oder am Ende gar Antilopenaugen glichen, und die Antilopenaugen waren die Augen von Manon – ja, es kommt mir jetzt vor, als sei alles, was ich von der heiligen Kuh gesagt habe, auf eine gelegentlich verquere, aber doch allzu deutliche Weise auf Manon bezogen gewesen. Heiligkeit, welcher orthodoxen oder ketzerischen Art auch immer, wollte zu ihr freilich nicht passen, eher Ausgestoßenheit oder wenigstens Abgesondertheit, und keineswegs nur von heilbringender oder besänftigender oder wenigstens beruhigender Art. Und es war noch nicht einmal sicher, ob sie aus meinem Kuh-Gesang die Liebe heraushören würde. Sie war außergewöhnlich begabt, aber sie begriff es als ihr Vorrecht, auch das Allerbanalste immer wieder mit der größten Herzensinnigkeit auszusprechen und zu empfinden. Kein Hinweis auf Homer und die Boopis Hera würde mich entschuldigen, wenn sie plötzlich begriffe, ich hätte sie in Verbindung mit einer Kuh gebracht.

2.
Der Kuckuck mißt die Zeit

Der Neue Palast lag auf einer Ebene vor der Stadt, umgeben von einer schier endlosen Mauer, an der man schon entlangfuhr, als an das große Tor noch gar nicht zu denken war. Wenn Palastbauten etwas über die Verfassung eines Landes sagen, über die Art, wie der Monarch regiert, dann war mit der Wahl dieses Ortes ein deutlicher Schritt weg vom alten Sanchor getan. Nicht mehr in der Mitte des Volkes, sondern unsichtbar, weit aus allen öffentlichen Lebensbezügen herausgerückt, von einem Glacis der Leere umgeben, wollte sich der Herrscher des Jahres 1900, der Großvater des regierenden Herrn, Maharao Saroop Singh, dargestellt wissen. Ganz so abgeräumt sollte das Glacis im übrigen nicht erscheinen. Es bestand wohl die Hoffnung, daß die Stadt sich auf den Palast hin entwickeln und ihm nachwachsen werde, und ein imposanter Boulevard, der mit mehreren offiziellen Regierungsgebäuden gesäumt war – ebenerdigen, aber sehr würdigen Bungalows, die jeweils einen großen gefegten Hof mit Fahnenmast umschlossen –, führte tatsächlich auch schon aus der Altstadt heraus und auf den Neuen Palast zu, war aber auf halber Strecke steckengeblieben. Häuschen und allerlei mißratenes, improvisiertes und schon wieder halb eingestürztes Gemäuer füllten jetzt schütter wie nach einer Erdbebenkatastrophe das steinige, öde Gelände. Die Parkmauer war nicht Krönung und Blickpunkt einer großzügigen Fluchtlinie geworden, sondern Damm und Schutzwehr gegen heranspülenden Unrat.

Im Portikus mußte sich der Wagen erst um eine enge Kurve winden, um in den Park einfahren zu können. Diese Kurve entsprach noch altem Festungsdenken. Sie sollte verhindern, daß Eindringlinge ungehemmt geradeaus stürmen konnten, und war, während die Pax britannica bleiern auf Sanchor lastete, eine überraschende Reminiszenz an frühere, gefährlichere Zeiten. Dahinter dehnte sich ein mit dünnen Bäumen regelmäßig besetztes weites Feld. Jedes Bäumchen wuchs aus einem Erdhäufchen und wirkte nicht sehr lebendig: eine ausgetrocknete Plantage, die geharkt und gefegt wird, aber zuwenig Wasser erhält. Inmitten dieses sandigen Feldes erhob sich der Palast. Auf einem hohen Terrassensockel stand ein maurischer Säulchenpavillon, ein steinernes Zelt, das rechts und links von kubischen, beinahe fensterlosen toskanisch-pompeijanischen Pavillons flankiert und überragt wurde. Der Palast hätte auch in der Po-Ebene stehen können, wäre da nicht in der Ferne die Frau im roten Sari gewesen, die einen Messingeimer auf dem Kopf trug und langsam wie eine einsame Fliege über die grauen Weiten dahinzog.

Der Wagen fuhr näher. Aus dem Komplex des Mittelbaus schob sich nun der Portikus vor, der eine Freitreppe beschirmte. Von hier gelangte man auf die überdachte Terrasse, die das ganze Haus umgab. Vorfahren konnten wir allerdings nicht, denn der Portikus war von zwei altertümlichen amerikanischen Straßenkreuzern ganz ausgefüllt. Die Räder waren abmontiert, und um den reichlichen Chrom herum rostete es. Wo mochten diese Autos einst gefahren sein? In Sanchor gab es keine zwanzig Meter Straße ohne tiefes Schlagloch. Oder waren diese beiden Blechschiffe, eins rosa, das andere cremefarben, der Versuch, die für die königliche Repräsentation eigentlich erforderlichen Elephanten zu ersetzen? Nun war auch der Ersatz hinfällig geworden.

Niemand zeigte sich, während der Fahrer schweigend mein

Gepäck auslud. Von nahem gesehen, bestand der Palast aus mehreren Baukörpern, zwischen denen überdachte Korridore entlangführten. Der Palast hatte kein Tor. Viele Türen öffneten sich auf die Marmorfläche, alle Rahmen waren mit rostigem Fliegendraht bespannt. Ein alter Mann mit großem roten Turban kam mit müden Schritten herbei, ergriff wort- und grußlos mein Gepäck und trug es davon.

»Welcome in Sanchor«, sagte eine weiche, schmeichelnde Stimme hinter mir.

Ein Freund des Hauses, so stellte er sich vor, der Arzt der Familie, Herr Doktor Sharma, war zu meiner Begrüßung herbeigeeilt, auf einem Motorrad, das an der Terrasse lehnte, wie ich jetzt sah. Sharma war ein kleiner, sehr gepflegter Mann mit scharfrasierten, glänzenden Wangen und verwöhntem, etwas weiblichem Fischgesicht. Auf der Terrasse stand ein Sopha. Er bat mich, Platz zu nehmen.

»Der Maharao ist hoffentlich nicht krank?« sagte ich ohne wirkliche Sorge.

»Seine Hoheit ist niemals krank«, antwortete der Arzt. »Seine Hoheit lebt mit ihrer Natur in vollkommener Übereinstimmung. Seelische Krisen, wie sie die notwendige Grundlage jeder Krankheit darstellen, kennt Seine Hoheit nicht.«

Hier hörte ich, in der geläufigen, geradezu ölgeschmierten Sprechweise des Doktor Sharma, seinem über die Steine und Kiesel der Konsonanten hinweggleitenden Zungenspiel, oder besser, hier verstand ich zum erstenmal jenen Titel, der mir zunächst so ungewohnt war und dann so vertraut werden sollte. Seine Hoheit war hier selbstverständlich auf englisch »His Highness«, von den hiesigen Sprechern aber, die zum Teil vielleicht nicht einmal genau wußten, was die rätselhaften Silben besagen sollten, zu einem neuen Wort zusammengeschmolzen worden, das so ähnlich wie »Hiseinis«

klang. Niemand nannte den Maharao hier bei seinem Namen, auch die nächste Familie nicht, selbst für seinen Bruder war er Hiseinis, und sogar für sich selbst: »This is Hiseinis Sanchor«, hatte er sich am Telephon gemeldet, als ich mich ankündigte, und damals hatte ich das nie zuvor gehörte Wort für einen Namen gehalten. Ich grübelte jetzt eine Weile vergeblich darüber nach, ob er nicht eigentlich »This is My Highness« hätte sagen müssen. Als König oder gar Großkönig, was »Maharao« schließlich bedeutet, hätte er vor allem doch wohl die Anrede »Majestät« beanspruchen dürfen, europäische Könige jedenfalls waren Majestäten, die Hoheit war den Prinzen vorbehalten.

»Nicht in Indien«, belehrte mich Doktor Sharma, der hier wie der Hausherr waltete und dem stummen Turbangreis befohlen hatte, mir Tee zu bringen. »Diese Titel stammen von den Engländern, der englische König wollte keine weiteren Majestäten neben sich dulden. Sanchor war kein großer Staat, aber selbst der Nizam von Haiderabad, dessen Land so groß wie Frankreich war, durfte neben König Georg nur Hoheit sein« – und dabei war es geblieben, auch nach dem hastigen Abzug der Engländer, und in der indischen Republik war die Hoheit schon sperrig genug, republikanische Würdenträger, die höflich sein wollten, billigten den Königen allenfalls eine »Exzellenz« zu.

Der Greis brachte mit einer Langsamkeit, als folge jeder Schritt von ihm einem eigenen, der Unbeweglichkeit zäh abgerungenen Entschluß, auf dem Tablett mit dem goldgeränderten Teeglas auch einen kleinen, aus einem karierten Blatt herausgeschnittenen Zettel. Sharma las ihn und reichte ihn mir dann. Der Zettel war mir bestimmt, eine Nachricht des Königs, nicht unterschrieben.

»Ihr Empfang durch His Highness ist für achtzehn Uhr vorgesehen«, stand in Schreibmaschinenbuchstaben, die hüpften, auf dem nüchternen Papier. Nüchternheit war der Geist, der am Hof von Sanchor herrschte.

»Wie gefällt Ihnen der Palast?« fragte Doktor Sharma, »sind Sie zum erstenmal hier?«

Ich sah noch ausschließlich durch die Brille des Hotelplaners und war trotz meiner Erschöpfung durch die lange Fahrt vom ersten Anblick an höchst angeregt. Niemals hatte ich, was die äußeren Gegebenheiten anging, bei meiner Planung derart leichtes Spiel gehabt. Hier gab es keinerlei Baumbestand, Gemäuer, bewahrenswerte Architektur, Geländeschwierigkeiten. Der Neue Palast, eine strenge, aber vornehme synkretistische Erfindung, stand frei, und rund um ihn herum konnte die Phantasie sich austoben. Große Hotelflügel zu seiner Rechten und Linken würden sogar noch zur Pracht der Anlage beitragen. Ein Wassergarten müßte sich durch die weiten Ebenen ziehen. Kanäle mit Brücken, Blumeninseln, Springbrunnen und Wasserfällen würden eine Oase hervorzaubern. Große Palmen müßten den alten Neuen Palast umgeben, der vor allem das Restaurant aufzunehmen hätte. Die Leere, die ihn jetzt umgab, war wie ein Reißbrett für meine Pläne.

Ob ich mir die Hände zu waschen wünsche, fragte Doktor Sharma. Ich folgte ihm in den hohen Eckpavillon, der einen kleinen Saal enthielt, mein Schlafzimmer, wie sich jetzt herausstellte, denn dort standen mein Koffer und meine Reisetasche neben einem schweren Himmelbett mit Moskitonetz. Im großen Badezimmer nebenan, einem weiteren Saal, fand ich prachtvolle Keramikarmaturen, ein Riesenwaschbekken mit Rädern aus Nickel über den Hähnen.

Wasser floß allerdings keines. Der Greis mit dem schwankenden Turban und den schmutzigen weißen Lumpen am Leib stand unversehens wieder hustend in der Tür, mit einem Messingeimer, der halb mit trübem, bräunlichem Wasser gefüllt war. Doktor Sharma rief aus dem Schlafzimmer: »Wasser haben wir im Winter wenig. Sie sollten dieses Wasser auch keinesfalls trinken. Es bekommt nicht einmal uns. Die Leute glauben, sie hätten sich an dieses Wasser gewöhnt, aber ich weiß aus meiner Praxis das Gegenteil.« In diesem Zusammenhang müsse er das Loblied von Hiseinis singen. Ohne eine kräftige Spende von seiner Hand habe man in Sanchor gerade erst vor einer regelrechten Ruhr-Epidemie gestanden.

»Die Leute, die am ehesten von solchen Krankheiten befallen werden, können sowieso keine Medikamente bezahlen.« Hiseinis sei ein Menschenfreund.

Als ich zu Sharma zurückkehrte, nur mäßig erfrischt, denn ich hatte mich noch nicht dazu überwinden können, das Wasser aus dem Eimer an mein Gesicht zu lassen, fand ich ihn in einem tiefen, mit mürbem Leder bezogenen Clubsessel. Er blickte auf zu dem etwa zwei Meter hohen Gemälde über dem Kamin, das lebensgroße Porträt eines indischen Fürsten mit vielen Halsketten, drei Dolchen in der Schärpe, einem kleinen, schiefsitzenden rosa Turban und einem Kostüm, das in mindestens acht verschiedenen Farben schimmerte, in dikkem Gipsrahmen. Das Schimmern mußte man sich freilich vorstellen. In der peinture des russischen Meisters, der das Bild mit einer großen Signatur versehen hatte, wurde jede Farbe schmutzig-grau.

»Das ist der Großvater von Hiseinis, Maharao Saroop Singh, der Erbauer dieses Palastes«, sagte Doktor Sharma, »auch der Erbauer des Krankenhauses, dem ich die Ehre habe vorzustehen. Auch der Erbauer eines Staudamms oberhalb von Sanchor, aber der ist jetzt schon beinahe ausgetrocknet, das Wasser in dem Eimer kommt aus diesem Stausee, Sie sehen, die Qualität läßt nach.« Der russische Maler sei hier mit indischer Frau durchgereist, dann zurückgekehrt und habe beinahe fünf Jahre in Sanchor gelebt. Hiseinis, der

Großvater, habe ihn mit vielen Aufträgen versehen. Es sei leider nicht auszuschließen, daß dieser Mann seine Frau umgebracht habe. Damals seien solche Vorkommnisse bei Ausländern nur nachlässig untersucht worden; es fehlten noch vier Bilder für die Galerie des Neuen Palastes, da habe der weiland König kurzerhand das Ende der Ermittlungen verfügt. Diese Entscheidung sei eine Entscheidung für die Schönheit und Freiheit der Kunst gewesen, nicht wahr? Die Galerie sei damals dennoch nicht vollendet worden. Der Russe war undankbar und floh mit dem Vorschuß, damals noch gute britische Gold-Guinees.

Der Greis trat wieder ein. Seine rotgeränderten Augen blickten unruhig. Er streckte die Hand weit aus; aus seinen krummen Fingern mit den langen gelben Fingernägeln nahm ich einen weiteren karierten Zettel entgegen.

»Seine Hoheit bittet Sie, sich noch zu gedulden. Der Empfang wird nach Ihrem Besuch im Alten Fort stattfinden.« Doktor Sharma las den Zettel mit gerunzelter Stirn. Das Alte Fort könne er mir nicht zeigen, dazu seien andere berufen. Aus dem Nebenzimmer drang ein nachdrückliches Schnarren. Dann rief es Kuckuck.

»Aber ja«, rief Sharma freudig, »eine echte Schwarzwälder Kuckucksuhr. Mitgebracht von der Europareise, aus Anlaß der Krönung Georgs VI.« Im Nachbarsalon, dessen Tür ich öffnete, hing die Uhr mit ihren Tannenzapfengewichten über einem Photo, das einen Knaben mit langen Augenwimpern und feuchtem Glanz auf Augen und Lippen zeigte, ein weit auf die Schultern ausgelegter Schillerkragen umrahmte den hübschen Buben, wie eine gestanzte Papiermanschette einen glasierten Kuchen umgibt.

»Das ist Hiseinis als Kind«, dem Stil der Photographie nach mußte sie aus den vierziger oder auch dreißiger Jahren stammen. Die schweren Sessel, deren Seitenlehnen mich an alte stoffbespannte Radiolautsprecher erinnerten, waren auf Rücken- und Seitenlehne mit weißen Tüchern belegt, die dem Zimmer etwas Eisenbahnartiges gaben.

»Ich bin Künstler«, sagte Doktor Sharma, indem er seiner Stimme unversehens noch samtenere Weichheit, etwas geradezu Melodiöses verlieh, als bereite er sich vor, einen verführerischen Sprechgesang vorzutragen. Über den schönsten Raum dieses Palastes habe er einen Gesang geschrieben, der tatsächlich gedruckt worden und auch vertont worden sei, dieser Gesang eigne sich nach seiner Überzeugung vorzüglich dazu, in alle europäischen Sprachen übersetzt zu werden, wobei er an der Übersetzung ins Englische selber noch feile.

»Golden room, you chamber of my soul«, beginne das Gedicht, »dein Geschmeide, Reibung an deinem Seidenhals, verläßt mich nimmer – deine Brüste pulsierend unter mir als Flügel, Fetzen erschöpfter Geruchswolken, Ruinenstätte des Überdrusses ...« Während er eindringlich rezitierte, schritt er mir tänzelnd voran und riß mit Zauberkünstler-Gestus die nächste Flügeltür auf.

»The golden room«, lag im Dämmer, denn die Fenster hoch oben unter der Decke mit ihren Ventilatoren und den gerupften Kronleuchtern waren verhängt. Etwa dreißig steile Sessel, deren Armlehnen aus holzgeschnitzten Löwen bestanden, waren ineinandergeschoben, auf ihrem blauen Samt lag schwarzer Staub, als habe man in diesem Saal ein Kohlenfeuer entfacht. Aber die Wände glänzten tatsächlich golden, in goldenem Rankenwerk, dessen Blütenkelche und geplatzte Granatäpfel und Knospen und Vögel eine europäische Version orientalischen Arabeskenwerkes darstellten; ich nannte den Stil »russisch«, aber vielleicht nur unter dem Einfluß des gattenmörderischen Malersmannes aus meinem Schlafzimmer.

»In diesem Saal hat der Vater von Hiseinis seine Durbars

abgehalten«, sagte Doktor Sharma. Viele solche Reichstage mochten es nicht gewesen sein, die Blattgoldapplikationen wirkten frisch bis auf jene Stelle unter dem hochgelegenen Fenster, wo die Feuchtigkeit vergangener Gewitterregen eingedrungen war. Wenn nach langer Abwesenheit das Wasser schließlich hier eintraf, kam offenbar gleich zuviel davon. Die Ranken umrahmten entlang der Wände in regelmäßigen Abständen Medaillons, Szenen im Stil persischer Miniaturen, vergrößert und vergröbert und ein wenig im Charakter englischer Zeitschriftenillustrationen, aber ein Medaillon fiel aus der Reihe: Dort sah man in naiver Manier einen Turbanhelden mit grimmigem Gesicht auf einem Kissen, und ihm gegenüber ein Bleichgesicht, einen Herrn mit Zylinderhut und karierten Hosen.

»Das ist der berühmte Colonel James Todd«, sagte Sharma. Dieser Engländer gehörte in die Zeiten der berüchtigten Ost-Indien-Kompanie, war einer jener legendären »Agenten«, jener Männer, die die Fürstenhöfe in ihren Griff nahmen und deren Länder regierten, indem sie die angestammten Fürsten und Könige teils kauften, teils erpreßten. Colonel Todd nun war über die Wühl- und Vergewaltigungstätigkeit seines Berufsstandes weit hinausgegangen, indem er eine große Liebe zu seinen Opfern entwickelte. In seinen zweibändigen »Annals and Antiquities of Rajastan« vertrat er die These, die Rajputen-Fürsten seien, wie aus ihren edel-ritterlichen Gebräuchen leicht zu schließen, in Wahrheit Skythen, letztlich also Germanen gewesen; deshalb, so der menschenfreundliche Colonel, habe England die Pflicht, anständig mit ihnen umzugehen, eine verblüffende Schlußfolgerung, da sich sein mächtiges Vaterland durch Verwandtschaft mit irgendeinem anderen Volk, auf dem europäischen Kontinent etwa, niemals zu irgendwelcher Rücksichtnahme hatte bewegen lassen. Colonel Todds Werk sei das Lieblingsbuch von

Hiseinis, erklärte Doktor Sharma, er hingegen finde es langweilig, nichts als Kriege und Kriege und Kriege und Ehre und Ehre und Ehre, sehr gleichförmig gehe es zu in diesen Annalen trotz des reichen Personals. Er, Sharma, sei ein Mann der Poesie. »The golden chamber« sei sogar, nach seinen Vorstellungen, aber nicht von ihm selbst, er sei unmusikalisch, »wunderschön« in Noten gesetzt worden und werde womöglich gar aufgenommen – am liebsten sänge er es selbst – er improvisierte in wehen, ziehenden Phrasen: »Fetzen erschöpfter Geruchswolken, Ruinenstätte des Überdrusses...« mit hauchig heiserer Stimme, die unversehens recht lüstern klang. »Sie stehen hier in der Herzkammer von Sanchor, dem Höhepunkt unserer Kultur«, fuhr er fort.

Kuckucksrufe mischten sich mit Pfauenkreischen von draußen. Der Greis war eingetreten, der Turban schwankte auf seinem entfleischten Kopf. Und wieder überreichte er mir einen Rechenzettel.

»Der Wagen für die Fahrt zum Alten Fort erwartet Sie in einer Viertelstunde«.

»Wer schreibt diese Zettel? Kommen diese Zettel von Seiner Hoheit? Ist er hier irgendwo?«

Meinen Fragen haftete wahrscheinlich ungebührliche Neugier an, als hätte ich auf die Beantwortung irgendeinen Anspruch.

Hiseinis sei stets sehr beschäftigt, sagte Sharma, und sein Ton war unversehens selber hoheitsvoll, um gleich darauf wieder zutraulich zu werden. Für Poesie habe Hiseinis überhaupt nichts übrig, verabscheue sie zwar nicht, dulde sie aber höchstens, weil zu Fürstenhöfen Poesie eben unabdingbar dazugehöre. Hiseinis sei Historiker, deshalb das Interesse an Todd, und Jurist, vor allem jedoch mit den Pflichten seiner Religion beschäftigt. Der verstorbene König, sein, Sharmas, Patient, habe seine Söhne angehalten, mit dem regelmäßigen

Gebet frühzeitig anzufangen, man wisse nie, ob man im Alter dazu die Gelegenheit erhalte – und richtig, die letzten Lebensjahre des weiland Monarchen seien so von Krankheit gezeichnet gewesen, daß für das vorgeschriebene Gebet die Kraft kaum mehr gereicht habe.

»Die Poesie ist das Fundament, auf dem die Throne ruhen«, sagte ich, indem ich eine alte preußische Anekdote zitierte, ohne Herkunftsangabe freilich, denn ich zweifelte daran, daß dem kleinen Arzt die Namen Gneisenau, König Friedrich Wilhelm III. und Preußen etwas sagten.

»Das ist eine überraschende Ansicht«, sagte Sharma, »ich weiß nicht, ob ich zustimme. Viele Poeten sind gegen die Throne, von den modernen eigentlich alle, und auch ich denke fortschrittlich – meine Freundschaft zu Hiseinis ist persönlich, er kennt meinen politischen Standpunkt.«

Wir traten auf die Terrasse. Jedes Zimmer hier schien ins Freie zu führen.

»Ich eile jetzt zu meinen Patienten, und heute abend trage ich in unserer Dichtervereinigung ›Die neun Musen‹, gegründet von mir selbst, einen neuen Liedzyklus vor, ›Herbstliebe‹, das bezieht sich auf mich, ich bin zweiundfünfzig. Sie werden leider nicht daran teilnehmen können, Hiseinis wird mit Ihnen speisen wollen.«

Sein Motorrad wirbelte viel Staub auf. Es herrschte ein weißes, milchiges Licht bei geschlossener Wolkendecke. Der Park, wie ich das Gelände nun schon selber nannte und wie es angesichts seiner erhabenen Dimensionen eigentlich auch nicht falsch war, ruhte unter einer Bleidecke.

Es lag vielleicht an dem Empfang durch den von anderswo herbeigeeilten Doktor Sharma in seiner gewandten und beredten Stellvertretung, daß mir der Neue Palast von Anfang an nicht als ein wirklich von Menschen bewohntes Haus vorkam, sondern wie ein sich gleichsam selbst bewohnendes

Haus, ein durchaus von Lebensspuren gezeichnetes Gehäuse, die aber womöglich nicht das Leben von Menschen hinterlassen hatte.

Hatte ich nicht zu Hause schon so etwas geahnt? Meine Reise war keine wirkliche Geschäftsreise. Ich war auf der Flucht. Ich war hierher gereist, um unerreichbar zu sein. Ich wollte Manon den Weg zu mir verlegen. Wie sich die Schiebetür der Untergrundbahn vor ihrem weinenden Gesicht ohne Erbarmen geschlossen hatte – ein Triumph der Maschinenwelt, die von keinem der Manon eigenen Mittel zu beeinflussen war –, so sollte Sanchor mich ihrem suchenden Blick entziehen. Nur daß ich wohl schwerlich erfahren würde, ob sie überhaupt versuchte, mit mir in Verbindung zu treten, oder ob die Aussichtslosigkeit, an mich heranzukommen, die allzu bequeme Entschuldigung wurde, sich nun vollends von mir abzuwenden. Wer in Liebesdingen strafen will, straft immer sich selbst, eine empörende Einsicht, denn wo bleibt da die Gerechtigkeit?

Im weißen Ambassador mit seiner ruinierten Federung ließ nun auch ich den Neuen Palast hinter mir, der nach allen Seiten hin offen dalag und es dennoch verstand, so verschlossen zu sein. Die koloniale Neustadt war rasch durchmessen, die engen Altstadtstraßen nahmen uns auf. Der Fahrer fuhr, so schien mir, nicht mit dem Gaspedal, sondern mit der Hupe. Der Ambassador war ein königliches Gefährt und forderte Aufmerksamkeit und Spalierstehen, Herbeieilen und Sich-an-den-Straßenrand-Drängen, das drückte dies Hupen aus. Schneller ging es nämlich nicht, und sogar halten mußten wir im vollgestopften Straßengewirr unablässig, so daß die braunen Augen, die sich um uns versammelten, wann immer der Wagen stand, Gelegenheit hatten, sich sattzugaffen, während die Hupe pausenlos forderte und Lärm machte. Dann war der Stadtrand gewonnen, und der Blick öffnete sich auf hohe, schöne Festungsmauern und rundgebogene Zinnen. Eine steile Rampe führte die Mauer entlang zu einem schief in den Angeln hängenden Tor, mit rostigen Eisendornen reich bestückt; sie sollten Elephantenattacken abwehren, die als lebende Panzer einst solch ein Tor hätten berennen können, das jetzt viel wirkungsvoller von der Zeit geknackt worden war. Rechts und links davon zog sich eine lange Reihe in Stein gehauener Hände: die Erinnerung an die Königinnen, Prinzessinnen und Konkubinen, die ihrem toten Ehemann als Sati auf den Scheiterhaufen gefolgt waren.

»Das Haus von Sanchor hat stets heroische Tugenden bewiesen«, sagte der Mann, der mich im Hof des alten Forts erwartete. Nicht nur, was Fahrer und Diener, sondern auch was würdige Stellvertretung anging, war der Maharao offenbar nie verlegen. Langsam trat dieser Mann auf mich zu, in Pullover und dunkler Hose höchst unauffällig gekleidet, aber sein Gesicht sprach sogleich von seinem hohen Rang. Es war aus einer weichen, feinen Substanz, als könne man es zupfend und knetend wie weißen Brotteig verformen. Sein Schädel war kahl, die Augen nicht groß und grau. Schon in seiner Hochgewachsenheit war er ein Gegensatz zu dem beweglichen Sharma, vor allem aber in seiner Unnahbarkeit. Vorstellungen erübrigten sich. Die Anrede »Sir« erfüllte beiderseits alle Erfordernisse. Die Hand, die er mir reichte, weil ich mich an die feierliche Verbeugung mit gefalteten Händen noch nicht gewöhnt hatte und ihm in kindlicher Unschuld meine Hand entgegenstreckte, war kühl und weich. Niemals hatte dieser Mann etwas Schweres angefaßt. Später erfuhr ich, daß er der erste Brahmane des Königs war, Purhoti hieß und in einer langen Folge von Beratern des Königshauses stand, die ihr Amt seit unvordenklichen Zeiten vom Vater auf den Sohn übertragen hatten, aber das fügte ihm für mich schon nichts Wesentliches mehr hinzu. Ich fürchtete ihn vom ersten Augenblick, denn ich empfand, daß sein Blick unbestechlich war und alle Vorspiegelungen durchdrang.

»Seine Hoheit wünscht, daß Sie das Alte Fort kennenlernen«, sagte er statt begrüßender Worte mit Ernst und einer Miene, die ausdrückte, daß er jeden Befehl seines Königs ausführen würde, sich ein eigenes Urteil darüber freilich vorbehalte. Ob es sinnvoll war, mir das Alte Fort zu zeigen, ließ er zunächst dahingestellt sein.

Wußte er von dem Hotelprojekt seines Herrn? Später hatte ich Grund, daran zu zweifeln. Purhotis Ressort waren nicht Erfindung und Entwicklung, sondern Bewahrung und Dauer. Außerdem stand er nicht mehr im täglichen Dienst des Monarchen. Er war Lehrer. Das Sitzen auf der Schwelle des königlichen Kabinetts, wie es die Tage seines Großvaters und Vaters noch ausgefüllt hatte, mochte sich in den neuen Verhältnissen erübrigen. Der König saß nicht mehr beständig mit seinen Großen in der Reichsversammlung, auch die Pflicht, das Schwert des Rechts zu führen, war von ihm abgefallen. In der Lösung von so vielen zeitraubenden Pflichten war der König leicht geworden. Es hielt ihn selten lange an einem Ort. Wer an der Schwelle seines Kabinetts gesessen hätte, wäre dort die überwiegende Zeit allein gewesen.

Aber als Volksschullehrer in Sanchor zu wirken war kein Abstieg. Purhotis Autorität beim König war ungebrochen, und bei den Schülern – in einer kleinen Stadt wie Sanchor waren das eigentlich die meisten irgendwann einmal gewesen, von den Armen abgesehen, deren Erziehung Purhotis Sache nicht war – genoß er die höchsten Ehren. Wert legte er darauf wenig.

»Sie hören, aber sie folgen nicht«, sagte er ohne Leidenschaft aus seinem feinen Brotteiggesicht heraus, das den Ausdruck der Enttäuschung nicht kannte. Seine Hoheit habe ihn eben erst unterrichten lassen, daß ich hier zu empfangen sei.

Glücklicherweise habe er dem Wunsch nachkommen können, denn die Schule sei aus. Seine Hoheit habe einen anderen Stil als weiland Maharao Haripal Singh, der strikt nach der Uhr gelebt habe, während sein nun auf den Thron gelangter Sohn sich dem Kommando der Stunden nicht unterwerfe.

Ich schreibe hier bewußt nicht mehr das mir schon liebgewordene »Hiseinis«, denn Purhoti artikulierte den Titel gestochen scharf und empfand offenbar gar keine Schwierigkeiten bei dem doppelten H und seiner Ruptur. Wir standen zu Füßen eines hohen kubischen Baus, der von außen durch die Mauer weitgehend verdeckt wurde, eines burgartigen Palazzo, der an Umbrien denken ließ und tatsächlich zur selben Zeit wie die schönsten Sitze dort erbaut worden war. Aus der steilen Fassade ragte als einziges Schmuckelement ein Erker, der von einem über die ganze Höhe des Palastes reichenden Pilaster getragen wurde. Der Erker war wie Geäst und Frucht eines riesenhaften Palmenstammes. Der Palast im Alten Fort hatte nichts Exotisches. Er bezauberte nicht durch orientalisches Dekor, er war von klassischer Schönheit und Schlankheit. Wenn das die fürstliche Hauptresidenz von Sanchor gewesen war, hatte es sich offenbar nicht um ein weit ausgebreitetes Reich gehandelt, sondern um etwas Zartes, Wohlproportioniertes; auch der Neue Palast hielt ja Maß, obwohl er in einer Zeit entstanden war, die Übertreibungen begünstigte. Dieser schlanke turmartige und jedenfalls turmhohe Palast hier war weiß gekalkt, der hohe, runde Pilaster und der Erker von warmem, erdigem Ocker. Ich war begierig, das Haus zu betreten, aber dafür mußten wir noch einen längeren Weg über offene Rampen zurücklegen, Tore durchschreiten, die von alten Männern oder kleinen Jungen gehütet wurden, und durch das Verteidigungssystem hindurchgelangen. Das Fort war eine wirkliche Festung, seine Mauern waren hoch und intakt und auf Kämpfe eingerichtet, während derer die Bürger der Stadt sich in die großen äußeren Höfe flüchten konnten.

Wir betraten den an den Hang gelehnten Palast von hinten, wo er kaum zwei Stockwerke hoch war. Von hier aus offenbarte sich seine Lage. Ich überblickte das Häusergewirr von Sanchor, in dem die ersten Neonröhren blinkten, mit dem Knäuel der elektrischen Leitungen über den Gassen, die Inseln der bläulich marmornen Tempelbezirke, deren Shikaras von bunten Wimpeln umflattert wurden, die Moschee mit grünspanfarbener Kuppel und am Stadtrand den englisch-gotischen Dorfkirchturm. Wie das Verhältnis zwischen den Religionen sei, fragte ich Purhoti, man höre von Spannungen.

Spannungen seien da, antwortete er mit seiner sanften Entschlossenheit zur Objektivität. Aber diese Spannungen trügen politischen und nicht religiösen Charakter. Folgten die Menschen allein ihren religiösen Instinkten, wie in den ruhigeren Zeiten wieder, dann täten sie, was Furcht und Gier, ihre Zwingherren, ihnen befahlen: ohne Unterscheidung in alle Tempel, Moscheen und Kirchen zu gehen, überall Weihrauch, Kerzen oder Blumen zu opfern, um die Gottheit zu bestechen. Seine Worte klangen bei aller Nüchternheit, als mißbillige er dieses synkretistische Durcheinander.

»Furcht und Gier verhindern die Unterscheidung.«

Zu meiner Verblüffung betraten wir den hohen, steilen Festungspalast durch ein niedriges Pförtchen. Dies führte in einen kleinen Hof mit umlaufender überdachter Galerie, hier war einst von Tänzerinnen den hohen Herrschaften vorgetanzt worden. Die Glasscheiben in den Türen waren blind und zum Teil gesprungen, sonst aber herrschte eine freilich unpoetische Besenreinheit, das Haus verkam nicht, aber es ruhte auch kein liebevoller Blick auf ihm. Ein reich intarsiertes, mit Bronzebeschlägen versehenes Tor öffnete sich von innen. Dort saß ein Mann auf dem Boden und hatte unsere Annäherung, ich weiß nicht wie, mitbekommen.

Die Halle, die sich hier auftat, war nicht groß, doch von vollendeter Schönheit. Über den Boden war ein schwefelfarbener Teppich gebreitet. Wir legten die Schuhe ab, bevor wir ihn betraten, Purhoti tat dies unter langsamen, gemessenen Bewegungen, als habe er einer atemlos zusehenden Schülerschar ein für allemal vorzuführen, wie der Mensch seine Schnürschuhe ablegte, ohne ungeduldig an Bändeln herumzuzerren. Der Schuh »mußte nur seinem eigenen friedlichen Willen anheimgegeben werden«, wie es an anderer Stelle heißt, um sich vollständig gewaltlos an- und ausziehen zu lassen und nicht nach meinem Vorbild dabei an der Ferse niedergetreten zu werden.

Der Raum war von Nischen aus intarsiertem Marmor umgeben. Große, mit Silberblech beschlagene Sessel standen darin, für König und Königin, und auf halber Höhe umgab ihn ein grau-weißer Fries aus persischen Miniaturen, die bei der letzten Stürmung des Forts vor gut zweihundert Jahren durch Feuer beschädigt worden waren – den Ruß sah man heute noch –, aber in dieser grau-schwarzen Brandigkeit womöglich noch kostbarer aussahen, als in unversehrten Buntfarben. Klein mochten Hof und Staat von Sanchor gewesen sein, aber provinziell waren sie nicht. Für die Ausstattung war nur das Schönste gut genug gewesen. Und dieser Schönheitssinn war kein Ausfluß von Schwächlichkeit und bequemer Feindesliebe, sondern ging mit Zügen von Angriffslust und äußerster Reizbarkeit einher. Dem Mogul Schah Jahan war es geglückt, dem aufständischen König von Sanchor die Frau zu rauben und in den eigenen Harem gelangen zu lassen. Da hatte der König nicht geruht, bis es ihm geglückt war, sie zurückzurauben. Und das gelang auch, sagte Purhoti in eisiger Ruhe, als habe er die Chancen des Unternehmens selbst seinerzeit im Rat mit abgewogen. Für die hohe Dame sei die Heimkehr nach Sanchor allerdings nicht so erfreulich gewesen.

Hier ruhe sie, sagte Purhoti, indem er die feinweiße Brotteig-Hand auf die Marmorwand legte. Am Tag ihrer Rückkunft nach der Prozession auf geschmücktem Elephanten in goldener Sänfte, um sie dem Volk zu zeigen, sei sie hier eingemauert worden – stehend übrigens, weshalb der Ausdruck, sie ruhe, vielleicht nicht vollständig passe. Ihr war immerhin vorzuwerfen, daß der Mogul sich in einer gewissen fatalen Schwägerschaft mit dem König von Sanchor befand. Warum hatte sie sich, bevor sie das Brautbett in Delhi bestieg, nicht umgebracht?

Von diesem Saal, der noch in seiner zarten Verletztheit von einem makellosen Geschmack sprach, öffneten sich schmale Flügeltüren zu weiteren Gemächern, die sämtlich viel kleiner waren, gefügte Kästchen mit Decken, aus Tausenden von Spiegelscherben zusammengesetzt, Miniaturfriesen, eingelegten Marmortulpen, von der Decke herabhängenden Schaukelbetten. Die Kissen und gestopften Rollen auf den Teppichen waren mit verblichenen Stoffen bezogen, brüchigem Samt, weiß gewordener Seide, ich wagte sie nicht zu berühren. Es war, als habe dieser Palast hundert Jahre geschlafen, bewohnt nur von der stehenden toten Königin im Königssaal.

»Aber genauso verhält es sich auch«, sagte Purhoti, »dieser Palast wird nur noch für die Königskrönungen benutzt, und dann auch nicht diese Zimmer, sondern große Zelte in den Höfen. Der Stil der Herrschaft hat sich verändert. Seine Hoheit empfängt heutzutage Hunderte und Tausende von Leuten, die den König früher kaum einmal gesehen hätten.« Wir schoben uns einen schmalen, über und über bemalten, geschnitzten, verspiegelten Gang entlang und befanden uns bald in einer winzigen Kammer, deren Pracht alle vorhergehenden übertraf. Drei Fensterbögen öffneten sich auf das Tal von Sanchor. Weichgraue Gebirgszüge, lavendelgraue Sandflächen, die blinkende, wirre Stadt mit ihren summenden und brausenden Geräuschen, die wie unter einem dicken Kissen gedämpft zu uns emporstiegen, in der Ferne sogar den Neuen Palast in seiner edlen Ödenei und die Einsamkeit, in die all das gebettet war, das Reich.

»Wir befinden uns jetzt im Erker«, sagte Purhoti. Dies war das Zimmer des Königs. Auf dessen Schwelle hatten die Purhoti-Vorfahren gesessen, meist mit Lektüre beschäftigt, auch mit eigenen Notizen, gelegentlich vom Palmblatt aufblickend und den objektiven Blick zur bequem am Fenster lagernden Hoheit hinüberwendend. Der Palast war ein Bienenhaus mit Waben, in dessen Herz, in der kleinsten und köstlichsten Wabe, der König saß, zugleich im Allerinnersten und im Äußersten, auf einziger Säule hoch über Sanchor thronend und es ganz überschauend. Wenn in früheren Jahrhunderten die Edlen und die weniger Edlen und auch die wohlhabenden Gemeinen zu großen Festen in das Fort geladen worden waren, hatten sie unten in den Höfen in langen Reihen getafelt und den Tänzerinnen zugesehen, während hoch über ihnen in dem Erkerfenster, aus dem ich nun hinaussah, das Rosa des königlichen Turbans aufschien: »Soviel Rosa sahen sie vom König«, sagte Purhoti, hielt seinen kleinen Finger in die Höhe und wies auf dessen perfekt hellrosa Nagel.

Weite Teile des Palastes boten ein Bild der Verwüstung. Nachdem immer neue Türen geöffnet und hinter uns verschlossen worden waren, befanden wir uns in geplünderten, schmutzigen Regionen, deren einstige königliche Geschmücktheit kaum mehr zu ahnen war. Rostige Rattenfallen sprachen vom Kampf gegen unwillkommene Mitbewohner. Teppiche und Kissen hingen in Fetzen. Es kam jetzt auch europäisches Mobiliar vor, Belle-Epoque-Sophas, gepolsterte Puffs, grobgeschnörkelte Hocker, ein von weißem Staub dick bedecktes Klavier. Wir standen schließlich in einem Saal, der keine Fenster hatte und sein Licht durch einen am Ende gelegenen offenen Schacht erhielt. In der Verwahrlosung hatte man versucht, eine gewisse Ordnung zu wahren. Sophagruppen mit gedrechselten Tischchen, Ottomanen und Clubsessel waren in symmetrischen Gruppen im Raum verteilt, auf Tischchen standen staubbedeckte Kristallvasen mit Wachsblumensträußen. Es war, als habe man ein Prunkmausoleum auf dem Père Lachaise möbliert, ich hielt unwillkürlich nach Gießkannen und verblichenen Kranzschleifen Ausschau. Diese düstere Halle, die durch den Lichtschacht ein weiches Kellerlicht empfing, entbehrte dennoch nicht einer märchenhaft kindlichen Dekoration: In ihren weiten Gewölben hingen Hunderte von dicken, metallisch unterlegten Glaskugeln, die bei uns Christbaumkugeln genannt würden, ihre obere Hälfte war von braunem Staub bedeckt, aber die untere blitzte frisch.

»Dies sind die neuen Gemächer der Königin«, bemerkte Purhoti. Bevor der Neue Palast errichtet wurde, habe sich die Notwendigkeit ergeben, einen Frauenflügel hier oben neu zu gestalten, ohne Fenster natürlich und wohlverwahrt sollten die Damen dennoch allen neuzeitlichen Luxus genießen, den sie in den Residenzen der britischen Vizekönige in den Zimmern von deren Frauen gesehen hatten. Das Klavier sei ein Pianola, die Damen hätten Musik gehabt hier unten. Purhoti war entschlossen, außerhalb seiner Erklärungen, die er freigiebig und gründlich gab, meine Fragen abzuwarten. Er besaß eine solche Sicherheit, daß er nicht, wie ich das getan hätte, nervös im Gesicht seines Gegenübers nach Zeichen suchen mußte, wie das Gebotene wohl wirke.

Ich war entgeistert. Die Vorstellung, daß die Frauen des

Königs unter diesem Glaskugelhimmel mit dem Klavier eingesperrt worden waren, ohne mehr als ein paar Quadratmeter Himmel zu sehen, bedrückte mich. Dies war ein finsteres Gefängnis, und die verwesten Spuren von Luxus darin machten den Ort noch unheimlicher.

»Seine Hoheit hat Wert darauf gelegt, daß Sie sich vor allem in diesen Frauengemächern gründlich umsehen. Ich kann Ihnen jede Frage dazu beantworten. Der kleine Marmorspringbrunnen hier funktionierte mit nur zwei Eimern Wasser. Es gab unter diesem Saal einen Raum, in dem ein Esel die Pumpe drehte. Ich habe den Brunnen allerdings nie in Funktion gesehen.« Für manche Frauen, dachte ich unversehens, war solch ein sicheres Quartier vielleicht gar nicht schlecht: für Manon etwa. Ich würde ihr sogar einen Plattenspieler gönnen, und die Christbaumkugeln müßten ihr eigentlich gefallen.

Im großen Hof des Alten Forts sah ich den König zum erstenmal. Wir gingen die Rampe des Palastes hinunter. Im Abendschein legte sich eine rosige, verheißungsvolle Süße über die Stadt. Auch das Fort tauchte aus seiner Ausgedörrtheit auf und belebte sich in Schönheit. Inmitten des Hofs stand eine Gruppe von Menschen, in der Nähe ein Jeep. Ein Mann überragte die andern um mindestens Haupteslänge. Er trug weiße Hosen von altmodischem Schnitt und ein Sporthemd mit großen hellblauen Karos, das über die Hose hing. Der Kragen war nach Art eines Schillerkragens weit zu den Schultern hin ausgelegt. Der Mann war sehr hellhäutig, nicht so weiß wie Purhoti in seiner Brothaftigkeit, etwas oliv im Gesicht, die nackten Unterarme aber beinahe milchweiß, und er stach schon deshalb unter den Dunkelhäutigen seiner Umgebung hervor. Seine Haltung war kerzengerade. Die Hände, langfingrig und schmal, hielt er in Höhe des Nabels locker ineinandergelegt, immer bereit, sie gefaltet vor die Brust zu heben. Das war das Erste, was mir auffiel: diese Begrüßungen. Wer sich dem großen Mann, dem alle überragenden Mann näherte, verbeugte sich tief und machte mit beiden Armen eine Bewegung, als versuche er, dessen Füße zu umfassen. Der also Begrüßte sah diesem Vorgang mit respektvollem Ernst zu, wartete, bis der Begrüßende sich wieder aufgerichtet hatte, ließ ein betörend liebenswürdiges Lächeln auf seinen Lippen erscheinen und verneigte sich nun seinerseits, allerdings nur andeutungsweise. Sein Kopf war klein, das grau werdende Haar dicht und prachtvoll, die Schultern etwas abfallend, mir war sogar, als habe der Mann mit den langen Armen und Beinen ein etwas breiteres Becken, als es seiner sportlich-straffen Erscheinung entsprochen hätte. Purhoti blieb stehen.

»Das ist Seine Hoheit«, sagte er leise. »Sie werden erst heute abend im Neuen Palast vorgestellt werden, aber wir wollen dennoch abwarten, ob Seine Hoheit jetzt schon das Wort an uns richten möchte.«

Bemerkte der König uns? Eben präsentierte ein Mann seine Frau, die von einem weißen, langen Schleier mit bunten Streifen umrankt war, einer »Leheria«, wie ich jetzt erfuhr. Sie ging dem König lächelnd entgegen und machte ihre Reverenz, als wolle sie ihm damit ein Geschenk machen. Es war, als hätten diese Menschen den König zufällig hier angetroffen, diese Begegnungen hatten etwas Unvorbereitetes. Ich wußte noch nicht, daß es in der Umgebung des Königs nur wenig gab, dem er nicht diesen Charakter des Jähen, Unvermittelten verlieh, als sei sein Königtum jetzt, wo es sich nicht mehr auf geordnete staatliche Institutionen stützte, auch von einer gewissen Erdenschwere befreit worden und verkörpere sich da, wo es sich eben gerade ereignen wolle. Die Männer schauten wohlgefällig auf den erfreulichen Anblick der sich in ihrem hocheleganten Schleier tief verneigenden Frau, aber der König betrachtete den Vorgang wie einer, der sich darauf konzentriert, jetzt gleich mit seinem eigenen Einsatz an der Reihe zu sein. Und nun war es auch schon soweit. Ein überwältigend liebenswürdiges Lächeln erschien in seinem ernsten, großäugigen Gesicht; wie gelang es ihm, gegenüber einer fremden, wenngleich sehr schönen Frau einen solchen Ausdruck von Entzücken und Verzaubesrung zu erzeugen, der gleich nach seinem Aufscheinen auch wieder verschwunden war?

Er wandte sich anderen Männern zu, denen er angelegentlich etwas erklärte. An seiner Gestik entdeckte ich das von der buddhistischen Theologie benannte Phänomen der »sich selbst wegwerfenden Hand«, in dem buddhistischen Zusammenhang als Metapher für ein undurchführbares Vorhaben gebraucht, aber es war nicht undurchführbar, wie der König bewies, indem er soeben mehrfach seine Hand sich selbst wegwerfen ließ: Er hatte alle Finger wie pflückend zusammengenommen, warf sie von sich und ließ die Hand gespreizt zurückknicken, wie von der Wucht des Wurfs zurückgeworfen, man hätte bei ihm vom Phänomen der »sich selbst wegwerfenden und dort, wo sie gelandet ist, blumenhaft aufblühenden Hand« sprechen dürfen. Die Geste hätte bei jedem anderen geziert gewirkt, aber bei einem so hochgewachsenen, imposanten Mann gab es nichts Kleinliches. Die Männer und die Frau blickten dankbar zu ihm auf. Mir schien, diese Dankbarkeit richte sich nicht auf etwas Bestimmtes, sondern gelte ganz allgemein dem Umstand, daß es den König gab und daß er ihnen allen einen solch unvermuteten Augenblick körperlicher Begegnung schenkte.

Es gab übrigens Zeichen dafür, daß der König uns wahrnahm. Purhoti grüßte nicht etwa aus der Ferne in die königliche Richtung oder machte sonstwie mit Winken auf sich aufmerksam, aber der König fühlte wohl einfach die Anwesenheit seines alten Meisters und sah langsam und bedeutungsvoll, aber ohne ein Zeichen des Erkennens, hinauf. Dies war jetzt nicht unsere Stunde. Aus dem Grüßen und Wegwerfen der Hand heraus tat er, nach einer Weile des Plauderns, langsame Schritte auf seinen Jeep zu. Er wandte sich nicht um, bestieg ihn in Ruhe, wobei er den Kopf tief neigen mußte, und wandte sich dann aus dem Wagen heraus noch einmal zu der Gruppe, die die Abfahrt mit leichten Verneigungen begleitete.

»Seine Hoheit hat lange warten müssen, bis sie den Thron besteigen durfte«, sagte Purhoti, »Seine Hoheit war siebenundfünfzig, als ihr Vater Maharao Haripal Singh starb. Das Königsamt muß seiner Natur nach auf viele und sehr unterschiedliche Charaktere passen. Man könnte geradezu sagen, daß mit der entsprechenden Führung und Erziehung jedermann König und ein guter König sein könnte, was von den demokratischen Ämtern nicht zu sagen wäre. Und dennoch wäre es bedauerlich gewesen, wenn Seine Hoheit nicht auf den Thron gelangt wäre. Sie hat sich mit nichts anderem befaßt, als sich auf dieses Amt vorzubereiten; wäre sie nicht König geworden, wäre ihr Leben in noch viel höherem Maße Fragment geblieben, als es jedes Leben ohnehin und notwendigerweise ist. Und dabei hat sie in all den Jahren niemals das leiseste Zeichen der Ungeduld gezeigt, auch als es später und später zu werden begann. Wenn der verstorbene Maharao einen Untertanen hatte, der aufrichtig für sein langes Leben betete, dann war es sein ältester Sohn.«

Wir wandelten langsam über den großen Hof auf das Tor in der Festungsmauer zu. Draußen in dem cremefarbenen, dicken Staub, der feiner als Sand das freie Feld zwischen Festung und Stadt eingepudert hatte, knieten zwei Jungen mit geschorenen Köpfen und nackten Füßen und waren mit einer diffizilen Arbeit beschäftigt. Der eine hielt eine lebende

Taube fest, und der andere hatte einen ihrer Flügel gespreizt und wand einen weichen Kupferdraht zwischen dessen Federn hindurch, wie Blumenhändler, lange Blütenstiele mit Draht abstützen. Die Taube lag auf dem Rücken und sah mit ihren ausdruckslosen Vogelaugen, die auf mich allerdings erstarrt wie in Panik wirkten, dieser Operation zu, deren Sinn sie ebensowenig verstand wie ich. Was die Jungen mit ihr vorhatten, mußte etwas Grausames sein. Sie selbst würde sich von diesem Draht in ihrem Gefieder nie befreien können. Sollte sie in ein lebendiges Spielzeug verwandelt werden, das in seiner bösartig herbeigeführten Unbeholfenheit etwas von der mechanischen Unvollkommenheit primitiver Aufziehspielsachen hatte?

Purhoti sah den Kindern teilnahmslos zu. So schmutzig und zerlumpt, waren sie gewiß nicht seine Schüler. Ich sah mich als den Retter der Taube, als den Engel, der ihr in der Stunde höchster Not gesandt war. Die Jungen blickten mich neugierig an. Ich hielt ihnen einen kleinen Geldschein hin. Sie brauchten eine Weile, bis sie verstanden, daß diese Taube, die sie zugrunde richten wollten, einen solchen Wert besitzen sollte. Sie lachten. Es war eine Mischung aus Spott über mich und Dankbarkeit für das Lebensglück, das ihnen unversehens solch reiche Beute bescherte. Während sie die Taube noch festhielten, zog ich behutsam den Draht aus ihrem Gefieder. Es schien mir, als sei trotz der Mißhandlung nichts gebrochen oder geknickt. Ich ergriff die Brust der Taube mit beiden Händen. Sie bewegte ihren Kopf, als sei er abschraubbar, wehrte sich aber nicht. Die Flügel ließ sie hängen, sie hatte erfahren, daß in den Händen solcher Wesen Gegenwehr sinnlos war. Nun hob ich sie über meinen Kopf und ließ sie los. Sie flatterte und flog davon. Ohne Mühe gewann sie beträchtliche Höhe. Erst über den Zinnen der Festungsmauer ließ sie sich herabsinken, ich konnte den kleinen Punkt auf einer der Zinnen noch deutlich erkennen.

»Können wir weitergehen?« sagte Purhoti. »Es ist Ihnen hoffentlich klar, daß das, was Sie da eben getan haben, ausschließlich Ihnen selbst gegolten hat. Der Taube ist es gleichgültig, welches unerfreuliche Schicksal sie erleidet. Sie hat den Vorfall dort oben, wo sie jetzt sitzt, schon vergessen und sieht dem Augenblick entgegen, in dem die Falken sie zerreißen werden.«

Und richtig, über dem Alten Fort bewegten sich in großen, stillen Kreisen viele stattliche Raubvögel, Adler, hätte ich in meiner Unbelehrtheit gesagt, der ich noch nie einen lebenden Adler gesehen hatte, aber in dem Abendazur über dem schlanken Palast wollte ich mir kein niederes Gevögel vorstellen.

Bei meinem Eintreffen in Sanchor hatte die beflissene Höflichkeit des dichtenden Arztes mir nicht über eine wachsende Beunruhigung hinweghelfen können. Jetzt sah ich mich in Ehren empfangen. Auf der Hauptterrasse waren in meiner Abwesenheit Bambussophas und Sessel aufgestellt worden, Tischchen mit weißen Servietten kündigten an, daß Erfrischungen warteten. Ich hatte Purhoti befragt, welche Gabe dem König zur Begrüßung passenderweise überreicht werde, und Purhoti riet zu einer Blumengirlande, die wir in der Nähe eines Tempels kauften, auf einen Bindfaden gefädelte orangefarbene Targetes-Köpfe – eine mir eigentlich unangenehme Blume, die in ihrer strotzenden Vulgarität immer auch schon halbverwelkt aussieht – und in gewissen Abständen wie die Vaterunser-Perle des Rosenkranzes eine von zwei weißen Blüten eingefaßte rote Rose. Der König erschien auf seinen langen Beinen besonders groß, wie er da auf der Freitreppe stand, um uns zu empfangen. Schon als unser Wagen aus dem Portikus herauskam, sahen wir in der Ferne die schmale weiße

Gestalt. Der schmutzige Diener-Greis trug einen frischgewaschenen weißen Anzug. Ihm zur Seite standen zwei weitere rotbeturbante Diener. Hätte man die aufgebockten, rostenden Straßenkreuzer aus unseren Augen geschafft, alles hätte sehr stattlich ausgesehen. Da der König die Girlande in meinen Händen bemerkte, neigte er den Kopf und ließ sie sich von mir umhängen, als spendete ich ihm ein Sakrament. Dann nahm er sie sich wieder vom Hals, hängte sie an einen aus der Säule hervorschauenden Messing-Garderobenhaken und bemerkte: »Sie lernen sehr schnell.«

Wir setzten uns. Doktor Sharma kam aus dem Inneren des Hauses geschlendert. Ich glaubte, in Purhotis verschlossener Miene einen Funken von Mißfallen wahrzunehmen. Die Diener brachten Gläser mit dicker, eigentümlich grauer Milch, auf deren Haut goldgelbe Blütenfäden schwammen. Die Milch war heiß, ein süßes Göttergetränk. Ich verabscheue heiße Milch seit Kinderzeiten, aber ich war dankbar, daß hier keine Drinks aus indischem Gin und indischem Whisky angeboten wurden. Die Diener brachten Nüsse, und Doktor Sharma erläuterte mir, daß diese Nüsse keineswegs nur ein Imbiß seien, sondern eine spirituelle Nahrung, obwohl er daraufhin in sportlicher Manier in die ihm angebotene hotelsilberne Schale griff und sich eine Handvoll Nüsse in den Mund schüttete. Der König hingegen blickte mit seinen großen Augen auf die Schale und nahm mit seinen langen Fingern eine einzelne Nuß heraus, die er mit Ruhe sehr präzis in zwei Hälften biß. Während er die eine Hälfte zerkleinerte, hielt er die andere zwischen Daumen und Zeigefinger wie eine Perle in die Höhe.

Durch die sandigen Weiten kamen Frauen näher, die Körbe auf den Köpfen trugen, in safrangelbe, purpurne und smaragdgrüne Saris gekleidet, mit sehr dunkler Haut, die ihre Augen und Zähne wie etwas nicht zum Körper gehörendes, wie kostbaren Elfenbeinschmuck aufleuchten ließ. Sie zogen in großem Abstand von der Terrasse an uns vorbei, aber ihre Stimmen hörte ich ein wenig später aus der Nähe, ein munteres Schwatzen und Lachen. Als ich mich während der Unterhaltung mit dem König zu entschuldigen hatte, um mein Badezimmer aufzusuchen, wurde das Schwatzen lauter. Unmittelbar unter dem Milchglasfenster des Bades saßen sie auf Stufen und Bastmatten. Es waren noch Frauen hinzugekommen, die mit in die Luft ragenden Knien dahockten und Gemüse putzten. Ein Berg von Bohnen, die so grün wie Chilischoten schimmerten, lag vor ihnen, auch weiße Zwiebeln, rötliche Kartoffelknollen, Lauchstangen und Tomaten, alles wasserbeperlt. Hast kannten die Frauen ebensowenig wie ihr königlicher Herr. Wer europäische Köche beim Gemüseputzen und Kräuterhacken beobachtet hat, wie sie sich, Klingen aus vielfach gehärtetem Stahl in den Händen, in lebendige Maschinen verwandeln, um ratternd zu hacken und zu schnetzeln, mußte die Ruhe dieser Frauen bewundern. Sie boten vor allem erst einmal ein Bild. Ihre kleinen Messer waren schwarz angelaufen. Die Linien ihrer Hände waren mit Erde gefüllt. Bereiteten sie die Speisen für morgen oder übermorgen vor? Wenn die Sonne verschwunden war, würde ihnen eine Kerosinlampe leuchten, die schon angezündet war, obwohl ihr Lichtpünktchen jetzt noch im immer dichter werdenden Rosa unterging.

Der König begehrte zu wissen, was ich von den architektonischen Wundern seines Reiches gesehen hätte. Den großen Familientempel? Nein. Die Festung von Achaleshwar? Nein. Doch aber wenigstens den Tempel von Achalghar, der seinem Herzen am nächsten stehe? Nein, den auch nicht.

Ich gab zu bedenken, daß ich mich noch keine vierundzwanzig Stunden in Sanchor aufhalte. Des Königs Blick, der forschend und etwas fragend auf Purhoti geruht hatte, erhellte sich. Ach, heute erst sei ich eingetroffen? Diese Frage kam mit solch nachdrücklichem Staunen und solcher Anteilnahme daher, daß ich einen kleinen Verdacht, den ich gehegt hatte, beiseite schob: Man erinnert sich der karierten Zettel mit ihren aufschiebenden Anweisungen, die mir das Gefühl gegeben hatten, die ganze Zeit schon unter der prüfenden Beobachtung Seiner Hoheit zu stehen. Nein, so sollte es entschieden nicht gewesen sein. Am Hof von Sanchor gab es viele Affairen, viele Gäste, viele Chargen, der König befaßte sich mit den Aufgaben des Tages erst, wenn sie anfielen.

Den goldenen Saal aber hätte ich doch wohl besichtigt? Das konnte ich bestätigen. Herr Doktor Sharma habe mir den goldenen Saal gezeigt.

Purhotis Miene erstarrte zur vollständigen Ausdruckslosigkeit. Ich hatte gleich das Gefühl gehabt, Sharma werde und könne von diesem Mann nicht geschätzt werden. Später fand Purhoti selbst die Formel, die besser als jede Anklage seine Stellung zu dem Arzt bezeichnete: »Doktor Sharma ist nicht Bestandteil des Hofes und Staates von Sanchor und auch kein Untertan. Er stammt aus Bombay und zählt sich zu den Bekanntschaften Seiner Hoheit.«

Sah der König sich veranlaßt, Sharmas Anwesenheit und seine stellvertretende Gastgeberrolle in knappen Worten zu erklären? So meinte ich die scheinbar nachlässigen und doch irgendwie eilfertigen Bemerkungen des Königs verstehen zu sollen.

»Der goldene Saal gehört zum Bedeutendsten, was in einem Fürstensitz Radjastans jemals geschaffen wurde«, sagte der König und blieb trotz des Superlativs bei einer geradezu wegwerfenden Nachlässigkeit. »Er enthält nicht nur die Porträts von sechs meiner hohen Vorgänger, sondern auch eines von Colonel James Todd, des wahrscheinlich bedeutendsten

Historikers der Neuzeit, auf jeden Fall Englands – für uns natürlich nicht, Indien hat erheblich bedeutendere Historiker schon vor Tausenden von Jahren gekannt.« Das bestätigte ich gern, obwohl es mir schwergefallen wäre, solche bedeutenden Historiker aus Indiens früher Geschichte zu benennen, aber der König wollte es dabei nicht bewenden lassen. Mir sei das Werk des Colonel James Todd selbstverständlich bekannt? Wenn nicht, werde er es für mich aus der königlichen Bibliothek heraussuchen lassen, zwei Bände nach seiner Erinnerung. Sie stünden doch vermutlich im Alten Fort? Auf diese Frage rührte Purhoti sich nicht, aber ich richtete mich im Bambussessel auf: Es gab eine Bibliothek im Alten Fort? Die hätte ich doch gar zu gern gesehen.

»Sie waren im Alten Fort?« Hielt der König in würdiger Strenge ein Verhör? Ich konnte nicht darauf rechnen, daß mein flüchtiger Anblick aus der Ferne, während er so viele Leute empfing, die ihm vertraut und wichtig waren, sich ihm ebenso einprägte, wie der seine sich mir. Ob ich im Alten Fort denn auch den Frauenflügel gesehen hätte? Diese Frage liege ihm besonders am Herzen. An meinem Urteil über den Frauenflügel sei ihm gelegen. Er wartete aber, zum Glück, wie ich mir sagte, meine Antwort nicht ab, sondern wollte nun zunächst seine eigene Auffassung darlegen. Dieser Flügel sei in das sehr alte – aber gemessen am Königtum Sanchors letztlich sehr junge – Alte Fort erst von seinem Großvater hineingesetzt worden. Wie das gelungen sei, bewundere er heute noch. Aber der Luxus und die Schönheit des Frauenflügels seien auch wirklich besuchenswert – wenn man sich die Suite so vor Augen stelle, wie sie einst geplant gewesen sei. So habe die große Halle, die wir gewiß betrachtet hätten, eigentlich mit denselben Goldornamenten über und über bedeckt werden sollen, die ich mit vollem Recht im goldenen Zimmer so außergewöhnlich gefunden hätte. Man müsse sich diese Halle ganz und gar vergoldet vorstellen, um den ursprünglichen Plan zu verstehen, dazu vielleicht, möglicherweise, andere Möbel – silberne Throne in großer Zahl zum Beispiel –, aber vielleicht genüge es auch, das vorhandene Mobiliar auffrischen und neu beziehen zu lassen – und dann habe man, nach seiner, des Königs, bescheidener Meinung, eines der ungewöhnlichsten Hotels der Welt. Ein Hotel, das würdig sei, alle regierenden Monarchen der Erde aufzunehmen – bitte nur niveauvolles Publikum, nicht das zahlungskräftige Gesindel, das als raffgierige Plutokratie die sogenannte indische Demokratie in Händen halte. »Es wäre der Mühe wert, sich philosophisch und staatstheoretisch mit der Demokratie auseinanderzusetzen, wenn man mir denn einmal eine wirkliche Demokratie zeigen wollte«, unterbrach er die Rede vom Hotel mit einem Gedanken, der ihm zu teuer war, als daß er ihn jetzt einfach hätte unterdrücken können. »Wo sind sie denn, die Demokratien? Im Staat von Sanchor wußte der Herrscher genauer, was sein Volk wünschte und brauchte, als jetzt die Regierung der indischen Republik.«

Das bestätigte Purhoti mit gemessenem Nicken und ergänzte den Gedanken seines Herrn. Es sei bei der Betrachtung der indischen Geschichte vielfach gegen die »Zersplitterung«, die vielen kleinen Staaten polemisiert worden, das sei schon geradezu ein Gemeinplatz. Zum ersten seien diese kleinen Staaten so klein aber gar nicht gewesen, zum zweiten könne man einen Staat auch gar nicht nach seiner Größe, der bloßen Quantität, beurteilen. Ein Staat sei im glücklichen Fall – im Fall Sanchors – ein lebendes Wesen, ein Organismus, der sich selbst die ihm angemessenen Proportionen suche. Man werfe den Kühen auch nicht vor, daß sie keine Elephantengröße erreichten. Elephantengroße Kühe seien ein Alptraum, kuhgroße Kühe ein Wunder an Richtigkeit und Angemessenheit.

Indem ich Purhoti zustimmte, verfiel ich zum erstenmal dem Fehler, Kategorien und Fakten der europäischen Geschichte, die seine Gedanken bestätigten, ins Spiel zu bringen.

»Genf«, rief ich, »hatte, als es die Zukunft der westlichen Welt prägte, zwölftausend Einwohner.« Unwiderleglich wollte ich den König und Purhoti bestätigen, aber ich traf auf verständnis- und interesselose Mienen. Was war Genf? Wen prägte Genf? Und was sollte diese Zahl? Hätte Manon mir gegenübergesessen, wäre ich gewiß der Versuchung erlegen, diesen Gedanken nun ausführlich zu erklären, aber der König kehrte entschlossen zu seinem Projekt zurück.

Nicht in dem leeren Park des Neuen Palastes, der sich zum Bauplatz förmlich anbot, sondern oben in der mittelalterlichen Festung und auch noch in deren unwirtlichstem Teil gedachte der König, das zahlungskräftige Publikum zu empfangen.

»Der Gedanke ist zwingend«, fügte er hinzu, »ich möchte kein Hotel dort haben, wo ich den Raum selber brauche, sondern dort, wo ich ihn nicht brauche. Den Frauenflügel brauche ich nicht, schon meine Mutter hat dort nicht mehr gewohnt« – es verhielt sich mit diesem Flügel wie mit vielen edwardianischen Palästen auch in Europa, die nicht mehr in den ihnen zugedachten Gebrauch gelangt waren – »und es wird wohl auch in Zukunft niemand von der Familie dort wohnen.«

»Er hat auch keine Fenster«, warf ich ein.

»Das ginge gar nicht. Fenster soll ein Frauenflügel auch nicht haben, und er könnte auch keine haben, weil er derart zwischen die Festungsmauern gesetzt ist, daß er keine eigenen Außenmauern hat – ein geniales Stück Architektur.« Darin waren sich Herr und Diener einig.

Für mich wäre diese Eröffnung vernünftigerweise das

Ende meines Aufenthaltes gewesen, noch ehe er richtig begonnen hatte. Das Alte Fort war von großer Schönheit, aber von Hotelarchitektur seinem Wesen nach zutiefst geschieden. Die Bienenwaben konnten mit keiner Gewaltmaßnahme der Welt zu Hotelzimmern geweitet werden, und der wirkliche Schandfleck der Festung, das zwischen Berg und Festungsmauer geklemmte Frauenhaus, hätte man, um die Gesamtanlage wieder herzustellen, einfach abreißen müssen. Was Seine Hoheit sich zur Verschönerung des Frauenhauses ausgedacht hatte, würde in meine Pläne niemals eingehen können.

Aber wenn man die Arbeit richtig anfängt, tun sich Lösungen auf, die man nicht vermutet hat. Nein, abreisen wollte ich auf keinen Fall. Und was wäre das für eine Flucht gewesen, davonzulaufen, um sofort zurückzukehren?

Es war jetzt dunkel, tiefviolette Nacht. Außerhalb des Palastes war kein einziges Licht zu sehen. Die Terrasse wurde mit Glühbirnen in blütenartigen Preßglasschirmchen, die vor allem tiefe Schatten hervorbrachten, weniger als spärlich erhellt. Unsere Milchgläser waren seit längerem geleert, und von den Nüssen mochte ich nicht mehr essen. Inzwischen hatte das Telephon mehrmals geläutet, und Seine Hoheit war zu langen Gesprächen ins Haus gegangen, manchmal von Purhoti begleitet. In meinem Rücken gab es ein leises Kommen und Gehen, einmal klirrte es wie von Besteck und klapperte wie Teller, dann kehrte das Schweigen zurück. Fledermäuse sausten durch den Lampenschein. Mit jedem Telephonläuten wurde das Abendessen ein wenig weiter von mir weggerückt. Aus dem Innern des Hauses ließ sich der Kukkuck hören, nicht mahnend, sondern höhnend, wie mir inzwischen vorkam. Ein Mann mit auf den ersten Blick elegant erscheinender Silhouette trat zu uns, in einen engen dunkelblauen Anzug gekleidet, zweireihig und recht hoch geschlossen, den Hemdkragen hatte der Mann vielleicht nach Vorbild des Königs schillerkragenartig ausgelegt. Welche Vorstellungen mochten hier wohl von Schiller herrschen? Oder besser, welche Akzidentia eines monumentalen Lebenswerkes sind schließlich dazu ausersehen, den Käfig der eigenen Kultur zu verlassen und Einlaß in andere Kulturen zu finden? Denn daß der Schillerkragen seinen Weg in die hinterste indische Provinz gefunden hatte, dafür waren »Wallenstein« und »Don Carlos« eben doch ursächlich gewesen, wenn sie dann die weite Reise nach Sanchor auch nicht mitmachen durften. Der Mann wirkte wie ein Intellektueller. Daß seine Jacke von nahem sehr abgetragen und fleckig war, bestätigte diesen Eindruck. Ich bin heute davon überzeugt, daß der Anzug mit diesen schrägen Jackentaschen und den englischen Stulpen an den Ärmeln aus der Garderobe von Hiseinis stammte. Dies war der Koch, so stellte ihn der König vor, der Erbe einer Dynastie von Köchen, von königlichen Köchen, wohlverstanden, wie der König der Erbe einer Dynastie von Königen war. Das sei ein wirklicher Koch, erklärte der König, und ich empfand seinen Stolz als sehr angemessen und statthaft, denn die Könige haben zu allen Zeiten Wert auf den Rang ihrer Küche gelegt, ganz unabhängig, ob sie selber gern gut aßen. Ob wir nun Proben der Kunst des immer noch jugendlichen Dandys hier zu kosten bekommen würden, stand daher für mich noch in den Sternen, die sich in einer nie gesehenen Pracht über den ganzen Himmel ausbreiteten, wie mondweiße Scheinwerfer geradezu stechend und manche von ihnen im Licht flackernd, als würden sie von einem stotternden Generator betrieben, der seine Leistung hin und wieder verlangsamte, derselbe Generator womöglich, der auch die Glühbirnen des Neuen Palastes zu düsterem Glimmen brachte.

Und dann war die Stunde gekommen, in der der König an seine Tafel bat. Die beiden Flöße, die durch die raumlose und zeitlose Ewigkeit schwammen und auf deren einem sich der gedeckte Tisch mit Speisen und auf deren anderem wir uns mit unseren leeren Milchgläsern befanden, waren plötzlich aneinandergetrieben, so daß man von einem auf das andere steigen konnte.

Der Speisesaal lag der goldenen Kammer gegenüber und war ebenso groß und hoch wie sie. Die Ketten der Kronleuchter verloren sich oben im Dunklen. Wenige Glühbirnen beschienen eine lange Tafel, an der vierzig Stühle standen, jeder mit einem Wappen und einer Krone geziert, die aussahen wie aus verbrannten Lebkuchen geformt. Drei Gedecke lagen auf, englisches Steingut mit großen gelben und violetten Blumen bedruckt. Gabel und Löffel für die Süßspeise waren über dem Teller gekreuzt wie Meißner Schwerter und gaben der Tafel etwas Militärisches. In vielen leicht zerbeulten hotelsilbernen Schüsseln standen Ragouts und Gemüse vor uns, Safrangelbes und Chilirotes und Lackschwarzes darunter, von gehackten Kräutern frisch hellgrün bestäubt.

Der Kuckuck rief. Es war zwei Stunden nach Mitternacht. Der Koch selbst brachte sein Hauptwerk: eine marinierte Lammkeule, die auf leichtestem Feuer mürb und schaumig geworden und zugleich rosig-blutig geblieben war. Auf dem Teller des Königs lagen große rote Blüten von einem Dornbusch, der jetzt seinen Frühling erlebte. Von den Speisen nahm er nichts, denn einer der vielen Fasttage, die er einzuhalten pflegte, hatte soeben begonnen.

3.
Es fehlen nur achthundert Jahre

Am nächsten Morgen sollte Purhoti mich ins Staatsatelier führen, aber ich war überzeugt, daß er meinen Besuch dort mißbilligte. Während seines ganzen Lebens waren Europäer in Sanchor aufgetreten, die vorgegeben hatten, den König zu beraten, und es war selten etwas Gutes dabei herausgekommen. Der Großvater unseres Königs war ein Puritaner, der sich nach Zeugung seines Erben von der Königin zurückgezogen hatte und von dem das Verbot stammte, daß Frauen nackt vor dem König badeten; das mochte vor allem die zu Repräsentationszwecken gehaltenen Nebenfrauen und Kurtisanen des Monarchen betroffen haben. Er bestand auch darauf, den ganzen Palast jedesmal, wenn ihn ein Weißer betreten hatte, mit Ganges-Wasser abzuwaschen. Zu diesem Zwecke standen noch mannshohe Messingvasen, bauchig wie Kugeln, in der Halle, aber die Spinnweben über ihrer Öffnung verrieten, daß aus ihnen schon länger nicht geschöpft worden war. Die Reinigungszeremonien erforderten einen großen Aufwand, und es kam die Zeit, in der die Besuche von Herrschaften mit Tropenhelmen, begleitet von Frauen mit Spitzen-Sonnenschirmen, sich derart häuften, daß der Palast kaum mehr hätte bewohnt werden können, weil die sakralen Ablutionen nicht abrissen. Es war dann am Fuße des Hügels ein Gästehaus für Europäer gebaut worden, ausgestattet mit Billardtisch und Klavier und dem allerunnötigsten Luxus einer Badewanne.

»Jahrtausende hat man sein Bad genommen, indem man

sich, auf einem Hocker sitzend, mit Wasser aus einem Eimer übergoß«, sagte Purhoti mit dem immergleichen abwesenden Gesichtsausdruck, und in dem Gästehaus war der neumodische Badezauber nun auch längst wieder vorbei, die Fenster des Hauses waren eingeschlagen oder blind, die Möbel samt Billard und Klavier verschwunden.

»Sie sind weggenommen worden«, sagte Purhoti, und das konnte heißen: verkauft, gestohlen oder in Luft aufgelöst. Inzwischen mußte der Palast ertragen, daß Europäer sich in ihm bewegten. Viele waren es nicht, aber Purhoti lehnte es ab, darüber zu sprechen, welche Folgen solche ungeordneten Verunreinigungen für das königliche Haus und den Staat von Sanchor nach sich zogen. Sanchor war in einen neuen Zustand seiner Geschichte getreten. Das Königreich war jetzt Landkreis eines unermeßlich großen Bundesstaates Rajastan. Staatsrechtlich gab es keinen State of Sanchor mehr, aber es war nichts Rechtes an seine Stelle getreten. Die Geschichte des Landes schien ratlos, was sie tun solle, um ihren Auftrag zu erfüllen, nämlich weiterzugehen. Nachdem die königlichen Standarten eingeholt worden waren, hielt sie inne. Die Geschichte war einfach zu verdutzt, um weiter am Schicksal Sanchors zu häkeln. Und während sie untätig zusah, wurde das Land immer blasser und versank in eine Form von Nichtsein.

Als erstes verschwanden die Wälder.

»In meiner Jugend war ganz Sanchor ein einziger, an vielen Stellen undurchdringlicher Wald«, sagte Purhoti. »Abends sahen wir von unserer Dachterrasse aus die Tiger auf dem höchsten Grat des Berges unter den Strahlen des Mondes auf die Jagd gehen. Schwärme von Pfauen landeten kreischend in unseren Gärten. Jetzt ist Sanchor eine Wüste. Die Bauern und die wilden Stämme haben die Bäume selber umgehauen, aber das haben sie vergessen, und sie glauben einem nicht, daß hier einmal Wald war. Ein Wald ist allerdings etwas anderes als ein Baum, den man fällt, weil man Suppe kochen will.« In einer späteren Epoche werde man möglicherweise dem König zu seinen vielen Ehrentiteln einen weiteren, den vielleicht größten zuerkennen: Schützer der Wälder. Ich gab ihm recht, das gelte auch für die europäischen Könige, auch die europäischen Könige seien in der Vorstellung der Völker mit den Wäldern verbunden. Die Mittelmeerlandschaft sei von den Republiken abgeholzt worden, von der athenischen und der venezianischen oder den gesichtslosen Großreichen der Römer und Türken. Aber über Europa wollte Purhoti nicht wirklich etwas hören. Vielleicht war es auch der Plural des Wortes König, der ihm mißfiel. Als geborener Diener des Maharao und Sohn und Enkel von Dienern seiner Vorgänger konnte es nur einen einzigen König geben.

Das Staatsarchiv war ein Saal im Seitenflügel des Palastes, mit hohen Fenstern hinter geschlossenen Läden. An der Decke sah man Eisenträger, die mit kleinen Gewölben verbunden waren, in Europa hatte man die gründerzeitlichen Fabriken so gebaut. Auch die weißlackierten Schränke mit Fliegengittertüren, die den Raum in mehreren Reihen unterteilten, hatten etwas Fabrikmäßiges, wie Umkleidespinde, aber hier lagen die Akten des Reiches. Ein dicker Stoß von Büchern und Heften war jeweils in ein weißes Tuch eingeschlagen, das oben zweifach verknotet war. Diese weißen Servietten gaben den Papierstapeln das Aussehen von Picknickvorräten. Purhoti besaß einen Schlüsselbund. Ohne Eile suchte er, indem er die Schlüsselbärte studierte, den jeweils passenden Schlüssel heraus. Er irrte sich nie. Purhoti war langsam, aber von vollendeter Ökonomie. Er erlebte vermutlich keinen einzigen Augenblick, in dem sein Geist nicht ruhig auf das Erkennen der Lage gerichtet war.

»Was wünschen Sie zu sehen?«

Seine Frage allein war ein Tadel. Er sprach damit zugleich aus, daß ich ehrlicherweise hätte zugeben müssen, nicht zu wissen, was hier sehenswert sein könne. Was wußte ich über Sanchor? War ich Staatsökonom oder Historiker? Was ging mich die Rechnungslegung des Finanzministeriums von Sanchor an? Mein Schweigen erkannte er hoffentlich als Zeichen gebotener Bescheidenheit. Er ergriff ein weißes Stoffbündel und brachte es zu einem Tisch, dessen Platte mit einem blau verblichenen Löschpapier bedeckt war. Ein schmales Heft aus Büttenpapier mit handgeschriebenen Texten lag obenauf.

»Das sind die Hochzeitsgedichte von 1827«, sagte Purhoti und sah mich an, als wolle er sagen: »Sie wissen nicht, von welcher Hochzeit, Sie sprechen kein Hindi, Sie ahnen nicht, ob diese Gedichte gut oder schlecht sind, Sie wissen nicht, in welcher Weise man sie vortrug, und der Autorenname sagt Ihnen am allerwenigsten.«

Es folgten Abrechnungen für das Futter der Elephanten – »Vor jedem Tor des Palastes standen zwei Elephanten, die letzten wurden 1962 abgezogen« –, Rechnungen für Porzellanteller aus Manchester, Gerichtsakten.

»Auch unter den Engländern hatte der König die Halsgerichtsbarkeit. In Sanchor entschied allein er, wer aufgehängt wurde. Mein Vater hat ihn dabei allerdings beraten.« Berater entstammten Dynastien wie die Könige. Sie waren ebensowenig austauschbar wie die Könige, mit den Geschlechtern der Könige marschierten die Geschlechter der Berater durch die Zeiten. Nun standen sie nebeneinander, der König und sein Berater, beide ins einundzwanzigste Jahrhundert geraten, die Klammer, die sie zusammengehalten hatte, war von ihnen abgefallen, aber noch hatten sie keinen ganzen Schritt voneinander weggetan, einen halben nur vielleicht.

Während Purhoti die Seiten der schön in marmoriertes Papier gebundenen, mit Archivnummern auf dem Rücken versehenen Bände umwandte, veränderte er sich. Seine kühle Teilnahmslosigkeit war verschwunden. Ich sah, wie das Papier ihn körperlich anzog. Seine trockenen, sehr hellhäutigen schlanken Hände mit bläulich reinen Nägeln legten sich auf das alte Papier, so fest und behutsam wie die Hand eines alten Arztes auf einen jugendlichen Körper, den er abklopft. Purhoti war für das Papier, das Papier war für ihn geschaffen. Jeder mit der Stahlfeder gemachte saubere Eintrag in den Rechnungsbüchern sprach zu ihm, als hätte er selbst ihn gemacht. Er wußte nicht nur, was ein Elephant den Staat von Sanchor gekostet hatte, er wußte auch, was die Gegenwart eines Elephanten für Sanchor bedeutete. Und er glaubte daran, daß alle diese längst vergangenen Rechnungsposten für englische Jagdwaffen und Grammophone, für den Schmuck der Tänzerinnen, für die Speisung der Arbeiter, die den Neuen Palast aufmauerten, und für die Polo-Pferde in Form von beschriebenem Papier ihre eigentliche und höchste Daseinsform erreicht hätten. Das von Menschenhand beschriebene Papier war die Wirklichkeit, der er selbst angehörte. Er war der dem Papier zugeordnete Mensch. In vielen Generationen hatten seine Vorväter, die an der Schwelle des Thronsaals gesessen hatten, jedes dort gefallene Wort in Papier verwandelt, und nun waren kalligraphisch geschriebene Zahlen und Wörter für ihn geworden, was aus der Wirklichkeit werden kann, nachdem sie durch ein bedeutendes Gehirn gewandert ist. Nicht unbedingt haltbarer geworden, nebenbei. Nur die Gedichte standen auf dickem, fasrigem Papier, die Gerichtsakten und die Rechnungsbücher waren jetzt schon vergilbt und würden in ihrer Holzhaltigkeit irgendwann zerfallen. Könnte man dieses Archiv nicht zuvor elektronisch erfassen?

»Wozu?« fragte Purhoti. »Erstens verlängert das seine Lebensdauer nur um ein paar Jahrzehnte, bis auch die elektronische Information sich verflüchtigt hat, und außerdem ist dies Archiv nicht besonders interessant. Es reicht nur bis in die letzten zweihundert Jahre.«

Und wo lag der Bestand der Jahrhunderte davor?

»Der ist zerstört, verbrannt und zerstreut. Die Königreiche huldigten vor dem Eintreffen der Engländer dem agonalen Prinzip. Man führte ständig Krieg – gegen die Moguln, solange sie stark waren, das war besonders gefährlich, aber auch gegen alle andern Nachbarn. Sanchor ist seit der ersten islamischen Eroberung vor tausend Jahren mehrfach ganz abgebrannt. Den Höhepunkt der Macht erreichte die Familie Seiner Hoheit ohnehin vor dieser Eroberung, als sie den letzten Hindu-Kaiser stellte. Zweihundert Jahre davor hatte mein Vorfahre, der Brahmane Vasisht, die Familie konsekriert.«

Purhoti beanspruchte, ein Nachkomme des legendären Vasisht zu sein, dieses Samuel und Solon und Remigius Indiens. Zu dem im Bergwalddickicht gelegenen einsamen Tempel, wo sich der Agnikund, der Feuerherd, befunden hatte, mit dessen Flammen Vasisht die aus dem Norden gekommenen skythischen Erobererhäuptlinge von der Schande ihrer Kastenlosigkeit befreit und sie der Kriegerkaste eingegliedert hatte, würde ich später mit Virah wandern. Der Tempel hieß Gau Mukh, Kuhmaul, weil an der Stelle des Agnikund nun ein Tempel-Tank lag, in dem das Wasser in dünnem Strahl aus einem Marmor-Kuhmaul tröpfelte.

»Im Jahr 800 krönte in Rom der Papst den Frankenhäuptling Karl zum Kaiser«, sagte ich mehr zu mir selbst, als bestätige dies Faktum Purhotis Anspruch. Seine Miene zeigte mir, daß der Vergleich des Brahmanen Vasisht mit einem fernen Papst eine Dreistigkeit darstellte, die nur mit dem Nichtwissen des Barbaren zu entschuldigen war. Das ging mir hier beständig so. Ich wollte die Würde und Größe der mir geschilderten Ereignisse überhaupt nicht schmälern, indem ich sie mit europäischen Vorkommnissen in Verbindung brachte, ich war im Gegenteil immer froh, wenn ich solche Parallelitäten entdeckte, die mir die indischen Eigenheiten verständlicher machten und sie mir wahrscheinlicher vorkommen ließen, aber ich stieß mit meinem beflissenen Herbeitragen von Eigenem nie auf Gegenliebe oder wenigstens Neugier. Es war für mich in meiner Betrachtung des Königs von Sanchor entscheidend, daß er in der Reihe jener Könige stand, die von heiligen Königsmachern in ihr Amt eingesetzt waren. Dies Eingesetztsein von einem Eremiten, Heiligen, Propheten, einer Jungfrau von Orléans erschien mir überhaupt als das wesentliche Legitimationsmerkmal der Monarchie – daß Königtum etwas war, was man nicht anstreben konnte, sondern das von einer Institution fern von aller Macht gestiftet werden mußte, woraus auch folgte, daß es niemals eine politische Restauration ohne eine über jeden Zweifel erhabene Stifterfigur geben konnte. Aber eine andere Frage traute ich mich auszusprechen. Im Jahre 800 sei das Flammenritual am Agnikund von Gau Mukh vollzogen worden – Purhoti nickte, indem eine Geduld auf seinen Zügen lag, die bereit war, die größte Torheit aufzuklären –, und wenn man auf das Jahrhundert grob geschätzt drei Generationen rechne, dann herrsche das Haus von Sanchor nunmehr seit sechsunddreißig Generationen – Purhoti nickte wiederum, er war nicht kleinlich, nur genau, und sagte beiläufig ohne Schulmeisterei: »Seit siebenundvierzig Generationen. Manche Könige starben als Kinder.«

Gut, seit siebenundvierzig Generationen, eine für Europäer schier schwindelerregende Zahl.

»Danach können Sie nicht gehen«, sagte Purhoti, »für Amerikaner klingt sie noch unwahrscheinlicher.« War diesmal ein winziges Lächeln in seinen Augen zu sehen? Nun, von Freundlichkeit zu Heiterkeit ist es manchmal ein kleiner Schritt. Ich mochte mich in meiner nervösen Suche nach einem Zeichen der Verbindlichkeit getäuscht haben.

Nun habe Seine Hoheit aber beiläufig bemerkt, daß sein Haus seit dreihundert Generationen regiere. Das sprach ich sehr vorsichtig aus. Ich wollte jeden Anschein, Widersprüche entdeckt zu haben, vermeiden. Ich war der Schüler, dem selbst das Evidente ein Rätsel ist, bis ihm der Lehrer die Augen öffnet.

»Dreihundert Generationen, ja natürlich«, sagte Purhoti. Es seien diese Skythen schließlich nicht aus dem Nichts gekommen, als Vasisht sie in das Feuerbad getaucht und zu wirklichen indischen Königen gemacht habe. Für eine solche Taufe suche man sich geeignete Personen aus, nicht dahergelaufene Hirtenknaben. »Und tatsächlich war David auch nicht nur einfach Hirte, sondern außerdem aus der richtigen Familie«, warf ich ein, als hätte ich vergessen, daß Purhoti solche Vergleiche nicht mochte.

Mir seien doch gewiß die Königreiche der Griechen in Baktrien und am Indus ein Begriff, fuhr er ungerührt fort. Bucephala, ein Reich, das nach dem Roß Alexanders des Großen benannt gewesen sei, östlich des Jhellum-Flusses gelegen, Paropamisadae und Arachosia, nur um einige zu nennen, seien von den Vorfahren Seiner Hoheit beherrscht worden. Man wisse darüber inzwischen gut Bescheid und habe die Genealogie im Griff. Einhundertfünfzig vor Christus wurde Eucratides I. König, Münzen zeigten ihn, wie die Tyche ihn kröne. – »Was war die Tyche noch bei Ihnen?«

»Das Schicksal, auch der Zufall.«

Nun, auch der Zufall mochte einmal Königsmacher sein, wenngleich er gewiß keine dauerhafte Dynastie schuf. Die Söhne und Enkel eines Zufallsgekrönten mußten für die Sicherheit ihrer Krone auf neue Zufälle vertrauen. Eucratides I.

habe keine Krone getragen, sondern ein Diadem, sagte Purhoti. Auf der Kupfermünze, die ein Mister Jenkins ihm gezeigt habe, ähnele er unbestreitbar Seiner Hoheit. Mister Jenkins habe eine große Sammlung indo-griechischer Münzen mit den Porträts der Vorfahren Seiner Hoheit hier ans Staatsarchiv von Sanchor verkaufen wollen. Leider sei der Ankauf nicht zustande gekommen. Bei dieser Bemerkung war seine Miene derart verschlossen, daß sich jede Nachfrage verbot. Sie war auch überflüssig. Daß Purhoti nicht bekennen wollte, sein königlicher Herr habe die Sammlung nicht bezahlen können, war ihm hoch anzurechnen. Ich liebe Bekundungen der Loyalität, sie sind so selten. Purhoti mit seiner Brahmanen-Weisheit hätte es vermutlich etwas anders ausgedrückt: Nachteilige Umstände müssen nicht bekanntgemacht werden, denn sie sind bereits überall bekannt.

Ich hatte hellenistische Münzen mit ihren stark vereinfachten Reliefporträts gesehen. Das griechische Schönheitsideal war auf ihnen noch deutlich zu erahnen, die niedrige, gerade Stirn, das dicklockige Haar, die gerade Nase, die ohne Sattel unmittelbar aus der Stirn hervorgeht, die großen Augen, die unter der Nase gleichsam gelockte runde Oberlippe, aber all diese Voraussetzungen der Schönheit, die in den Proportionen zueinander eigentlich genau ausgerechnet zu sein hatten, drängelten sich auf kleinstem Raum. Die Locken, die Augen, die Riesennase, die mit der Stirn verwachsen ist, das alles war ins Gartenzwergmäßige zusammengestaucht, zu einer Karikatur der Schönheit. Ich habe mich manchmal gefragt, wie es wohl wirke, wenn das idealgriechische Schönheitsgesicht einmal bei einem realen Menschen vorkomme. Ob diese sattellose Nase dann wirklich immer noch schön sei? Oder ob sie nicht wie eine Klammer vor der Stirn säße, ob eine solche griechische Nase das Gesicht besonders intelligent erscheinen ließe oder nicht doch vernagelt und blokkiert? Der König hatte einen schönen, aber gemessen an seiner Körpergröße kleinen Kopf mit gerader Stirn und gerader stumpfer Nase. Das bräunlich Olivfarbene seiner Haut hatte mich daran gehindert, bei ihm an die griechische Kunst zu denken, die uns, gegen jedes bessere Wissen, immer noch als etwas Weißes vor Augen steht. Ich gab Purhoti recht, ohne die Münze, die er beschrieb, zu kennen: Wie Eucratides I. auf seiner numismatischen Miniatur mochte der König schon aussehen.

»Eucratides I. war ein genialer Politiker«, sagte Purhoti, »nachdem der Zufall ihm das Diadem auf die Locken gedrückt hatte, begann er ein raffiniertes Spiel mit Baktrien und den Parthern. Er heiratete eine Prinzessin von Taxila, auch aus einem solchen griechischen Reich, hatte aber auch südindische Damen in seinem Harem. Seine Söhne Pantaleon und Agathocles kämpften um den Thron und verbannten sich gegenseitig. Agathocles war Literaturliebhaber und ließ in seiner Hauptstadt Bucephala am Indus die Werke des Aristophanes aufführen. Die Schauspieler kamen aus Kleinasien und gingen nach zwei Jahren am Fieber zugrunde, danach stürzte Agathocles, Pantaleon eroberte die Stadt und nahm zugleich den Eigennamen Pantaleon Theós an. Über Achilleus und Straton wissen wir wenig, außer daß sie regiert und in einen Krieg mit den Parthern verwickelt waren. Die elegante Schaukelpolitik des Eucratides bekam keiner seiner Nachfahren mehr hin. Bei den Königen Platon und Eucratides II. findet man auf den Münzen Inschriften mit bemerkenswerten Differenzierungen: *Basileús* und *Basileuōn*. König war Platon, Eucratides II. aber war »Königseiender«, Mister Jenkins war davon überzeugt, daß die Partizipialform hier den wirklich regierenden König bezeichnen sollte. Diese Unterscheidung ist bis heute hilfreich: Seine Hoheit ist *Basileús,* aber nicht *Basileuōn.*«

Aber was bedeutete dieser Unterschied, wenn der König und der Königseiende nicht mehr identisch waren? Was war der vom Königsein gelöste König, der doch ganz offenbar kein Nicht-König sein sollte nach den Schöpfern dieser Nomenklatur, sondern nur ein nichtseiender König? Ich sah den *Basileús,* dem das *Basileúein* verwehrt war, wie mit einem Skalpell aus seinen feudalen Beziehungen sorgsam herausgeschnitten, das erdenschwere Gemeinwesen, das einmal sein Reich gewesen war, blieb auf der Erdkruste zurück, mit einem Loch, wo vorher der König gewesen war, und der König schwebte, von keinem Band mehr gehalten, aus seinem Reich heraus und wurde zu einem Stern. Von einem Stern zum nächsten ist es weit.

»Mit Sotér Megas brach das Reich um zehn vor Christus zusammen. Eine Weile regierte seine Schwester Calliope für ihn, sie soll klug gewesen sein und einen Buckel gehabt haben. Es scheint, als habe Sotér Megas sich seinen Namen selbst gegeben, in Wahrheit hieß er wohl Hermaios. Eine lange Herrschaft, aber keine Regierung mehr. Von Bucephala ist buchstäblich kein Stein auf dem andern geblieben. Aber das ist vielen Residenzen des Hauses Seiner Hoheit so ergangen, in der Wüste Thar sind drei unserer Hauptstädte im Sand vergraben. Mister Jenkins sagte, der Name Sotér Megas habe in seinen Ohren einen demokratischen Klang, und ich fürchte auch, daß dieser Titel demagogische Absichten befördern sollte. Man darf nicht vergessen, es war eine griechische Dynastie, für jede Art von politisiertem Unsinn gut. Das Rad der Geschichte mußte sich drehen, damit aus den vom Zufall Gekrönten wahre Könige wurden. Immerhin haben sie uns unseren Titel beschert.«

Wenn Purhoti länger vom König und seinem Herrn sprach, verfiel er stets ins »Wir«.

»Alle unsere griechischen Vorfahren nennen sich *Basileús*

Basileon Megalos – großer König der Könige – Maharadja. Wenn sie sich von buddhistischen Mönchen beeinflussen ließen, gab es auch ›Könige der Barmherzigkeit‹, aber die haben wir klugerweise wieder fallenlassen. Ein König soll gerecht sein, und in sehr seltenen Fällen barmherzig, auf jeden Fall darf mit seiner Barmherzigkeit niemand spekulieren. Schon an diesem Detail wird deutlich, daß der Buddhismus bei uns untergehen mußte. Es fehlte ihm an Realismus, wie es nicht anders sein kann bei einer Lehre, die die alten Schriften verwirft.«

»Zehn vor Christus stirbt Maharadja Sotér Megas, sein Reich wird erobert – aber wie gelangen seine Nachkommen ins neunte Jahrhundert an den Agnikund von Gau Mukh? Das sind achthundert Jahre ...« Ich sprach, als seien achthundert Jahre eine Felsenschlucht und als schwindele mir bei der bloßen Vorstellung, sie zu überspringen. Purhoti blieb gelassen. Die Erbfolge zwischen Sotér Megas und dem ersten Chauhan im Agnikund von Gau Mukh achthundert Jahre später sei ohne Zweifel lückenlos, freilich nicht dokumentiert.

»Sie läuft über die weibliche Linie«, sagte Purhoti, »und die weibliche Linie wird meistens nicht aufgezeichnet.«

4.
Vom Neuen Palast zum Monsun-Palast

Rund um den Neuen Palast waren die Pfauen, wie billig, die auffälligsten Vögel. Auf dem flachen Wüstenland, in das der Palast mit seinem hohen Sockel hineingesetzt war, liefen sie zwischen den dürren Stecken der in den steinigen Boden gepflanzten Bäume umher, aus der Ferne großen grauen Hühnern gleichend, die zwischen Steinchen und Sand immer noch etwas zu picken fanden. Gelegentlich fuhr in einen solchen Vogelkörper der Entschluß, sich vom Boden zu lösen, ohne daß dazu ein Anlaß sichtbar gewesen wäre. Die Vogelbrust blies sich auf, der Hals reckte sich, als wolle der Pfau in der ihm nachgesagten Eitelkeit über alles andere Getier triumphieren, die kurzen Flügel flatterten schnarrend wie ein Propeller, der sich noch nicht schnell genug dreht, um das Flugzeug zu bewegen, und dann stieg der Vogel eigentümlich mechanisch in die Lüfte, wobei er einen Schrei ausstieß, der noch aus der Entfernung erschreckte. Man könne bei dem Geschrei der wilden Pfauen kaum telephonieren, sagte der König. Er habe deshalb bisher auch nicht daran gedacht, die Bresche in der kilometerlangen Mauer, die den Palastgrund umgab, schließen zu lassen. Dort waren die graubraunen Lehmsteine beim letzten Erdstoß zu einem weich konturierten Haufen zusammengesunken, über den nachts verwilderte Hunde eindrangen. Solche Hunde hatte ich schon bei meiner Ankunft bemerkt, gelbe, wie aus räudigen Fellresten zusammengestückelte Tiere, hechelnd, mit geducktem Kopf, immer gewärtig, geschlagen oder von einem Stein getroffen zu werden, struppig und krank. Das Lebendigste an ihnen waren die Augen, die keineswegs so anklagend und gefühlvoll blickten, wie bei Hundeaugen sonst notorisch, sondern kalt und abwesend, als sei ihnen klar, wie abstoßend und ausgestoßen sie wirkten. Auf menschliche Zuwendung durften sie nicht zählen, aber sie wollten sich auch nicht davon abbringen lassen, sich selbst am Leben zu halten. Warum verbrachten die Pfauen die Nacht nicht auf den Bäumen wie andere Vögel? Waren sie zu schwer und durch den langen Schweif gehindert, das Gleichgewicht zu halten, wenn sie ihren raumverdrängenden Körper auf einem Zweig balancierten? Nachts fuhr ich zweimal aus dem Schlaf. Draußen schrie es, als werde ein Kind ermordet. Beim zweiten Mal sah ich im Mondlicht ein Rudel Hunde, deren Felle im Silberglanz beinah weiß erschienen. Zwischen den Schnauzen wurde der Kadaver eines Pfauen hin- und hergezerrt. Das Prachttier war zu einem Lumpen geworden, seine Schleppe zu lästigem Gestrüpp.

So sah das Leben aus, das sich zu Füßen des königlichen Palastes abspielte, das Leben im Reiche Sanchor. Die Hunde glaubten nur ihrem Hunger und ihrer Jagdleidenschaft zu gehorchen, und handelten doch mit Wissen und letztlich sogar nach dem Willen des Königs. So war Sanchor stets regiert worden, wenn man Purhoti glaubte. Die Wesen, die sich in seinen Grenzen regten, die sich nährten und fortpflanzten und den König in seiner Erhabenheit nur bei hohen Festen von fern sahen, wußten nicht, daß sie, indem sie lebten und den Augenblick des Todes so weit wie möglich hinausschoben, nichts anderes taten, als dem Willen des Königs zu gehorchen. In der Kahlheit des Palastgartens – ich bleibe dabei, diese weite Fläche, die durch das Ende des Staates Sanchor ein Garten nie geworden war, dennoch so zu nennen, weil mir ihre besondere Schönheit in dieser Nacht aufging –

bildete der Schwarm Pfauen die Blütenpracht, leider eine geräuschvolle, und so hatte die Erde selbst dem Stirnrunzeln des Königs beim Telephonieren gehorcht, den Mauerring geöffnet und die untersten, die namenlosen und auf keiner Gehaltsliste verzeichneten gelben Diener eingelassen, die dafür sorgten, daß die lärmende Schar nicht allzu groß wurde. In den Mauern des Palastbezirkes war alles bei der alten Harmonie geblieben, und wenn man, wie die Gesetze der Erfahrung es gelegentlich erlauben, von den näheren Umständen auf die ferneren schloß, womöglich auch jenseits der Mauern.

Am Morgen überraschte mich dann das eindringliche Schwätzen aus vielen Vogelkehlen. Ein Baum am Rande der Pflanzungen war ganz von kleinen grünen Papageien besetzt. Wie auf ein Händeklatschen schwirrten sie zusammen in die Luft, um zum Boden herunterzustoßen, wo auch sie im scheinbar Unfruchtbaren Körnchen fanden. Eine kleine Herde grauer Eichhörnchen mischte sich unter die Papageien, so daß über eine Fläche von der Größe eines Bettlakens Papageien und Eichhörnchen, alle in zitternder Bewegung, sich abwechselten wie auf einem Stoffmuster. Ein lebendiger Teppich breitete sich vor mir aus. Dann flogen die beiden Tierschwärme, die voneinander keine Notiz genommen hatten, wieder auseinander. So etwas sollte vor mir kein Seidenweber gesehen haben? Waren nicht alle authentischen Ornamente Nachahmung von Blättern, Muscheln, Blüten, Federn, Widder- und Büffelhörnern, mit denen man einst Häuser und Altäre geschmückt hatte?

Es brauchte Zeit, bis ich wagte, mich allein aus meinem Zimmer fortzubewegen. Durch die Fliegengitter, die die Türrahmen ausfüllten, sah die Welt draußen düster aus. Ich glaubte lange, es werde irgendjemand erscheinen, um mich nach meinen Wünschen zu fragen, mir einen Tee zu bringen oder mich zum König zu rufen, aber die Stunden vergingen, ohne daß ich auch nur einen Laut gehört hätte. Neben der Tür entdeckte ich dann ein breites besticktes Band mit einer Quaste, einen Klingelzug, und als ich entschlossen daran zog, bewegte sich oben, wo das Band befestigt war, tatsächlich auch ein metallischer Bügel, der das Band beim Loslassen wieder zurückschnellen ließ. Schepperte nun weit entfernt in einem abgelegenen Dienstbotenquartier eine laute Schelle? Wenn sie das tat, so folgte ihr niemand.

Ich öffnete das Fliegengittertor und sah auf die glänzenden Marmorintarsien der Veranda. Unter dem Portikus standen in symbolischer Bereitschaft zu fürstlicher Ausfahrt die beiden aufgebockten Chevrolets. Nur der Jeep des Königs mit der kleinen Standarte war verschwunden, und wohin ich auch blickte, es lehnte nirgends einer der mir inzwischen vertrauten Turbanmänner an den Säulen, jenem zeitlosen Warten hingegeben, mit dem sie dem Palast, wenn nichts sonst darin geschah, von ihrem eigenen Leben etwas abtraten. Ich fühlte mich nicht berechtigt zu rufen und fürchtete geradezu, in diesen äußeren Hallen unbedarft lärmend aufzufallen. Immerhin klatschte ich in die Hände. Das Echo trug weit unter den hohen Decken, von denen die Ventilatoren unbewegt herabhingen. Das Schiffsartige des Hauses trat mehr denn je hervor, mir war sogar nach Luftschiff zumute bei der Vorstellung, die Ventilatoren drehten sich und höben den Palast langsam in die Luft zu einem unsicheren, schwerfälligen Pfauenflug.

Man befand sich in diesem Bau immer zugleich drinnen und draußen. Die breiten Korridore, die auf die festliche, überdachte Hauptterrasse führten, waren von keinen Toren begrenzt. Dies Haus bot dem Unbefugten kein Hindernis. Wer den Park betreten hatte, konnte auch in das Innerste des Hauses gelangen, wenn er es wagte, seinen Schritt dorthin zu lenken.

Die Hemmnisse waren wohl unsichtbarer Natur. Der Tempel der Juden auf ihrer Wüstenwanderschaft war gleichfalls nur ein Zelt in einem großen abgesteckten Bezirk, aber ich stelle mir vor, daß dies Zelt sich gleichsam selbst schützte, daß die Füße schwer wurden, je näher man dem Heiligtum kam. So war auch der Palast im Grunde ein Zelt, oder besser ein Zeltlager. Je näher man ihm kam, desto mehr löste er sich in einzelne, nur durch überdachte Wandelgänge verbundene Gebäude auf. Der König, so viel wußte ich, schlief nicht im Zentrum dieses Palastes, wie es der Dramaturgie dieser Architektur eigentlich entsprochen hätte, sondern in einem dem meinen gegenüberliegenden turmhohen Pavillon auf der anderen Seite des Hauses, als wolle er deutlich machen, daß er nirgendwo mehr majestätisch residiere, sondern als sei nach dem politischen Ende seines Staates nun ganz Sanchor königliche Residenz und empfange durch die königliche Ubiquität in allen Provinzen des Reiches weiterhin jene Lebenskraft, die vorher aus der Eigenständigkeit floß. Er war jetzt überall in Sanchor zu Hause. Jeder Flecken und Weiler sah den König und seinen Jeep, dessen Standarte meist abgeschraubt war, um die republikanischen Behörden nicht zu reizen. Anstelle der Standarte trug die kleine Metallstange auf dem Kühler eine rote Kunststoffhülse, die das Fehlen der starren kleinen Fahne deutlich wie ein erhobener Zeigefinger betonte: »Aufgepaßt, dies ist der König«, sagte das rote, aufgerichtete Kunstlederetui auf dem Kühler.

Deswegen war das Innere des Palastes aber nicht weniger heilig, so schien mir. Ein leerer Thron entfaltet einen Sog. Irgendjemand wird sich schließlich auf ihn setzen. Ich drang langsam vor. Der Korridor wurde dämmriger. Der Blick zurück zeigte den Wüstenpark nur noch als kleinen Ausschnitt. Die Türen rechts und links waren wieder mit Fliegendraht bespannt, die Räume dahinter erschienen dunkel. Ich öffnete eine Tür. Sie quietschte so laut, daß ich sicher war, es werde nun jemand herbeilaufen.

Der Salon, den ich betrat, war wieder mit schweren Sesseln im Stil der dreißiger Jahre eingerichtet, die etwas Lokomotivmäßiges an sich hatten, als seien stählerne Kolben in ihren hochgewölbten Seitenlehnen verborgen. Ein Kronleuchter mit zerrissenen Kristallketten hing aus großer Höhe herab. Ein Wandschrank enthielt schwarz gebundene Pappbände, vor allem statistische Werke aus der Zeit der englischen Herrschaft. In einem angrenzenden Saal hatte sich eine Schar Sophas zusammengefunden, geschweifte und geschnitzte Prachtmöbel aus falschem Ebenholz, zum Teil mit neuen Fabrikbrokaten gepolstert. Es war, als führten diese Sophas eine Quadrille auf, wie sie da Rücken an Rücken, zu Paaren geordnet, als Pendants aufgestellt, in dem milden Licht standen, das von hoch oben aus schmalen Fenstern auf sie herabfiel. Es folgte ein kahles großes Badezimmer, in dessen Riesenwanne rote Rostspuren den Lauf des Wassers aus einem einst tropfenden Wasserhahn bezeichneten. Der König litt ganz demonstrativ überhaupt nicht unter diesem in Jahren mit schwachem Monsun gefährlichen Wassermangel. Sein Bestreben war, mit allen Gegebenheiten in Sanchor einverstanden zu sein und sie entschieden zu bejahen. Wenn die Zeit es nun einmal mit sich brachte, daß in Sanchor das Wasser knapp war, dann gehörte diese Wasserknappheit jetzt zu den Eigenschaften Sanchors, und sie zu beklagen hätte das Eingeständnis enthalten, es sei ein besseres, glücklicheres Reich auf Erden denkbar. Dieser Gedanke allein war eine Treulosigkeit dem Land gegenüber und beschädigte die königliche Würde. Wenn man so bedürfnislos lebte, wie es dem König selbstverständlich und natürlich war, fiel der Mangel an Wasser auch gar nicht auf.

Hinter dem Bad mit seinen alten, wuchtigen Armaturen

trat man wieder ins Freie, Laternen hingen in diesem Peristyl, deren rote und blaue Gläser zum Teil gesprungen waren. Sonst aber herrschte Ordnung und eine etwas schmucklose Reinlichkeit. Fegende Menschen mochten hier regelmäßig hindurchgehen. Was zerbrochen war, blieb sich selbst überlassen, aber abgestaubt wurde immer noch gelegentlich. Gebäude von unterschiedlicher Höhe lagen zu Seiten des Peristyls. Die Fenster waren blind und wohl schon lange nicht mehr geöffnet worden. Architektonisch war diese Hinterhoflandschaft nicht gelöst, die klassizistische Eleganz des Säulenganges und das bauliche Durcheinander, auf das man blickte, wenn man ihn durchschritt, widersprachen einander. Ein hohes, ernstes Tor, wieder mit Fliegendraht bespannt, ließ sich nur mit Mühe öffnen.

Jemand saß auf dem Fußboden, vollkommen unbeweglich, ganz in schwarze Tücher gehüllt, die auch über den Kopf gezogen waren. Der Kopf ragte über die eng an den Körper gezogenen Knie nach Art jener ägyptischen Totenstatuen, die, zu kubischen Paketen geschnürt, die Erwartung der Auferstehung darstellen. Ich glaubte zunächst gar keinen Menschen, sondern einen übergroßen Vogel vor mir zu haben, wie ich sie auf den Bäumen hatte hocken sehen, den Kopf unter den Flügeln verborgen. Mein Schreck war groß. Einen Augenblick lang wagte ich keine Bewegung, darauf gefaßt, daß der Riesenraubvogel sich unversehens aufrichtete und auseinanderfaltete, seine Krallenfüße aus dem schwarzen Sack hervorstreckte und die Flügel ausbreitete. Statt dessen erschienen magere, beinahe kindliche braune Hände aus dem Stoff und schlugen den Schleier zurück. Durch die Bewegung wurde ein dichter Schwarm Fliegen aufgescheucht, die für mich unsichtbar in den schwarzen Falten gesessen hatten. Eine zahnlose Greisin sah mich aus stumpf-ängstlichem Kindergesicht an. Die Handbewegung, mit der sie ihr Gesicht entschleiert hatte, blieb ihr einziges Lebenszeichen. Die Fliegen sanken langsam zu ihr zurück, als seien sie in diesen Tüchern geschlüpft.

Wir sprachen kein Wort. Wer immer diese Frau war, sie mochte glauben, daß sie jahrzehntelang geschlafen hatte und nun erwachte, während Abgesandte fremder Völker den verlassenen Palast durchstreiften. Die Geierfrau hütete den Durchgang zu einem kleinen rechteckigen Innenhof, der sehr schmal war, eigentlich nur ein Lichtschacht, aber mit prunkvoll gemeißelten Säulen reich verziert, voluminöse Schachfiguren aus Speckstein, massiv und gestaucht, die zwei aus dem gleichen Stein gemetzte, trockene Brunnenschalen umstanden. Ich kannte inzwischen den indischen Geschmack, weißem Marmor einen ranzig-speckigen Charakter zu verleihen. Daß der Streifen Himmelblau über dem Hof so schmal war, hatte gewiß seine Gründe. Auch in den Tagen der sengendsten Hitze würde die Sonne nur kurz senkrecht hier herunterfallen. In den übrigen Stunden war der Hof ein Schattenreich.

Etwas Unterirdisches haftete ihm an. Er lag nah am Herzen des Palastes. Mehrere Türen öffneten sich auf ihn. Eine stand offen. Das Zimmer dahinter lag im Dunkeln. Ich erkannte üppig gefaltete Portieren und ein Tischchen in der Boulle-Manier des zweiten Kaiserreichs, dessen Einlegearbeit in Bronze und Silber matt glitzerte. Und zwischen Tischchen und Portiere ging eine Dame auf und ab, wie man in sorgenvollen Gedanken im Zimmer umhergeht. Sie trug einen Sari, war aber modern frisiert, das gealterte Gesicht war geschminkt. In diesem leeren Haus bewegte sie sich, als sei ihr verboten, das Zimmer zu verlassen.

Ich erschrak noch mehr als vor der Geier-Greisin. Mir war, als sei meine Gegenwart ein Sakrileg. Das Leben, das hier in tiefster Verborgenheit geführt wurde, sollte niemals Zeugen fürchten müssen, wenn man die Botschaft des Hauses verstand und respektierte. Ich hatte sie nicht verstanden. Nun wich ich zurück.

Auf Zehenspitzen tappte ich über die Marmorfliesen, meine Schritte klangen wie Regentropfen.

Unter weisen, reichen Leuten galt früher als Heilmittel gegen Liebesschmerzen das ruhelose Reisen, keine zweite Nacht im selben Bett zu verbringen. Das würde hier nun nicht mehr möglich sein. Ich würde, wenn ich hier arbeiten sollte, viele Nächte im selben Bett schlafen müssen. Und doch spürte ich bereits, daß die Reise mir guttat. Was ich in Sanchor sah und erlebte, vermochte mich manchmal sogar schon für Stunden vom Gedanken an Manon abzulenken. Die Empörung, die mich zunächst wie Flammenglut erfüllte, so daß ich meinte, selbst noch in den Händen das Schwellen meiner Blutgefäße zu spüren, derart körperlich war dieser Entrüstungsschmerz geworden, der vor allem in ruhigen Stunden seine Gewalt entfaltete, diese Empörung war nun einem sanften, aber nicht nachlassenden Herzweh gewichen; »Immerdar durch Tränen sehe ich der Sonne liebes Licht«, so sagte ich bisweilen seufzend vor mich hin. Aber dieser Tränenschleier lüftete sich. Das hoffnungslose Zerfließen aller äußeren Eindrücke in den schwarzen Säften der Melancholie gerann nun gelegentlich. Als ich das Alte Fort zum erstenmal betrat, war ich sogar froh darüber, allein und nicht in Manons Begleitung zu sein.

Manon hätte meine Aufmerksamkeit beeinträchtigt. In ihrer Gesellschaft hätte ich mich beständig gefragt, wie sie den König und seine Umgebung erlebe. Ich hätte versucht, in ihren Zügen zu lesen, anstatt diese neue Welt in mich aufzunehmen. Wenn ich dann wieder mir selbst überlassen war, kehrten die Gedanken ohnehin zu ihr zurück. Aber jetzt war schon kaum mehr Bitterkeit in ihnen. Hatte Manon mein

Vertrauen wirklich getäuscht? Bestand ihre Verfehlung nicht vielmehr darin, meine Eitelkeit zu wenig geschont zu haben? Neuerdings beunruhigte mich die Vorstellung, Manon nicht gerecht geworden zu sein und sie in ihrer Unschuld verletzt zu haben. Ja, ich dachte an Unschuld, wenn ich über Manon grübelte, und so grotesk mir dieser Begriff im Zusammenhang mit ihr bisher auch vorgekommen wäre, so plausibel wurde er nun auf einmal. Ich sah ihre Augen vor mir, die durch die Glastür der Untergrundbahn versuchten, noch im Abfahren des Zuges eine unzerreißbare Verbindung mit den meinen zu erzwingen, ihre Miene der Verzweiflung, den Ausdruck der Fassungslosigkeit, ihre schönen Hände, die sich gegen die Scheiben preßten, als wolle sie ihnen anhaften und in den schwarzen Tunnel mitgerissen werden. Es war jetzt für mich außer jedem Zweifel, daß diesen ergreifenden Gesten ein aufrichtiges Gefühl entsprach. Manon war keine Schauspielerin und hatte es auch niemals sein müssen, weil man sie, wie sie war, ohne weiteres annahm. »Man«, das war ich, aber ich wollte es nach zwei Tagen in Sanchor schon für unmöglich halten, daß irgendwer sonst die Kälte aufbrachte, sie aus überlegenem Abstand zu betrachten. Mußte nicht jeder alles, was sie getan hatte, augenblicklich vergessen, sowie sie den Mund öffnete und sprach? Mir war, als sei es vor allem Manon, die unter den Verwirrungen und Verirrungen ihres Lebens am meisten leide. Hinter ihrem betörenden Lächeln, ihrer geheimnisvollen Harmonie und seelenvollen Anteilnahme, die sie mir beim Zuhören bewies, verbarg sie ein heftiges Temperament und eine schlimme Leidenschaftlichkeit, von der ich eine Kostprobe erhalten hatte, als sie damals mit dem Meister telephonierte und offensichtlich ihren Willen nicht bekam. War nicht sie es, die ihn verließ?

Als ich in mein Zimmer zurückgefunden hatte, näherte sich der alte Diener, der den Vormittag über unsichtbar gewesen war, und stellte ein Tablett mit einer hotelsilbernen Teekanne auf ein Tischchen. Mich nahm er kaum zur Kenntnis. Es war, als versorge er ein Tier. Ich dankte ihm und fragte nach »His Highness«, aber er zog nur die Schultern hoch, als wolle er sich gegen Schläge wappnen, und ging mit krummem Buckel, den Kopf von seinem Riesenturban niedergebeugt, hinaus. Ich wußte seit gestern abend, daß dieser Diener zum Stamm der Devasi gehörte, einem Kuhhirtenvolk, das von jeder höheren Haushaltsführung, wie sie dieser europäisierte Palast verlangte, um Jahrtausende entfernt war, dafür aber in unverbrüchlicher Treue zum angestammten Herrscher hielt, der die Devasi-Sprache nicht beherrschte, sich aber jetzt, da er von so vielen Subsidien abgeschnitten war, auf die Devasi stützte, die ergebene Diener in seine Häuser sandten. Nur kam es nie zu Ausbildung oder Einarbeitung dieser Diener, denn nach einigen Wochen sehnten sich die Männer nach ihren Frauen und Kuhherden und mußten ausgetauscht werden. Der letzte Haushofmeister Seiner Hoheit hatte es sich geleistet, sämtliche Tee- und Kaffeetassen ungespült in die Schränke zurückzustellen. Da es viele Tassen gab, fiel sein Verfahren erst nach einer Weile auf. Die Zuckerreste in den Tassen hatten die grauen Eichhörnchen angelockt, denen es gelungen war, die Schranktüren zu öffnen oder sich durch Ritzen in die Geschirrschränke zu zwängen. Wenige Tassen waren heil geblieben. Die Eichhörnchen glaubten wohl, die Tassen wie Nüsse zerbrechen zu müssen, um an das Süße heranzukommen. Das edwardianische Bone-China des Neuen Palastes – die Tassen hatten die Form kleiner Nachttöpfe, und auch die Blütenmuster darauf erinnerten an Sanitärkeramik – war nun dahin, und der König, der wußte, daß solche Verluste klaglos und achtlos hinzunehmen waren, versagte sich dennoch nicht, daran zu erinnern, daß seine Eltern diese Tassen geschätzt hatten. Er blieb Gegenständen aus England gegenüber immer zwiespältig gestimmt.

Der Tee war lauwarm, aber ich war froh, etwas zu trinken. Auf dem Bett ausgestreckt, blickte ich durch den Holzrahmen über mir, der im Sommer durch die Moskitonetze geschlossen wurde, auf die turmhohe Zimmerdecke.

Daß in dem schwarzen Stoffhaufen eben ein Mensch gesteckt hatte, wenngleich ein kleiner und zerbrechlicher, ließ mich nicht los. In den orientalischen Märchen ist gelegentlich von übergroßen Vögeln die Rede, beginnend mit dem schreckenerregenden Vogel Roch, den ich mir als riesenhafte Flugechse vorstellte, also als etwas letztlich nicht Unmögliches. Ich dachte an den im Innern des Palastes verborgenen Innenhof, der den beiden Frauen als Heimstatt diente, der fliegenumschwärmten Greisin und der traurigen Wandlerin zwischen Tischchen und Portiere. War dieser tote und bedrückende Innenhof mit seinen gestauchten Prunksäulen irgendwann einmal ein freundlicher, gar üppiger Aufenthalt gewesen?

Wenn aus dem Brunnen Fontänen aus parfümiertem, rosigem Wasser aufstiegen, in den Becken Blütenblätter schwammen, Teppiche ringsum ausgebreitet waren, Kissenberge Lagerstätten bildeten, Räuchergefäße dünne Schwaden von Weihrauch aufsteigen und bunte Laternen sanft schwankende Rankenmuster aus Licht und Schatten über die Mauern gleiten ließen, war dieser Hof ein Paradies, und Paradies heißt Garten. Auch ohne eine einzige Pflanze hätte der Hof, wenn er derart hergerichtet worden wäre, den Anspruch erworben, Garten genannt zu werden. Es war für mich plötzlich ganz leicht, diesen erstorbenen Palast in meiner Vorstellung zum Leben zu erwecken. Vielleicht trugen auch die beiden alten Frauen im Innenhof dazu bei, denn ich hatte weder im Alten Fort noch hier im Neuen Palast bisher auch nur die Spur einer Frau gesehen und schon gar nicht die Stimmung empfunden, die weibliche Wesen um sich verbreiten. Die Ordnung, die ich hier vorfand, war unpoetisch und männlich, etwas zwischen Kaserne und Kloster. Wer war die ruhelose, stumme Frau in ihrem abgeschiedenen Salon? Wurde sie dort verborgen gehalten? Auf jeden Fall verzichtete sie darauf, dem Palast das Gepräge ihrer Anwesenheit zu geben. War die Frau vielleicht nicht ganz gesund? Ihr Auf- und Abgehen hatte etwas von jener Sprungfeder in alten mechanischen Uhrwerken, die »Unruhe« genannt wird. Mir war jetzt, als sei die Zimmerdecke, auf die ich starrte, zu einem schmalen blauen Rechteck geworden, dem Himmelsausschnitt des Innenhofs. Und jetzt verdunkelte sich dieses Rechteck. Große bewegte Schatten fielen herein.

Geier mit ihren weit ausgebreiteten Flügeln segelten darüber hinweg, sanken langsam herab und setzten sich auf den Dachfirst. Sie hatten breite Schultern und abstoßend nackte Köpfe. Die Geier blickten in den Hof wie in ein Grab. In die Lautlosigkeit hinein ließ der erste Geier sich nun fallen, sein Sturz hatte etwas von dem eines Fallschirm-Springers, erst in halber Höhe öffnete er die Flügel, ohne sie zu schlagen, aber das genügte, um ihn wie eine Feder hinabsegeln zu lassen. In dem in der Form geöffneter Blüten gemeißelten Springbrunnen hoben sich müde Strahlen. Es war ein schwaches Rieseln, das Wasser hatte wenig Druck, aber die Brunnenschalen waren bald gefüllt, und es tropfte silbrig über ihren Rand. Sieben mächtige Geier saßen jetzt im Innenhof um die Brunnen herum. Die Zimmertür der Wahnsinnigen war weit geöffnet, sie selbst nicht zu sehen. Aber es wehten vergilbte Spitzengardinen in mildem Luftzug heraus. Die Geier rührten sich nicht. Dann riß dem zuerst hinabgesegelten das Brustgefieder auf, es wurde von innen mit Gewalt geöffnet, das gab ein knirschendes, trockenes Geräusch, wie wenn man aus einer Jacke das Futter herausreißt. Darunter kamen aber nicht blutige Eingeweide hervor, sondern weiße, glatte Haut. Es war wie beim Aufspringen der Stachelhülle von Kastanien, dies überraschende, glänzend Polierte unter der eben noch vollständig geschlossenen Oberfläche. Der Riß wurde größer, hervor kamen zwei weibliche Brüste, jung und spitz, das Federungetüm saß jetzt mit einem schönen Busen da wie eine Schimäre oder Sirene. Und nun drängten sich auch weiche weiße Arme aus dem Balg, ein Haarwust aus blonden Locken erschien, der Geier fiel wie ein Sack in sich zusammen, und aus seinen Federn stieg ein nacktes Mädchen, sah sich um, reckte nach der langen Zusammengepreßtheit die schlanken, wohlgestalten Glieder und rollte die schmalen Schultern. Auch die anderen Geier sanken dahin, kleine Menschenfüße, schlanke, feste Waden, gewölbte Hinterteile und Bäuchlein arbeiteten sich aus ihnen hervor, und bald war die bedrohliche Vogelschar nur noch ein schwarzer, lumpiger Haufen, während sich um die Brunnen sieben makellos gewachsene junge Frauen tummelten, die ihre zusammengedrückten Haare auskämmten und ihre Locken in der Luft schüttelten.

Ich sah ihre Körper und ihre Hände, die in die Brunnenschalen griffen und mit Wasser spritzten. Sie begannen sich zu waschen, die Mädchen halfen sich gegenseitig, sie seiften einander ein, ihre Schenkel glänzten, und in den kleinen Pelzen dazwischen hing der Schaum. Der Hof schwamm. Sein Marmorboden war warm und sonnendurchglüht, und so legten sich einige Mädchen darauf und ließen sich von den anderen mit Wasser aus dem Brunnen begießen. Aber so genau ich die Körper in ihrer unablässigen Bewegung, ihrem Sich-Winden und Sich-Räkeln sehen konnte, von Wasser erfrischt und wie lackiert, die rosigen Füße, die Brustspitzen, die Achselhöhlen, die sieben runden Hinterteile, so wenig gelang mir, ein Gesicht festzuhalten, ja, mir war geradezu, als hätten die Schönen gar keine Gesichter, ihre Körper seien zwischen Haaransatz und Hals so glatt wie Eier, aber das wollte ich nicht beschwören, es war mit diesen Gesichtern ein ständiges Entwischen, ein Sich-im-letzten-Augenblick-Entziehen. Um so verblüffter war ich, als ich plötzlich Manons Füße erkannte, diese zarten und schmalen, aber zugleich ziemlich langen Füße mit den fingerartigen Zehen und dem hohen Spann, und nun sah ich auch ihre Brüste, groß und rund und nicht so spitz-stehend wie die der anderen.

Es war Manon, und so zeigte sie mir schließlich auch ihr Gesicht, überglücklich und gelöst lachend, während zwei andere Mädchen Wasser über sie gossen und das Haar tropfnaß an ihren Schläfen klebte. Wie sie sich da mit den andern tummelte und streichelte und einseifte und bespritzte! So übermütig und strahlend hatte ich sie noch nie gesehen. Dieses Gesicht hatte sie mir nie gezeigt. Ich wollte sie ertappen. Ich wollte ihr beweisen, daß ich Zeuge ihrer mir sonst vorenthaltenen Fröhlichkeit war. Es war noch mehr in mir: Ich wollte Manon stören. Ich wollte ihr die geheimen Eskapaden versalzen.

Ich wußte genau, daß ich etwas Bedenkliches, womöglich sogar sehr Böses tat, als ich meine Hand hinter der Schachfigurensäule behutsam hervorstreckte, wie sich eine Ratte aus dem Dunkeln ans Licht wagt, und in den formlosen Federhaufen hineingriff. Mit großer Behutsamkeit, gleichsam millimeterweise, zog ich einen der Geierbälge zu mir herüber. In meinem Schlafzimmer stand, das wußte ich, eine hohe messingbeschlagene Kampfertruhe mit einem dicken Schloß, darin würde ich dies Federkleid einschließen.

Und tatsächlich gelang mein böser Plan, wie in Träumen das Böse oft gefördert, das Gute aber rätselhaft behindert wird. Ich kroch auf das Tor zu, während mich das Gelächter der sieben reinlichen Mädchen begleitete, überwand eine

Wolke von Fliegen, die sich auf der Schwelle des Innenhofs auf das Geier-Federkleid stürzte, als sei es ein verfaulender Kadaver, gelangte in mein Schlafzimmer, öffnete den Truhendeckel und warf den Balg hinein. Der Deckel glitt mir aus der Hand und knallte zu. Der Donner verbreitete sich über die Gänge und Korridore des Palastes. Es war, als wollten Truhe und Deckel sich auf ewig ineinander verbeißen. Die Truhe war durch den Knall gleichsam zugeschweißt worden, niemand mehr würde sie öffnen.

Dieser Donnerknall, diese hölzerne Explosion muß die Mädchen aufgeschreckt und zu ihren Federn getrieben haben. Aus dem Dachgewirr des Palastes, in dem sich der Schacht des Innenhofs verbarg, stieg Vogel um Vogel auf, bis sechs Geier am Himmel kreisten, als sei der ganze Palast voll Aas. Jetzt war die Stunde meiner Genugtuung gekommen. Im Innenhof fand ich Manon, nun nicht mehr in genießerischer, sondern schutzloser Nacktheit der Verzweiflung nahe. Sie rannte wie eine Gefangene hin und her, um alle Säulen herum, als müsse der Hof in seiner frostigen Kahlheit, wenn sie nur angespannt genug suche, das fehlende Federkleid doch noch herausrücken. Die Fontänen waren in sich zusammengesunken. Auf dem Boden standen Pfützen, als sei dort mit schmutzigem Wasser geputzt werden. Manon hörte meine Schritte. Mir war, als werde sie vor Angst verrückt. Sehnsüchtig schaute sie zum Himmel, wo jetzt schon nur noch zwei und bald gar keine Geier mehr zu sehen waren. Mit den schönen vollen Armen, mit denen sie in den Riesenflügeln gesteckt hatte, konnte sie sich keinen Handbreit vom Fußboden erheben. Sie erkannte, daß sie mir ausgeliefert war, und versuchte, sich hinter den Säulen zu verbergen, die bauchig waren, aber nur einen Teil ihres schwellenden, gesund blühenden Körpers verdeckten. Als sie aufgab, kauerte sie sich zusammen, um ihren Schoß und ihre Brüste mit den eigenen Beinen zu schützen, um die sie die Arme schlang. Ihr Kopf war auf die Knie gepreßt, und als ich die Hand auf ihre Schultern legte, fühlte ich, daß sie am ganzen Leib zitterte.

Ein Zauber kann die Seele zwingen, aber nicht unterwerfen. Ich sah mein ganzes Zusammensein mit Manon unter dem Vorzeichen des gestohlenen und versteckten Vogelbalgs. So fern und abstrus eine alte orientalische Erzählung sich in meinem Leben ausnahm, sie wurde mir unversehens zum Schlüssel all dessen, was mir an Manons Verhalten unerklärlich gewesen war. Wie das Mädchen aus dem Vogelbalg ihren Zwingherrn mit ihrem Körper und ihrem Lächeln freigiebig erfreute und dabei beständig nach nichts anderem trachtete, als das Versteck der entwendeten Flügel zu finden, so hatte auch Manon mich ertragen, während sie in ihrem Innern unablässig damit beschäftigt war, von mir loszukommen. Wenn ihre Augen auf mir ruhten, wenn sie mir scheinbar voll Anteilnahme lauschte, studierte sie meine Miene, ob die womöglich verriete, wo die großen Flügel verborgen waren. Wenn sie, was ich liebte, vor sich hin träumte und in ungezwungenem Nichtstun verweilte, unfähig zur Langeweile, fern von den Ambitionen der Geschäftigkeit, in denen ihre Zeitgenossen schwelgten, hatte sie, um in der Sprache des Märchens zu sprechen, einzig an ihren Vater gedacht, den Zauberer in Indien, an ihre Schwestern und ihre geheimen Freuden, an den Duft und die Luft des Landes, dem sie sich zugehörig fühlte und das jedenfalls nicht das meine war, ich jedenfalls hatte nichts damit zu tun, ich ahnte nicht, worin die Reize bestanden, der ich sie durch meine Liebe beraubte. Das stand mir jetzt klar vor Augen, während ich die Zimmerdecke betrachtete, in der sich das schmale Rechteck von Himmelblau wieder geschlossen hatte.

Aber dann war eingetreten, was sich mit dem alten Märchen von den Vogelmädchen nicht mehr vereinen ließ. Nicht sie hatte die Flügeltruhe aufgebrochen. Ich war es, der ihr entkommen war, ich war es, der in das Land ihres Vaters, des Zauberkönigs, geflohen war, um sie doppelt hilflos zurückzulassen. Wie paßte das in die Vorstellung ihrer Verzauberung, die mich eben noch mit der Offensichtlichkeit unbezweifelbarer Wahrheit erfüllt hatte?

Unversehens stand der alte Diener mit seinem dünnen, wackelnden Hals, der für die Last des roten Turbans zu schwach schien, an meinem Bett und blickte mich aus seinen gelben erloschenen Augen an. Wenn ich die Tür öffnete, quietschte sie, unter seiner Hand blieb sie stumm. Er streckte mir einen jener schon bekannten Zettel hin, diese kleinen Streifen aus Rechenpapier, als fürchte er, ich könne ihm beim Ergreifen des Zettels zu nahe kommen, womöglich gar seine Hand berühren.

»His Highness bittet Sie, ihn heute Abend im Monsun-Palast zu treffen. Ihre Abfahrt ist in einer halben Stunde vorgesehen.«

Daß diese Zeitangabe noch dreimal revidiert wurde, versteht sich inzwischen von selbst, wobei ich nie erfahren sollte, wer die Zettel auf der Schreibmaschine mit den hüpfenden Großbuchstaben getippt hatte. Wenn der König selbst diese Nachrichten schrieb, mußte er sich hier irgendwo aufhalten, aber ich bemerkte keine Anzeichen seiner Gegenwart, die ich freilich auch noch nicht hätte deuten können; ich lernte das aber schnell. Wo der König sich aufhielt, herrschte stets ein Kommen und Gehen, eine leichte Unruhe. Es gab immer jemanden, der zu seiner Begrüßung herbeigeeilt war, Diener und Fahrer, die darauf warteten, daß er aufbrach und seinen Wagen befahl, Telephone klingelten, Frauen in farbigen Schleiern sammelten sich in der Ferne, in deutlichem Abstand zu der Freitreppe, die der König hinauf- oder hinabsteigen würde, in jener unverwechselbaren Haltung, mit der sein straffer, sportlicher Körper solche Treppen bewältigte. Wenn er eine Treppe hinaufstieg, mußte ich stets an alte Wochenschauen denken, in denen Vizekönig Mountbatten oder Feldmarschall Montgomery mit souveräner Körperbeherrschung, mit steifem Rückgrat leicht nach vorn gelehnt, der Treppe zugeneigt, in der Art einer auf- und zuklappenden Schere die Treppen überwanden. Der König bewahrte Bewegungsabläufe, die mit ihm untergehen würden; auch die Erben des reinsten Blutes Europas und Asiens besaßen nicht mehr diese Durchformung des Körpers, diese Rhetorik der Bewegung, die einem geborenen Herrscher entsprach. Ich wies den Gedanken, der König verstecke sich vor mir, um mit diesen Zetteln, die er mir zustellen ließ, eine leistungsfähige Hofhaltung vorzuspielen, schließlich entschlossen zurück. Wer wußte schon, welche treue Schreiberseele, die niemand je zu Gesicht bekam, von Telephonanrufen gelenkt, den Willen des Monarchen für mich zu Papier brachte.

Der Monsun-Palast war das am wenigsten schöne Schloß des Königs, lag aber in einem Hochtal, dessen schwarze Riesenfelsen, rund und blasig wie erkaltete Lava, eine bedrohliche Stimmung verbreiteten. In diese Felsen, wahrlich eine Vogel-Roch-Landschaft in ihrer mondhaften Steinigkeit, hatte der englische Architekt des Großvaters Seiner Hoheit, Maharao Saroop Singh, ein aus dunklen Ziegeln hochgemauertes britisches Waisenhaus gesetzt, so wollte es mir scheinen, als ich aus dem Ambassador stieg. Die farbig verglasten gotischen Fenster sahen aus, als verberge sich hinter ihnen die besonders trostlose Anstaltskapelle. Vor der Dachterrasse, die von unten nur zu ahnen war, waren vielfach durchbrochene Sandsteinschranken angebracht, um die Frauen des Hauses dort oben unsichtbar zu halten und ihnen zugleich zu erlauben, die Autos die Auffahrt hinaufkommen zu sehen. Die Dienerquartiere, langgestreckte, einfache Schuppen, waren eingestürzt, aber aus einem Schilderhaus trat, als wir uns rumpelnd über die ungepflasterte, von großen Baumwurzeln gekreuzte Auffahrt näherten, ein greisenhafter kleiner Soldat in dickwollener, olivfarbener Montur mit Barett und grüßte militärisch strammstehend, mit grimmiger Miene. Ich nannte ihn »den Sergeanten«. Er war einer der letzten Soldaten des zum Schluß nur noch zweihundert Mann starken königlichen Heeres, das seit Anbruch der Republik vor allem schmückenden Charakter gehabt hatte. Das Einholen und Setzen der Fahne, das Grüßen, das Aufmarschieren und Postenstehen waren zuletzt seine Aufgaben gewesen. Der zahnlose, dunkelbraun gegerbte Greis ersetzte nun das Heer. Man sah ihm an, wie er beim Exerzieren seinen Leuten Beine gemacht hatte, mit englischen Flüchen herumtobte, bis ihm die Stirnader dick hervortrat, und daß er seinem obersten Kriegsherrn in eiserner Treue ergeben war. Sein Ausharren hier im Schilderhäuschen kündigte an, daß der König in der Nähe war.

Da stand jedenfalls der Jeep mit dem roten Samtkissen auf dem Sitz neben dem Fahrer, dem aufs Asketische reduzierten Hoheitszeichen, das zur Bequemlichkeit dieses unbequemsten aller Gefährte nichts beitrug. Der König auf seinem roten Samtkissen – »Was ist der Thron?« fragte Napoleon, »ein Fetzen roter Samt auf vier Holzpfosten« – wurde nicht weniger durchgeschüttelt als alle anderen Mitfahrenden, die nach längerer Fahrt regelrecht durchgeprügelt aus dem Jeep stiegen.

Im Innern war der Monsun-Palast freundlicher, wenngleich überwiegend kahl. Das Haus sei eigentlich nie fertig geworden, erfuhr ich, für das Dach habe man sich schließlich mit Wellblech begnügt. Im Zweiten Weltkrieg hätten die Engländer ein Lazarett aus dem Bhavan gemacht. Es sei leider nicht auszuschließen, daß damals englische Soldaten, die ihre Verletzungen aus dem Dschungelkrieg mit Japan hier kurierten, im Haus gestorben seien. Das klang, bei den bedenklichen Blicken, die diesen Verdacht begleiteten, schlimmer, als wäre der Bhavan ein Truppenbordell gewesen. Nach dem Kriege habe sich der verstorbene Maharao lange geweigert, den Monsun-Palast wieder aufzusuchen. Die Reinigungszeremonien der Familienbrahmanen dauerten Wochen. Räucherungen und Besprengungen, Exorzismen und Weihungen vertrieben, so versicherte der Swami, auch noch die letzte Cockney-Seele, die in den wellblechgedeckten Sälen möglicherweise ausgehaucht worden war und nun ruhelos im Bhavan herumgeisterte.

Die englischen Architekten, die hier in den entlegensten Regionen für die weniger wohlhabenden Fürsten bauten, hatten ihre Erfahrungen zunächst mit Kasernen, Missionsschulen, Postämtern und Bahnhöfen erworben. Wenn sie an festliche Architektur dachten, stand ihnen der Typus der baptistischen oder methodistischen Kirche vor Augen, und so wurden die Säle, die sie entwarfen, wenn sie nun schließlich auch einmal einen Palast bauen durften, Kirchensäle, nur daß statt eines neugotisch geschnitzten Harmoniums Sophas darin standen und statt des Kruzifixus die Hörner erlegter Antilopen und Gazellen unter den Spitzbögen hingen. Eines hatten sie verstanden: Es sollte alles recht groß werden, größer als in europäischen Landhäusern, wenn man die Megalomanie des Hauses Farnese ausnimmt, das für sich Zyklopenburgen errichten ließ. An Beistelltischchen, Lüstern, Kredenzen, Clubsesseln, Schirm- und Stockständern, Paravents, Barschränken, Kofferböcken, Poudreusen, Spiegeln in bronzierten Gipsrahmen, Kleiderschränken und marmornen Waschtischen konnte man ganze Güterzugladungen in einem solchen Haus unterbringen, tat es auch, kaufte die Jahresproduktion von Fabriken für Hotelmobiliar auf und behielt dennoch ein weitgehend leeres Haus, mit Korridoren, in denen man auf Wanderschaft gehen konnte. Der Plan des Palastes schien eigentlich einfach. Der Architekt hatte zwei große Kirchenschiffe auf Abstand parallel zueinander gestellt, die beide geteilt waren. So gewann man im Parterre vier Säle. Zwischen den Schiffen führte aus der Eingangshalle ein straßenbreiter Korridor zu einem großen Gartensaal, und um die Schiffe herum war eine ebenso breite Veranda mit vielen bunten Glastüren gelegt, die sich aber nicht alle ins Freie öffneten. Hier begann das Verwirrende. Ich konnte mir über den Grundriß des mächtigen Kastens keine klare Vorstellung verschaffen, denn da gab es Anbauten und Seitenflügel, die ich nie betreten sollte und die eine Vielzahl von Zimmern bergen mußten. Im großen Korridor zwischen den Parterresälen paradierten zwanzig Thronsessel. Man spürte die Absicht des Ebenisten, die europäische Idee des Thrones mit unbestimmt exotischer Pracht zu verbinden, und so waren diese Sessel nicht einfach mit barocken Ornamenten geschmückt; sie bestanden vielmehr ganz und gar aus Ornamenten, wie das Skelett eines Verwachsenen aus abenteuerlich geschweiften Schulterblättern, Beckenknochen und grausam verbogenen Schienbeinen gebildet ist. Die Vielzahl dieser Throne verlangte aber nach einer Versammlung von Königen. Ursprünglich hatte es nur einen einzigen von diesen Thronen im Hause gegeben, ein Geschenk von König Georg V. an den Erbauer dieses Monsun-Palastes, den erwähnten Maharao Saroop Singh, treuer Vasall der britischen Krone.

Als sich die englische Herrschaft über Indien schon deutlich ihrem Ende entgegenneigte, war es zu einer Machtdemonstration gekommen, deren Glanz und Schönheit nach den Worten Purhotis alles Erträumte und Erdachte in den Schatten stellte. Der Triumphzug des Dionysos in Indien mit

Elephanten, Tigern und Kamelen und dem Schreien der rasenden Männer und Frauen, die Heerzüge Alexanders des Großen waren Vorbilder jener Inszenierung des Jahres 1911, die aber Jahre vor der schmählichen und kopflosen Flucht der Briten aus Indien jede historische Reminiszenz in den Schatten stellte. Zur Gründung der englischen Kaiserstadt Neu Delhi war ein großer Teil der Truppen des Empire nach dem Pundjab befohlen worden. Die Truppenbewegungen begannen teilweise schon ein Jahr vor dem großen Tag. Am Tag des Durbars selbst nahm Georg V. eine Parade ab, die bei Sonnenaufgang begann und erst bei Sonnenuntergang endete. In Staubwolken wie beim Höhepunkt eines Sandsturms zogen Engländer und Australier, Kanadier und Afrikaner, Malaien und Ägypter, vor allem aber Armeen aus allen Völkern Indiens zu Fuß, mit Kanonen, auf Pferden, Kamelen, Elephanten, mit Trainwagen und Maschinengewehren am König vorbei. Gelb war die Luft, aus der immer neue Völker in immer neuen Uniformen geboren wurden, Schwarze trugen Bärenfellmützen, beturbante Sikhs marschierten im Schottenrock, Gardereiter ließen Brustpanzer und Säbel blitzen, als seien sie in Whithall in Kartons voll Watte gepackt und in Indien wieder ausgepackt worden. Es sollte der größte Heerzug der Geschichte werden, ein Bild der Macht, das allen Anwesenden die bloße Vorstellung, es könne unversehens alles auch wieder ganz anders aussehen, als die blanke Narretei erscheinen ließ.

Bei Maharao Saroop Singh, dem Großkönig von Sanchor, jedenfalls war dieser erwünschte, überwältigende Eindruck entstanden. Auf diesen König bezogen, waren die beträchtlichen Anstrengungen und Kosten des Unternehmens nicht vergeudet. Seit den ersten islamischen Eroberern hatten die Könige von Sanchor im Krieg gelebt, gegen die meisten Moguln mit ihrer Übermacht hatten sie ruhmreich gekämpft, hatten gegen sie intrigiert, trügerische Friedensverträge mit ihnen geschlossen, jeden schwachen Augenblick der Kaiser in Delhi hatten sie zu nutzen gewußt. Von Kämpfen bis zur Selbstaufgabe, massenhaftem Selbstmord des vor der Eroberung stehenden Volkes, aber auch von langen Perioden verhohlen feindseliger Kohabitation, von wechselseitigen Nadelstichen mit vergifteten Nadeln, Bündnissen voller Vorbehalte, steter Unterminierung der Feindesmacht war die Geschichte Sanchors voll. Aber selbst unter den Hammerschlägen des Moguls Aurangzeb, der in seinem Abscheu vor den Greueln der Heiden jeden alten Tempel in seinem Machtbereich vernichten lassen wollte, hatte Sanchors Herz – das Herz des Reiches war das Herz des Königs – nicht derart gezittert wie damals bei der nicht endenwollenden Parade auf dem Durbar von 1911. Hier zeigte sich, was Übermacht ist, die alles zerknicken und überwalzen kann, ohne selbst auch nur wahrzunehmen, welche Vernichtungsspur sie zieht. Alle indischen Könige, Großkönige, Herrscher, Nawabs und Nizams waren zu dieser Parade geladen. Sie sollten sehen, mit welchem Reich sie es zu tun hatten, nicht einfach nur wissen. Nach einer Rangfolge, die der Vizekönig Lord Curzon bestimmt hatte und die auf historische Anciennität wenig Rücksicht nahm, wurde jedem der Herrscher ein Thron zugewiesen, den er nach dem Tag der Parade zum Geschenk erhielt. Sanchors Thron war nicht der bescheidenste, aber vergoldet wie der des Nizam von Hyderabad, der in Edelsteinen baden konnte, war er nicht, er war aus poliertem schokoladefarbenen Holz. In die Rückenlehne war nach englischer Manier ein Wappenschild geschnitzt, das aussah wie das eines College-Sportclubs, und da herum rankte sich die Inschrift: »Durbar Delhi 1911«. Ein König konnte das Geschenk eines solchen Throns nur mit gemischten Gefühlen entgegennehmen. Zum Wesen des Throns gehört es, daß er ein Solitär ist, allenfalls im Himmel auf Wolken möchte man sich die zwölf Throne für die Apostel nebeneinander vorstellen. Aber in dem Zelt, in dem Georg V. als indischer Imperator aufgetreten war, hatten über fünfhundert solcher Throne gestanden. Der Durbar war ein Ereignis, das unvergeßlich war, an das man aber ungern dachte. Erst nachdem der Durbar-Thron aus Delhi mit der Eisenbahn angeliefert und im Salon des Monsun-Palastes zur Besichtigung der königlichen Damen aufgestellt worden war, die ihn sehr bewunderten und seine knorpeligen Beine und Armlehnen mit fragenden Mienen behutsam berührten, verlor er für den Maharao-Großvater ein wenig von seinem Hautgoût, aber im Alten Fort oder im Neuen Palast wollte er ihn dennoch nicht sehen. Es ist nicht klar, was genau er vorhatte, als er einem Kunsttischler in Sanchor befahl, den Thron neunzehnmal zu kopieren. Gefiel ihm das fremdartige Möbel wirklich so gut, oder enthielt dieser Einfall eine subtile Rache an dem Riesenkarneval des Durbar? »Was ihr als Thron bezeichnet, ist in Sanchor gerade gut genug als Eßzimmerstuhl« – war es das, was der königliche Großvater ausdrücken wollte? Im großen Korridor, im Halbdunkel des durch die bunten Scheiben gebrochenen Lichtes wirkten die vervielfältigten Throne auf mich, als stünden sie in einer unterirdischen Grabanlage und seien bestimmt, die nächsten zwanzig Könige des Hauses von Sanchor einbalsamiert aufzunehmen für ein Thronen in Ewigkeit, denn auch in der Gruft ist die Multiplizität der Majestät etwas natürliches. Hier war man von solchen Grabesbräuchen freilich weit entfernt. Ein König von Sanchor wurde zu ein wenig blauem Rauch, wenn er gestorben war, nur ein kleiner Marmorbaldachin auf dünnen Säulchen am Rande des Familientempels bezeichnete später den Ort des mit Sandelholz und Weihrauch, Honig, Butterfett und Öl gewürzten und getränkten Scheiterhaufens. Ein steinerner Baldachin, der nichts beschirmte, das war ein würdiges Denkmal für einen entschwundenen König.

Im Monsun-Palast wohnte der Bruder des Königs mit seiner Frau, die sich zu meinem Empfang freilich nicht sehen ließ. Ich kam schließlich nicht als Gast, sondern als herbeizitierter Geschäftsmann. Das Quartier, das mir angewiesen wurde, entsprach den Riesenausmaßen des Hauses. Eine enge Wendeltreppe führte in den ersten Stock, der einstmals den Frauen vorbehalten war. Das hatte mich verblüfft, der ich doch reichlich Erfahrung mit großen alten Häusern habe. Es fehlte ein repräsentatives Treppenhaus, wie es in Europa unfehlbar den Mittelpunkt eines solchen Gebäudes gebildet hätte. Wie im Mittelalter schraubte man sich das Schneckengewinde empor, obwohl das Haus kaum hundert Jahre alt war. Ein einziger Mann mit einem Messer hätte die Erstürmung des oberen Stockwerks aufgehalten. Das war das einzige Andenken früherer Zeiten, das der moderne Architekt hatte übernehmen müssen. Die oberen Galerien hatte er mit laubgesägten Marmorbaldachinen umgeben, die gegen das rostige Wellblechdach hart und weiß abstachen. Die Wände der Korridore waren mit einem feinen blaßgrünen Netz aus Pilz und Schwamm überzogen, das auch das Mauerwerk der Galerie wie eine brüchige, verblaßte Seide bedeckte. Das Dach war löchrig, in den Monsunwochen rann es die Wände herab wie in einer Grotte. Aber das Licht war schön und mild, und ich sagte mir, daß sich hier gut ein großer Tisch aufstellen ließe, um zu zeichnen und zu arbeiten.

Ein kleiner Mann brachte meine Taschen. Er trug einen Khakianzug und ein weinrotes militärisches Barett, seine Füße waren nackt, wie es sich in dieser Welt für einen Diener gehörte, sowie er dem Herrn gegenübertrat. Zunächst hielt ich ihn für sehr jung, so knabenhaft war seine Gestalt. Wenn er ging, senkte er den Kopf wie ein junger Ziegenbock, der mit den Hörnern und seiner harten Stirn angreift, es war nichts Devotes in diesem Kopfsenken. Aber dann sah ich die tiefen Falten in seinem Gesicht, die von den Wangenknochen zum Mund herunterliefen. Mein erster Eindruck traf dennoch zu. Virah war jung, noch keine dreißig Jahre, aber vom Leben gezeichnet. Seine Herrschaft war nicht immer glücklich mit ihm, denn er sei ein Abenteurer und habe oft genug ohne Ankündigung den Dienst verlassen. Wie der schmutzige Greis im Neuen Palast gehörte er zum Volk der Devasi, dessen Männer durch außerordentlich schmale Schultern und Becken auffielen und von einer feingliedrigen Zierlichkeit waren, gegen die ich mir grob und plump vorkam, schwer geworden von zuviel dummem Essen und einer naturwidrigen Bequemlichkeit.

»Lobet den Herren, der künstlich und fein mich bereitet«, hieß es im Kirchenlied, und auf die Devasi traf das zu, sie waren im Gegensatz zu mir und meinem Volk tatsächlich künstlich und fein bereitet, näher an dem Zustand, so kam mir vor, der dem Menschen ursprünglich zugedacht worden war, bevor er daran ging, sein Schicksal in die eigenen Hände zu nehmen. Die Devasi waren Nomaden. Länger an einem Ort zu bleiben war für sie ein unerträglicher Zwang. Vielleicht hatte der König dies Umherschweifen, das sein ganzes Leben ausfüllte, von seinen letzten Getreuen übernommen. Nachdem Sanchor die ganze historische Entwicklung eines Reiches von ungenau definierten Anfängen bis zu festen Grenzen und von europäischen Völker- und Staatsrechtlern in gedankliche Formen gebrachter Souveränität und Eigenstaatlichkeit durchlaufen und in diesem Lauf bis zu seiner Auflösung in ebendiesem staatsrechtlichen Sinn gelangt war, bestand es fort in der persönlichen Treuebeziehung der Devasi zu dem einem ganz anderen Volk und einer ihnen unerreichbaren Kaste entstammenden König, und auch der König wurde durch diese neue Form seines Königseins, die an uralte Formen anknüpfte – ihm ohnehin die sympathischsten – geprägt. Seine Paläste wurden für ihn zu Vogelhäusern oder Bienenstöcken, deren starre Materialität er nur streifte. Es gab sie noch, aber sie näherten sich bereits dem Zustand der vielen spurlos untergegangenen Residenzen des Hauses von Sanchor, die nur als Namen fortlebten.

Der Zettel in der Hand Virahs – eine breite, schwielige Hirtenhand, die bei dem zarten Körper überraschte – offenbarte, daß die Schreibmaschine, auf der schon im Neuen Palast die geheimnisvollen Ankündigungen mit böckchenhaft über das Papier springenden Großbuchstaben geschrieben worden waren, zum Monsun-Palast mitgereist war. Ich wartete inzwischen auf jeden neuen Zettel gespannt wie auf das Los, das ich in einer Schicksalslotterie zog.

»Empfang bei Seiner Hoheit ist jetzt festgesetzt auf sieben Uhr a.m.«.

Es sollte also eine Nacht vergehen, bis die Königssonne mir aufging. Der König wollte unsichtbar bleiben, hielt aber beständig die Verbindung mit mir. Mein Warten auf ihn war bereits ein wichtiger Teil unserer Begegnung. Der König wollte der Erwartete sein. Während ich wartete, herrschte er. Die eigentlichen Herrscherakte, an denen das Herrscherliche sichtbar wurde, der festliche Einzug in ein Dorf, die Ankunft und Begrüßung in einem Tempel oder im Palast, waren flüchtig und vorbei, kaum daß sie begonnen hatten. Auf sie folgte der Alltag, die Spannung ließ nach, die Gegenwart des Königs wurde zu etwas Vertrautem, ja Gewöhnlichem. Wie ging ein königliches Leben nach dem Einzug auf dem Schimmel durch eine eigens geschlagene Bresche in der Stadtmauer und nach Entgegennahme der auf Knien dargereichten Schlüssel eigentlich weiter? Wie war die Steigerung des königlichen Daseins auf Dauer durchzuhalten? Gerade die modernen europäischen Monarchen waren niemals so sehr König und Königin, wie wenn sie irgendwo vorfuhren, irgendwo ankamen, irgendwo ausstiegen und begrüßt wurden.

Was hingegen ohne Verlust für den königlichen Glanz ausgedehnt werden konnte, war das Warten auf die Ankunft. Hier galt es nur kunstvoll die Spannung zu halten. Wenn überhaupt nicht feststand, daß der König kommen würde, konnte fatalistischer Gleichmut einkehren, dem unbedingt zu wehren war. Der König machte es mit mir schon richtig. In Gestalt der kleinen, aus dem Rechenheft geschnittenen Zettel seines Hofmarschallamts hielt ich schon ein Fetzchen vom königlichen Mantel in der Hand, und ich vertraute darauf, daß diese Verbindung zwischen uns nicht schwächer, sondern fest und zuverlässig werde.

Kaum war Virah barfüßig verschwunden, hörte ich Schritte in meinem Vorzimmer. Es klopfte.

Die Tür öffnete sich behutsam, als fürchte der Eintretende, daß Krokodile hinter ihr hausten. Ein großer Mann stand auf der Schwelle, hielt den Kopf geduckt und blickte gereizt und verstört auf den Boden. Betrat er dies Zimmer zum erstenmal? Aber warum sollte Prinz Gopalakrishnan Singh, der Bruder des Königs, alle Räume eines Palastes, den er bewohnte, betreten haben?

Kein größerer Gegensatz als zwischen den beiden Brüdern war vorstellbar. Auch Gopalakrishnan Singh war ein hübscher Mann, aber in einer landläufigeren Art als sein Bruder, mit klaren regelmäßigen Zügen eines großen wohlgeformten Kopfes, dessen Haar silbern und schütter zu werden begann. Er war hochgewachsen wie sein Bruder, aber er schien sich in dieser Größe nicht wohl zu fühlen. Er hielt sich gebeugt, zog die Schultern hinauf und den Kopf ein, als bewege er sich ständig durch niedrige Gänge, während er doch ein Haus bewohnte, dessen niedrigste Decke sieben Meter hoch war.

Gopalakrishnan Singh fror, wenn die Temperatur, wie jetzt, auf sechzehn Grad Celsius sank. Er trug eine dicke Windjacke und einen Schal und würde diesen Schal auch beim Essen nicht ablegen. Während für seinen Bruder die Herrschaft über die Körper und Seelen von Sanchor mit der Herrschaft über den eigenen Körper begann, wie es ihm aus einem alten Fürstenspiegel von frühester Kindheit an nahegelegt worden war – »Unnötigerweise«, pflegte er dazu anzumerken, »ich hatte es in meinen Adern« –, so war für Gopalakrishnan Singh sein Körper ein Fremder, mit dem ohne Ärger nie zurechtzukommen war. Der König schritt elastisch und sicher und prunkte gern mit jugendlicher Trainiertheit, während sein Bruder jeden Schritt unendlich schwierig fand, das Gehen war für ihn eine niemals vollständig gelöste, stets aufs neue überraschende Aufgabe. Seine Fußsohlen mochten samtweiche, rosige Säuglingshaut haben, schon in Schuhen schmerzen und bei jedem Schritt mißhandelt werden. Prinz Gopalakrishnan Singh ging wie auf rohen Eiern und blickte gequält um sich, bis er in einen Sessel gefallen war. Trotz seiner Stattlichkeit war er doch etwas dicklich. Das karierte Baumwollhemd verbarg wohl ein Bäuchlein aus edlem Schmer, obwohl er, wie ich an den folgenden Tagen bemerkte, die rituellen Montagsfasten einhielt, auch sonst wenig aß und vor allem auf Fleisch verzichtete, bemerkte aber, indem er sehr bedeutungsvoll um sich sah, daß es kein religiöses Gebot sei, das ihn vom Fleischgenuß fernhalte – es war sein eigener Kopf, der hier seinen Willen durchsetzte. Trotz der weichen Ebenmäßigkeit seiner Erscheinung war er sehr männlich. Er dachte gewiß wenig über seine Kleidung nach. Bei seinem Bruder war jeder Anzug wohl bedacht und entsprach dem Bild, das er von seinem Königtum hatte. Niemals sah man ihn in einem Anzug, der, so bescheiden er oft auch sein mochte, nicht die genaue Interpretation des Anlasses darstellte, zu dem er gewählt worden war. Jeder Anzug betonte die elegante Schlankheit und Größe des Königs. Seine alten und abgetragenen Anzüge bewiesen vor allem, daß er mit untadeliger Disziplin seit Jahrzehnten dieselbe Figur bewahrte, und dabei war nichts Verhärmt-Mageres an ihm, wie es für die schlanken Sechziger Europas bezeichnend ist. In meiner wachsenden Begeisterung für das Haus Sanchor sah ich in den beiden Brüdern die Extrempositionen des Aristokratischen verkörpert: vollständiges Formbewußtsein bei dem einen, vollständige Formgleichgültigkeit bei dem anderen; asketische Kondition bei dem einen, verwöhnte Schlappheit bei dem anderen; eifersüchtige Beobachtung aller königlichen Vorrechte beim einen und beim anderen zerstreute Verlegenheit, wenn er seinem Rang gemäß begrüßt wurde. Prinz Gopalakrishnan Singh war angesichts seiner Rolle von Ratlosigkeit erfüllt. Er war weit davon entfernt, das Königtum von Sanchor und die Königlichkeit seines Bruders auch nur in den leisesten Zweifel zu ziehen, aber er mußte sich eingestehen, daß ihm das ganze königliche Treiben nicht recht geheuer sei. Gut, die Krone lastete und ruhte auf seinem Bruder, der stark genug war, sie zu tragen, und deshalb mußte Gopalakrishnan Singh sich keine weiteren Sorgen machen, außer vielleicht einmal in finsterer Nacht mit Todesschreck in den Gliedern aus dem Schlaf zu fahren, weil er geträumt hatte, er selbst sei der König von Sanchor. Es verhielt sich auch gar nicht so, daß er für sich das Königtum ablehnte. Nur gelang ihm einfach nicht, sich unter diesem Amt, schon gar in seiner gegenwärtigen luftigen Gestalt, irgend etwas vorzustellen, was mit der eigenen Person zu tun hatte.

Besonders deutlich wurde der Unterschied zwischen den Brüdern, wenn es ums Photographiertwerden ging; vor allem ihre Cousine, die Prinzessin von Kotah und ihre Töchter waren leidenschaftliche Photographinnen, die einen Pakt abgeschlossen zu haben schienen, jedes familiäre Zusammentreffen möglichst umfassend photographisch zu dokumentieren.

Sah der König, daß sich eine Linse auf ihn richtete, nahm er Haltung an, wandte sich der Kamera zu und faßte sie streng und erhaben ins Auge. Er trat dann aus der Gesellschaft und ihrer Konversation oder vielmehr aus dem von ihm an die Gesellschaft gerichteten Monolog heraus und stellte sich dar. Man konnte den Eifer, mit dem er sich photographieren ließ, eitel nennen, aber wenn Eitelkeit hier als Laster im Spiel war, dann doch in den Dienst einer höheren Sache gestellt. Niemandem war mit unvorteilhaften Schnappschüssen vom König, von einem König in unköniglicher Zufälligkeit gedient. An ein Bild waren strengere Maßstäbe zu legen als an den Auftritt unter Menschen, der aus flüchtigen Augenblicken bestand und im Meer der Täuschungen untergehen bestimmt war. Das Bild aber blieb. Seine Aufgabe war, fernen Betrachtern einen befriedigenden Eindruck von der königlichen Person zu vermitteln. Die Eitelkeit ersetzte den wachsamen Hofmarschall oder Kammerherrn, der verhinderte, daß Bilder von einem kauenden, sich die Nase putzenden oder unwillkürlich grimassierenden König entstanden.

Gopalakrishnan Singh hingegen lag mit seiner Eitelkeit im Krieg. Er durchkreuzte jeden ihrer Versuche, ihn so vorteilhaft zur Geltung zu bringen, wie seine angenehme, sinnliche Erscheinung es durchaus erlaubt hätte. Wie ein im Versteck aufgestöberter Dieb starrte er der Kamera panisch entgegen, häufig huschte er mit geschlossenen Augen durch das verwackelte Bild, er hatte in der Sekunde der Aufnahme eine überraschende, wirre Bewegung gemacht. Der ernste und vorbehaltlose Blick, mit dem er die Repräsentationsakte seines Bruders verfolgte, wenn der ihn zu seiner Begleitung befohlen hatte, sagte: »Hoheit – gewiß, das gibt es, ich will es nicht bestreiten, aber ich besitze davon so wenig wie Sie oder sonstwer – ohne damit über meinen Bruder das geringste ausgesagt zu haben.«

Wir saßen uns in Korbstühlen gegenüber, die leise ächzten und so ausgetrocknet waren, daß sie an den Lehnen zersprangen.

»Sie planen ein Hotel für Sanchor –«, sagte der Prinz, tastend, als wisse er selbst nicht genau, was da entstehen solle, und als sei am Ende ich es, der mit dem Vorschlag, hier ein Hotel zu bauen, angereist sei, und nun die skeptischen Gemüter zu gewinnen habe. Alle indischen Fürsten, die reichen wie die armen, dächten heutzutage daran, aus ihren Palästen Hotels zu machen. Da stünden diese riesenhaften Bauten, dazu bestimmt, Hunderte von Dienern und Frauen und Wächtern aufzunehmen, und seien dem allmählichen Verfall geweiht. Er, Gopalakrishnan Singh, habe dazu zwei Ansichten – aber er wolle mich nicht belehren, es handele sich um seine persönliche, unmaßgebliche Meinung, und diese höfliche Einschränkung vertrat er mit Eindringlichkeit, sein friedlich zerstreuter Blick wurde geradezu starr bei der Vorstellung, ich könne mich belehrt fühlen, ich mußte jeden Verdacht, ich könne mich von ihm ungebührlich beeinflußt fühlen, zurückweisen, das wurde übrigens ein die gesamte Unterhaltung begleitendes Ritual, bei jedem zweiten Satz glaubte er abwiegeln und mir meine Freiheit zusichern zu müssen, mich zu seinen Worten zu stellen, wie ich wolle. War das ein Überbleibsel englischer Erziehung? Wollte er den herrscherlichen Anspruch, über die Meinungen der anderen zu verfügen, deutlich von sich weisen?

»Die erste Frage ist: Wo liegt das Hotel? Die zweite Frage: Wer führt das Hotel?« Es gebe herrliche Häuser, groß und schön gebaut, jedoch in Landesteilen liegend, die schwer erreichbar seien und wenig Attraktionen böten. Prinz Gopalakrishnan Singh dachte, wenn er »Land« sagte, an Indien, der König dachte an Sanchor. Der König hatte sich noch nie gefragt, ob Sanchor im indischen Subkontinent »günstig« liege, obwohl das Reich auch nach den alten Maßstäben brahmanischer Staatskunst nicht viele Vorteile aufwies. Ein glückliches Königreich hatte danach von großen Flüssen durchströmt zu sein und über üppige Felder und Wälder, über Berge und Festungen und über viele heilige Orte zu verfügen. Nun, heilige Orte besaß Sanchor im Überfluß, aber seine Festungen, vor allem das hoch gebaute Achalghar, lagen seit Jahrhunderten in Trümmern, seine Wälder waren abgeholzt, von Flüssen gab es keine Spur, von üppig grünem Ackerland erst recht nicht; ich fragte mich, wovon die Leute in diesem ausgetrockneten, wenig bevölkerten Land überhaupt lebten. Auch dem Staubtrockenen scheint freilich noch etwas abzugewinnen zu sein. Der König nahm die Staatsbeschreibungen im brahmanischen Schrifttum nicht wörtlich, behauptete aber, daß Sanchor durchaus einen bedeutenden Strom besitze. Er zeigte ihn mir mit dem schönen rundgefeilten Fingernagel auf einer alten englischen Landkarte; schon damals sei der Fluß ausgetrocknet gewesen, aber im klassisch geologisch-geographischen Sinn sei der Samavara eben dennoch ein ganz regulärer und sogar recht stattlicher Fluß, ein alter Fluß jedenfalls, vielleicht einer der ältesten. Mister Jenkins habe in seinem Bett Gesteinsproben gesammelt und mit einem Hämmerchen zerschlagen. Das sei Urgestein gewesen, sagte der König mit in sich gekehrtem Hochmut.

Der Prinz aber schreckte vor radikalen Fragen, auch wenn sie schmerzten, nicht zurück. »Wer kommt nach Sanchor, um länger als im glücklichsten Fall eine einzige Nacht zu bleiben?«

Wie er da zu groß und zu schwer für den zerbrechlichen Sessel seine Beine ausstreckte und mich rücksichtslos prüfend ansah, war nicht ausgeschlossen, daß er bei aller Liebe zur angestammten Heimat eines Tages plötzlich aufstand und nach Australien auswanderte. Vielleicht war es dafür jetzt etwas spät, aber geistig war er dazu immer noch imstande. Zu etwas anderem freilich nicht: »Ich sehe mich nicht in der Lage, das Hotel zu führen«, sagte er in der rückhaltlosen Offenheit, die ihm eigen war. »Ein Hotel führen, das ist nicht leicht. Es gibt tausend Dinge zu bedenken. Seine Hoheit hat die Einstellung, vor allem anordnen zu sollen, und er vertraut darauf, daß das Befohlene auch geschieht. Aber das tut es gar nicht. Es gibt Leute um ihn herum, all diese Brahmanen, die von uns leben, die ihn in dieser Haltung bestärken, obwohl sie selbst am allerwenigsten bereit sind, für die Ausführung eines Befehls zu sorgen.«

Die Krönung Seiner Hoheit liege noch nicht lange zurück. Der Vater war alt geworden, zum Schluß nur noch ein Schatten. In den Jahrzehnten als Kronprinz seien unzählige Pläne in Seiner Hoheit gereift, die er auszuführen gedachte, wenn er endlich den Thron bestieg. Vieles war in den Jahren der Krankheit des verstorbenen Königs liegengeblieben. Jetzt gebe es, nach seiner, Gopalakrishnans, Befürchtung, zu viele Pläne.

»Unser großer Familientempel Achaleshwar soll vollständig auseinandergenommen und wieder zusammengesetzt werden, obwohl die Priesterschaft opponiert. Die Gottheiten schätzen keine Unruhe. Die alten Marmorplatten sollen entfernt und durch glänzenden weißen Marmor ersetzt werden. Das Bassin vor dem Tempel soll mit einer prachtvollen Treppenanlage ausgestattet werden, Ghats, die im Zickzack in die Tiefe führen, alles aus weißem Marmor, ein Riesenbauwerk. Daran wird seit drei Jahren geplant. Und jetzt das Hotel.«

Was wollte er mir sagen? Daß das Hotel ebensowenig gebaut werden würde wie der Tempeltank? Daß der König sich übernehme? Wollte er mich davor warnen, mich zu sehr auf die Arbeit einzulassen?

»Ich hoffe, Sie werden sich wohlfühlen«, fuhr er fort und zeigte durch seine Bewegung im Sessel, daß er noch immer nicht bequem saß, »man kann hier im Grunde nichts unternehmen. Früher hatten wir Pferde, Poloponys, es gab auch die Tigerjagd. Ich halte es nicht lange hier aus. Ich habe eine kleine Wohnung in Bombay. Gehen Sie nie ohne Stock spazieren. Es gibt immer etwas, wofür man einen Stock braucht, eine Schlange, ein Panther, ein tollwütiger Hund.« Er machte eine Miene, als entrüste ihn die Laune der Natur, so viele Belästigungen hervorgebracht zu haben. Er hatte mit diesen Verhältnissen abgeschlossen, ohne freilich zu wissen, was anders anzufangen sei. Aus dem Stuhl herauszukommen war eine Arbeit für sich. Ich merkte Prinz Gopalakrishnan Singh an, daß er am liebsten nach Art des Filmschnitts einfach plötzlich aus dem Zimmer verschwunden wäre. Statt dessen mußte er sich verabschieden und den weiten Weg zur Flügeltür zurücklegen. Die tat sich aber gleichsam von selbst vor ihm auf. Virah hatte hinter den bunten Glasscheiben gewartet.

Ich schlief tief in dieser Nacht, aber es war mir morgens, als hätte ich sie in einem vielstündigen Gespräch mit Manon verbracht. Wie ein schöner Mond strahlte ihr Gesicht in meine Dunkelheit, und ihre Lippen bewegten sich ohne Unterlaß, sehr ernste Worte, Vorwürfe, Erklärungen kamen aus ihnen hervor, die ich gespannt aufnahm, weil ich aus allem ihre unverwechselbare Stimme übermäßig lebendig und deutlich heraushörte.

»So ist das nämlich immer bei dir«, sagte Manon voll Trauer, »obwohl alles ganz anders gewesen ist, aber mußt du immer alles traumatisieren. Du hast mich völlig abstrahiert, ich bin seitdem ein einziges hängendes Schwert.« Was mich so traf, war der für sie bezeichnende Umgang mit den Fremdwörtern, auch in wachem Zustand wußte ich nie, ob sie, was mir zunächst einfach nur falsch erschien, nicht vielleicht doch in einem ausgefuchst seltenen Sinn gebrauchte, der mir bisher unbekannt war. Im Wachen gelang es mir allerdings meistens, ihre Reden zu enträtseln, es verbarg sich Schlichtes hinter den geschraubtesten Formulierungen. Manchmal hielt ich auch für möglich, daß sie einen Spaß machte, wenn sie etwa statt Bredouille Petrouille sagte, als sei es speziell Mozarts Pedrillo, dem das Petroleum ausgegangen sei.

»Wenn du sie nicht verbesserst, liebst du sie nicht.« Das war die Überzeugung von Anna Pfeiff, die stets verstimmt war, wenn Manon im Büro auftrat und sofort das Telephon für sich beanspruchte. Die beiden Frauen mochten sich nicht, ohne Grund, wie ich fand. Manon hörte, wie vertraut ich mit Anna umging, bis hin zum Du eben, und kehrte deshalb mit Fleiß die Chefin heraus, die Anweisungen gab. Immer mußten Flugtickets bestellt, abbestellt oder umbestellt werden, und wenn das nicht gleich gelang, hob Manon gereizt die Augenbrauen. Frauen können sich ihre wechselseitige Verachtung ohne großen Aufwand deutlich machen, bevor der dumme Mann etwas mitbekommen hat. Als ich Anna erklärte, daß ich bei Manons Verdrehungen und Verwechslungen aus dem Korrigieren gar nicht herauskäme und die Attitüde des Lehrers nicht besonders anziehend fände, lachte sie spöttisch. Ich fühlte, daß sie mich bedauerte.

Aus großer Nähe hörte ich eine helle Vogelstimme an meinem Ohr. Mein Bett war so hoch, daß die Beine baumelten, wenn ich auf dem Rand saß. Ich fühlte mich in diesem Bett wie auf einem Katafalk. Es war so schwer wie ein Konzertflügel, von kolonialer Solidität, wie in Ländern üblich, in denen die Kosten des Materials keine Rolle spielen. Mit dem Kopf in den Kissen befand ich mich schon beinahe auf der

Höhe des Kopfes von Virah, der mit dem Teetablett vor mir stand. Durch die bunten Fenster drang der den Monsun-Palast beständig umrauschende ferne Lärm von den Hütten und Häusern zu seinen Füßen. Sowie es hell wurde, war es, als habe sich dort unten ein unabsehbares Heer von Staren niedergelassen, die aus Leibeskräften schrieen und zwitscherten, sich hin und wieder in Wolken von der Erde erhoben, dann schwoll dieser Chor an, und sich zurücksinken ließen, dann schwoll der Chor wieder ab. Schwarz und schweigend lagen die viktorianischen Bruchsteinmauern über diesem leidenschaftlichen Lebenschor.

Der Wassermangel war hier auf der Hochebene womöglich noch bedrohlicher als unten im Neuen Palast. Virah brachte in mein Badezimmer einen Messingeimer mit trübem Wasser aus einem beinahe erschöpften Stausee, der noch von dem englischen Gouverneur Sir Arthur Lothian zum eigenen Ruhm und zur Versorgung der englischen Garnison geschaffen worden war. Ich fürchtete, das Wasser werde dicker, wie es da so vor sich hin verdunstete, aber das stimmte nicht, feinflüssig, allerdings leicht faulig nach Algen riechend, perlte es an mir herab, als ich mich damit übergoß. Hatte Seine Hoheit, wie ich nach der Begegnung mit Prinz Gopalakrishnan Singh schon ganz selbstverständlich selber sagte, bedacht, mit welchen Wassermengen ein luxuriöses Hotel betrieben wurde? Wenn aus allen Marmorschalen Fontänen sprangen, wenn in den kleinen Kanälen, die einen Mogulgarten durchzogen, kristallklare Bäche rannen, Wasserfälle über Marmorbahnen in der Hitze Erfrischung boten, wenn die Schwimmbecken mit reinem Wasser gefüllt sein sollten, von der Wäsche der Leintücher und der blütenweißen Kellnerjacken ganz abgesehen, würde man in dieser Ecke der radjastanischen Wüste auf ganz neuartige Bewässerungssysteme sinnen müssen. Größere Könige als Seine Hoheit – ein Vergleich, den ich vor ihm nie ausgesprochen hätte – hatten ihre Haupt- und Residenzstadt aufgeben müssen, weil sie ohne Wasser war.

Ich befand mich dennoch in bester Verfassung, frisch und gebadet und auf die Audienz eingestimmt. Als Virah mich abholte, war seine Miene verändert. Nicht mehr das possierliche Springböckchen, das mit scheuem Lächeln um Sympathie warb, stand in der Tür, sondern der verschlossene Paladin. Es galt etwas Ernstes. Ich war zu Seiner Hoheit befohlen. Er zappelte geradezu, als er mich noch nicht völlig bereit fand. Das hieß nicht einem königlichen Ruf folgen, wenn da noch umständlich erst Schuhe zugeschnürt werden mußten.

In der Halle herrschte Leben. Das Haus, das gestern in tiefer Verlassenheit schlief, war jetzt vielfältig bevölkert. Draußen unter dem Portikus stand der Jeep, die rote Hülse der kleinen Fahnenstange auf seinem Kühler war abgenommen, und das steife Fähnchen aus Brokat, von einer durchsichtigen Plastikhülle geschützt, war aufgepflanzt. Virah bezog, kaum daß wir die Halle betreten hatten, Standort neben einer hohen gläsernen Flügeltür, auf deren anderer Seite bereits ein Diener, gleichfalls in Khaki und mit rotem Barett und barfuß, Spalier stand. Auf dem Boden neben einer weiteren Glastür saßen drei alte Frauen mit sehr dunklen, runzligen Gesichtern, die helltürkise Saris trugen, und bei meinem Anblick stumm die Hände falteten, wie ein glückverheißender Götterbote wurde ich begrüßt. Ein Jüngling in Khaki durchquerte die Halle mit einem Teetablett. Ein kleinwüchsiger Brahmane mit weißem Schal und roten Zeremonialhosen, dem aus einem Tuch um die Beine und Hüften gewickelten Dhoti, trat auf, ein überaus dünner großer Khakiträger mit messerscharfem Profil geleitete ihn in ein seitlich gelegenes Zimmer. In der Ferne klingelte unablässig das Telephon. Ein grauhaariger, gesetzter würdiger Mann überbrachte die Botschaften von dort in das Zimmer, in dem der Brahmane verschwunden war, und kehrte mit der Antwort zurück, in ununterbrochenem Hin und Her. Prinz Gopalakrishnan Singh trat auf, von einem wärmenden Schal umhüllt, trotz der hellen Sonnenheiterkeit draußen. Es ging eine Bewegung ehrfurchtsvollen Grüßens durch die Versammelten, die auch den Prinzen ergriff. Dies war das stets aufs neue Überraschende: Während der Namaste-Verneigung mit den gefalteten Händen ließ jedermann sein Gesicht gleichsam aufleuchten vor überirdischem Entzücken, um sofort danach wieder in Teilnahmslosigkeit, womöglich Muffigkeit abzusinken. Virah freilich war nie stumpf, sondern stets bebend vor Anteilnahme.

»Mein Bruder ist noch beim Morgengebet«, sagte der Prinz mit Bedeutung und Nachdruck. Die internatsschülerhafte Lässigkeit war von ihm abgefallen. Er sah mit mir und allen anderen dem Aufgehen der Königssonne entgegen. Später werde seine Frau mich begrüßen, fügte er hinzu, denn es herrsche in Sanchor das Gesetz, daß die Schwägerin des Königs ihrem Schwager niemals von Angesicht zu Angesicht begegnen dürfe, komme es unseligerweise doch einmal zu einer Begegnung, müsse sich die Prinzessin sofort verschleiern und nach eiligem Hofknicks augenblicklich entfliehen.

»Warum?«, fragte ich voll Torheit und bereute meine Frage sofort.

»Ich weiß es nicht«, antwortete Gopalakrishnan Singh, zum erstenmal bemerkte ich auch in seinem Gesicht Anzeichen von Hochmut. Die Bewegung im Raum, das geschäftige Warten und Bereitsein aller hörte nicht auf. Die Spannung steigerte sich. Der Brahmane verließ das Zimmer, in das nun eine Schüssel mit heißem Wasser getragen wurde. Leise klingelte das Telephon, verloren in den weiten Hallen. Durch die geöffnete Flügeltür und zwischen den Dienern hindurch schritt langsam mit erhobenem Schwanz eine schlanke kleine Katze, die einen weiten Bogen um jeden Menschen machte, aber ohne Scheu in die soeben von einem Diener geöffnete Tür hineinlief, hinter der ich den König vermutete.

Es dauerte noch lange, bis der König mich hereinbefahl. Die europäische Redensart von der Pünktlichkeit als der Höflichkeit der Könige war hier unbekannt. An Höflichkeit und gar an überraschender Liebenswürdigkeit fehlte es meinem König wahrlich nicht, wenn ihm unvermittelt der Einfall kam, sich gnädig zeigen zu sollen. Hier schien es für den Gedanken der Monarchie aber wichtiger, die Sphäre um den König herum als eine unter anderem Gesetz stehende Welt sichtbar zu machen, in der ganz wörtlich auch die Uhren anders gingen. Im Bienenwabenpalast des Alten Forts drang man einst durch Schleusenkammern zur Majestät vor. Das Herz des Reiches war von der Alltagswelt geschieden. Dies Königtum wollte dem Staat eben keine »ersten Diener« schenken, sondern Heiligtum sein, in dem das Königsidol aufbewahrt wurde. Und es gab wahrscheinlich, ob im modernen Indien oder überhaupt in der ganzen Weltgeschichte, wenige Könige, die diese Auffassung des Königtums so genau begriffen und so folgerichtig verwirklichten, wie der gegenwärtig glücklich regierende König von Sanchor es tat.

Ich sah erst allmählich, welcher Anstrengung und Konsequenz es bedurfte, in jeden bescheidenen Lebensablauf Sand zu werfen, so daß er zu knirschen und zu stocken begann. Während ich auf den König wartete, begriff ich, daß bei der Annäherung an ihn das triviale Tagestreiben erst einmal zum Stillstand gelangen mußte, damit man die ganz anders geartete Aktivität und Geschäftigkeit in der königlichen Kammer überhaupt wahrnahm. Auf und ab wogte es hier in der Antichambre. Das zur Verfügung stehende Personal war gar nicht so klein, es traten gelegentlich sogar neue Leute hinzu, die gleichfalls zu warten hatten oder sofort vorgelassen wurden.

Ich war schon zufrieden, bis hierher gelangt zu sein, und war darauf vorbereitet, nach einer weiteren Stunde Wartezeit wieder einmal einen karierten Zettel überreicht zu bekommen. Prinz Gopalakrishnan Singh, der während des Levers ohnehin Verwandelte und nur zu sparsamer Konversation Bereite, war wieder verschwunden, in die Kammer befohlen, hatte sich im Gehen dorthin sichtbar gestrafft und seine wattierte Jacke eng um den Körper gezogen. Aber dann winkte Virah mich unversehens herbei. Ich bückte mich beflissen, aber daß ich die Schuhe ablegte, war offenbar unnötig. Virah hob einen dünnen, bräunlichen Vorhang. Dahinter befand sich das Schlafzimmer des Königs.

In den unteren großen Salons herrschte an Sesseln, Teppichen und Jagdtrophäen kein Mangel, aber man tat gut daran, sich die einzelnen Dekorationsgegenstände nicht allzu genau anzusehen, sondern den bühnenhaften Palasteindruck im Ganzen zu genießen. Das Schlafzimmer des Königs hingegen war von allem theatralischen Ehrgeiz frei. Wäre es nicht so hoch und groß gewesen, hätte man es für eine Mönchszelle gehalten. Der rot und schwarz gestreifte Teppich war verschlissen. Das Bett war militärisch akkurat gemacht, mit flachem Kopfkissen und dünner Decke. Die Zimmerdecke zeigte das nackte Mauerwerk, mit flachen Gewölben zwischen Eisenträgern wie im Staatsarchiv. Die ockergelben Wände waren seit Erbauung des Hauses wohl nicht mehr gestrichen worden, sie wirkten wie von Sonne und Feuchtigkeit verfärbte Außenmauern. Drei harte Stühle, ein mit Papieren beladener Büroschreibtisch, darüber ein Abreißkalender von der »Bank of Baroda«, und zwei kleine Beistelltische, das waren die Möbel, mit denen der König sich in seiner Herzkammer umgab.

Er sah nur kurz auf, als ich eintrat. Prinz Gopalakrishnan Singh winkte mich mit vor Ernst geradezu durchbohrenden Blicken auf einen Stuhl. Der König war noch mit dem Haushaltsbuch beschäftigt, einem Folianten mit vielen gedruckten Sparten. Vor ihm stand der grauhaarige, kurzbeinige Mann, der immerfort zum Telephon gelaufen war, und erläuterte die Posten. Der König machte winzige kalligraphische Eintragungen von zum Teil sehr kleinen Summen, so präzis, daß ich sie aus der Entfernung lesen konnte. Die Überprüfung des Haushaltsbuches gehörte, wie ich von Purhoti erfahren hatte, zu den täglichen morgendlichen Pflichten eines Königs nach dem Gebet und dem Bad; schon vor mehr als zweitausend Jahren war das vorgeschrieben, wenn auch damals nicht solch ein marmoriertes Kassenbuch verwendet wurde, wie es noch vor kurzem in jedem Kaufladen üblich war. Einnahmen und Ausgaben waren wie ein Einatmen und Ausatmen des Reiches von Sanchor, über dessen gesunden Organismus der König zu wachen oder doch wenigstens Bescheid zu wissen hatte. Die Erklärungen, die er verlangte, gingen ins Detail. Seine Fragen stellte der König beinahe flüsternd, und erst wenn der Grauhaarige, den ich nun »den Schatzmeister« nannte, Rede und Antwort gestanden hatte, trug der König in Ruhe eine weitere winzige Zahl ein. Auf dem Schreibtisch an der Wand lehnte eine knallbunte Postkarte mit Lord Shiva und dem Nandi-Bullen, rosa Fleischfiguren in Mormonen-Ästhetik. Vor ihr hatte der König, wie an den abgebrannten Räucherstäbchen zu sehen war, sein Morgengebet verrichtet. Obwohl er Patron bedeutender und uralter Tempel war, fühlte er sich von antiquarischem Sakralpomp durchaus unabhängig. Dann wurde das Rechnungsbuch zugeschlagen, und der König hob seinen Blick.

Der Schatzmeister trug das Rechnungsbuch wie ein Evangeliar mit beiden Händen vor der Brust hinaus. Der König stand auf. Über sein Gesicht legte sich der Ausdruck zärtlicher Liebenswürdigkeit und Freude. Wir verneigten uns voreinander. Wir setzten uns wieder. Der König sah auf seine Armbanduhr.

»Ich muß Sie bitten, noch etwas Geduld zu haben. Es ist gleich kurz vor zwölf. Um zwölf ist die Geburtsstunde Ramas, des intelligentesten und höchstentwickelten Wesens, das je die Erde betreten hat. In diesem heiligen Augenblick darf nichts Neues begonnen werden. Wir müssen uns bis zehn nach zwölf mit dem Beginn unseres Gesprächs gedulden.«

Ich sah ihm an, daß diese Ankündigung ihn sichtlich mit der äußersten Zufriedenheit erfüllte.

So saßen wir schweigend zusammen und begingen das Gedächtnis der Geburt Ramas, die vor zehn- oder zwanzigtausend Jahren in Ayodya in Upper Pradesh stattgehabt hatte. Hier trat mir erstmals dieser Gottmensch entgegen, für den der König die tiefste Verehrung hegte, für dessen Kampf gegen die Dämonen, in dem alle Prinzipien indischer Ritterlichkeit und Tapferkeit gegründet waren, und für die rührende Treue, die Rama seinem ebenbürtigen Weib Sita entgegenbrachte. Rama und Sita, das königliche Paar schlechthin, in Schönheit, Noblesse und göttlicher Heiterkeit unerreichbar und doch ein forderndes, anspruchsvolles Vorbild. Der König trug heute eine alte Anzugjacke, die an den Ärmeln glänzte, aber von einem guten englischen Schneider stammte und seine eigentümliche Figur hervorhob, die schmalen, hängenden Schultern, die gertenschlanke Taille und das im Vergleich dazu etwas breitere Becken. Die Hose gehörte zu einem anderen Anzug, das Hemd trug er am Hals offen, den Kragen als Schillerkragen breit über die Anzugrevers ausgelegt. Seine ausdrucksvollen Hände ruhten auf den Oberschenkeln. In der gelassenen Entspannung, in der er jetzt verharrte, schrumpfte sein edles Gesicht etwas zusammen. Mir war, als habe er keine Vorderzähne mehr, so sehr war die untere Partie des Gesichtes trotz des gepflegten Rajputen-Schnurrbartes zusammengesunken. Die Katze strich um seine Beine. Er beachtete sie nicht, und auch für sie war er ein Möbel geworden. Es wurde zehn nach zwölf.

Prinz Gopalakrishnan Singh war bei dem langen Schweigen sichtbar unwohl. Er war seinem Bruder bedingungslos ergeben, aber er konnte geistig eben auch aus dessen Welt heraustreten. Er musterte mich unsicher. Wie würde ich diesen Empfang finden? Schon in Bombay kannte er wenige, die um Ramas Geburt willen mit einem ausländischen Gast zwanzig Minuten lang geschwiegen hätten. Daß sein Bruder alles richtig machte, wenn er dabei oft auch sehr weit ging, galt ihm als Axiom. Aber da gab es nun diese andere blitzende, funkelnde, reiche Welt, die durch ihren Glanz und ihre Macht ganz offenbar auch irgendwie im Recht war und für solche Gebräuche nachweislich überhaupt nichts übrig hatte. Er fieberte dem Augenblick entgegen, in dem wieder Konversation gemacht werden durfte, und faßte den Entschluß, durch einen starken Effekt den Eindruck des langen Schweigens bei mir zu verwischen, auch wenn er damit die Regel brach, den König die Unterhaltung eröffnen zu lassen.

»In Gujarat hat die Erde gebebt, in Ahmedabad sind viele Häuser eingestürzt«, sagte er, sowie der Blick auf den Uhrzeiger ihm das Siegel von den Lippen nahm. Der König tat, als bemerke er die Regelverletzung nicht, wie übrigens in solchen Fällen, in meiner Gegenwart jedenfalls, immer. Ich nehme an, daß er auf das Vermögen seiner königlichen Natur baute, Disharmonien und Ordnungsverstöße durch ihr bloßes wirkendes Dasein wieder zur Regel zurückzuführen. Jetzt lächelte er befriedigt.

»Ich bin davon überzeugt, daß alle diese Erdbeben, wie sie

in jüngster Zeit immer häufiger auftreten, eine einzige Ursache haben: die Demokratie. Man schaffe die Demokratie ab und gebe die Herrschaft wieder in die Hände derer, die zu ihrer Ausübung geboren wurden, und die Erde wird sich allmählich beruhigen.«

Er sah mich erwartungsvoll an. Was er gesagt hatte, entsprach seiner selbstverständlichen Überzeugung, aber er war sich doch bewußt, daß er damit auf einen Mann wie mich herausfordernd wirken mochte. Als hätte ich nicht von Purhoti her schon wissen können, daß Bestätigungen aus der Welt des Westens hier durchaus nicht mit Neugier aufgenommen wurden, beeilte ich mich, dem König zu versichern, einer der großen Männer Deutschlands habe diesen Zusammenhang ganz genauso gesehen.

»Wer?« fragte der König.

»Sein Name ist Goethe. Er war Wesir eines mächtigen Herrschers und Philosoph, und er war der Überzeugung, daß Revolutionen und Umstürze und Vulkanausbrüche und Erdbeben in einer Art engem und grundsätzlichem Zusammenhang stünden...«

»Und wie sah dieser Philosoph, dieser Wesir – den Namen werde ich mir nicht merken, ich belaste mich niemals mit Überflüssigem – wie sah er Revolutionen und Umstürze und dergleichen mehr?«

»Er verabscheute sie«, sagte ich mit der Festigkeit dessen, der die Wahrheit sagt.

»Dann ist dieser philosophierende Wesir offenbar ein kluger Mann gewesen. Nun, Einsicht vermag überall zu wachsen, ist freilich selten.«

Der König befahl, Tee für mich zu bringen. Er werde beim Wasser bleiben, für ihn sei heute ein Fasttag, dabei kein Montag, wie ich mit Blick auf Prinz Gopalakrishnan Singh dachte, entweder hielt der König andere oder mehr Fasttage ein als sein Bruder. Und ebenso lang, wie ich auf den König hatte warten müssen, und sogar noch viel länger, dauerte nun unsere Unterhaltung.

5.
An der Grenze von Innen und Außen

»Von meiner Jugend an wurde ich darauf vorbereitet, eines Tages König zu sein, und da mein Vater lange lebte, dauerten auch meine Vorbereitungen lange und haben mich tief geprägt. Ich bin deshalb zu der Einsicht gelangt, daß ich einen besonders glücklichen Fall des Königseins darstelle, im Gegensatz zu einem zu jungen König, der den klassischen Fall des Unglücks für Volk und Staat darstellt.« Es war mir schon aufgefallen, daß der König alle in seinem Leben eingetretenen Umstände als besonders glücklich ansah, er, der erste König nach der Abdankung aller indischen Könige und dem Aufgehen ihrer Reiche in einer übergroßen Republik, war zugleich der beste aller Könige, das gelungenste Exemplar einer sich im Dunkel der Vorzeit verlierenden langen Reihe. Seit er sich erinnern konnte, stand er jeden Morgen genau achtundvierzig Minuten vor Sonnenaufgang auf, betete, bürstete sich die Zähne und sah sich, wie es in den uralten Gesetzen des Königtums vorgeschrieben war, lange im Spiegel an. Dort studierte er die Züge des Mannes, der zum Königtum berufen war und der zwar, zum Glück, wie er nie aufhörte zu betonen, nicht auf einem Thron geboren, also kein Porphyrogenitus, aber ein auf den Stufen des Throns Geborener war. Es kam bei der täglichen Betrachtung im Spiegel darauf an, die dort geschaute Erscheinung in ihrer morgendlichen Blässe mit dem Begriff des Königtums zu identifizieren, die abstrakte Größe des Königseins mit einem konkreten Gesicht zu verbinden. Niemand würde glauben, daß er der König sei, wenn nicht er selbst es als allererster glaubte. Und er selbst glaubte es als allererster. Er konnte sich an keinen Augenblick nach seiner Krönung erinnern, in dem er es nicht geglaubt hatte – doch, einen einzigen Augenblick hatte es gegeben, aber der hatte sich dadurch ausgezeichnet, daß er in ihm nicht etwa geglaubt hatte, kein König zu sein, sondern daß er überhaupt nicht gewußt hatte, wer er war. Er erzählte die Geschichte seines Autounfalls mit Vergnügen. Was ihm zustieß, war niemals zufällig, und immer bewährte er sich erwartungsgemäß.

Es war ein kalter Tag gewesen, an dem er abends noch den Palast verlassen hatte. Der König war der Gluthitze in dem in seinem Reiche herrschenden Sommer derart vollkommen angepaßt, daß das Sinken des Thermometers ihn schnell frieren ließ. Ich durfte ihn bei zwölf Grad Außentemperatur mit einer Pudelmütze und einer großen umgelegten Wolldecke im Speisesaal des Palastes erleben, er fror ausdrucksvoll und rüstete sich für die Kälte wie für einen Katastrophenfall. Ein Vetter hatte ihn zum Abendessen eingeladen. Vor neun Uhr abends mußte er nicht eintreffen. Um Mißverständnisse auszuschließen, bemerkte er in Parenthese, daß er natürlich eintreffen konnte, wann er wolle, man habe schließlich ihn zu erwarten und tue das selbstverständlich auch, aber an diesem Abend sei er hungrig gewesen, eine Vorstellung, die ihn mit Behagen erfüllte, der König war hungrig, das war ein bedeutsames Detail, und so sei er denn rechtzeitig aufgebrochen, in seinem Jeep, der vollständig ungefedert war, und in Begleitung nur eines Mannes, des Fahrers – »Kenne ich den?« fragte ich, und er antwortete mit vergnügtem Lächeln, nun, den könne ich nun nicht mehr kennen.

Wie ein Essen im königlichen Familienkreis aussah, wußte ich inzwischen. Das Sitzen im Salon beim Aperitif dehnte sich so lange aus, bis die Gewißheit, daß nichts mehr serviert werden würde, jeglichen Appetit besiegt hatte. Dann öffneten sich die Flügeltüren und gaben den Blick auf einen mit vielen Schüsseln besetzten Tisch frei. Der Vetter wohnte in einem großen Bungalow im englischen Stil. Ich wagte diese Bungalows zu loben, aber der König schüttelte den Kopf und nannte die Bungalow-Architektur armselig. Einfach ein Raum hinter dem anderen, eine Veranda drum herum und ein Blechdach darauf, das sei der Ausdruck einer geistigen Gesinnung, die in den Kolonien kein überflüssiges Pfund investieren wollte.

»Nur zwei Dinge haben die Engländer uns gebracht«, sagte der König, »den Deckenventilator und das Fliegengitter vor den Fenstern – beides kannten wir nicht. Das waren die sinnvollen Erfindungen. Alles andere konnten wir besser.«

Es verriet seinen Sinn für Objektivität, daß er im Kosmos Indiens Lücken anzuerkennen vermochte, und sei es auch nur das Fehlen des Fliegengitters. Er war kein Chauvinist. Wenn es im Ausland und selbst im verhaßten England etwas Gutes gab, wollte er der erste sein, der das einräumte. Auch das war königlich, die Grenzen des Reiches zu kennen – wie anders hätte man sie sonst schützen können?

Schon bei der Hinfahrt im offenen Wagen hatte der König vor Kälte gezittert. Der Vetter hatte in dem hohen Stuckkamin mit der kleinen Feuerstelle einheizen lassen, aber der Speisesaal war davon nicht spürbar wärmer geworden. Warum hatte der König nicht nachts um zwei nach dem zähneklappernd eingenommenen Essen die Einladung des Vetters angenommen, im Haus zu übernachten?

»Es hätte keiner Einladung bedurft«, bemerkte er, wiederum in Parenthese, »in Sanchor verfüge ich über jedes Haus.« Als Baumeister seiner Erzählungen war er das genaue Gegenteil eines Bungalow-Architekten. Da reihten sich die Ereignisse nicht wie die Bungalow-Zimmer hintereinander, sondern sie bildeten Sternkristalle. Um das Zentrum der Ereignisse schlossen sich überall Subkristalle an, die in einer eigenen Richtung weiterwuchsen.

Der Fahrer schlief inzwischen in der Halle auf dem Boden, wurde geweckt, der Jeep fuhr vor, und der König verneigte sich liebenswürdig mit gefalteten Händen vor seinem Gastgeber. Ich wußte, wie sehr er Aufbrüche und Nachtfahrten liebte. Keine Vorstellungen hätten ihn bewegen können, das Gästezimmer zu beziehen, in dem sein Schlaf von einem weiteren lebensgroßen Porträt seines Großvaters bewacht worden wäre, ausgeführt von dem bewußten gewalttätigen, in seiner Kunst aber so zahmen russischen Maler.

Er vermutete, in dem schüttelnden Jeep trotz kalten Fahrtwindes eingeschlafen zu sein. Der Fahrer gab Gas. Er wollte vorankommen. Der Wagen rollte in einer von ihm selbst erzeugten gelben Staubwolke, die das Licht der Scheinwerfer reflektierte. Es war hell vor der Windschutzscheibe, und zugleich sah man nichts. Mitten in rasender Fahrt, sicher fünfzig Stundenkilometer schnell, tat es einen Schlag, der den Wagen beinahe zerriß. Er überschlug sich. Der König flog in hohem Bogen fünf Meter weit in ein Weizenfeld. Der Fahrer hatte sich an sein Lenkrad geklammert. Er war in seinen inneren Organen so verletzt, daß er kurz nach dem Aufprall starb. Bei Tageslicht stellte man fest, daß ein tiefes Loch die Straße geteilt hatte, ob von den Bauern des benachbarten, unter der Dürre leidenden Dorfes in der Absicht gegraben, Vorbeifahrenden eine Falle zu stellen, blieb ungeklärt. Es hätten dann eigentlich auch im Gesträuch verborgene Plünderer zum Vorschein kommen müssen. Oder hatte die königliche Standarte sie verjagt? Der Fahrer jedenfalls wurde erst am anderen Morgen gefunden. Der König aber lag auf dem Rücken im Weizenfeld.

Wie lang nach dem Unfall schlug er die Augen auf? Es war

vollkommen dunkel, und es war bitterkalt. Er bewegte sich nicht und sah nur in den Himmel, als sehe er ihn zum erstenmal. Und gewiß zum erstenmal so mühelos. Im Liegen gab es kein Kopfzurückwerfen, das Studium bot sich an. Keinen Augenblick fragte er sich, warum er hier in den Himmel schaue. Das Abendessen mit dem Vetter und die Fahrt durch die Nacht waren vergessen. Vergessen war auch der Fahrer. Es war ein fragloses Hier und Jetzt, in dem er sich befand. Er fühlte kein Bedürfnis, sich zu bewegen, auch die Kälte fühlte er nicht. Dafür tat sich über ihm der Himmel auf, ohne Mond, aber dafür in der durch keine Lampe auf Erden gestörten Schwärze, von Sternen reich besetzt. Ja, so schien es tatsächlich zunächst: Die Schwärze war eine Wölbung, eine Kuppel, eine Schale, und wie in der Kuppel eines türkischen Bades über dem Wasserbecken Löcher angebracht sind, die das Tageslicht in Bahnen in den Dampf fallen lassen, waren offenbar auch hier winzige Löchlein in das Blech der Kuppel gestanzt, hinter denen es taghell war.

Jetzt wischte ein Licht vorbei. Es war, als unternehme eine unbeholfene Hand den Versuch, auf die Himmelskuppel mit Feuer zu schreiben, aber das Licht war alsbald wieder erloschen, eine Sternschnuppe, ein fallender Stern, wie der König wußte, aber jetzt fehlte ihm das rechte Wort, und da war schon ein zweites sich bewegendes Licht inmitten der bewegungslosen, aber dieses Licht erlosch nicht, war etwas langsamer und wanderte stetig seine Bahn. Und es brauchte eine Weile, bis er dachte: Ein Flugzeug, das Flugzeug von Bombay nach Delhi. Ja, dies verlassene Land war in Wirklichkeit von einer Hauptverkehrsader durchzogen, die sich allerdings nicht durch den gelben Staub entlangzog, sondern zwanzigtausend Fuß darüber, in Sichtweite immerhin. Der Bauer, dessen Rinder das Schöpfrad des Brunnens drehten und damit die Felder bewässerten, konnte, wenn seine Augen der

Peitsche folgten, mit denen er die Tiere antrieb, die Flugzeuge ins Blickfeld bekommen.

Jetzt aber ließ das Flugzeug den König aus seiner Täuschung erwachen. Ohne daß es in der Schwärze Orientierungspunkte gegeben hätte, an denen man die Entfernung der Lichter am Himmel hätte abschätzen können, wurde zweifelsfrei deutlich, daß das Flugzeug näher an der Erde flog als die Sterne, und es wurde zugleich erkennbar, daß auch die Sterne in unterschiedlichem Abstand zur Erde standen. Einige besonders helle waren nah, wenngleich weit weg vom Flugzeug, andere, schwächer leuchtende, offensichtlich weit entfernt. Es gab keine Himmelsschale. Der erste Eindruck hatte getrogen. Die Sterne waren keine Löcher, die auf einer Ebene lagen, sie befanden sich als strahlende Körper in einem tiefen Raum.

Es gelang ihm nun, mit den Augen von Stern zu Stern springend tiefer in diesen Raum zu gelangen. Er nannte für mich die Sterne bei ihren westlichen Namen, wie er sie bei den irischen Schulbrüdern gelernt hatte. Vertraute Sternbilder, der Große Wagen, Orion, der Jäger, die Armbrust, die Vega, die Kassiopeia, die in den Sternatlanten zweidimensional auf einer Ebene zu liegen schienen, offenbarten nun ihre dritte, ihre Tiefendimension. Die Staubwolke der Milchstraße, oft nur ein blasser Fleck wie eine milchige Trübung der Himmelsschale, wurde zu einem durchscheinenden Körper, in dem man wie in einer von diffusem Schein erhellten Schusterkugel noch Wasser ahnen konnte. Immer wieder half ein Flugzeug, den Raum neu zu gewinnen. Wenn seine rote Lampe sichtbar wurde, war es, als wandere ein Zeigestock über das Firmament, das firm nun nicht mehr war.

Wenn er die Augen schloß, wurde der Himmel zu einem Äquivalent des eigenen Inneren. Auch im Hirn, so empfand er, wenn er die Lider senkte und nach innen blickte, befand man sich in einem nach allen Seiten unbegrenzten dunklen Raum, der keineswegs unstrukturiert war, wenngleich die herrlichen Sterne fehlten, aber auch das Leuchten der Sterne hatte etwas Organisches, dem schwarzen Licht im Inneren Vergleichbares. Dies Sternenlicht wurde unablässig stärker und schwächer, es war geradezu wie ein Blinken, das von den Höhen ausging, oder besser ein Pumpen, die Sterne waren wie Lebewesen, die sich aufbliesen und leerpusteten, sie atmeten. Er meinte, ein Atmen der Sterne zu sehen, so wie die innere Schwärze gleichfalls pulsierte. Er hatte das Gefühl, sich in seinem Innenraum schwebend zu bewegen, eine Bahn zurückzulegen, die geradeaus in die Tiefe der Nacht führte, vielleicht aber auch Segment eines unabschätzbar großen Kreises war. Womöglich sah er in seinem Innern, in diesem kosmischen Raum, den die Hirnschale nicht begrenzte, nur deshalb kein Sternenlicht, weil er selbst der Stern dieses Raumes war, so daß dessen vage Verfärbungen ins tief Dunkelrote oder tief Dunkelbraune von seinem eigenen, ihm selbst anders nicht wahrnehmbaren Licht stammten.

Er hätte an dieser Stelle an das schier überirdisch entzückte Lächeln denken können, mit dem seine Diener sich bei seinem Anblick vor ihm verneigten. Auch dies Lächeln war eine Reflexion seines Lichtes, wenngleich nur eine blitzartige, denn es wurde alsbald durch eine bis ins Mürrische reichende Teilnahmslosigkeit abgelöst. Aber kein Gedanke an diese alltäglichen Verhältnisse schlich sich ein. Es gab nur das unendlich ausgedehnte, gestaltlose Innere und das ebenso ausgedehnte Himmelsloch mit seinen wie als erstarrter Mückenschwarm darin im Tanzen festgefrorenen Funken. Die Scheidung zwischen innen und außen war so dünn wie das weiße Häutchen eines Eis. Seine Persönlichkeit, seine Geschichte, seine Herkunft, seine Rolle und wie er sie spielte, war zu einer unmeßbar feinen Scheidewand zwischen Himmel und Hirn zusammengeschrumpft. Wenn man über die Sternleitern in die Himmelstiefe hineinstieg, würde sie sich schließlich als ebenso leer erweisen, wie der Riesenraum im Innern der Person. In dieser Einsicht verharrte er lange, zwischen den beiden Leerräumen auf- und absteigend wie zwischen zwei Schichten unterschiedlich temperierten Wassers. Der Himmel erschien ihm wärmer, und wenn er sich von dort in sich zurückrinnen ließ, wurde es kühler, und die Bewegung im Innern wurde eindeutiger ein Kreisen in einem nun deutlich engeren Radius.

Was war der erste Gedanke, der über dies Erlebnis hinausging?

»Der Tag, an dem Gott den Himmel faltet wie der Schreiber ein Blatt Papier«, das ging ihm unversehens durch den Kopf. Was war das für ein Satz? Zunächst begann er, seine Vorstellung umzuformen. Wie war das, wenn der Himmel gefaltet wurde wie ein Blatt Papier? Wenn der ungeheure Raum von Gewalten ergriffen und zusammengedrückt wurde und die Sterne sich von ihren Positionen lösten und wie Kiesel in einer Tüte durcheinanderfielen? Er versuchte, sich das vorzustellen, aber etwas in ihm wehrte sich dagegen, der Satz gehörte nicht zu ihm, er entstammte nicht seiner Welt, er war ein Fremdkörper – aber woher?

Plötzlich sah er eine Reihe von Menschen vor sich, die sich einem Schalter näherten. Er rückte mit ihnen vor. Am Schalter stand ein blondes Kind in langem schwarzen Kleid und reichte mit nacktem Arm ein Papier in die Höhe, und dann drehte es sich um, und es war eine modisch frisierte, auf russische Weise leicht übertrieben geschminkte Frau von fünfzig Jahren, mit alterndem, bitteren Gesicht auf einem Kinderkörper. Nach ihr kam eine Frau mit ärmellosem Sommerkleid, ihr nackter Arm war verschrumpelt und faltig, doch als sie, nachdem sie am Schalter einen Stempel empfangen hatte, wegging, war sie eine junge Frau, die am Arm offenbar schwere Verbrennungen erlitten hatte. Der Schalter war aus schmutzigem Holz. Hinter ihm dehnte sich ein hoher Raum, an dessen Wänden zwei große Pendeluhren hingen, beide waren zu unterschiedlichen Zeiten stehengeblieben, zwischen den Uhren hing schief ein Ölbild mit der schneebedeckten Himalaya-Kette.

»Afghanistan«, dachte er, »eine Reise nach Afghanistan«, aber er wußte immer noch nicht, wer es war, der diese Reise gemacht hatte, nur daß der Himmelssatz irgendwie dort hingehörte, das war jetzt unumstößlich klar. Er stammte aus einem persischen Gedicht, das in Afghanistan von irgendwem gesprochen worden war. Zugleich stellte sich auch jetzt noch nicht die Frage, wer dieses Gedicht in Afghanistan denn gehört habe. Diese Person meldete sich nun aber auf der Bühne seines Bewußtseins. Plötzlich empfand er Schmerz, einen heftig schneidenden Schmerz im Oberschenkel, und zugleich verstand er, daß er diesen Schmerz schon lange empfinden mußte, er tauchte aus dem Sternennebel auf und machte deutlich, daß er schon lange dagewesen war, aus der gegenwärtigen Empfindung sprach zugleich eine bis dahin unterdrückte Erinnerung.

Der König rühmte sich, Schmerz gut auszuhalten. Als junger Mann mußte er nach heftigen Bauchschmerzen in Sanchor von einem Militärarzt am Blinddarm operiert werden, und da nicht genügend Narkotika zur Stelle waren, hatte er in eine Operation ohne Betäubung eingewilligt. Er war an den Tisch, auf dem ihm der Bauch aufgeschnitten wurde, gefesselt worden.

Der Schmerz jetzt verriet eine ernste Verwundung, aber er war immer noch weit davon entfernt, sich auch nur zu bewegen oder gar in die Nacht zu rufen. Dann war er schließlich soweit, daß er seine Glieder behutsam regte, und dann geriet er sogar auf die Beine. Kriechen war freilich besser als gehen. Er nahm Abschied vom Sternenzelt und den Himmelsweiten und blickte wie ein Esel nach vorn. Die Böschung erklomm er mit Mühe. Es näherte sich ein einsamer Scheinwerfer, eine Motorrad-Rikscha auf drei Rädern. Der Fahrer hielt an, als er die kriechende Gestalt bemerkte, die schon auf die Fahrbahnmitte gelangt war. Der Mann stieg aus und half ihm auf den Rücksitz. Das Sitzen war besonders schmerzhaft. Als seine Hand auf dem verletzten Schenkel lag, fühlte er, daß sie naß wurde.

»Ich hatte über drei Liter Blut verloren«, bemerkte der König mit besinnlich-stolzem Lächeln, aber in der Rikscha wußte er immer noch nicht, wer er war, und auch das Entsetzen seines Retters, der den umgestürzten Jeep und dessen Fahrer mit gebrochenem Genick über dem Lenkrad hängend gefunden hatte, blieb ihm verborgen.

»Es war interessant«, sagte der König, »wie über Afghanistan mein Bewußtsein zurückkehrte. Es war eine Reise in den frühen siebziger Jahren zu der Hochzeit eines Neffen von Zahir Schah. Ich vertrat meinen Vater, mein Vater kannte den König aus London. In Afghanistan gab es damals schon sehr viele Russen, ich weiß noch, daß ich damals zum erstenmal blonde Frauen mit weißer Haut und nackten Armen sah. Und in Kabul traf ich auch Mister Jenkins, den englischen Gelehrten, der auch beim Geheimdienst war und eine große Sammlung gräco-indischer Münzen zusammengetragen hatte. Er kannte sich in persischer Lyrik aus und versuchte mich für sie zu begeistern, vergebens selbstverständlich. Er hatte tatsächlich die Vorstellung, daß meine Familie muslimische Vorfahren haben könne, und versuchte es mit seinen Münzen zu beweisen. Dabei ist das völlig ausgeschlossen. Noch nach hundert Generationen sind die Folgen einer einzigen Mesalliance genetisch exakt nachweisbar. Das vergessen solche Herren meist. Sie wissen nicht, daß wir in Indien genetische Theorie schon seit über dreitausend Jahren pflegen.«

Dennoch bewahrte er Jenkins Dankbarkeit. Es war ein Vers aus einem großen Gesang der islamischen Apokalypse gewesen, der ihm den Weg aus der Gestalt- und Ichlosigkeit zurück auf den befestigten Weg des Lebens zwischen den Räumen des Chaos gewiesen hatte.

»Ich staune noch heute, daß ich den Unsinn, das Unrichtige der Aussage dieses Verses auch in meinem Zustand mit solcher Gewißheit empfand: Der Himmel wird beim Untergang der Welt nicht gefaltet. Er verbrennt. Das wissen wir allein deshalb, weil es inzwischen schon mehrmals geschehen ist.«

6.
Hundefutter auf unruhigem Grund

Als ich ins Badezimmer ging, um mich fürs Abendessen fertig zu machen, saß im Baum vor dem Fenster ein derart großer schwarzer Vogel, daß ich meinen Augen zunächst nicht traute. Es war ein Rabe, ein Kolkrabe, zum erstenmal sah ich einen solchen, so weit von Deutschland weg, wo er nur noch in der Sprache lebt, bei den rabenschwarzen Rabeneltern, die trotz ihrer Bosheit alt wie die Raben werden. Das Gefieder seines Kopfes war wie edler Pelz. Der große Schnabel hatte einen Höcker, als solle dort ein Kneifer sitzen. Er bewegte sich nicht und schien einsam. Er hatte sich genau so plaziert, daß ich ihn mühelos betrachten konnte. Ich war inzwischen bereit, in allem Ankündigung und Vorzeichen zu sehen. Wie in dürren Wäldern ein Funke genügt, um den Waldbrand zu entfachen, bedurfte es in meinem erwartungsvollen Zustand nur dieses Raben, um meinen Aberglauben zu voller Kraft aufblühen zu lassen. Die Bereitschaft dazu schlief immer in mir, aber ich kannte mich nicht gut aus in der Wissenschaft der Abergläubischen. Daß ein Rabe etwas bedeutete, war mir bekannt, aber ich wußte nicht, was. Der einäugige Wotan mit seinem Raben verhieß gewiß nichts Gutes, aber man mußte bedenken, daß Sanchor nicht Wotan-Land war, die alten Götter verließen ihre Länder nicht oder machten allenfalls, wie Zeus während einer fatalen Phase des Trojanischen Krieges, eine Vergnügungsreise nach Äthiopien, wahrscheinlich sogar inkognito. Was brachte der Rabe in Indien?

Ich war unvorbereitet, deutsche Stimmen zu hören. Es war die Rede davon gewesen, daß irgendwelche Gelehrten und Restauratoren Interesse an den Miniaturmalereien des Alten Forts gezeigt hätten und dort photographieren wollten, aber ich war inzwischen daran gewöhnt, daß Pläne hier eher wie eine Duftwolke in der Luft zu liegen pflegten und sich nur selten darüber hinaus materialisierten.

Hatte der König wirklich einmal ernsthaft mit dem Gedanken gespielt, einen Teil des Alten Forts zum Hotel zu machen? Ich erinnerte mich, wie gleichgültig er mir zuhörte, als ich meine Bedenken vortrug. Mir war plötzlich, als hätte ich ihn mit Gewalt dazu überreden müssen, einem Hotelplan näherzutreten, wenn ich selbst davon überzeugt gewesen wäre. Der ursprüngliche Grund meines Besuches war offenbar vergessen. Man tat alles, um nicht daran zu erinnern, und mied meinen Blick, wenn ich sagte, ich müsse nun wieder an die Arbeit gehen. Wenn ich auf eine Taste der alten Remington haute, schallte es durch den ganzen Palast. Niemand konnte sich darüber täuschen, daß ich meinen Auftrag weiterverfolgte, aber man nahm dies Geräusch nun wie das Klopfen eines Spechts oder das Ticken eines Holzwurms, den man in diesen Mauern gleichfalls nicht an seinem in Dunkelheit vollbrachten fleißigen Werk gehindert hätte. Die einzige wirkliche Beunruhigung war einst Mister Jenkins' Vorschlag gewesen, seine Münzsammlung mit den Köpfen der griechischen Vorfahren des Königs nach Sanchor zu verkaufen, aber obwohl der Sammler damit ein wirkliches Interesse des Königs traf, hatte man auch in diesem Fall genügend Nervenkraft besessen, die Sache so lange zu verschleppen und unbeachtet und entscheidungslos zu lassen, bis der Engländer, der anfänglich das Geschäft schon für fest verabredet gehalten hatte, ergebnislos mit seinen Schatullen und Kästchen abreiste.

»Ich habe keinerlei Einfluß auf Seine Hoheit«, hatte Purhoti gesagt, wenn Jenkins versuchte, ihn für den Ankauf einzunehmen. Das war vielleicht noch nicht einmal Koketterie. Macht bestand nicht in einem Sieg durch das überzeugendere Argument, sondern in der Entscheidung, welche Argumente überhaupt vorgetragen werden durften. Ich stellte mir vor, daß der wahre Grund, warum der König die Sammlung schließlich ausgeschlagen hatte, in der besonderen Natur seines Ahnenstolzes bestand. Er blickte auf die nach menschlichem Ermessen geradezu unwahrscheinliche Länge seiner Ahnenkette zurück, ohne sich für einen der Ahnen im besonderen zu erwärmen. Was an diesen Vorgängern auf dem Thron bemerkenswert war, lebte ungebrochen in ihm fort. Sein Bedürfnis, das Bild eines Mannes zu sehen, der vor ihm König von Sanchor war, entwickelte sich nicht recht. Er selbst beanspruchte für sich, der gleichsam einzige König von Sanchor zu sein. Dem Haus von Sanchor war eigen, daß sich in jeder Generation der Vorläufer im Nachfolger inkarnierte. Genau genommen saß immer derselbe Mann auf dem Thron.

In der Halle fand ich eine große, schöngewachsene Frau in hautengen schwarzen Jeans und einem ebenso engen schwarzen Oberteil, die sich unbeobachtet glaubte und forschend umsah. Als ich eintrat, hielt sie gerade eine Vase in der Hand, die auf einer englischen Stellage aus der Zeit König Edwards VII. stand, und studierte das Markenzeichen auf dem Boden – ein überflüssiges Geschäft, denn die Vase war ein geschnörkeltes »Horreur«, wie man sich ausdrückte, als das Wort Kitsch noch nicht überall herumflog, und die Manufaktur »Cripps and Sons Sheffield« sagte mir nichts; ja, ich gebe zu, auch ich habe die Vase herumgedreht, als ich zwei Stunden in dieser Halle auf den König wartete. Die Frau war keineswegs verlegen, als sie mich bemerkte. Daß auch ich ein

Europäer war, machte mich in ihren Augen sofort zu ihrem Spießgesellen.

»Unbeschreiblich scheußlich«, sagte sie strahlend und stellte die Vase zurück. Sie war Hamburgerin, so viel konnte ich den wenigen Silben schon entnehmen. Aber ihre Erscheinung war südländisch mit bräunlicher Haut, großen, aber wildschweinhaft nah beieinanderstehenden Augen, kleiner gebogener Vogelschnabelnase und dickem, sportlich zerrauftem schwarzem Haar. Sie war von meiner Anwesenheit bereits unterrichtet. Ich sei der Architekt, nicht wahr?

Im Alten Fort gebe es ein Kabinett, das von oben bis unten mit pseudochinesisch gemusterten Suppentellern aus derselben Fabrik ausgekleidet sei, erklärte sie mir, in unmittelbarer Nachbarschaft von wirklich sehr qualitätvoller Miniaturmalerei. Bei Ankunft der Engländer sei hier wirklich jeder Qualitätssinn verlorengegangen.

Im ersten Augenblick waren meine Empfindungen gespalten. Diese Frau war in allem das Gegenteil von Manon. Ihr Körper war straff und trainiert, sie wirkte unerhört gesund, und trotz der Härte ihrer Augen, die durch ihr nahes Zusammenstehen etwas Durchbohrendes hatten, fühlte ich mich zu ihr hingezogen. Sie war kein verfeinertes Lebewesen, sondern einfach und klar. Aber die Geste der Überlegenheit, mit der sie hier auftrat, stieß mich ab. Ich fühlte, daß ich mit ihr nur ein einziges Mal durch die verzauberte Kinderlaterne des Alten Forts gehen mußte, und alles wäre vor meinen Augen zu Ramsch zerfallen. Zwischen dem König und einer solchen Frau gab es keine Verständigung. Sie sah mich als Mitglied der eigenen Fraktion, ich aber empfand sie als Eindringling. Ich wußte, daß ich mich keinesfalls zur Welt meiner Gastgeber rechnen durfte, aber ich besaß im Unterschied zu ihnen die Fähigkeit, unter den Europäern, die ihnen alle als gleich erschienen, zu unterscheiden. Diese Menschen in ihrem Nischenkönigreich ahnten ja nicht einmal, welche Assoziationen für mich mit dem Begriff des Restaurators verbunden waren. Mit dem Restaurieren war nach dem Krieg eine sonderbare Verwandlung vor sich gegangen. Es war zur religiösen Betätigung geworden. Die Restauratoren wurden plötzlich von theologischen Begriffen wie »Wahrheit« und »Reinheit« umgetrieben. Das auf wunderbare Weise durch die Jahrhunderte in die Gegenwart gelangte Bauwerk oder Bild war für sie auf seinem langen Weg etwas Unwahres und Unreines geworden. Was es an Jahresringen, an gewachsenen Zutaten, an Eintrübungen, Vergilbungen, Patinierungen gewonnen hatte, galt ihnen nicht als kostbare, durch keine Kunstfertigkeit herzustellende Haut, sondern als verfälschende Schmiere, die selbst dann herunterzuputzen war, wenn sie an der alten Substanz des Werkes derart innig haftete, daß ihre Entfernung das Objekt selbst gefährdete oder gar gleich beschädigte. Es traf zu, daß im Alten Fort vieles dabei war, unwiderruflich zu zerfallen. Ich dachte an den Seidenbezug der mit Silberblech beschlagenen Thronsessel, der wie Mottenflügel in einer Lampenschale zu feinem grauen Staub zerbröselte. Ein Gang mit dem Staubsauger durch das Alte Fort würde Schneisen der Zerstörung schlagen, die Miniaturen würde man von den Wänden gleichsam herunterhusten können. Mir war bei der Vorstellung, das Alte Fort solle von dieser Frau mit ihrer mir jetzt geradezu hämmernd erscheinenden Gesundheit restauriert werden, zumute wie am Sterbelager eines alten geliebten Menschen, den ein experimentierfreudiges Ärzteteam noch einmal unter Einsatz aller Apparate auf die Beine zwingen will. Im übrigen war sie nicht allein. Draußen wurde ein Auto ausgeladen.

»Nein, ich bestehe darauf, mein Gepäck selber zu tragen«, hörte ich englisch mit deutschem Akzent sprechen. In der Flügeltür, die ganz mit Fliegendraht ausgefüllt war, erschien die Silhouette eines mit Taschen und Rucksäcken beladenen Mannes, der von Maggah und Virah, den Dienern, gefolgt wurde. Ich erkannte den Mann vor mir erst nach einem Augenblick des Verdutztseins, denn ich hatte sein Gesicht zwar gelegentlich in der Zeitung oder im Fernsehen gesehen, fühlte mich in Sanchor meinem Zuhause jedoch derart entrückt, daß mir ein Bote aus dieser Sphäre zunächst als das Allerunwahrscheinlichste überhaupt erschien. »Jimmy« nannte sich der Mann in der politischen Öffentlichkeit, in Wahrheit hieß er Horst-Eberhard oder jedenfalls ganz ähnlich. Als Protagonist der kleinen radikalen Partei hatte er es zu einem deutschen Landesministerium gebracht. Noch im Flugzeug hatte ich ein Bild seines traurigen und zerbrechlich erscheinenden Kinderköpfchens gesehen, darunter der faltig werdende Hals des bald sechzig Werdenden, der aus einem kragenlosen Unterhemd herausguckte. Jetzt trug der Minister einen grauen Jogging-Anzug und Safari-Stiefel, während das Kind, das ihm folgte, ein rosa Unterhemd mit der Aufschrift »Ich bin ein Ausländer« anhatte.

Was wollten diese Leute in Sanchor? Sie machten aus ihren Absichten kein Geheimnis, wobei der Minister für beide sprach, während die Frau in Schwarz mit den großen engstehenden Augen seine Worte durch ein ausgeprägtes Mienenspiel untermalte, keineswegs immer zustimmend. Der Minister hatte in den Jahrzehnten, die er in der Partei, der Studentenbewegung, allen Arten von Öffentlichkeit zugebracht hatte, die Eloquenz eines milden, dauerhaften Landregens entwickelt. Er sprach immer, und da er, wie sich später zeigte, nichts aß und nichts trank und auch keine Zigarette anstecken mußte, was alles ein gelegentliches Innehalten erzwungen hätte, gelang es ihm, wie ein solcher Regen die Welt nachhaltig zu durchweichen, mit dünner, trockener Stimme übrigens, zu der der Regenvergleich gar nicht paßte, eher ein

Mückensummen in einer Wolke von Sonnenstäubchen. Der Sachverhalt war einfach. Die Frau sollte im Palast Miniaturen so weit von den Schmutzkrusten befreien, daß die Bilder photographiert werden konnten. Es entstand soeben eine mit amerikanischen Stiftungsgeldern finanzierte Bildmonographie über den persischen Einfluß auf die Miniaturmalerei im Radjastan der Mogul-Zeit, und der Herausgeber dieses Werkes hielt Sanchor für wichtig. Die Frau war die Freundin des Ministers, der angereist war, um ein von seinem Ministerium gefördertes Aufforstungsvorhaben bei Jodphur zu besichtigen. Er hatte die Frau hierherbegleitet, weil es sich einmal so ergab, morgen früh würde er wieder abreisen und auch den Sohn mitnehmen – jetzt erfuhr ich das Geschlecht des Kindes, das sich aus dem Augenschein heraus nicht ergab –, aus einer früheren Ehe – »Sie wissen, wir waren eine sehr lebhafte Generation, meine erste Frau war nacheinander mit allen Mitgliedern meiner Wohngemeinschaft verheiratet, heute bin ich der einzige, der in der alten Wohnung übriggeblieben ist: ›Freie Republik‹ nannten wir sie früher, in einem alten Arbeiterwohnhaus aus schwarzen Ziegelsteinen – Issi drängt, daß ich ausziehe, sie weigert sich dort zu leben, sie sucht das Ausgefallene . . .«

»Ich suche nicht das Ausgefallene, ich will wie alle unsere Freunde in einer Sechs-Zimmer-Wohnung am Park wohnen«, unterbrach ihn die Frau in Schwarz.

Ich fragte mich, ob der Name Iris zu ihr passe. Ich sah bei Iris etwas durchscheinend Hellblaues vor mir, kaum Körper, eine silbrige Stimme, nicht so viel sportliche Kraft, und ich dachte an den Namen, den ein deutscher Dramatiker seiner Tochter gegeben hatte: Winnetou, das paßte genau zu der Frau in Schwarz, ihrem indianischen Haar, ihrem apachenmäßigen Schweigen und ihrer Pfeilschärfe, wenn sie dann doch einmal einen Satz abschoß. Der Minister sah sie gequält an. Sein Kindergesicht mit dem Haarwirbel über der Stirn war mit vielen feinen Runzeln überzogen. Er war vom Gymnasiastenalter unmittelbar ins frühe Greisentum gelangt, unter Überspringung des Mannesalters.

Die Diener, die das Gepäck nicht hatten tragen dürfen und wohl glaubten, Gefährliches, Hochexplosives werde darin befördert, so ängstlich blickten sie auf die Taschen, machten sich unsichtbar; mit dem Rücken zur Tür wichen sie unauffällig zurück, um hinter der Tür im Halbdunkel des Korridors, das sie den Blicken der sonderbaren Fremden entzog, schnell davonzulaufen.

»Indien«, sagte der Minister, »das Land von Tausendundeiner Nacht, das Land mit der ganzen Grausamkeit dieser Märchen. Tausendundeine Nacht ist für mich das Schlüsselbuch, direkt vor der Bibel – dreimal habe ich die Bibel gelesen, diesen orientalischen, brutalen und schweinischen Märchenschatz, aber Tausendundeine Nacht habe ich sogar meinem Sohn hier vorgelesen, das ganze Buch, durch Monate hindurch, und natürlich kamen immer wieder gesalzene Stellen vor, da zuckte ich zusammen, aber man ist nicht der letzte Republikaner der ›Freien Republik‹, um die Zwänge, die man selbst überwunden hat, seinen Kindern wieder aufzuladen: Da habe ich geschluckt und tapfer weitergelesen – da mußte ich durch.«

Der Sohn weigerte sich, mich zu begrüßen, wandte sich aber seinem Vater mit quengeliger Zärtlichkeit zu. Er forderte, am Nacken massiert zu werden. Er habe sich auf der Fahrt »verspannt«, ein Wort, das er mit völliger Selbstverständlichkeit gebrauchte. Entspannung und Verspannung gehörten zu seinem Alltag, und speziell der Verspannung war ein grundsätzlicher, leidenschaftlicher Krieg in seinem Vaterhaus angesagt. Der Minister legte sofort die ausgemergelten Hände mit den kurzgebissenen Nägeln auf die Schultern seines Sohnes, der mit gerunzelten Brauen die väterlichen Lockerungsleistungen mit vollzog; nur wenn die Daumen auf einen Muskelknoten im Nacken des Zehnjährigen trafen, unterbrach ein scharfer Protest den Redestrom. Der Minister schwärmte, während er kundig tastete und walkte, von der »Schmutzigkeit« von Tausendundeiner Nacht. »Lebensspendender Schmutz«, sagte er bedeutungsvoll, und deshalb liebe und hasse er Tausendundeine Nacht. Es gehöre zu solch einer Liebe eben immer auch die Zurückweisung des Geliebten. In Tausendundeiner Nacht lasse er sich von dem Zauber der allgegenwärtigen dienstbaren Geister, der schönen Sklavinnen und der dienstwilligen treuen Sklaven bestricken, aber er müsse sich eben auch treu bleiben: In den Tagen der ›Freien Republik‹ habe er geschworen, sich niemals im Leben mehr bedienen zu lassen – nie, unter keinen Umständen – und vor allem nicht in Gegenwart seines Sohnes Joram. Joram sei ein unbestechlicher Moralist. Wenn er sich eben hier an der Treppe des Palastes von diesen Dienern die Koffer hätte tragen lassen, hätte er vor den Augen seines Sohnes versagt. Joram überprüfe ihn unbarmherzig, und er sei ihm dankbar dafür.

»Die Erziehung zum Demokraten geht niemals zu Ende«, sagte er, während er die festen Knöchelchen seiner Hand das biegsame Rückgrat des Sohnes entlanggleiten ließ.

»Tiefer«, befahl der Sohn mürrisch. Dann entspannten sich seine Züge. Der Vater hatte einen Punkt entdeckt, dessen Bearbeitung offenbar besonders guttat.

»Wenn wir in die große Wohnung ziehen und du deine Sperrmüllmöbel abfahren läßt, nehme ich eine Putzfrau, die jeden Tag kommt«, sagte Iris, die sich auf das Bambussopha in der Halle gesetzt hatte und es unter ihrem straffen Körper seufzen und knistern ließ.

»Jeder Dienst zerstört einen Menschen«, antwortete der

Minister und bewegte die Daumen, als wolle er diese Devise in die Schultern seines Sohnes hineinkneten. »Ich habe dir das Buch von Goethes Eckermann zu lesen gegeben. Da hast du gesehen, wie selbst der Dienst bei dem großartigsten Herrn, der sich denken läßt, den Diener zerstört. Ich beteilige mich nicht an der Zerstörung von Menschen. Ich habe mich von meinen Eltern und Großeltern ganz bewußt losgesagt, ihr Geld verschenkt, ihre Sachen verkauft und weggegeben, um alle Brücken zu dieser alten Welt, in der Menschen Menschen dienten, abzubrechen. Dies Befehlsgewohnte, das meine Mutter hatte – ich habe es an ihr bewundert und zugleich gehaßt. Als sie mir das Jagdgewehr meines Vaters nach Berlin bringen wollte, hat sie es für selbstverständlich gehalten, die Waffe als Handgepäck mit ins Flugzeug zu nehmen. Die Beamten, die sie daran hindern wollten, hat sie zusammengeschissen, bis die Leute eingeknickt sind. Einerseits waren diese autoritären Beamten meine Feinde, ich fand gut, daß sie eins auf den Deckel bekamen. Andererseits habe ich unter diesem Befehlston gelitten. Es ist alles ambivalent; solange wir von faschistoiden Charakteren umgeben sind, müssen wir befehlen – befehlen, um das Befehlen abzuschaffen. Das habe ich mir in Großbuchstaben auf einen Zettel geschrieben und auf den Schreibtisch im Ministerium geklebt. Jedesmal, wenn ich eine Anordnung treffe, lese ich diesen Satz.«

Er glaube, er werde inzwischen verstanden. Man merke das auch daran, wie er mit Widerspruch umgehe.

»Ich weiß, wie«, sagte Winnetou und ließ mit ihren Schenkeln das Sopha ächzen. »Du hörst nicht zu.«

»Iris hat recht«, sagte der Junge, der die Augen noch genießerisch geschlossen hielt. »Du tust nie, was man dir sagt.« Das Jünglingsgreisenköpfchen wurde noch bekümmerter. Der Minister bat um Verständnis. So vieles zerre an ihm. Er selbst gehöre noch zu einer Generation, die die vollständige Freiheit nicht erreichen werde. Joram habe da schon mehr Chancen. Er wachse mit einem intakten Vaterbild auf, habe eine intakte Vaterbeziehung. Wenn er, der Minister, von seinem Vater träume, der so jung gefallen sei, dann seien das immer Angstträume. Der Vater habe ihn niemals geschlagen – »Dann hätte er es mit Mutter zu tun bekommen« – diese Worte verrieten einen verborgenen Stolz – und dennoch diese in den Träumen gegenwärtige Angst.

»Joram wird, das hat mir sein Therapeut bestätigt, mit hoher Wahrscheinlichkeit niemals Angstträume von mir haben.«

»Ich habe geträumt, daß du in die Hose geschissen hast«, sagte Joram, zum erstenmal nicht quengelig und mit der Zärtlichkeit kokettierend, sondern kühl und sachlich. Das sei gut, sagte der Minister, obwohl ich zu sehen glaubte, daß er einen anderen Traum lieber gehört hätte. Dem Jungen war es gelungen, die lückenlose Beredsamkeit seines Vaters zu unterbrechen. Eine in diesem Kreis überraschende Empfindung breitete sich aus. War das am Ende gar Verlegenheit?

»Ich lasse dich nicht gern allein in diesen feudalen Verhältnissen zurück«, begann der Minister schließlich aufs Neue, indem er sich an Winnetou richtete. »Als Frau allein könntest du Schwierigkeiten haben«. Es kam ihm in den Sinn, daß ich diese Bemerkung mißverstehen könne.

»Sie wissen, meine Haltung zu den Gesellschaften der Dritten Welt ist ambivalent.« Man sei mit der Musik Afrikas und Indiens gleichsam großgeworden, in dem legendären Schallplattenladen von Don Giuseppe Zambon, einem gleichsam katakombenhaften Sammelpunkt der Bewegung, habe man sich mit ethnischer Musik aller Erdteile eingedeckt, lange Zeit habe er ausschließlich arabische Trommeln und Sufi-Flöten gehört, das sei der melodische Stoff seiner Jugend gewesen. Dann die Küche der Dritten Welt: Hammelhoden und Hirsebrei, Curry und Ceviche, Chili con carne – das sei mehr als eine Speisekarte gewesen, das sei ein Bekenntnis, eine Lebensform, auch wenn er vieles davon heute nicht mehr vertrage, er esse im Grunde nur noch Reis, aber das sei ja gleichfalls ein hochpolitisches Nahrungsmittel, »Bitterer Reis« – nicht wahr? Zu den Indienfahrern seiner Generation habe er freilich nie gehört – »Wir mußten nicht erleuchtet werden, wir wollten kämpfen« –, deshalb sei Südamerika, Kuba, Nicaragua, Chile das selbstverständliche Ziel gewesen. »Mit übrigens ähnlichen Problemen wie hier.« Sehr hart sei für ihn die Begegnung mit dem lateinamerikanischen Machismo gewesen, das ihn heftig erschütternde Erlebnis, daß dort zwischen den Zuckerrohr- und Tabakfeldern die politischen Freiheitsbewegungen keinesfalls von der Emanzipation der Frau begleitet gewesen seien. »Die Genossen dort haben noch einen langen Lernprozeß vor sich – in mancher Hinsicht, im bewaffneten Kampf, waren sie uns voraus, aber im Bewußtsein waren wir schon weiter.« Dritte Welt – ja, sage er heute, es sei aber ein Aber dabei. Es müsse zwischen den Kulturen zu einem Geben und Nehmen kommen, und diesen Prozeß fördere er von seinem Ministerium aus. »Es ist doch grotesk, wenn in Deutschland die Bürgerlichen in puncto Gleichstellung der Frau weiter sind als eine Befreiungsbewegung auf den Philippinen.« Was wir kulturell von der Dritten Welt lernen könnten – und was er ausnahmslos bereits von ihr gelernt habe –, das müsse durch die »Übernahme der emanzipatorischen Prinzipien« – dies sagte er mit einer Geschwindigkeit, die lange Übung verriet – durch die Dritte Welt ergänzt werden.

»Du als Frau kannst da womöglich auch hier etwas erreichen.«

Es war ein Erlebnis, Iris-Winnetou nun schon zum wiederholten Mal »als Frau« bestätigt und eigens hervorgehoben zu sehen, geradezu als sei sich der Minister ihrer weiblichen Eigenschaften nicht rundherum sicher und müsse sich in seinem Eindruck, es handele sich bei ihr um eine Frau, eigens bestärken. Für mich enthielten diese nachdrücklichen Hinweise jedenfalls die Aufforderung, sie genauer zu betrachten. Sie bemerkte meine Blicke und erwiderte sie offen und nicht unfreundlich. Kein Zweifel, daß sie eine Frau war. Ihre weiblichen Formen waren sogar ziemlich ausgeprägt, das männlich hautenge Kostüm gab ihr etwas von einer Sängerin in Hosenrolle, und das schroffe, unvermittelte Wesen, die männliche Herbheit, die sie an den Tag legte, mochte womöglich gar nicht zu ihren Hauptcharakterzügen gehören. Mir kam unversehens der Gedanke, daß es gerade das Sprechen über sie »als Frau« sei, das diese Schroffheit hervorbrachte. Ich meinte, in der Ruhe, mit der sie sich auf dem Bambussopha ausgestreckt hatte, etwas Gezwungenes zu entdecken. Womöglich kämpfte sie längst mit ihrer Selbstbeherrschung? Der Minister hatte Pech. Was ihm politisch zu schaffen machte, verfolgte ihn auch im Privatleben. Die Homogenität der politischen Bewegung, die seinen Aufstieg zunächst begleitet hätte, war dahin. Die Leute, die ihn unterstützten, kamen längst nicht mehr alle aus den geschlossenen ästhetischen Milieus, denen er seine politische Formung und seinen Geschmack verdankte, andere stammten zwar da her, hatten sich aber davon losgesagt, wählten die Partei zwar noch, verhöhnten aber, was zu ihrem Lebensdunst gehörte.

Winnetous Haar war von einem guten Friseur geschnitten, und die Straffheit ihrer Erscheinung ließ vermuten, daß sie für Schlamperei nichts übrig hatte. Ich entdeckte einen schönen Ring an ihrer gebräunten Hand mit den farblos lackierten, kurzgeschnittenen Fingernägeln, eine antike Gemme aus

Karneol, mit einem hineingeschnittenen Delphin. Ein solch starker großer Fisch paßte zu ihr. Ich sah sie vor mir, in schwarzem Badeanzug auf glattem Muskelleib reitend. Nein, eine Schönheit war sie nicht mit ihren beunruhigend nah zusammenstehenden Augen, aber sie anzusehen war mir ein wachsendes Vergnügen.

Trat Manons Bild etwa in mir zurück? Davon war ich weit entfernt. Dies Bild lebte eigentlich auch gar nicht in meinem Innern, es überwölbte mich gleichsam, auch während ich jetzt mit den Neuankömmlingen in der Halle saß, wie das Mosaik einer göttlichen Maske in einer goldenen Kuppel. Manon würde immer gegenwärtig sein, wie ich deutlich fühlte, aber dieses »Immer« nahm in diesem Augenblick auch etwas von der Spannung weg; was immer da war, würde nicht verschwinden, wenn man seine Aufmerksamkeit auch einmal etwas anderem schenkte.

Prinzessin Karūna Devi trat jetzt ein in ihrer einfachen Baumwoll-Pundjab-Tracht mit dem sorgfältig gefalteten Schal über der linken Schulter. Ich kannte sie inzwischen genug, um hinter ihrer höflichen Lässigkeit, mit der sie wie eine englische Landhausbesitzerin ihre Gäste begrüßte, die bis zur Panik gehende Verlegenheit herauszuspüren. Es war, als habe sie ihre behütete Jugend im Serail des Palastes von Dungarpor nicht vergessen, wo jedes neue Gesicht, das ihr entgegentrat, mit Gewißheit einem Blutsverwandten gehörte. Die Amerikanerinnen, die sie allabendlich in den Fernsehserien agieren sah, kannten keine Bedenken, mit wem immer ein Gespräch anzufangen, und gingen ohne weiteres unbegleitet aus dem Haus. So spielte sie selbst gelegentlich mit dem Gedanken, wie es wohl sei, ganz allein das Haus zu verlassen und in den Straßen auf und ab zu gehen, in einer Teestube Tee zu trinken und mit den Leuten am Nachbartisch zu schwatzen, aber vor dem Versuch graute ihr, und auch den

Empfang von Gästen hätte sie gern ihrem Mann überlassen. Es war etwas leichter, einzutreten, wenn alle versammelt waren, und sich die Leute vorstellen zu lassen. Dann reichten ein Lächeln und eine Verneigung. Sie pflegte sich dann so nah wie möglich zu ihrem Mann zu setzen und schaute sich mit Staunen, Neugier und Ablehnung um.

Ich hatte ihr Eintreten gefürchtet, als ich Iris so unbekümmert ausgestreckt sah. Es war mir unwohl bei dem Gedanken, daß die Prinzessin der Ungezwungenheit westlicher Frauen in ihrem eigenen Haus begegnen sollte. Ich kannte den von keinem Vorzug des Westens zu beeindruckenden Stolz des Königs, aber ich war inzwischen davon überzeugt, daß sein Bruder und seine Schwägerin nicht ebenso selbstsicher waren, daß die westlichen Autos und Digitalkameras und Ernährungsgewohnheiten sie beunruhigten und verwirrten. Ich stellte mir Karūna Devi in ihrem Verhältnis zu ihrer Dienerschaft als einen Menschen vor, der auf einem Piedestal steht, von anderen Menschen zu seinen Füßen umgeben, und auf sie hinabblickt, zugleich aber über eine Mauer sehen kann und auf der anderen Seite Riesen entdeckt, die keinen Sockel brauchen. Und ich hielt für möglich, daß sie voll Sorge auch darüber nachdachte, welchem ihrer Diener wohl gleichfalls der Blick über die Mauer gelungen sei, in welchem Dienerkopf schweigende Vergleiche angestellt wurden zwischen dem bescheidenen Hof von Sanchor und der neuen Welt der Luxushotels in Jaipur und Delhi. Ich begriff erst später, daß ein freizügiges, man kann auch sagen, ungezogenes Betragen einer Frau wie Iris die Familie von Sanchor niemals ernsthaft hätte beunruhigen können, weil man sich unüberbrückbar tief von solchen Frauen geschieden wußte. Niemals konnte Iris zum geheimen Vorbild von Karūna Devi werden. Familie, Klasse, Kaste, Religion, Lebensgewohnheiten, alles, was für uns austauschbare, beliebige, zu vernachlässigende Größen sind, bildeten für Karūna Devi die felsenfesten Fundamente ihres Lebens. Das Verhalten einer westlichen Frau war so komisch und befremdend für sie wie das Betragen einer Äffin, die sich auf dem Eukalyptusbaum vor der Auffahrt stoisch ihrem Affengemahl hingab.

Iris-Winnetou hatte die Nachricht erhalten, daß der König sie jetzt zu empfangen wünsche. Dann solle auch ihr Vorgehen in den nächsten Tagen besprochen werden. Ich wußte natürlich, was Zeitangaben in der Praxis des Königs waren, sie bezeichneten nicht den Augenblick der Begegnung, sondern den Zeitpunkt, bei dem das Warten auf die königliche Gegenwart begann. Die Zeit, in der der Besucher wartete und der König wußte, daß er erwartet wurde, gehörte schon ihnen beiden, sie schuf einen von Hoffnung und mancherlei Gedanken erfüllten Raum, der sich um den Auftritt des Königs herumlegte wie ein Pfauenrad. Zwischen einzelne Höhepunkte des Tages viel leere Zeit zu legen, die ihnen Nachhall und Resonanz verlieh, war alte königliche Kunst, deren Anwendung schon von den Vorfahren Purhotis kundig überwacht worden war.

Prinzessin Karūna Devi bat die Ankömmlinge aus der Halle in den großen Salon, wo sie sich auf den durchgesessenen rosa Seidensesseln unter die Hörner- und Geweihtrophäen niederließen. Virah näherte sich barfuß mit militärischem Barett und in Khakiuniform, gefolgt von zwei sehr jungen Dienern, die Tabletts mit salzigen Pistazien und Nüssen trugen. Tief neigte sich der junge Diener mit dem Tablett vor dem Minister, seine nackten Füße tänzelten wie die Hufe eines nervösen Pferdes, während der Sohn des Ministers mit beiden Händen in die Schalen griff.

»Eine Bauchschmerz-Situation«, bemerkte der Minister auf deutsch zu mir, »ich fühle mich in solchen Situationen einfach überfordert. Manche halten mich wegen meiner Konsequenz für eiskalt, aber das bin ich nicht. Inkonsequenz tut mir einfach weh.« Virah trat zu dem Minister und überreichte ihm einen winzigen Zettel. Mit Schreibmaschine war darauf geschrieben: »Das Eintreffen Seiner Hoheit wird sich um eine Stunde verschieben. Seine Exzellenz wird nunmehr um 21 Uhr empfangen.«

»Wer ist die Exzellenz?« fragte der Minister und reichte den Zettel Iris, die ihn nicht lesen wollte.

»Du brauchst dich an den Stil hier nicht zu gewöhnen, du bist morgen wieder weg, aber benimm dich bitte solang«, sagte sie deutsch unter den Augen Karūnas so freundlich, daß die Zurechtweisung wie eine Liebkosung klang. Karūna Devi hätte sicher verstanden, wenn die fremde Frau ihren Mann vergiftet, aber niemals geschätzt, wenn sie ihn vor Zeugen angefahren hätte.

Zu diesem Abendessen, das wir alle erwarteten und noch lange würden erwarten dürfen, von den tänzelnden Dienern inzwischen mit Nüssen genährt, sollte auch Verwandtschaft erscheinen, der kahle Raj Vir Singh mit seiner kastanienbraunen Glatze, seinem hochgezwirbelten englischen Sergeantenschnurrbart und dem würdevoll o-beinigen Gang, als sei er soeben erst operativ von seinem Polopony, mit dem er lebenslang verwachsen war, getrennt worden, und seine rundliche Ehefrau, Prinzessin Butulika von Bikaner, deren weißer Scheitel stets von rotem Pigment bestäubt war. Sie ließ sich morgens von ihrem Priester nicht einen roten Punkt auf die Stirn malen, sondern bekam das Pulver wie ein Gewürz aufgestreut. Das Ehepaar hatte eine derart inständige Art, sich zum Gruß zu verneigen, daß es wirkte, als wollten sie eine Bittschrift überreichen und als seien nicht ihre Eltern es gewesen, die Bittschriften entgegengenommen hatten. Die Prinzessin von Kotah, eine magere Dame mit großen Zähnen, trat mit einer Tochter auf, die im Gegensatz zur Mutter nicht in einen modern bedruckten Sari gehüllt war, sondern einen Jeans-Anzug trug. Das Mädchen war hübsch, aber ihr Gesicht müde, und die zartgeschwungenen Augen schienen ein wenig lymphatisch verklebt. In ihr verkörperten sich die Hoffnungen der Eltern, denn sie hatte ihr betriebswissenschaftliches Studium mit den besten Zensuren abgeschlossen. Der Minister, der von der Massage seines Sohnes zu dessen laut geäußertem Mißvergnügen abgelassen hatte, wandte sich dem Mädchen mit Neugier zu. Hier war junges, modernes Indien, ein intellektueller Brückenkopf für die Entwicklungsarbeit, die er im Sinne hatte, und das Mädchen bestätigte ihn sofort. Sie leiste an ihrem Ort gleichfalls eine unablässige Entwicklungs- und Aufklärungsarbeit. Man ahne nicht, in welchen Vorurteilen die indische Gesellschaft, gerade auch die wohlhabende Bourgeoisie, immer noch befangen sei. Ihr vorzügliches Examen hatte ihr den Weg zu einer von vielen begehrten und heiß umkämpften wirtschaftlichen Karriere geöffnet. Sie vertrat inzwischen als Geschäftsführerin eine französische Gesellschaft in Bombay, die sich mit der Herstellung von hochwertigem Futter für Katzen und Hunde beschäftigte.

»Viele wissen in Indien immer noch nicht, daß man Windhunde, Bernhardiner, Möpse oder Pitbulls nicht mit Küchenabfällen ernähren kann«, sagte sie mit unterdrückter Empörung und jener anmutigen Leidenschaft, die verriet, daß sie dem Kampf ihre ganze Kraft widmete. »Rassehunde haben einen Anspruch auf die allerbeste Ernährung. Wir verarbeiten keine Eingeweide, sondern nur bestes Lammfleisch. Rindfleisch kommt für Indien leider nicht in Frage, obwohl es vom tiermedizinischen Standpunkt das gesündeste wäre. Wir haben wunderbare Hühner- und Seefisch-Konserven für Katzen, Lammrücken und Lammkeulen für Hunde – leider auch kein Schwein, weil unsere muslimische Kundschaft das übel aufnehmen würde – man steht hier auf meinem Arbeitsgebiet unter vielen Zwängen, aber wir machen es gut, und es gelingt mir inzwischen auf unseren großen Verkaufsaktionen, das Vertrauen der Haustiereigentümer zu gewinnen.« Bitter sei oft, in der eigenen Verwandtschaft kein Verständnis für die angemessene Ernährung von Hund und Katze zu finden. Der Tante habe sie so viele schöne Konserven für die Katze mitgebracht – »Ihr Fell könnte schimmern, und sie könnte mindestens vier Jahre älter werden« –, aber die Tante ringe sich nicht dazu durch, ihre Tiere selber zu füttern, und die Diener verharrten auf einem Bildungsstand, als hätten sie die ihnen anvertrauten Konserven lieber selbst gegessen – »was man auch kann«, sagte sie stolz, »unsere Produkte sind vielleicht sogar besser als vieles, was für die menschliche Ernährung auf dem Markt ist.«

Ich suchte den Blick von Iris, die dem Plädoyer der jungen Geschäftsfrau, einer Nichte des Königs, wenngleich eine fernere, mit unbewegter Miene lauschte. Als sie bemerkte, daß ich sie ansah, lächelte sie und machte eine andeutende Kopfbewegung zu ihrem Freund, der mit ernstestem Stirnrunzeln zuhörte.

»Es gibt Dinge, die machen mich wild«, sagte er leise auf deutsch in unsere Richtung. Nun, vor fruchtlosen Debatten, vor quälend ergebnislosen Auseinandersetzungen war er ein Leben lang nicht zurückgeschreckt. Er verdankte das Ministerium im Grunde seiner Pedanterie, denn in den höheren Parteigremien war man seiner Unterweisungen überdrüssig geworden. Es gab dort Leute, die sein Ministeramt als Abschiebung betrachteten.

Iris hatte sich verändert, seitdem sich der Salon mit der Verwandtschaft unserer Gastgeber füllte. Sie saß jetzt manierlich da. Ihre Knie waren geschlossen. Ihr Ausdruck hatte die Teilnahmslosigkeit angenommen, die ich von den Gesichtern der indischen Damen kannte. Sie schwieg, und das war durchaus passend.

Der kastanienspiegelnde Raj Vir Singh berichtete Trauriges mit der gelassensten Stimme der Welt. Während seiner Erziehung in dem englischen College für junge rajputische Aristokraten hatte er einen Akzent angenommen, als solle er bei einer Oscar-Wilde-Verfilmung mitwirken, und mit dem Tonfall ging eine Haltung einher, die Katastrophen nicht das Recht einräumte, den menschlichen Geist über Gebühr zu beeindrucken. Seine Sätze kamen gleichsam in Khaki gekleidet einher. Die Lider lagen schwer über den Augen und dämpften den ihm angeborenen, durchaus gefühlvollen Blick zu herrenhafter Gleichgültigkeit.

Gestern hatte, wie man den beiläufig unter dem gezwirbelten Schnurrbart herausgepurzelten Worten entnehmen konnte, im Staat Gujarat die Erde gebebt. Obwohl das Dorf, aus dem der Raj stammte und das seine Familie seit Jahrhunderten regierte, weit weg vom Epizentrum des Bebens lag, war sein Palast, der noch aus der Zeit vor der englischen Herrschaft stammte, eingestürzt und in eine riesige Staubwolke verwandelt worden. Es stand nicht ein Stein mehr auf dem andern. Die Erdstöße hatten die Mauern aus getrocknetem Lehm zu Pulver werden lassen. Die Verwandten zeigten sich vom Untergang des alten Familiensitzes nicht besonders erschüttert. Ein schönes Haus sei es gewesen, sagte Prinzessin Butulika, aber in schlechtem Zustand. Man hätte sich entschließen müssen, etwas hineinzustecken.

»Das haben wir uns zum Glück geschenkt«, sagte Raj Vir Singh mit herablassendem Lächeln.

Der Minister löste sich aus seiner Diskussion. Besorgnis stand auf seinem kleinen Gesicht. Sei auch Sanchor Erdbebengebiet? Selbstverständlich, antwortete der Raj mit eigentümlich zufriedener Miene. Meist stünden die Beben von Gujarat mit denen von Sanchor sogar in Verbindung. Wenn an dem einen Tag in Gujarat die Häuser wackelten, setze sich dies Wackeln am nächsten Tag in Sanchor fort. Es sei wie ein Schauder, der über einen Körper lief. Sein Vater habe ihn gelehrt, ein Erdbeben vor dem ersten Stoß zu erkennen. Es sei dann ein tiefes Rumpeln in der Erde zu hören, nicht zu vergleichen mit irgendeinem anderen Geräusch. Man spüre plötzlich, daß die Erde hohl sei, daß die riesigen Erdplatten sich über einem Resonanzkörper aneinander rieben.

Und dann, was geschehe dann, fragte der Minister. Er war Hypochonder in einem für ihn und andere schon lästigen Ausmaß. Wenn er von den Nierensteinen oder Lungenthrombosen anderer Leute hörte, spürte er augenblicklich ein deutliches Nierenstechen oder Lungenkrampfen und erst eine Untersuchungsserie beim Arzt brachte die Symptome allmählich zum Abklingen. Die bloße Vorstellung, er könne dazu verurteilt sein, dies von Raj Vir Singh erstaunlich farbig beschriebene Röhren aus den Eingeweiden der Erde zu hören, ließ ihn beinahe die Fassung verlieren.

Auf freiem Feld tue man gut daran, sich nicht in der Nähe von Bäumen, Felsen oder Mauern aufzuhalten. Ein Erdstoß auf flachem Land sei schon unheimlich genug, sagte der schläfrige Raj. Sei man aber in einem Haus, dann solle man sich hüten herauszulaufen, denn das Beben folge dem leisen Donner aus der Tiefe meist unmittelbar. In Häusern eile man am besten unter einen Türsturz. Türstürze seien meistens solider gemauert als Decken und Wände. Häuser stürzten ein, aber die Türen blieben stehen, leider nicht in seinem eigenen Palast nahe Ahmedabad, da habe es auch die Türen zerkrümelt.

Es herrschte Schweigen im großen Salon. Als draußen vor den Fenstern ein Hund zu heulen anfing, fuhr der Minister zusammen. Sein Sohn war in seinem Schoß eingeschlafen, sonst wäre er womöglich aufgestanden und aus dem Zimmer gegangen. Iris blickte zu mir herüber. Sie sah jetzt indianischer aus denn je. Ihre Ruhe vertiefte sich in dem Maß, wie der Minister zappliger und ängstlicher wurde. Da war sie, die Verbindung zwischen den beiden, die ich bis jetzt vergeblich gesucht hatte.

Und dann kam das Geräusch, von dem Raj Vir Singh gesprochen hatte, und wir alle verstanden es augenblicklich. Unendlich weit entfernt schien es mit unvorstellbarer Macht zu knirschen, und aus diesem Knirschen entwickelte sich ein unterdrückter Hall, volltönend wie eine Riesenglocke, und es wurde plötzlich klar, daß die Wand dieser Glocke die Erdschale war. Mit einer einzigen Bewegung, als hingen wir alle an einer zentrifugalen Kraft in der Mitte zwischen den Sophas, sprangen wir auf und wandten uns zu den bunten Glasflügeltüren, die den Saal rings umgaben. Raj Vir Singh preßte sich ohne jede Schläfrigkeit an den Türsturz der nächstgelegenen Flügeltür, seine Frau stand ihm gegenüber, den Blick zur Zimmerdecke erhoben. Prinzessin Karūna Devi stand allein in einer Tür, in der nächsten die Prinzessin von Kotah, in der nächsten der Minister, den schlaftrunkenen Sohn in den Armen, und die Hundefutterverkäuferin. Ich stand in der fünften Tür. Ohne einen Gedanken preßte ich mich an deren Laibung und hielt zugleich Iris umfangen, die mit mir in dieselbe Richtung gesprungen war. Der große Kronleuchter mit den roten geblasenen Glasglocken schwankte wie ein Pendel, und dann kam der Stoß, wie aus dem Innern des eigenen Körpers heraus, ich fühlte mich nicht mehr als Einzelwesen, sondern als Teil der ganzen in Erschütterung geratenen Welt. Iris klammerte sich an mich mit ihrem warmen, biegsamen Leib, und ich klammerte mich an sie, während wir beide auf den nächsten Stoß warteten. Keiner sagte ein Wort. Keiner schrie oder wandte sich an die andern. Das Pendeln des

Kronleuchters wurde langsamer, und dennoch rührte sich niemand. Nach weiteren Augenblicken fühlte ich, daß Iris mich weniger fest hielt, und ließ gleichfalls los. Wir fielen gleichsam voneinander ab. Auch die anderen lösten sich von den Türrahmen. Noch tat niemand einen Schritt in den Raum hinein.

Dann flogen die zentralen Torflügel auf, von Virah aufgestoßen. Auf der Schwelle stand der König, in dunkelblauem, hochgeschlossenem Anzug mit Brillantknöpfen. Als Prinzessin Karūna Devi ihren Schwager sah, entfuhr ihr vor Schreck ein kleiner Schrei. Mit einer einzigen Bewegung hatte sie sich ihren Sari als Schleier vors Gesicht gezogen, sank in einen tiefen Knicks und lief mit schnellen Schritten aus dem Zimmer.

7.
Indischer Dreck

Am nächsten Morgen kamen mir der Minister, sein Sohn und Iris vor dem Palast entgegen. Ich gestehe, ich war verblüfft. Als sie gestern abend gemeinsam durch eines der bunten Glastore verschwunden waren, hatte das etwas vom Abgang auf dem Theater, ein Verschwinden in der Kulisse, hinter der sich das Haus nicht fortsetzte, sondern wo raumlose Schwärze herrschte. Ich war davon überzeugt, sie nie wiederzusehen. War es nicht, als habe der Erdstoß, der in Sanchor zum Glück keinen Schaden angerichtet, sondern es mit Angst und Kurzschlüssen hatte bewenden lassen, dem Gefüge dieser Menschen gestern abend einen Riß zugefügt?

Glaubte man dem König, war es vor allem »die Demokratie«, die demnächst einstürzen werde. Ich kannte sein Lieblingsthema, aber dem Minister war bestimmt, hier zum erstenmal in seinem Leben einem Mann zu begegnen, der ohne Wenn und Aber der Demokratie den baldigen Untergang voraussagte und der diesen Untergang ohne Triumph, aber mit sichtlicher Befriedigung auch begrüßte. Dieses Gespräch fand an der langen Tafel statt, bei der so viel Abstand zwischen den einzelnen Gästen lag, daß eine Unterhaltung kaum möglich war. Der Minister mußte deshalb nahe an den König, der am Kopfende saß, heranrücken, von ihrem Gespräch bekam ich nur das Thema mit. Die aufgeräumte Miene des Königs verriet aber, daß er es genoß, einem aus dem Westen herbeigereisten Politiker den Geburtsschaden der Demokratie zu erläutern. War der Minister nicht eigens herbeigereist, um den Rat des Königs einzuholen? Die Vorlegung der Frage: Hoheit, sagen Sie uns mit Ihrer jahrtausendealten Erfahrung – wie sollen wir uns regieren? Anders wollte der König sich die Anwesenheit des Ministers keinesfalls erklären.

Der Sohn schlief. Er hatte die Arme auf den Tisch gelegt und den Kopf hineingebettet. Die Diener servierten ihm und nahmen die vollen Teller unangerührt wieder weg. Mit Iris hatte ich nur durch die Augen Verbindung, während die Familienmitglieder sich mit leisen Stimmen, um das Gespräch des Königs nicht zu stören, einzelne Worte zuriefen. Mein Gefühl, die drei Deutschen hätten sich nach ihrem Aufbruch ins Bett aus den Augen verloren, trog mich übrigens nicht. Der Minister hatte sich geweigert, im Haus zu schlafen. Er wolle nicht im Traum erschlagen werden, sagte er gereizt zu Iris, obwohl es nur während des Essens noch einmal milde gerumpelt hatte, was die Bewohner des Palastes schon kaum mehr als durch ein wissendes Nicken registrierten. Also schliefen Vater und Sohn im Auto, womit sich ihre zerraufte Erscheinung erklärte. Wo aber lag Irisens Schlafzimmer?

»Dort oben.« Sie zeigte auf ein rundes Fenster im zweiten Stock. Auf welcher Treppe gelangte man in dieses Stockwerk? Ich verstand die Architektur des Hauses weniger denn je.

Mehrfach hatte ich das Alte Fort inzwischen unter Führung Purhotis und des Königs betreten, und immer noch gab es auch hier etwas Neues zu sehen. Iris bat mich und erwartete auch ganz selbstverständlich, daß ich sie und Purhoti begleitete, um jenen Raum, den sie nach den Regeln ihrer Kunst reinigen wollte, gemeinsam zu besichtigen. Wir durchquerten den großen Hof, wir stiegen die breite Rampe hinauf. Rasselnd wurde der zweite Hof aufgeschlossen, wir sahen die Freitreppe, die Galerien, die vielen mit schweren Vorhängeschlössern verriegelten Türen. Manche der Schlösser trugen Lacksiegel zur doppelten Sicherung, andere hingen unabgeschlossen in den Ösen. Wir stiegen eine enge Treppe hinab, die zwischen dem hoch aufragenden Wohnturm und der Festungsmauer in die Tiefe führte. Schutt lag auf unserm Weg, Ziegendreck und verfaulende Obstschalen, die offenbar aus großer Höhe hinabgeworfen worden waren, woher, konnte man von hier aus nicht erkennen, ich nehme an, der Wächter auf der Dachterrasse entledigte sich hierher seiner Abfälle. Die kleine Tür, die wir schließlich erreichten, war verrottet und hing schief in den Angeln, eine rostige Kette war unordentlich um den Riegel gewickelt, aber durch kein Schloß arretiert. Purhoti befahl dem zahnlosen Greis mit dem roten Riesenturban, der uns begleitete, die Kette zu lösen. Die Tür fiel uns beinahe entgegen. Iris hielt den Kegel ihrer Taschenlampe ins Finstere.

»Vorsicht beim Betreten«, sagte Purhoti in seiner leidenschaftslosen Sachlichkeit. »Der Ort ist unsauber.«

Wie soll man den Geruch von Fledermauskot beschreiben? Er ist widerwärtig und zugleich so speziell, daß es schwer ist, ihn mit etwas anderem zu vergleichen. Eine Art vergorener Weißbierdurchfall, das könnte eine Vorstellung schaffen. Hunderte kleine Fledermäuse, zusammengefaltet als winzige Regenschirme, hingen an der Decke der Kammer. Der Boden war mit den schleimigen frischen und den verkrusteten uralten Ausscheidungen der Tiere dick bedeckt. Ich mußte unwillkürlich wieder an ein Märchen aus Tausendundeiner Nacht denken – eines, bei dem der Minister, als er es seinem Sohn vorlas, gewiß geschluckt hatte –: Der gefährlich zwischen Gerechtigkeit und böser Rachsucht schwankende Kalif Harun al Raschid verdächtigt darin seine Lieblingssklavin, ihn betrogen zu haben, weil er fremde Samenspuren im Bett gefunden hat, und nur der weise Wesir kann das Leben der Sklavin retten, als er entdeckt, es handele sich um Fledermaussamen. Ja, wir waren ins mächtig Ekelhafte hinabgestiegen, und was in dieser düsteren Kammer des Gestanks der Aufmerksamkeit von Miniatur-Liebhaberinnen wert sein sollte, war vorläufig nicht ersichtlich. Wir scheuten uns, in diese Fledermausgrotte einzutreten. Es wird Fledermäusen zwar nachgesagt, daß sie um Hindernisse virtuos herumflögen und niemals im Dunkeln gegen eine Mauer stießen, aber die Vorstellung, auf engstem Raum im Geschwirr von hundert aufgeregten Fledermäusen zu stehen, war beunruhigend.

»Dies war ein Badekabinett«, sagte Purhoti, »es ist schon vom Großvater Seiner Hoheit nicht mehr benutzt worden. An diesem Teil der Mauer zogen sich ursprünglich drei Appartements königlicher Verwandter hin, die dann dem Bau dieser Kammer hier weichen mußten. Das Bad ist aus dieser Raumfolge als einziges übriggeblieben. Es ist vor etwa zweihundert Jahren restauriert worden, wir haben die Rechnungen der Handwerker im Archiv, mir scheint, damals seien auch Italiener beschäftigt worden.«

Iris hörte nicht auf, die Wände abzusuchen. Schwacher Glanz lag auf ihnen. »Stucco lustro«, sagte sie, »ein Verputz aus Marmorstaub, vielfältig abgeschliffen.« In Weiß waren Pflanzenranken in das schwarze Feld gesetzt, sie sahen aus wie Steinintarsien. Auch auf dem Boden waren winzige Flekken wie durch ein Wunder von dem scharf stinkenden Unrat freigeblieben. Eine Marmoreinlegearbeit konnte man ahnen. Die Überraschung aber: ein Band kleiner Bilder etwa einen halben Meter über dem Fußboden. Winzige Menschlein mit köstlichen Turbanen, kleine halbnackte Damen mit großen Augen, durchsichtigen Schleiern und großen Ringen in einem ihrer Nasenflügel, kleine Zelte, kleine Rösser, von nadelgroßen Lanzen erlegte, spatzengroße Tiger, Papageien und Elephanten, in deren Sänften vollendet schöne Damen und Herren saßen, reihten sich in zarten und wohlerhaltenen Farben aneinander. Iris ließ ihren Lampenstrahl auf einem nackten kleinen Mann mit juwelengeschmücktem Turban ruhen, der auf gestickten Polstern lag und eine halbverschleierte Dame mit den gespreizten Händen einer Tänzerin auf seiner Leibesmitte reiten ließ.

»Dies ist ein Anblick für reife Personen«, sagte Purhoti ernst. Der verstorbene König mochte dergleichen gar nicht. Der Geschmack der Monarchen war starkem Wandel unterworfen.

»Wir haben auf dem Thron von Sanchor alle Spielarten erlebt. König Laxman Singh verließ seinen Harem nie, und König Gopal Singh betrat ihn nie. König Shivindra Singh aß täglich zwölf Kilo Fleisch, und König Gopalakrishnan Singh aß beinahe nichts.«

Ich stand nah neben Iris. Der Gestank war jetzt weniger bedrängend, ich erlebte aufs neue, wie schnell ich mich an etwas Abstoßendes gewöhnen konnte. Es gelang mir sogar, aus der Wucht des Fledermausgeruchs den Geruch von Iris herauszulösen. Sie trug dasselbe Schwarz wie gestern, ihre Reisekleider, in denen sie eine lange Fahrt zurückgelegt hatte. Vermutlich ahnte sie, was sie erwartete, und wollte den Dreck in getragenen Sachen durchwaten. Ich muß über mich lächeln, wenn ich jetzt niederschreibe, was ich da von ihrem Körper herausspürte: etwas Nussiges. Das ist ein richtiges Delikatessenverkosterwort. Wein, Schinken, Austern, Käse, Tee und Honig, alles kann bei diesen Herrschaften »etwas Nussiges« haben. Eine unangenehme Konnotation ist das jedenfalls nicht, eher eine appetitanregende. Das Fett der Nuß ist etwas Edleres und Schlankeres als Speck und Butter und Öl.

Wir richteten uns auf, ich tat es mit Bedauern, so schön war es, mit ihr in das dunkle Loch zu gucken und Zierlich-

Entzückendes allmählich aus dem Schmutz hervortreten zu sehen.

»Die Decke muß den Rechnungen nach vielfach verspiegelt sein«, sagte Purhoti. Von den Glitzerspiegelchen in Rosen- und Rankenmustern hatten wir nichts erkennen können, die Krällchen der Fledermäuse hielten sich an den Stegen zwischen den Spiegelsplittern fest und verdeckten alles.

»Es war eine kleine Luxusschachtel«, sagte Iris. »Aber wie werden wir die Fledermäuse los?«

Purhoti rief den zahnlosen Greis. Sie berieten lange, der Alte mit den Schreien des sprechungewohnten Schwachsinnigen, Purhoti mit grausamer Genauigkeit und Gedämpftheit.

»Wir werden sie ausräuchern«, sagte er schließlich zu Iris.

»Aber ich bitte Sie, in dem Raum kein Feuer zu machen«, antwortete sie eindringlich. »Nur eine Räucherpfanne aufstellen – am besten sollten Sie zugegen sein. Und niemand darf den Raum danach putzen, solange ich nicht die Anordnung dazu erteile. Ich will erst eine Bestandsaufnahme machen. Man schlägt beim Putzen oft mehr kaputt als beim Schmutzigmachen.«

Sie sprach schnell und entschieden. Purhoti sah unbeteiligt, als verstehe er sie nicht, in eine andere Richtung. Spürte sie nicht, daß sie ihm keine Anweisungen zu geben hatte? Im Kosmos seiner inneren Bilder ruhte auch dies Fledermauszimmer, so wie alle Zimmer des Alten Forts, die verschlossenen und die offenen, die verwahrlosten und die halbwegs bewahrten. Niemand konnte ihm über diese Zimmer etwas Neues sagen. Seine Rache war fein. In den nächsten Tagen war er unauffindbar. Wenn diese Frau in Hosen im Alten Fort befahl, gedachte er nicht Zeuge zu sein.

»Wenn Sie den Dreck aus diesem Zimmer und von diesen Malereien entfernen, entfernen Sie das Indische davon«, sagte ich zu Iris, als wir über die breite Rampe zu Tal stiegen, um durch die Stadt zum Palast zurückzuschlendern. Ein Haufen kleinerer und größerer Jungen stand am Tor des Alten Forts und glotzte Iris stumm an. Ein kahlgeschorener Junge nahm seinen Mut zusammen, trat vor und sagte mit herausfordernder Stimme: »Where are you coming from?«

Wir antworteten nicht. Die Jungen wichen unseren prüfenden Blicken nicht aus.

»Wenn Sie nicht den Wagen nehmen, wird dieser Haufen uns durch die ganze Stadt folgen«, sagte ich. Sie trug heute Sandalen, ihre Füße waren nackt und braungebrannt. Sie hatte keinerlei Bedenken, mit ihnen durch den Straßenschmutz zu gehen.

»Der allgegenwärtige Staub«, sagte ich, »wie Mehl. Er macht die Füße unsichtbar beim Laufen, hüllt sie in Wolken. Trockener Dreck, verkrusteter Dreck, Dunstschwaden, Rauch, Fettschwaden, juckender Staub. Staub, der wie aus einem explodierenden Bovist in Puderwolken aufsteigt. Das Bräunliche, das über allem liegt. Sie als Restauratorin sind doch wahrscheinlich eine Feindin des gelblichen Galerietons, der vergilbten Lasuren auf den Ölgemälden des 19. Jahrhunderts. Von Indien können Sie diesen gelb-bräunlichen Ton mit keinem Lösungsmittel der Welt entfernen. Er ist den Farben eingeschmolzen. Das Wichtigste: Auch das Saubere hier ist schmutzig. Oder vielmehr: Nichts, auch das Frischgewaschene, kann hier sauber werden. Der Kampf gegen den Dreck wird mit Muskelkraft geführt. Sie hören morgens die regelmäßigen Schläge, als werde Holz zerkleinert. Das sind die Wäscherinnen, die das wenig befeuchtete und eingeseifte Wäschestück eine halbe Stunde lang mit Wucht auf den Felsen schlagen, um den Dreck aus ihm herauszuprügeln. Über aller weißen Wäsche liegt ein Grauschleier; man könnte auch sagen, das Weiß ist gebrochen, es ist malerisch geworden.

Weißer Marmor in Hotels und Flughäfen ist hier von schmalziger Schmierigkeit und talgigem Glanz. Auf dem Boden der Straßen, die wir durchqueren, steht der Schlamm von Seifenlauge, Blut, Urin, Tier- und Menschenunrat, zertrampelte Abfälle, Rotz, ausgespieener Betel, Schleim. Die Fingernägel der meisten Leute sind schwarz oder gelb, oft auch abgekaut. Die Frauenhände mit ihren Hennamustern sind wie in die eigene Menstruation getaucht. Alles Milchige schmeckt penetrant körperlich, wie Muttermilch, und bleibt als zuckriger Körpersaft lange auf der Zunge. Kein Haus kann ordentlich weiß gekälkt sein, ohne Flecken, ohne Schlamperei, kein Mauerwerk ohne Schwamm, Pilz, Moder, auch neue Gebäude sind davon alsbald befallen. Der organische Verfall schafft Alterslosigkeit, denn die kuhstallhafte Gärung läßt Alt und Neu gleich aussehen. Hier der dekorative Erfrischungswagen mit seinen Girlanden aus welkgequetschten gelben Nelken, seinen Pyramiden aus Eiern und Tomaten, den Schüsseln mit gehackten Zwiebeln, den rot hervorzüngelnden Chilischoten – die Gläser für Wasser und Tee sind so verkrustet, daß Sie auch als Verdurstende davor schaudern würden. Vor allem aber das Schmierige, gerade auch an den heiligen Orten: Ruß, Butterfett, Kokosöl, schmieriges Messing, schmalziges Silber.«

»Das Badezimmer muß so gereinigt sein, daß man es photographieren kann«, sagte Iris, die ihren eigenen Gedanken nachhing, »Sie könnten mir eigentlich gut ein wenig helfen.«

8.
Liebe »en miniature«

Als ich nachts aufwachte, heulten hundert Hunde zu Füßen des Palastes. Weiches, helles Licht fiel ins Zimmer. Es war Vollmond. Nur bei seinem Schein gelang es den räudigen gelben Hunden, die so geduckt einherschlichen, wenn sie einen Menschen sahen, sich zu jenem Wolfsrudel zu vereinen, das ihrer Herkunft eigentlich entsprach und das sie stark gemacht hätte. So gebrochen und heruntergekommen sie waren, gelang ihnen bei Tageslicht nur eine schwächliche Feindseligkeit, ein böses, aber zahnloses Knurren, manchmal auch ein kleiner Kampf, aber nur wenn einer von ihnen mit Sicherheit der Stärkere war. Mit Rührung sah ich aber die Hundemütter, die sich im Straßenschmutz ausgestreckt hatten und drei oder vier Welpen an ihren Zitzen saugen ließen. Die Welpen wußten noch nicht, was gespielt wurde. Sie erlebten die Welt noch als Schutz- und Nahrungsspenderin, aber die Mütter hielten ihren zerknirschten und beschämten Blick auf die Vorübergehenden gerichtet, als wollten sie Abbitte für ihre familiäre Schamlosigkeit leisten; sie wußten selber nicht, wie sie in die verzweiflungsvolle Lage geraten waren, so viele kleine Mäuler satt machen zu müssen, während es ihnen doch kaum gelang, das eigene Leben zu fristen. In dem kahlen weiten Feld um den Neuen Palast herum waren es die Hunde, die den Pfauen den Garaus machten, aber hier oben auf der Hochebene des Monsun-Palastes hatten sie tödliche Feinde, die Panther, die sich, so versicherte mir Gopalakrishnan Singh, von Hunden geradezu ernährten. Näherte sich ein

Panther, war der Hund verloren. Selbst angriffslustige und wohlgenährte Hunde wurden in der Gegenwart eines Panthers von einer Panik ergriffen, die sie lähmte. Der Monsun-Palast hatte auf diese Weise schon zweimal einen abgerichteten scharfen Wachhund verloren, der sonst Furcht und Zittern um sich verbreitet, beim Zubiß des Panthers aber stillhielt und nur angstvoll winselte wie unter einer über jedes Lebewesen verhängten gerechten Strafe.

Das Heulen der Hunde verband sich für mich mit der Vorstellung von der Austreibung der Fledermäuse aus dem kleinen Badekabinett im Alten Fort. Ich sah Goyas Radierung vor mir: »El sueño de la razon nasce monstros«, bei der ein Mann mit dem Kopf auf sein Manuskript gesunken ist und schläft, während sich aus der nächtlichen Tiefe ein Schauderstrom von Nachtgeflügel in die Lüfte ergießt. So stellte ich mir den Auszug der Fledermäuse aus dem Badekabinett vor, die dem beizenden Rauch der Räucherpfanne zu entkommen suchten. Ich hörte geradezu das Rauschen der feinen Hautflügel, ein Klatschen und Schwirren wie von breiten Bändern aus dünnem Gummi, ein drängelndes Schwärmen, einen Erguß von schwarzen Flügeln, als schieße ein dikker Tintenstrahl aus der niedrigen Tür. Das war eine lustvolle Vorstellung. Das stinkende Nachtgelichter floh gleichsam auf ein einziges wirkungsmächtiges Wort hin.

Im Alten Fort ließ ich mich am nächsten Morgen – der eigentlich schon Mittag war, denn die Hunde hatten mich in ihrer Mondanbetung lange nicht schlafen lassen – zu der Mauer und der engen Treppe führen, über die man zu dem Badekabinett hinabstieg. Verabredet war ich nicht. Die Aufforderung, dort unten zu helfen, hatte ich nicht ganz ernst genommen, aber nun lockte mich das innere Bild des vertriebenen Fledermausschwarms und vielleicht auch die verhohlene, schadenfrohe Neugier, was Iris nun allein in der dreckverkrusteten Kammer ausrichtete. Dieses Drecks Herr zu werden war eine geradezu mythische Aufgabe. Von oben schon sah ich zwei kleine Jungen mit beinahe blankgeschorenen Köpfen und nackten Füßen vor der geöffneten Holztür kauern. Eimer standen dort, ein kleines Mädchen mit Beinen, dünn wie Stöckchen, balancierte einen weiteren Eimer auf dem Kopf und setzte ihn behutsam ab. Ein schwarzes Gummikabel lag über den Stufen. Hätte ich es schon vorher bemerkt, hätte es mich aus dem Corps de logis des Forts bis hierher geleitet. Ich bückte mich und sah durch die niedrige Tür.

Innen herrschte das strahlende Licht einer von Eisenstäben geschützten Arbeitslampe. Iris kauerte auf dem Boden. Sie trug in der Hitze des kleinen Raums nur ein dünnes rosa Hemd, das einen großen Ausschnitt hatte und die Arme nackt ließ. Ich staunte, daß sie überhaupt nicht das Bedürfnis zu haben schien, ihren schönen, reinlichen Körper vor dem übelriechenden Unrat in diesem Loch zu schützen. Das Gröbste allerdings war schon hinausgeschafft. Der Boden war mit weißen Nesseltüchern bedeckt. Dicke Kunststoff- und Glasflaschen standen herum, aus ihren Hälsen stiegen chemische und alkoholische Essenzen, Aceton und Terpentin ließen den Fledermausgeruch nur noch schwach durchdringen. Vor sich hatte sie eine offene Bestecktasche mit Pinzetten, Spachteln, Schabern, kleinen Messern und dergleichen blitzend vernickelten Instrumenten, Wattebäusche und saubere Lappen lagen zur Hand. Das Räumchen war zum Operationssaal geworden. Es ging zu, wie wenn ein dreckstarrender Landstreicher ins Krankenhaus eingeliefert wird. Pflegerinnen von einer Reinlichkeit, die der gröbste Schmutz nicht beeinträchtigen kann, schneiden ihm die Lumpen vom Leib, waschen den schwärenbedeckten Körper, rasieren und verbinden den Mann, der nach kurzem in einem frisch bezogenen Bett liegt, als sei dies sein natürlicher Aufenthaltsort und als habe er nicht noch gestern über dem Entlüftungsgebläse eines Kaufhauses geschlafen. So wurde auch hier nicht einfach geputzt, sondern eine Wiedergeburt eingeleitet.

Wie gut die engstehenden Augen und die gebogene Nase des Mädchens zu seiner Tätigkeit paßten. Unerschrocken und scharf richtete sich ihr Gesicht auf den unmittelbar vor ihr liegenden Fall, der sich ihrem durchdringenden Blick vergeblich hinter Schmutzschleiern zu entziehen suchte. Iris strahlte, als sie mich wahrnahm, vielleicht weniger aus Freude, nun gerade mich zu sehen, als überhaupt einen Zeugen ihres Erfolges zu haben.

»Es geht ein bißchen langsam«, sagte sie, »aber die Malerei ist erstaunlich gut erhalten. Ich bin überzeugt, daß dies hier niemals eine Badestube gewesen ist, denn es gibt nicht die leisesten Anzeichen für Wasserschäden in der Malerei, die ja ganz unvermeidbar wären. Das Zimmer war immer trocken wie ein Pulvermagazin, und im Boden gibt es auch keinerlei Abfluß.«

Sie zog ein wenig von dem weißen Stoff beiseite. Ein reich intarsierter Boden, wie wir es nur hatten ahnen dürfen, wurde sichtbar. Aus weißem, schwarzem, rotem und gelbem Marmor waren Blüten und Ranken, die aus Vasen hervorwuchsen, in den Boden eingelassen. Iris war dabei, die Wände zu reinigen. An den Fries mit den Miniaturen hatte sie sich noch nicht gemacht, der war ihr zu delikat, obwohl doch gerade diesem Fries später die eigentliche dokumentatorische Aufmerksamkeit gelten sollte. Aber ein halber Quadratmeter des schwarzen Stucco lustro mit den weißen Kandelabern und Vasen schimmerte schon wie frisch gewachst.

»Ich würde den Dreck am allerliebsten nur herunterpusten«, sagte sie voll Eifer. Die Reinigungsessenzen trügen die

Gefahr in sich, den polierten Glanz wegzuätzen. Sie tupfte denn auch vor allem mit einem dicken Pinsel, etwas starrer als ein Rasierpinsel, auf die Wand und versuchte, die Krusten über dem Stuck zu pulverisieren und dann wie Puder wegzuwischen. Gelegentlich war ein lindes Reiben mit getränkten Wattetupfern und sogar angehaltenem Atem aber nicht zu vermeiden.

»Sie dürfen sich der Decke widmen, da können Sie am wenigsten kaputtmachen«, fuhr sie fort, ohne mich weiter anzusehen. »Aber ohne Gewalt. Kein hausfrauliches Wischen und Scheuern. Sie tupfen die Decke zuerst sorgfältig mit dieser weichen Bürste ab und reiben dann die einzelnen Spiegelscheiben ganz sanft mit einem feuchten Wattebausch ab.« Es sei damit zu rechnen, daß einzelne Spiegelstückchen lose säßen, wenn da rabiat herumgescheuert würde, hocke sie hier auf dem Boden bald in einem Regen aus Spiegelscherben.

»Was mit diesem Raum geschieht, wenn er gereinigt und photographiert worden ist, steht ohnehin in den Sternen.«

Die Kinderaugen draußen durchbohrten mich, während ich meine Jacke auszog und zu Iris hineinkroch. Warum war es so heiß in diesem tiefgelegenen Gemäuer? Es war, als steige man in den Maschinenraum eines Schiffes.

Die Decke war so niedrig, daß ich aufrechtstehend, wenn ich mich nur ein wenig reckte, mit dem Scheitel an sie stieß. Vier starke Eisenringe waren in sie eingelassen.

»Daran war eine große Schaukel befestigt«, sagte Iris, »eine Schaukel, die mit Kissen und Matratzen ein einziges hängendes Bett war. Wer auf diesem Bett lag, blickte in das Spiegelgeglitzer hinauf wie in den Himmel.«

Welch ein Umschwung im Geschmack der Könige! Solange sie das Leben ihrer Untertanen noch ganz in der Hand hielten, hatten sie sich in winzige Zellen eingeschlossen, aber seitdem sie, zunächst englisch, dann republikanisch entmachtet worden waren, konnten die Säle nicht mehr hoch und groß genug sein. Gab es hier kein Fenster?

»Das Fenster ist zugemauert«, sagte Iris, »früher muß man aus diesem Zimmer weit über das Land geblickt haben, aber ich glaube, diese Aussicht ist jetzt verbaut. Mir scheint, sie haben in diesem Schwalbennest einen Anbau angestoppelt, der das Zimmer zu ewiger Dunkelheit verdammt.«

Ich begann, mit der mir lässig von Iris heraufgereichten Bürste an die Decke zu tupfen. Die gesamte Decke war mit einem großen Teppichmuster aus mandelförmigen, quadratischen und halbmondförmigen Spiegelstückchen überzogen. Manche der Scherben waren festgekittet, andere wackelten leise, wie von Iris angekündigt. Es würde ein sehr unbequemes Arbeiten sein, hier im heißen Halbdunkel mit zurückgeworfenem Kopf, und jede Scherbe einzeln behutsam sauber zu reiben.

»Vorsicht. Sie treten mir auf die Fersen«, sagte Iris ungehalten. Platz war keiner da. Wenn zwei sich in diesem Gemach aufhalten sollten, mußten sie sich gut verstehen.

Blütenblatt für Blütenblatt weckte ich den Glanz des Silbers wieder auf. Das Spiegelglas in diesem Gemach war dick wie Steintäfelchen. In dem Silber war etwas Bleigraues, das dem reflektierten Bild eine weiche Flüssigkeit verlieh. Der Schweiß rann mir in Bächen den Hals hinab, mein Hemd war dunkel auf Brust und Rücken.

»Ziehen Sie es doch aus«, sagte Iris, ohne sich von ihrem metikulösen Reinigungswerk abzuwenden, »Sie sind hier auf dem Bau, Bauarbeiter tragen keine Hemden.«

Ich fragte sie, wie sie eigentlich nach Sanchor gekommen sei, wer denn überhaupt gewußt habe, welche Schätze sich unter dem Fledermauskot verbargen.

»Ein alter Freund von mir, ein ehemaliger Verehrer kennt hier jeden Stein und jedes bemalte Winkelchen.« Sie begann, mir eine Kunsthistorikerexistenz zu schildern, die Besessenheit des Sammelns und Forschens um des bloßen Wissens willen. »Ich behaupte, Nicolas Jenkins ist eigentlich blind und für Schönheit und Häßlichkeit gleichermaßen verloren.« Am Ende siege bei solchen Naturen aber die Häßlichkeit, denn sie sei das Häufigere, stets zur Hand Liegende, während die Schönheit aufgespürt werden müsse. Man könne die Verachtung der Kunsthistoriker für die Schönheit sehr gut daran ablesen, wie sie in ihrer gelehrten Prosa das Wort »schön« gebrauchten. »In der linken Seitenkapelle eine schöne Johannesskulptur aus dem 16. Jahrhundert«, heiße es da etwa, oder »Man betritt den Kreuzgang durch ein schönes Portal des 12. Jahrhunderts« – das bedeute immer, daß es sich um anonyme, vollständig uninteressante Arbeiten handle, »schön« sei in solchen Baubeschreibungen das Synonym für Drittrangigkeit, die auf eindringendere Charakterisierung keinen Anspruch erheben dürfe. Die Miniaturen der Fledermauskammer seien in den blinden Augen des Nicolas Jenkins übrigens ganz und gar nicht »schön«, sondern repräsentierten den »reifsten Typus später Mogul-Kunst«.

Mit Sympathie sprach sie nicht von ihrem verflossenen Freund. Zwei Sorten Engländer gebe es nach ihrer Erfahrung: Die einen badeten unablässig, die anderen überhaupt niemals. Nick habe zur zweiten Sorte gehört, ein saurer Buttermilchgeruch sei von ihm ausgegangen. Wenn er den Pullover auszog, habe sich die Luft mit dem Dunst der Umkleideräume von Knabeninternaten gefüllt. Ich dachte unwillkürlich daran, wie sie über mich sprechen werde, nachdem ich inzwischen in höchstem Maß unfrisch über ihr stand, der Terpentingeruch mochte allerdings manches übertönen, aber der Gedanke an einen Raubtierkäfig war nicht mehr abzuweisen. Zwei große und im Vergleich zu den indischen Kindern nun gar monströs schwere Menschen fanden sich gleichsam zwischen zwei Buchseiten gepreßt; ja, so mußte man diese Kammer nennen, mit ihren winzigen illustrativen Bildchen, ein kostbares, mit allem Luxus der Bibliophilie ausgestattetes Werk, ein Märchenbuch, das reale Menschen zwischen seinen Seiten einfangen und darin festkleben konnte. Nicolas Jenkins, der von Iris jetzt nur noch Nick genannt wurde, war von der Miniaturmalerei persischen Ursprungs, wie sie die Moguln und dann auch ihre Feinde, die rajputischen Fürsten, weiter pflegen ließen, gleichsam imprägniert. Miniaturen waren die einzigen Bildwerke, die er überhaupt wahrnahm. Ein großer Tizian wäre ihm vermutlich selbst dann unsichtbar geblieben, wenn man ihn mit der kurzen, stumpfen Nase darauf gestoßen hätte.

In Parenthese nur sei vermerkt, daß es wohl gerade der Krieg ist, der zur Verbreitung, zum Studium und zur Nachahmung der jeweils feindlichen Kultur führt. Erst wenn man den anderen umbringen will, interessiert man sich wirklich dafür, wie er sich kleidet, welche Musik er hört und was er liest. So war auch Nicks Wissen eine Frucht, eine mittelbare jedenfalls, der Gewalt. Sein Vater hatte als englischer Colonel Massendemonstrationen gegen England in Kalkutta niedergeschlagen und in den ruhigeren Phasen seines Dienstes eine große Sammlung graeco-indischer Münzen angelegt, die offenbar ziemlich einzigartig war. Nick versuchte, diese Sammlung loszuwerden, was Iris diesmal sogar verstand.

»Können Sie etwas mit Münzen anfangen? Diese kleinen, überwiegend übrigens ziemlich häßlichen Münzen finde ich völlig reizlos.« Es war schließlich eine Art Provinzialkunsthandwerk, oft genug mußte man raten, was überhaupt darauf abgebildet war, aber der alte Colonel Jenkins hatte jedes Stück beschrieben und zugeordnet, eine Heidenarbeit, die ihm nun niemand danken wollte. Nick war die väterliche

Sammlung, den letzten Nachrichten folgend, immer noch nicht losgeworden.

In Sanchor hatte Nick sich wiederholt aufgehalten, weniger mit den Augen, wie Iris behauptete, als mit einem gleichsam eingebauten Meßgerät nach Miniaturen suchend.

»Der Maharao, dieser alte Narr, ist ja allzu bereit, jedweden dahergelaufenen Europäer zu empfangen.« Er spiele dann König, was er gegenüber den eigenen Leuten wohl nicht mehr könne. »Er ist quasi pleite. Es gibt kein bares Geld im Haus.« Wenn jemand »seine Masche« noch nicht kenne – was meinte sie mit »Masche«? – nun, dieses Fürstengetue, das jeder Realität entbehre, der Mann glaube offenbar wirklich, man könne die Geschichte zurückdrehen – und wenn er für seine Ansichten, deren die Familie schon seit langem überdrüssig sei, unverbrauchtes Publikum finde, sei er, mit seinen beschränkten Mitteln, ein williger Gastgeber – »Sie scheinen auf seinen Ton wohl abzufahren«, sagte sie sehr ernst und konzentriert, weil sie auf ihrer schwarzen Wand an eine heikle Stelle geraten war, die ihre ganze Aufmerksamkeit beanspruchte. Zum Sprechen mußte sie nicht nachdenken, das lief von allein.

»König spielen und seine Sachen derart verkommen lassen«, murmelte sie verächtlich vor sich hin. »Ich sollte eigentlich die besten Stücke einfach ablösen und auf eigene Rechnung verkaufen, es würde kein Mensch merken.« Sie wußte, wovon sie sprach, denn sowohl ihr italienischer Lehrmeister, der bei unübersichtlichen Projekten, Sicherung von Ausgrabungen und ähnlichem, durchaus so verfahren war, wie auch sie selbst und ein ihr verschworener Kollege beschritten diesen Weg gelegentlich, mit dem besten Gewissen – »Wenn die Leute sich nicht darum kümmern, was sie besitzen, verdienen sie es nicht anders.« Besonders kränkte sie, daß sie nie wußte, ob der König sie beachte – »Denn bei diesen indischen Herren kann man sich da täuschen. Sie tun, als sähen sie durch einen hindurch, und versuchen plötzlich, einen zu vergewaltigen.« Der König sei wohl eher nicht dieser Typ, der interessiere sich, wenn sie das richtig sehe, wenig für Frauen, die eigene sei ihm davongelaufen – »Ach, das wissen Sie nicht? Aus einer wirklich reichen Familie, die Tochter des Maharadja von Chamnaghar, diese Leute hatten, bis Indira Ghandi ihnen die Apanagen strich, bei Hermès in Paris einen eigenen Sattlermeister, der nur für sie gearbeitet hat, Zaumzeug für die Poloponys. Sanchor war zwar vornehm, aber immer bettelarm. Sie hat sich als Nonne einem Swami angeschlossen, so macht man das hier. Sie hat sich auf dem Gelände eines Ashrams ein großes Haus gebaut und lebt dort jetzt mit ihrer wahrscheinlich immer schöner werdenden Seele.«

Diese Nachricht traf mich. Es mußte den König schmerzen, derart von seiner Frau getrennt zu sein, vielleicht nicht einmal um des menschlichen Verlustes willen, als einfach, weil er Verletzungen des Institutionellen gewiß besonders empfindlich gegenüber stand. Die Frau blieb in ihrer Königinnenrolle ohnehin meist unsichtbar, aber der Kronprinz war mehr als ein Sohn, er war der König der Zukunft. So mußte Seine Hoheit alles, das eigene Königtum und das gesamte Haus von Sanchor in Vergangenheit und Zukunft ganz allein darstellen.

»Nick wollte hier natürlich gern seine Münzen loswerden. Er hat dem König vorgeschlagen, ihm im Austausch die Miniaturen aus dem Thronsaal im Alten Fort zu überlassen – Bescheidenheit ziert ihn nicht unbedingt. Der Maharao wäre mit der Zeit vielleicht sogar darauf eingegangen, wenn Nicks Frau sich hier nicht so fürchterlich aufgeführt hätte.« Sie entwarf das Porträt einer präraffaelitischen Seelilie, mit brandrotem Haar und weißen Nixengliedern, Rowena hieß die

Dame, frostig und unnahbar trat sie auf und offenbarte jedermann nach kurzem ihre kalte, ruppige Lüsternheit. Prinz Gopalakrishnan geriet förmlich aus dem Häuschen. Daß es eine solche Frau gab, hatte er sich nicht vorstellen können. Sie griff ihn sich schon im großen Salon, vor den weit aufgerissenen Augen seiner stummen Frau. In wenigen Tagen saugte sie ihn förmlich aus und beschwerte sich noch darüber. Von Kamasutra und verfeinerter Liebeskunst habe man in diesem Wüstenwinkel offenbar noch nie gehört, der Herr sei doch wahrlich zu alt, um sich wie ein Kaninchenbock zu betragen. In den Weiten des Hauses, dessen Korridore und Säle und Doppeltüren eigentlich jedes Geräusch schluckten, war der Lärm, den Rowena machte, weithin zu vernehmen. Es wunderte mich aber nicht, daß Gopalakrishnan Singh einer solchen Chance erlaubt hatte, ihn zu ergreifen, wie man hier wohl formulieren darf. Wenn er sich seine Hose hochzog, die wegen des gewölbten Bauches leicht rutschte, ergriff er den Stoff stets hinten über dem Gesäß, das war die ingenieursmäßig effizienteste Art, sich die Hose hochzuziehen, sie blieb dann ein Weilchen länger auf der gewünschten Höhe. Ich sah in dieser Geste den Beweis, daß er sich für größere, auch überraschende Aufgaben gerüstet hielt, ein grundsätzliches Bereitsein drückte sich darin aus. Daß Purhotis Version vom Scheitern der numismatischen Transaktion ganz anders klang, war selbstverständlich. Solche Vorfälle ignorierte der Brahmane en titre.

Nick hatte diese Ausschweifungskatastrophe in völliger Teilnahmslosigkeit hingenommen – »wie immer, wie bei mir schon«, sagte Iris, und es klang sogar ein wenig bitter. »Es gibt Männer, die einen verlassen und die man dennoch weiterliebt. Das ist die beste und die schlimmste Sorte; wenn man an so einen gerät, ist man verloren. Ich achte darauf, solche Herren nach Möglichkeit auszulassen. Es gibt Männer, die man selber verläßt, die aber Freunde bleiben. Meist war dann nicht viel, und der gesamte Liebesaufwand war nur ein Mißverständnis. Es gibt Männer, die einen verlassen und die man dafür haßt, dann ist man vollends die Dumme. Nick gehörte zu der Sorte, die ich verlassen habe und gleichzeitig haßte, weil ich mir von ihm bekleckert vorkam. Ich glaube, er wollte gern zugucken, wenn ich ihn betrog.«

Ich tat, als staune ich darüber, daß es Mrs. Jenkins gelungen sei, einen Mann wie den Prinzen Gopalakrishnan Singh in ihren Sexualsumpf zu ziehen. Waren die Sphären dieser beiden Menschen nicht unüberbrückbar getrennt? Nun, ein vergleichsweise kleines Körperteil konnte solche Kluften eben doch überwinden, zeitweise wenigstens. Eines Morgens hatten die Jenkins beim Erwachen den Palast wie ausgestorben vorgefunden. Als sie von der erfolglosen Suche nach einer Menschenseele in ihr Schlafzimmer zurückkehrten, fanden sie schließlich einen Diener, der gerade dabei war, ihre Kleider recht lieblos in die Koffer zu stopfen. Draußen war ein Taxi vorgefahren. Ein royaler Hinauswurf. Nick war außerstande, Peinlichkeit schmerzhaft zu empfinden, aber der Abschied von den soeben mehr erahnten als entdeckten Miniaturen tat ihm weh.

»Und natürlich ist er immer noch mit Rowena zusammen«, sagte Iris streng. »Solche Ereignisse bilden offenbar einen festen Kitt.« Sie selbst habe sich pragmatischerweise längst mit Nick versöhnt. Man dürfe die Abneigung gegen andere nicht in Selbstschädigung umschlagen lassen. Immerhin leite er inzwischen das Department Persian Paintings im Victoria and Albert Museum. Die helle Lampe war vor allem auf das Stück Wand gerichtet, das Iris bearbeitete, aber ein Lichtstrahl fiel auch auf meine Spiegeldecke. Die Spiegelscherben waren nicht ganz plan zueinander gesetzt, so daß sie kein geschlossenes Bild erzeugten, sondern ein vielfältig gebrochenes, wie eine Wasseroberfläche, in die ein kleiner Stein geworfen wird. Mein Körper erschien aufgesplittert und als fliege er sanft in tausend Stückchen auseinander. Meine Arbeit machte mir Freude. Immer mehr Spiegelsilber offenbarte sich.

»Man müßte in diesem Zimmer mit einer Kerze sitzen. Ich könnte mir vorstellen, daß jedes Spiegelchen sie reflektiert.«

»Nichts leichter als das«, sagte Iris. Sie habe Kerzen dabei, denn der Stromausfall sei nur eine Frage der Zeit, jeden Tag falle der Strom schließlich für ein paar Stunden aus. Seltsamerweise nicht beim Erdbeben neulich. Hell erleuchtet wäre der Monsun-Palast über uns zusammengestürzt. Am Leben geblieben wäre nur der König, der erst nach dem Erdstoß eintraf. Ihn selbst hätte das am wenigsten verwundert.

»Noch nie ist ein König von Sanchor beim Erdbeben umgekommen. Manche wurden ermordet, andere starben auf der Jagd, viele sind im Kampf gefallen.« Mit diesen Worten hatte der König mir noch einmal seine These bekräftigt, daß die nur scheinbar blinde Gewalt der Erde die Monarchie respektiere. Als habe sie meine Gedanken lesen können, sagte Iris unversehens: »Der einzige Mensch, der den König ernst nimmt, ist Jimmy. Er findet ihn gefährlich. Er hält ihn für ein Hindernis auf dem Weg des Fortschritts. Am liebsten hätte er sein ganzes Reiseprogramm umgestoßen, um den König auf den richtigen Weg zu bringen, in mehreren vielstündigen Diskussionen, eigentlichen Missionsgesprächen. Er wäre gern Zeuge, wie der König sein Königtum ablegte, ein Königtum, das von allen Menschen außer dem König selbst nur Jimmy für etwas Reales hält.« In einem Kopf wie dem von Jimmy sei dies Ablegen des Königtums eine geradezu physikalische Voraussetzung für den Fortbestand der Erde. Wenn ein König sein Königtum ablege, um sich als Gleicher unter die Gleichen froh einzuordnen, seufze in den mystischen

Vorstellungen eines Jimmy die Erde regelrecht auf. Er habe Iris hinterlassen, daß sie alles tun müsse, um wenigstens die Prinzessin-Schwägerin aufzuhetzen – das sei es, was er meine, gewählt habe er ein anderes Wort. Iris müsse nach Jimmys Phantasien die Schwägerin dazu bringen, ihrem Schwager unvermittelt ohne den Purdah, den Schleier, entgegenzutreten. Ein solcher Aufstand gegen die Form müsse wie ein Schock auf den König wirken, ein Stoß, der vielleicht die monarchische Riesenkuppel erzittern und womöglich einstürzen lasse. Jimmy male sich Haremsszenen aus, in denen Iris und Prinzessin Karūna Devi nur halb bekleidet zusammenkuschelten und sich die Haare kämmten, und diese schönen Stunden müßten der unterdrückten Rajputin das Herz öffnen. Im Grunde seien Menschen wie Jimmy in ihrem politischen Engagement vom Kino verdorben. Wie viele verkorkste Existenzen habe er lange Zeit versucht, einen Film zu drehen. Das Auftreten der Prinzessin Karūna Devi ohne Purdah oder gar das Herunterreißen ihres Purdahs und die Entschleierung eines trotzigen Frauenblicks sei eine echte Filmszene, eine Drehbuchidee. Dabei bleibe es dann meistens, über diesen bildnerischen Höhepunkt gehe es dann meistens nicht hinaus im Kino.

»Ich werde den Teufel tun, um Karūna Devi mit solchen Vorschlägen zu belästigen. Meine Lebensdevise ist: Jeder, wie er kann und wie er muß – was geschehen soll, geschieht.«

Das stamme aber doch auch aus dem Kino, sagte ich, meinem kubistisch vielfältig verzerrten Gesicht über mir zugewandt. Iris wandte mir erstmals ihren Kopf zu und sagte mit ruhigem Staunen: »Woher wissen Sie das? Sogar aus einem sehr schönen Film.«

Es war viel Zeit vergangen. Als ich mich neigte, um den Kopf aus der Tür zu stecken, sah ich warmes goldenes Abendlicht die steile Treppe zwischen den hohen Mauern herabfließen. Jede Stufe hatte einen scharfen, dunklen Dreiecksschatten, und auf der Mauer lag ein rotgoldener Schein. Die Kinder waren fort. Die Vögelchen, die zu einer bestimmten Stunde den Kopf unter die Flügel stecken, hatten sich, ohne daß wir es bemerkt hätten, verzogen. Auch der Greis war nicht in Sicht. Nur ein Schwarm von Raubvögeln umkreiste das Alte Fort in großer Höhe. Der Geier oder Adler dort oben sah mich, während ich aus dem Türloch blickte, viel genauer als ich ihn.

»Wir sind allein hier unten«, sagte ich zu Iris. Sie hatte eine oder zwei Handbreit von dem Miniaturenfries schon ganz von den Schmutzschleiern befreit, im Gegensatz zu den noch ungereinigten Stücken leuchteten sie frisch hervor. Ich verstand jetzt, warum ein solch kostbares Zimmer so klein sein mußte. Kleinheit war der einzig mögliche Rahmen dieser Kunst. Wer hier auf der den Boden streifenden, mit herrlichen Kissen bedeckten Schaukel lag, die selber schon mit kleinen Elephanten und Rössern, Pfauen und Schwänen bedruckt und bestickt waren, glitt in der langsamen Bewegung des Schaukelns an diesen Bilderbögen auf der Höhe seines Kopfes vorbei. Es waren Bilder, die gleichsam aus den mit Daunen gefüllten Kopfpolstern hervorquollen. Die fürstliche Jagd: der König mit rosafarbenem Turban und Augen, deren Wimpern man zählen konnte, auf dem zierlichsten Elephanten thronend und zugleich seinen nadelscharfen Jagdspeer schleudernd, der drachenartig schöne Tiger, der im Aufgespießtwerden noch einen Ballettsprung durch die von Blumensternen übersäten grünen Wiesen machte. Sollte es hier wirklich, wie Purhoti beteuerte, einmal so sattgrün ausgesehen haben, so paradiesgärtleinhaft mit Erdbeeren und Himbeeren und anderen köstlichen Früchten und Früchtchen gesättigt? Waren die Könige in solch jugendschöner Eleganz auf die Jagd gezogen, ein Töten und Erdolchen ohne Schweiß und Blutflecken, wie es sich für die Augen der Frauen geziemte, die ihren Serail nie verließen und die Außenwelt nie anders als durch die winzigen Löchlein der durchbrochenen Fenstergitter sahen? Von Ernst und Härte des Lebens konnten sie in ihren Käfigen, die stets neu von Essenzen und Räucherwerk durchduftet waren, dennoch erzählen, und auch sie selbst waren zu einem feurigen Ende bestimmt; nach einem kurzen Leben in kunstvollster Pracht erwartete sie der Scheiterhaufen, und vor dem Anzünden drückten sie ihre in parfümierte Farbe getauchten Hände noch gegen die Mauer neben dem Palasttor. Auch die Dame, die im Thronsaal eingemauert stand, hatte sich, von Schönheit umgeben, gewiß nie Illusionen über das Leben gemacht.

Unsere Köpfe waren näher beieinander, wie während der ganzen letzten Stunden nicht. Meine nackten Arme berührten die Haut von Iris' Schultern, die gleichfalls feucht waren. Sie rieben sich nicht, sondern sie glitten übereinander, ich empfand erst Verlegenheit über mein Schwitzen, aber Iris ging es genauso, und jetzt waren wir schon viel zu eng aneinandergepreßt, um noch Bedenken dieser Art zu empfinden. Sie wich nicht zurück. Wir waren aneinandergeschmiegt und dann auch, ohne daß da einzelne Stadien noch hätten auseinandergehalten werden können, regelrecht verschmolzen. Ich sah neben meinem Kopf die winzige Dame mit dem übergroßen Auge im Profil, deren Nasenflügel mit einem Ring geschmückt war, auf dem elfenbeinernen Körper des Königs reiten, der den Turban, das Zeichen seiner Würde, ebensowenig abgelegt hatte wie bei der Jagd und im Krieg. Iris hielt den Kopf von mir abgewandt, ich sah nur ein Auge, das geschlossen war. In den Spiegeln wogte eine Ballung von Reflexen, die keinen geschlossenen Körper bildeten. Als Iris mir ihren Kopf unversehens zuwandte, ohne mich allerdings anzusehen, war mir, als bestehe er in Wahrheit aus zwei Reliefhälften, als fehle ein Stück, um ihn zu einem vollständig runden Kopf zu machen. Aber ich weiß genau, daß ich mich in diesem Augenblick erhoben und befreit fühlte – es gab schließlich niemanden, dem ich Rechenschaft schuldig war und von Fledermaussamen und ähnlichen Ausflüchten sprechen mußte.

9.
Der König reist

Es wäre jetzt an der Zeit gewesen, mit dem König und seinem Bankier, der mit Gewißheit nicht in Sanchor, sondern in Ahmedabad oder Jaipur saß, eine genaue Beratung bezüglich des Hotelprojektes abzuhalten. Da gab es zunächst den Plan des Königs selbst, der durchzurechnen und auf seine Erfolgschancen zu prüfen war: ein Grandhotel im Frauenflügel des Alten Forts. Je länger ich daran herumknobelte, desto skeptischer war ich. Der Frauenflügel war als Behausung einer Königin und ihrer Damen, womöglich auch von Nebenfrauen, riesenhaft, aber für ein Hotel, das mindestens zwölf Suiten haben sollte, viel zu klein. Hier einen Bezirk des Luxus entstehen zu lassen, der die Gäste für die Abwesenheit jeder touristischen Attraktion entschädigte, würde die Mittel des Königs mit Gewißheit übersteigen. Es gehört zu den Absurditäten unserer Zeit, daß der Bau eines edlen Palastes voller Kunstschätze, silberner Möbel, Malereien, Spiegelzimmer und köstlicher Raumerfindungen einst bedeutend weniger gekostet hat als heute ein banaler Betonkasten mit aufgeklebten Dekorationen, die eine Ersatzkulisse für den wirklichen, den eben unbezahlbar gewordenen Luxus herstellen sollen. Der König war sich möglicherweise nicht im klaren darüber, daß sein Hotel, bevor es seinen Reichtum mehrte, wie einst durch Sanchor ziehende Karawanen mit ihren Abgaben dem Reich Subsidien gebracht hatten, vor allem zunächst eine gewaltige finanzielle Anstrengung bedeuten würde. Er sah seinen Palast als das, was er tatsächlich auch war, die Krone von Sanchor, die Zusammenfassung der einst beträchtlichen künstlerischen Kraft seines kleinen Reiches. Das Alte Fort war das Kostbarste und Schönste, was er und Sanchor besaßen, ein unbezweifelbar hoher Wert, der nicht im mindesten dadurch beeinträchtigt wurde, daß es im Alten Fort nur einen einzigen Wasserhahn gab, aus dem nur selten ein wenig braunes Wasser floß. Gast in diesem Palast sein zu dürfen, mußte für jeden gebildeten Menschen, jeden homme de qualité ein unvergeßliches Erlebnis sein, denn daß hier der Verfall herrschte, änderte schließlich nichts an den vollendeten Proportionen der Gebäude, die in ihrer Würde unangetastet waren. In seiner majestätischen Bedürfnislosigkeit, die sich mit der seiner armen Bauern vergleichen ließ, vermochte der König sich nicht vorzustellen, was ein deutscher Immobilienmakler oder Schönheitschirurg als selbstverständliche Lebensnotwendigkeit seiner zivilisierten Persönlichkeit ansehen würde. Luxus war nicht mehr der außergewöhnliche Zustand von Schönheit und Pracht und Geschmack in Hülle und Fülle, sondern eine exakt kategorisierte Ware, über der eben nicht mehr ein unabsehbares Sternenmeer funkelte, sondern die präzis bemessenen fünf Sterne. Und auch die leuchteten nur, wenn im Badezimmer einer Suite das Wasser in der Wanne auf Knopfdruck zum Brodeln gebracht werden konnte.

Ich hielt für den König, den ich inzwischen schon gar nicht mehr mit den groben ökonomischen Fakten behelligen wollte, einen Gegenvorschlag bereit, der ihn erheblich weniger, beinahe überhaupt nicht belasten würde und der leichter zu realisieren war. Meine dänischen Auftraggeber planten ein Luxushotel in Zelten, eine aufwendige Karawane, die eine mittelgroße Reisegruppe zu Zielen fern der touristischen Trampelpfade führen sollte. Konnte die Karawane nicht auch in Sanchor Station machen? Einmal im Monat während der

Saison kämen dann die Omnibusse und Lastwagen angerollt, stellten die Zelte mit Fernseher und Badezimmer vielleicht im großen Hof des Alten Forts auf, wo auf offenen Feuern Lämmer gebraten würden, und nach nächtlichem Feuerwerk und Audienz bei Seiner Hoheit im Thronsaal wäre der Spuk schon wieder für eine Weile vorbei. Genug für zwei Stunden Besichtigung bot Sanchor.

Solche Gedanken entwickelte ich mit dem besten Willen, in einem Gefühl, den König vor sich selbst schützen zu müssen, und kam mir dabei schon geradezu niederträchtig und verräterisch vor. Und nun erst, nachdem ich Iris-Winnetous Lästerreden über den König widerspruchslos angehört hatte! Ich hätte protestieren müssen. Warum ich das nicht tat, war mir gleichfalls klar.

Hatte ich auch Manon verraten? Diese Frage war nicht so leicht zu beantworten. Das Freiheits- und Befreiungsgefühl hielt auch am nächsten Morgen noch in mir vor oder ließ sich jedenfalls noch einmal etwas abgeschwächt hervorrufen. Es mischte sich auch Trotz und Schadenfreude hinein, sogar Racheempfindungen, als sei Rache ein Institut, auf das man ein Recht erwerben könne. Aber zugleich weckte diese Freiheit ein Unbehagen. Wollte ich etwa gar nicht so frei sein? Wollte ich etwa gar nicht das Recht besitzen, mich zu rächen? Mir war, als hätte ich eigentlich auch keinen Anlaß dazu. Ich hielt jetzt plötzlich für möglich, einem Mißverständnis erlegen zu sein. Warum hatte ich Manons Erklärungen nicht angehört? Warum hatte ihre offenkundige Verzweiflung bei mir nicht wenigstens den Verdacht geweckt, es könne so einfach, wie die Dinge aussahen, am Ende nicht gewesen sein?

Schweigend war ich mit Iris aus dem Alten Fort zurückgekehrt. Wir liefen nebeneinander her, ohne uns zu berühren, was sich auf den Straßen von Sanchor ohnehin verboten hätte, aber ich vermute, wir wären auch in libertiner Atmosphäre nicht umschlungen dahergekommen. Die Nacht verbrachte ich jedenfalls allein, gleichfalls unverabredet, aber auch Iris war es wohl darum zu tun, im Palast keine Erinnerungen an Rowena Jenkins zu wecken.

Der König hatte mich auf einen kurzen Brief, den ich ihm von dem alten Kuhhirten überbringen ließ, wissen lassen, Gelegenheit zu ausführlicher Beratung des Hotelprojekts biete eine kleine Reise, die er morgen zu unternehmen habe, in Wahrnehmung königlicher Pflichten. Die Fahrt sei lang, und während ihr seien wir ungestört. In Sanchor erlaube der Tagesablauf keine mehrstündigen Besprechungen. Jedenfalls nicht mit mir – da mochte er Recht haben. Am Telephon allerdings verließ ihn sein antreibendes Zeitgefühl. Ein Telephongespräch fand außerhalb der von Uhren zu messenden Zeit statt. Vielleicht war in ihm das Erlebnis der Lebensvereinfachung und des Zeitgewinns, das die ersten Telephone in Sanchor bedeuteten, noch frisch erhalten. Ein Telephongespräch war zunächst immer zeitsparend und nicht zeitverschlingend.

Wie eine Vorbereitung auf diese gemeinsame Reise kam zu früher Morgenstunde durch das ausgetrocknete Land eine Frau in rotem Sari gewandelt, die, als sie den Topf mit Wasser, den sie von weit her getragen hatte, absetzte, zwei Scheitel in ihrem Haar offenbarte. Das sei, hatte ich erfahren, einst Brauch der Frauen von Sanchor gewesen, heute aber nicht mehr so häufig zu sehen. Der eine Scheitel war der Pfad der Götter, der andere der Pfad des Königs. Übrigens drücke sich, so Gopalakrishnans Überzeugung, in dieser Frisur heute keineswegs etwa ein politisches Treuebekenntnis zum Königtum aus, sie sei einfach eine Gewohnheit, eine etwas irritierende Gewohnheit allerdings, man glaubte, der Kopf sei irgendwie falsch zusammengesetzt. Auf meine Frage, ob es so etwas wie alte Königstreue, Sehnsucht nach der Monarchie und Verschworenheit mit dem König in Sanchor denn noch gebe, antwortete der Agnat ausweichend: »Sie beobachten uns, sie wissen nicht genau, woran wir sind. Wir sind da, wir sind in unseren Palästen, Seine Hoheit verbringt buchstäblich jeden Tag mit Repräsentation, aber Sie wissen auch, daß mit unserer Herrschaft etwas geschehen ist, etwas schwer Beschreibbares, und nun wollen Sie feststellen, wie wir uns verhalten, um ihr eigenes Verhalten danach auszurichten.«

Wie geschah es, wenn der König den Pfad des Scheitels beschritt? Merkte die Untertanin davon überhaupt etwas? Es war gut, daß ich früh erwacht war, zur Stunde der größten Schönheit des kahlen Parkes, wenn eine Rauchigkeit über ihm lag und das Morgenrosa verschleierte. Alles atmete dann Verheißung. Jeder streunende Hund und jeder auf einem Ast wankende Pfau waren Boten eines Ereignisses, das dann nicht unbedingt eintraf. Wenn der Neue Palast aus der Nacht in den Tag eintauchte, war es wie zu den Jahren seines größten Glanzes. Jeden Augenblick könnten sich seine hundert Fliegendrahtpendeltüren öffnen und einen Strom von schlanken Dienern in weißer Seide mit safrangelben Turbanen entlassen. Statt dessen wurde an meine Tür gekratzt. Zum Glück war ich schon halb angezogen.

Die beiden Männer draußen kannte ich nicht. Der kleinere war hübsch und etwas feist, kurzbeinig, aber sehr elegant in einem Anzug aus Rohseide, hochgeschlossen, dazu trug er einen bunten runden Turban, der ihn noch ein wenig kompakter aussehen ließ. Der andere Mann war groß und dünn, in engem Uniformrock, der dies Dünne noch hervorhob, weil er trotz seiner Tailliertheit lose saß. Die beiden drängten ohne weiteres herein und machten keine großen Umstände sich vorzustellen. Der Maharao sende sie, sagte der kleine Turbanträger mit etwas zu behendem Charme, er war auf naive Art eitel und glaubte gewiß, die ganze Welt zu beglücken, wenn er so nett war, ein Lächeln aufzusetzen. Der dünne Mann hingegen war von großem Ernst. Seine Adlernase und sein schwarzer Schnurrbart betonten noch das militärische Air.

Ich möge mich setzen, wurde mir bedeutet. Der König habe angeordnet, daß ich bei der Festlichkeit, zu der wir reisten, einen Turban zu tragen hätte. Der kleine Mann war kein Diener, wurde mir jetzt klar. Der lange Dünne hatte unterdessen viele Meter bunten Stoff aus einem kleinen Paket kunstvoll um Hand und Ellenbogen gewickelt. Er begann seine Turbanwindung mit knappen, wohlkalkulierten Bewegungen, als habe er einer ganzen Kompanie die Turbane zu präparieren. Bahn um Bahn legte sich um meine Stirn. Der Stoff war fest und etwas kratzig. Dann durfte ich mich im Spiegel besehen. Auf meinem Kopf saß eine knallbunte Bombe. Dies Rot, Gelb und Grün verlangte nach dunkler Haut. Ich sah wie ein rosiges Schwein darunter aus. Wenn ich diesen Turban trug, würde ich die komische Figur des königlichen Cortège. War mir diese Rolle womöglich zugedacht? Sollte ich wie die Geisel eines besiegten Volkes mitgeführt werden, oder als hoch aufgeschossener Ehrenzwerg oder Ehrenmonstrosität? Der Turban war so fest gezwirbelt, daß er sich, ohne auseinanderzufallen, abnehmen ließ wie ein Hut. Draußen stand der Jeep, der brave Streitwagen, während die verwöhnten Chevrolets räderlos und aufgebockt buchstäblich jeder Arbeit enthoben waren.

Ob sich jemand einen Turban aufsetzen läßt, kann er nur selbst entscheiden. Ich war zu dieser Entscheidung jetzt nicht imstande. Schuldbewußtsein gegenüber dem Herrscher lähmte mich, hypochondrisches Nachsinnen über Manon, sogar eine Art irrlichternde Reue gegenüber dem Vorfall in der Fledermauskammer, auch eine Art Groll gegenüber

Iris, die das Ereignis für meinen Geschmack allzu lässig-männlich nahm. Sie schlief wohl noch; wo, wußte ich nicht. Aus der Ferne kam ein junger Mann herangeschlendert, ärmlich, aber städtisch sportlich gekleidet, mit sehr dunklem, ein wenig groteskem Gesicht, faunisch, mit abstehenden dickschwarzen Haarbüscheln und wild in den Gaumen gefügten weißen Zähnen, die Hände in den Hosentaschen, von einer Feingliedrigkeit, die zunächst unterernährt wirkte, ohne es zu sein. Dieser Achtzehnjährige war der Fahrer des Jeeps. An der Rampe des Palastes versammelte sich jetzt Dienerschaft, wie der schmutzige alte Kuhhirte gekleidet in der Tracht der Devasi. Es wurde deutlich, daß diese Reisegesellschaft nach ganz anderen ästhetischen Prinzipien zusammengesetzt war als die stumm ergebene Gruppe, die vor allem dazu gut war, mit entzücktem Lächeln zu grüßen und sich zu verneigen. Der dreiste, hochzeitlich geputzte junge Rajpute, der ernst-entschlossene, adlerartige dünne Mann, hinter dessen Schweigen sich gewiß noch mehr Kenntnisse verbargen als die Kunst, komplizierte Turbane zu wickeln, was an sich schon Wissenschaft genug gewesen wäre, der wild-ungezähmte Chauffeur und ich: wir vier stellten weniger ein dienendes Gefolge als eine kleine Argonautenschar dar. Was der König auch tat, er tat es mit Bedacht.

Er trat aus seinem Pavillon. Für die Reise hatte er ein Sporthemd angezogen, das er über den Hosen trug, der Kragen war wieder schillerkragenmäßig ausgelegt. Wann hatte er dies Konzept der Schillerkrägen adaptiert? Es paßte eigentlich besser in die Kreise, von denen er sich als junger Mann fern, vielleicht zum Schaden der Monarchie allzu fern gehalten hatte, zu den Intellektuellen und Rechtsanwälten um Leute wie Jinnah und Chandra Bose, die in den dreißiger Jahren für die Freiheit Indiens kämpften. Der König holte den antienglischen Affekt mit jahrzehntelanger Verspätung jetzt gleichsam nach. Es war nun keinerlei politischer Vorteil mehr damit verbunden, wie mit keiner Haltung, die der König sich zu eigen gemacht hatte. Der Jeep war ungefedert. Die Sitze bestanden aus Segeltuchbahnen, die in Eisenrahmen gespannt waren und auf denen es sich nach kurzem so hart wie auf Holz saß.

»Ich warne Sie, mit meinem Bruder zu reisen«, hatte Prinz Gopalakrishnan Singh gesagt, »die Bedingungen werden spartanisch sein.« Was verband er mit Sparta? Wahrscheinlich nicht viel mehr als den Jeep Seiner Hoheit. Verwöhnt wie er von seiner Haltung her wirkte, hätte man ihm am liebsten jeden Schritt erspart. Gopalakrishnan hätte eigentlich von Zimmer zu Zimmer getragen werden müssen. Solche Wünsche verbat ihm aber seine liberal-demokratische Geheimüberzeugung, in einer Welt zu existieren, aus der die Wirklichkeit unablässig herausrann wie Reis aus einem geplatzten Sack. Reis war nebenbei sein bevorzugtes Nahrungsmittel, eine Schüssel weißer Reis mit etwas Salz und Butter, aber obwohl der König diese Vorliebe teilte, verachtete er eine Tafel, die nicht in alter Weise reich bestellt war. Für die Abfahrt hatte er als Stärkung heiße Safranmilch bestellt, die nun in klebrigen Gläsern gebracht wurde, der Blütenstaub und der zarte Stempel der Safrankrokusse schwammen auf der grau getönten, dickflüssigen Milch. Der König war glänzend gelaunt. Alle körperlichen Anstrengungen, ja Überanstrengungen, ließen ihn das Leben als genußreich empfinden. Er versetzte sich selbst gern in Erstaunen mit Schilderungen der Strapazen, die er täglich auf sich nahm. Gestern Nacht sei er erst gegen drei nach Hause gekommen, er habe also nur zweieinhalb Stunden geschlafen. Es war gut, wenn der König eines Reichs leistungsfähiger und stärker war als seine Untertanen. Er war vielleicht nicht geradezu stärker, aber unermüdlicher. Das war, so unterrichtete er mich, vor allem eine

Frage seiner Intelligenz. Wenn Intelligenz fehlte, brachte Körperkraft nicht viel. Er hingegen war durch den Geist befähigt, seine Körperkraft richtig einzusetzen und das Letzte aus sich herauszuholen. Wenn sein Körper erschöpft sei, treibe der Geist ihn weiter. Man mußte anerkennen, daß der König keine Ruhe kannte. Dafür aber die Orte, die ihm zugehörten: Wenn er den Monsun-Palast oder den Neuen Palast verließ, versanken diese Häuser in einen tiefen Brunnen der Stille.

Im Jeep wurde es eng. Neben dem lässigen und, wie ich mir vorstellte, unbeeinflußbaren, mutwilligen Fahrer nahm auf dem roten Königskissen unser Herrscher Platz, während sich auf der hinteren Bank der dünne lange Mann, der dreiste Rajpute und ich drängten. Nur Planen, die im Wind flatterten, trennten uns von der Außenwelt. Es war laut. Der Motor dröhnte und die Planen klatschten an die Eisenteile. Wie hatte Seine Hoheit sich unsere Konversation über Vorteile und Nachteile des Hotelplans vorgestellt?

Sanchor schlief noch im schönsten Morgenglanz, als sein königlicher Herr es verließ. Von Priestern und Mönchen abgesehen, denen ihr Tempeldienst frühe Morgenstunden einzuhalten gebot, ruhten Stadt und Land lange in den Morgen hinein, während der König wachte. Schon Gopalakrishnan Singh war niemals vor halb elf zu sehen, und seine Frau stand erst um zwölf Uhr auf. So lange schlief der Haushalt ohnehin. Die königliche Gegenwart wirkte deshalb stets wie etwas Katastrophales, das Hereinbrechen des Außerordentlichen, und damit fiel jedenfalls die säuerliche Rechtschaffenheit, mit der bei uns das Frühaufstehen häufig verbunden ist, die Stimmung verdrossener Pflichterfüllung ganz weg. Das Schalten und Walten des Königs mit der Zeit hatte nicht das Beengende des Pünktlichkeitskorsetts, er verfügte im Rahmen seiner monarchischen Prärogativen über die Zeit und schwamm darin nach seinem Belieben, vorzugsweise auch in den Stunden, die den trivialeren Existenzen durch den Schlaf verschlossen bleiben.

Die öffentlichen Gebäude der Kolonialzeit, jener Boulevard am Rand der ineinandergeschachtelten, von den Shikaras der Tempel überragten Altstadt, lagen jetzt da, wie sie der Stadtplaner auf dem Reißbrett geschaut hatte, die Knaben- und die Mädchenschule, das Hospital, die Polizeistation, die Distriktsverwaltung – einst königliche Kanzlei –, die öffentliche Bibliothek – so stattlich von außen, so verwahrlost im Innern mit schlecht gebundenen, auseinandergefallenen Büchern auf bräunlichem Papier, die in mit dicken Vorhängeschlössern verriegelten schmutzigen Glasschränken vor befugtem und unbefugtem Zugriff gesichert waren – alle einstöckig, in U-Form, die palladianischen Arkaden mit Bambusmatten verhängt. Das königliche Gefährt paradierte an diesen Zeugnissen provinzieller Machtrepräsentation vorbei. Die staubige, an Schlaglöchern reiche Straße nahmen wir allein ein. Kühe blickten auf und sahen dem König hinterher, mit dem sie in wesensgemäßer Verbindung standen, Institutionen wie er, heilig und ausgesondert wie er, der Menschheit dienend zugeordnet wie er, unabhängig davon, ob diese Menschheit von diesem Dienst Kenntnis nahm oder nicht. An den Rändern zerfiel Sanchor wie eine moderne Stadt, immer hinfälliger wurden die Baracken, immer mehr nach Notunterkünften, hastig aus ein paar Backsteinen und etwas Beton zusammengehauen sah das aus. Hier brannten kleine Feuer am Straßenrand, Männer mit Schals um den Kopf geschlungen wärmten sich. Sie sahen nicht auf, als der König vorbeifuhr.

Was hatte ich mir vorgestellt? Fünfzig Jahre nach der Enthronung, dreißig Jahre nach endgültiger Verstoßung ins Privatleben durch die allmächtige Dynastin Indira Ghandi sollte das Volk von Sanchor wohl immer noch grüßend und jubelnd am Straßenrand stehen? Dennoch war an der Nichtbeachtung durch die wenigen, die überhaupt auf der Straße waren, etwas Unnatürliches, wollte ich mir einbilden. Die neue Zeit hatte keine Form entwickelt, mit der Gegenwart des Königs, die ungebrochen fortbestand, angemessen umzugehen. Man ignorierte entweder die neuen Verhältnisse und fuhr fort wie in den letzten tausend Jahren, oder man sah weg.

Wir gewannen das freie Land mit spärlich bewässerten Feldern, neuen Brunnen, die noch den letzten Tropfen Grundwasser aus dem Boden pumpten, gemächlich ins Leere wandernden Frauen mit Lasten auf dem Kopf, Eseln und immer wieder Kühen, die ihrer Aufgabe, dazusein, nachgingen. In der Ferne zeichnete sich ein Gebirge ab, das in nacktem weißem Stein diese Ebene begrenzte.

»Das älteste Gebirge der Welt«, sagte der König, »älter als der Himalaya.« War es nicht geradezu selbstverständlich, daß in seinem Reich das älteste Gebirge lag? Berge, die womöglich sogar schon da waren, als der erste König von Sanchor die Herrschaft ergriff, oder hatten sie sich erst unter seinem segensreichen Regiment aus der Erde hervorgewölbt, um dem Land eine würdige Grenze zu geben? Nur ein kurzes Stück fuhren wir auf dem Highway, von bunt bemalten Lastwagen umbraust, fahrenden Kali-Tempeln, in deren Führerhäuschen die Räucherstäbchen glommen und mit ihrem Rauch die Augenlider der übermüdeten Fahrer reizten. Bei einem ausgebrannt auf der Seite liegenden Omnibus bogen wir ab auf eine schmale Straße. Und auf dieser Straße sollten wir nun sechs Stunden lang jedes Schlagloch kennenlernen. Sehr schnell setzte ich meinen Turban auf, den ich bis dahin verschämt auf dem Schoß gehalten hatte, um nicht bei jedem Schlagloch mit der Stirn an die Eisenstange über mir zu stoßen.

Hier beginne die Wüste, sagte der König. Zufriedenheit klang in seiner Stimme auch darüber. Was konnte einem Reich zustoßen, in dem es eine Wüste gab? Wüsten waren unverwundbar. Wer fähig war, in der Wüste zu leben, konnte alles überleben. Von weich gezeichneten und durchwehten Dünen, wie sie mir bei dem Klang des Wortes Wüste sofort vor Augen standen, war hier allerdings nichts zu entdecken. Wüste wurde genannt, wo besonders wenig wuchs, aber immerhin doch etwas. Mit den Menschen verhielt es sich ähnlich. Unbewohnbar war die Wüste, aber doch von recht vielen Menschen bewohnt. Stets lief da in der Ferne ein Mann mit einem Reisigbündel auf dem Kopf, das er wer weiß wo aufgelesen hatte, und die kleinen Städte, die wir an ihrem Rande streiften, armselige Ansammlungen nicht alter und nicht neuer Buden und Zelte, quollen stets über von Wagen und Menschen. In den Städten kam es meist zu einer Richtungsänderung. Dann lehnte der König sich aus dem Wagen, rief laut: »Barmer, Barmer« oder »Sirohi, Sirohi«, der Wagen verlangsamte seine rumpelnde Fahrt nur wenig, und die Leute am Wegesrand machten vieldeutige, wedelnde Handbewegungen, die der kleine Fahrer aber offenbar zu deuten verstand, denn er verfuhr sich nie.

Waren wir noch im Staat von Sanchor? Ich glaubte inzwischen merken zu müssen, wenn ich dessen Grenzen überschritt, die durch keinen Posten und keine Barriere mehr angezeigt wurden. Groß war das Reich nicht. Ich hatte auf einer alten englischen Landkarte seine Lage genauer studiert. Im Süden grenzte es an das Land des Nawab von Barampur, des Maharawal von Dungarpor und des Maharadja von Darta, im Westen lag Chamnagar und im Osten Kotah. Im Norden lag ein großes Reich, das einstige Mewar mit der Hauptstadt Udaipur, wo der reiche Maharana in der Fülle seiner Riesenpaläste gar nicht wußte, wie viele Hotels er noch gründen wollte; dieser für Sanchor einst gefährliche Feind war jetzt wohl zum Vorbild des Königs geworden, wie es in gründlichen alten Feindschaften mit wechselvoller Geschichte nicht selten geschieht. Die Zeiten, in denen die Truppen von Mewar das Alte Fort berannten oder gar versuchten, Achalghar zu stürmen, waren mehr als zweihundert Jahre vorbei, ein lähmender Friede war eingekehrt, der nicht auf Liebe und Vernunft beruhte, sondern auf der geradezu dämonischen Aussaugung der kämpfenden Parteien, denen die körperliche Staatlichkeit abhanden gekommen war. So gesehen war der Frieden, von dem die Politiker so gern sprachen, überhaupt kein Wert an sich. Was für ein Frieden?, hätte Purhoti stets gefragt. Frieden aus Überwindung von Neid und Habgier – ein guter, wenngleich auf Dauer unmöglicher Frieden. Frieden aus Langeweile und Schwäche, ein möglicher Frieden, aber eine Vorstufe des Todes, oder vielleicht gar dessen Folge? Tatsächlich erwartete ich eine andere Art von Luft außerhalb Sanchors. Mußte man es den Menschen nicht anmerken, ob sie zu jenem unsichtbaren Körper gehörten, dessen Haupt der König war?

Auf freier Strecke hielten wir an. Am Straßenrand stand ein Grüppchen jüngerer Männer, als warteten sie dort auf einen Bus. Der König stieg aus, bedeutete uns aber, im Wagen sitzen zu bleiben. Er ging allein auf die Gruppe zu. Ein junger, hochgewachsener Mann mit Schnurrbart und braunem Schal löste sich aus der Gruppe und ging langsam auf den König zu. Er begrüßte den Herrscher mehr als nachlässig, mit knappest angedeutetem Kopfnicken und flüchtigstem Aufeinanderlegen der Handflächen; nichts von dem betörenden, beglückten Lächeln, das ich von den Begrüßungen am Hof sonst kannte, erschien auf seinem Gesicht. Der junge Mann sagte wenig. Der König sprach leise und viel. Sie gingen langsam auf und ab. Die Miene des jungen Mannes war verschlossen. Die Eindringlichkeit des Königs wirkte werbend. Es war, als hätten wir diese inzwischen lange Fahrt nur gemacht, um hier an diesem staubigen Straßenrand dem jungen, abweisenden Mann zu begegnen. Der Abschied fiel mindestens ebenso knapp aus wie die Begrüßung. Wenn es ein Entgegenkommen des jungen Mannes gegeben hatte, bestand es, so vermutete ich, wohl vor allem darin, daß dies Gespräch überhaupt stattgefunden hatte. Ich sah den König hier auf gefährlichem Boden. Womöglich war an diesem Straßenrand von dem grundlegenden Konsensus, der jedem Gespräch vorangehen mußte, daß nämlich er der König sei, nicht viel übriggeblieben. Ich staunte, daß der König sich solchen Begegnungen aussetzte und daß er sie überhaupt ertrug. Die Gruppe der Männer wandte sich dem Zurückgekehrten unaufgeregt zu. Man hatte ohne Neugierde, geradezu ein wenig stumpf zum König hinübergesehen. Die Hautfarbe des jungen Mannes war von kräftigem Braun, deshalb war ich verblüfft, als ich von dem jungen Rajputen erfuhr, daß er der Sohn des blassen Purhoti sei, Student in Agra und Mitglied der kommunistischen Partei.

»Die Zeit gebiert neuartige Koalitionen«, sagte der König, an dessen Miene nicht abzulesen war, ob das Gespräch ihn befriedigt hatte, nachdem er in seinen vollgestopften Wagen zurückgekehrt war.

»Kommunismus ist eine Torheit, aber wenigstens keine Demokratie. Die größte Torheit ist die Demokratie.« Hatte er dieses Treffens wegen den Schillerkragen so weit um seinen Hals gebreitet? Als es mir, auf der einen Seite an den hochzeitlich seidenen Rajputen, auf der anderen an das zerkratzte Eisengestänge gepreßt, vor Erschöpfung gleichgültig geworden war, ob diese Fahrt jemals ende, kam es zu einem neuerlichen Halt.

Unter einem kahlen Baum, der den Versuch aufgegeben

hatte, sich aus dem mit tiefen Rissen craquelierten Wüstenboden zu ernähren, stand ein Mann, der Zeichen mit der Hand gab. Er versuchte, ebenfalls noch in den Jeep zu steigen. Als das nicht gelang – sich auf den Schoß des Königs zu setzen kam dann doch nicht in Frage –, stellte er sich auf das Trittbrett und hielt sich an der Eisenstange des Verdecks fest. Der Jeep neigte sich nach seiner Seite, blieb aber fahrbereit. Auf holpriger Erdpiste in dichten Staubwolken, die auch das Wageninnere füllten, kamen wir langsamer voran. Ich vermutete, daß dem König diese Staubwolke ins Konzept paßte. In Staubwolken hatten sich einst die Reiterheere der Rajputen voranbewegt, Staubwolken umhüllten ihre Attacken, Staubwolken vergoldeten das Licht und ließen die Heeresmacht doppelt so groß und doppelt so schön erscheinen. Die mythischen Schlachten der Vorzeit, in denen Dämonenheere aufeinander losgegangen waren, bestanden womöglich körperlich überhaupt nur aus Staubwolken, Staubwirbelstürmen und Staubwolkentürmen, die ineinanderwogten und sich heulend und pfeifend drehten, bis sie schließlich in sich zusammensackten und der unfruchtbare Boden sich mit Blüten bedeckte; das Dämonenblut, das vergossen wurde, verdunstete augenblicklich. Im Gelb der Wolke, in dem die kahlen Äste wie in Flammen erschienen, wurden jetzt die Umrisse eines niedrigen Hauses sichtbar, vor dem eine größere Schar von Männern stand, alte und junge.

Wir wurden erwartet. Die Männer näherten sich ehrfurchtsvoll, als der König ausstieg, ehrfurchtsvoll. Sie verneigten sich und streckten die Hände nach seinen Füßen aus, andeutungsweise jedenfalls, und der König stand groß und würdig, beugte den kleinen, schönen Kopf und erwiderte die Begrüßungsgesten mit seinem bestrickenden Lächeln. Das Haus war ein Dakh-Bungalow, eine jener Postniederlassungen, mit denen die Engländer schon zur Zeit der East India Company das Land überzogen hatten. Es gab hier kahle Räume mit unbezogenen Betten, in denen man jedenfalls besser schlief als im Freien. Der König machte keinerlei Anstalten, seine Suite vorzustellen. Das war hier nicht üblich, seine Suite war austauschbar, wenngleich nicht unersetzlich, das war nur er selbst. In einem düsteren, nackten Saal mit Kachelboden und halb von den Stangen heruntergerissenen Gardinen war der Empfang vorbereitet. Die Männer waren so düster wie dieser Raum. Es war, als bereite sich eine schicksalsschwere Verhandlung vor, eine Vorbereitung gewaltsamer Taten. Als Erfrischung wurden Wasser, Nüsse, Rosinen und Mandeln in kleinen Aluminium-Näpfen angeboten. Mit seinen langen, dehnbaren Fingern ergriff der König eine Nuß. Seit sechs Stunden hatten die Männer, viele davon mit schwärzlichen, fettigen Krawatten und grau-gelb verschleierten weißen Hemden, auf diesen Augenblick gewartet.

Der dünne Mann und der kleine Fahrer holten inzwischen Gepäck. Es war Zeit, sich umzuziehen. Der dünne Mann folgte dem König. Da ich seine Fertigkeit kannte, ahnte ich, zu welchem Behuf. Ich hatte einen leichten khakifarbenen Anzug dabei, den Gopalakrishnan Singh für geeignet erklärt hatte, leider ohne seinen Bruder zu fragen, der mit höflicher Offenheit erklärte, daß dieser Anzug ihm mißfalle. Es war vielleicht nicht der Anzug, der viel zu unspezifisch war, um regelrecht häßlich zu sein, als vielmehr der Turban, der mit diesem Anzug zusammen nun endgültig lächerlich aussah. Nicht nur mein Kopf, der mit seiner Rundbackig- und Rosigkeit schinkenartig in dem vielfarbenen Gewinde steckte, auch die Hemdbrust und die Krawatte bildeten keinerlei Gegengewicht zu dem aufgeblasenen Kopfschmuck. Mitten in der Sand- und Steinwüste, in diesem nur für den Empfang flüchtig hergerichteten, sonst als abgenagtes Gerippe dastehenden Dakh-Bungalow, dessen Nacktheit allerdings auch keinerlei Geschmacklosigkeit zuließ, bildete ich den durch gnadenlose Auftakelung noch einmal besonders kraß hervorgehobenen Fremdkörper.

Wie man richtig aussah, erkannte ich, als sich die Tür des königlichen Ankleidezimmers öffnete. Zunächst traten die beiden Männer heraus, der lange, dünne und der chauffierende, seine Unabhängigkeit bis dahin deutlich zur Schau stellende Faun. Beide waren jetzt militärisch gekleidet, in enge Beinkleider, die ihre Beine besonders lang erscheinen ließen, und knappe Spencer mit Fangschnüren, Rangabzeichen und geflochtenen Schulterstücken auf der oliv-bräunlichen, dicken Wolke des Uniformtuchs, dazu dunkelrote Baretts, wie ich sie von Virah her kannte, und lange Stöcke aus Bambus, wie Polizisten sie mitunter trugen, um eine herandrängende Menge durch entschlossene Schläge in Schach zu halten. Woher hatten sie diese Stäbe genommen? Nicht aus dem Jeep jedenfalls. Der König hatte sie wohl, in einem seiner langen, der Reise vorangehenden Telephonate bereitstellen lassen.

Und nun stand er selbst im Türrahmen. Der dünne Aide-de-camp, jener mir bereits bekannte soldatische Turbanwickler, hatte eine Meisterleistung vollbracht. Hoch türmte sich der Turban Seiner Hoheit in kunstvoller Asymmetrie. Das eine Ohr war durch eine Art voluminöses Kissen verdeckt, das andere lag frei. Der Turban war keine Bombe wie der meine, den ich einen Osmin-Turban, einen Eunuchen- und Haremswächterturban nannte, sondern ein geradezu zylindrischer Aufbau, bei dem das Ende des langen Schals oben wie ein Federbusch krönend heraussah, während das andere Ende als langer, leise wehender Schleier über den ganzen Rücken fiel. Seine Hoheit hatte einen weißen, hochgeschlossenen Kapitänsanzug mit goldenen Knöpfen angelegt, der entweder diese Reise durch den Staub, oder schon mehrere vorangehende, nicht unbeschmutzt überstanden hatte, bräunliche Schatten lagen um die Knopflöcher, aber in dieser Umgebung war das nur passend, ein fleckenloses Weiß hätte geradezu verletzend gewirkt. Er schritt auf die wartenden Männer zu, deren Mienen kein Staunen offenbarte, aber es war dennoch ganz deutlich, daß die Erscheinung der Hoheit sie nicht unbeeindruckt ließ. Die dynamischen Prozesse um den König herum habe ich schon mehrfach zu schildern versucht: wie sich in ihnen Ruhe, Warten, Zerstreutheit, Strukturlos-Werden der Zeit mit einem Aufrauschen, einem Überschäumen von festlicher Bewegung abwechselten. Der Aufbruch hatte auch hier unübertrefflich festlichen Charakter. Die beiden Soldaten, der inzwischen zu immer breiterer Selbstzufriedenheit angeschwollene Jung-Rajpute, dessen Seidenanzug jetzt das Gesamtbild vorzüglich ergänzte, und ich als mitgeführter Riesenzwerg aus der Wunderkammer des Palastes, wir vier bildeten eine königliche Entourage in nuce, und wenn da dereinst auch noch weiß und golden geschminkte Elephanten, leichte Reiter mit gesenkten Lanzen, hundert Sklaven in brokatenen Röcken, mit Pfauenwedeln und Schirmen hinzugekommen wären, so war in der Essenz auch jetzt alles da, was einen königlichen Einzug ausmachte.

Ein stattlicher Mann mit brütendem Gesichtsausdruck, deutlich der Notable des Ortes, begleitete den König auf dessen rechter Seite. Ich hätte mich nicht gewundert, wenn der wilde kleine Fahrer dem König mit den Händen als Tritt gedient hätte, aber in gewohnter Elastizität hatte der König den Wagen schon bestiegen, dessen eigentlicher Vorzug jetzt hervortrat: Er war hoch genug für einen solchen Königsturban. Es war überraschend, wie nah sich in der flachen Einöde eine größere Siedlung befand, die vom Dakh-Bungalow aus noch gar nicht auszumachen war. Häuser, so graubraun wie der Wüstenboden, achtlos hingesetzte Würfel mit vergitterten Fenstern, dazwischen altes, bröckelndes Gemäuer, bildeten den Hintergrund für eine erwartungsvolle Menschenmenge. Bei der Anfahrt schon hörte man den Paukenschlag, darüber das Sirren einer pfeifenartigen Flöte. Aus der Menge stülpte sich tumultuarisch ein Festzug heraus, der dem König entgegen zog. Schöne junge Mädchen in schillernden Saris, mit denen sie auch ihr Haar bedeckten, traten näher und überreichten dem König rituelle Geschenke. Wasser wurde vor ihm ausgegossen, Nüsse wurden überreicht, die er mit den für ihn bezeichnenden zierlich-eleganten Bewegungen entgegennahm. Drei Frauen mit verschleierten Gesichtern brachten segensreiche Kokosnüsse und behängten den König mit feuchten orangefarbenen und gelben Blumengirlanden. Er mußte sein Kronenhaupt neigen, um das Blütenkollier umgehängt zu bekommen, aber das ging in höchster Geschmeidigkeit vor sich, er war solche Huldigungen gewohnt und unterzog sich ihnen mit seinem liebenswürdigen Strahlen, das, sowie Zeremonien nahten, auf seinem Gesicht erschien. Ein besonders hübsches Mädchen trat, unter beständigen laut donnernden Paukenschlägen, vor und malte auf die königliche, abermals fromm geneigte Stirn ein gelbes Mal aus hell leuchtender Farbpaste. Die Luft um uns herum war erfüllt mit den kleinen Geräuschen der Menge, die diesen Vorgängen zustimmend und mit äußerster Wachsamkeit folgte, unter den Paukenschlägen war ein Rascheln und Flattern, ein hellstimmiges, verhaltenes Rufen, das wie aus Vogelkehlen kam. Die Menge glich einem großen Truthahn, der in sich zittert und die Flügel ruckend ausbreitet. Ein flatterndes Beben lag über der Menge, aber kein naives »Hoch«-Rufen oder gar Händeklatschen.

Jeder Schritt, den der König in diese Ansiedlung der neuen und alten gleichermaßen zerfallenen Häuser hinein machte, war eine bedeutungsvolle Inbesitznahme. Dies war wirklich eine Entrée joyeuse, wie das im Mittelalter geheißen hatte, wenn ein Stück Stadtmauer für den Einzug des Monarchen niedergelegt wurde, und hier gab es Steinhaufen genug, daß man sich vorstellen konnte, auch in diesem Dorf sei heute für den Weg des Königs eine Bresche geschlagen worden. Wenn dem König auf seinem Weg durch die Menge aber in aller Verhaltenheit deutliche Zeichen von Erwartung und Bewunderung entgegengebracht wurden, verwandelte sich die Stimmung, wenn ich schließlich hinterherkam, in Verblüffung und offenes Amüsement, bei den Kindern, die sich in großer Menge zwischen den Erwachsenen herumdrückten, natürlich ungehemmter, als bei den um die Wahrung der Feierlichkeit bemühten Erwachsenen. Man zeigte mit kleinen braunen Fingern auf mich, als sei mein Turban ein Ziel, das es mit dem Fußball zu treffen gelte.

Spuren älterer Architektur wurden sichtbar; aus den Abfallhaufen, in denen kleine schwarze Schweine herumschnüffelten, als seien sie aus dieser Fäulnis selbst unmittelbar hervorgegangen, wuchsen behauene Steine, schöne Türstürze und Palastfensterchen, hinter denen es sich drängelte. Der König ließ einen diskreten Blick darüber schweifen. Ihn befriedigte dies verborgene und dennoch halb sichtbare Gedränge zu seinen Ehren. In einem auf einen Felsen gesetzten baufälligen Pavillon, der im Innern voller hübscher Wandschränke war – die abgeblätterten Türen standen offen und ließen die leeren Borde sehen –, erwartete den König ein geschrumpelter Ehrengreis in langem, nicht völlig reinlichem Talar, das entfleischte, zahnlose Köpfchen wurde durch eine Stirnbinde zusammengehalten. Hier neigte sich der König in Güte und Ehrfurcht und saß neben dem Ehrengreis, der die zitternden Hände über seiner Stockkrücke verschränkt hielt, auf einem braunen Plastiksopha, in ein zeremonielles Responsorium versunken, während die Menge vor dem Pavillon dem Ehrenbesuch wartend assistierte. Die Paukenschläge tönten nur noch schwach zu mir herüber.

Hinter dem Pavillon war ein buntes, reich besticktes Zelt aufgeschlagen, durch die roten Stoffbahnen fiel warm gefärbtes Sonnenlicht, das Zelt blähte sich im Wüstenwind. Dreißig junge Männer mit hohen safrangelben Fürstenturbanen knieten auf dem Boden, die Absolventen des örtlichen Gymnasiums, das gebeten hatte, Seine Hoheit möge dies Jahr die Abschlußzeugnisse austeilen. Lange Begrüßungsreden auch hier, weitere Girlandenernten, auch um meinen Hals lag es nun blütenfeucht und schwer herum, der triumphierend um sich blickende Jung-Rajpute, als Vasall und Kämmerer, war von Blüten wie mit einer Halskrause umgeben. In dem Maße, in dem der Formzwang von der Veranstaltung abfiel, nachdem alle Schüler die Füße des Königs andeutungsweise umfaßt hatten und ihr Zeugnis in Händen hielten, und nachdem alle Anwesenden mit Geduld und hohem Ernst einer Darstellung der gesamten Geschichte der Dynastie von Sanchor, vorgetragen von des Königs eigenem Mund, gelauscht hatten, wurden »Erfrischungen gereicht«, wie es einst in Deutschland hieß, und nun brachen auch die letzten Dämme der Zurückhaltung gegenüber meiner Erscheinung. Kinder umdrängten mich in Haufen und wollten sich ausschütten vor Lachen. Ahnte der König diesen Effekt seiner Inszenierung? Hatte er ihn eingeplant? Ausschließen kann ich es nicht, obwohl ich ihn von seinem Charakter her gesehen für außerstande hielt, humoristische Wirkungen bewußt anzustreben. An einem vielgestaltigen Gefolge hat das Volk abgelegener Provinzen immer etwas zu gaffen. Auch der Mohrenkönig mit seinem Turban um die Krone ist bei seinem Besuch in Bethlehem seinerzeit gewiß hemmungslos angegafft und vielleicht sogar ausgelacht worden. Das Gaffen gehörte zur festlichen Zelebration der Monarchie. Und ich selbst konnte mich nicht daran genug tun, von meinem Platz an der Seite des Königs zu betrachten, wie er lauschte, indem er dem Sprecher sein Ohr zuneigte, wie er bestrickend lächelte, grüßte, Begrüßungen, Huldigungen, Fußküsse in der manierlich unexpressiven Form flüchtiger Andeutung entgegennahm und auch das Wort an die ihn Umdrängenden richtete, die er sämtlich um einen Kopf überragte; nur sein dünner Aide-de-camp kam ihm an Größe gleich, war aber durch seine Stangenhaftigkeit keine Konkurrenz in Hinsicht auf die Imposanz des Körpers. Straff stand der König da, die Oberarme am Rumpf gehalten. Die Hände waren wie auf einer Statue ineinander gefügt, die untere ausgestreckte Hand bildete das Bett für die obere. Von diesem Bett erhob sie sich jedoch häufig in den mir vertrauten Gesten. Wenn der König etwas zählte, streckte er die rechte Hand aus, wies das Innen der Handfläche mit ihren feinen Falten dem Gegenüber und verband, um die Eins auszudrücken, Daumen und kleinen Finger, für die Zwei Daumen und Ringfinger und so fort. Dann pflückte er mit allen zusammengelegten Fingern ein Argument, das gleichsam in der Luft hing, und schleuderte es, wie ich es oft gesehen hatte, aus dem Handgelenk von sich, indem er die Hand spreizte und weit abgeknickt zurückfedern ließ. Ich hatte diese Geste als Manierismus empfunden, der allein dem König gehörte, als eine Art gezügeltes Handballett, das eine Truppe Palasttänzerinnen zu ersetzen bestimmt war, aber ich erkannte jetzt, daß es sich ganz anders verhielt. In Wirklichkeit war Prinz Gopalakrishnan Singh mit seinen müden Seehundsflossenbewegungen der Manierist, wenn man darunter verstehen will, daß er seine Gestik einem kalkulierten Regime unterwarf. Ich sah jetzt, daß viele der Männer in diesem letzten Wüstenwinkel dieselbe Gestik wie der König hatten. Auch sie pflückten in der Luft und warfen das Gepflückte dann effektvoll von sich, indem sie ihre überwiegend schönen, schmalen Hände spreizten. In ihrer Zierlichkeit und Femininität war es eine volkstümliche, geradezu bäuerliche Geste, die der König vor allem mit seinen schlichtesten Untertanen teilte, während Gopalakrishnan Singh den Weg seines Vetters Raj Vir Singh beschritten hatte und seine Hände jetzt wie große Lederlappen herumfallen und hängen ließ, wie es auf dem englischen Prinzencollege zu Ajmer durch Vorbild und Nachahmung gelehrt worden war.

Um den König herum herrschte jetzt wieder Zeitlosigkeit. Das lange offizielle Programm war längst abgeschlossen, aber seine Privataudienzen fanden kein Ende. Immer mehr Männer traten auf ihn zu, legten den Kopf in den Nacken und schauten auf zu seinen gesammelten, aufmerksam feierlichen Gesichtszügen. So liebenswürdig er war, er belehrte streng und ohne Schonung.

»Nichts auf der Welt ist so dumm wie die Demokratie«, das war nun schon mehrfach über die Köpfe der Anwesenden geflogen. Widerspruch kam keiner. Der geschmückte Jung-Rajpute stolzierte umher wie der Sohn reicher Eltern zwischen den Touristen, die den elterlichen Park besichtigen, Zugehörigkeit und Distanz demonstrierend. Die beiden Soldaten lehnten am Rande und rauchten, aber der Tag war noch nicht zu Ende.

So prächtig, wie wir fünf aussahen, mich als Prachtgockel durchaus eingeschlossen, wünschte der König, noch eine Visite zu machen. Unversehens war der Aufbruch da, wir quetschten uns wieder in den Jeep. Aus den Händen des Monarchen floß reichlich unsichtbare Huld. Sein edles Kopfneigen zum Gruß wurde durch den Riesenturban noch betont. Dieser Turban war sein natürlichstes Kleidungsstück, es würde mir von jetzt an etwas fehlen, wenn ich ihn ohne Turban sah.

In einer nahe gelegenen Provinzstadt von schon mittlerer Größe, durchaus betriebsamer als Sanchor, aber ganz formlos und zerfallen, war gerade ein Minister des Bundesstaates Radjastan zu Gast. Hier war die Heimat dieses Mannes, hier lag seine Hausmacht. Der Minister war ein mächtiger Mann. Er verwaltete die Einkünfte dieses Staates von achtzig Millionen Menschen. Ich wunderte mich, daß der König sich einem solchen Mann gegenüberstellen wollte, der allein durch sein Amt die ganze alte Königsherrlichkeit von Sanchor zu pulverisieren imstande war. Kein Mogul hatte in Delhi so viel Macht besessen wie dieser Mann. Staat, Bürokratie, Administration, Polizei hießen die zum größten Teil nicht richtig sichtbaren Mächte, die sich an die Stelle der bunten, schleierumwehten Turbane gesetzt hatten. Von dorther war, so schien mir, ein Sog zu spüren, der alles farbige, goldene Fürstenwesen in ein schwarzes Loch zog, in dem es grau wurde und rasend schnell zerfiel. Aber der König war mutig. Sein Königtum bedurfte nach seiner Überzeugung nicht der Schonung, sosehr es auch im richtigen Milieu, dort wo es erkannt und gefeiert wurde, aufblühte. Aber da dieses Königtum eine objektive Tatsache war, die sich seit dreihundert, oder sagen wir: vielen Generationen, durch die Geschichte zog, war es auf Zustimmung und Anerkennung im Grunde nicht angewiesen. Nicht der König von Sanchor mußte sich den prachtvoll gezierten Kopf zerbrechen, wie er vor dem Revenue-Minister von Radjastan bestehe, sondern der Minister mußte, in seiner aufgeblasenen Allmacht, zeigen, wie er vor dem König stand. Ob es den Bundesstaat Radjastan so lange geben werde wie das Reich von Sanchor, war ohnehin ungewiß. Das gestaltete sich und gestaltete sich um und konnte doch die Substanz, aus der es gemacht war, nicht verleugnen.

Abfallhaufen, kauende Kühe, hupende Autos, ein Geschlinge von Stromleitungen über den Straßen, das war Barmer. Der Minister wohnte in einer Seitenstraße, die viele nach draußen geöffnete Werkstätten säumten. Seine Wohnung lag, wie einst die Robespierres, oberhalb einer Schreinerei. Am Straßenrand lagerten duftende Bretterstapel, innen kreischte eine Säge. Der Boden war schlammig. Es war hier wohl ein Wasserrohr geplatzt, das sich übelriechend unablässig auf die ungepflasterte Straße ergoß. Neben der Haustür warteten Männer in weißen Hemden, die uns sofort lauernd ins Auge faßten, wie wir da bunt aus dem Jeep hervorquollen. Wenn der Minister sich bewachen ließ, dann von Leuten in Zivil. Die Treppe zu ihm hinauf war steil und schmal wie in einer alten Scheune, der türkise Anstrich war fettig verschmiert und verkratzt. Oben gab es ein unwirtliches Zimmer mit einer Neonröhre, die über ramponierten Stühlen strahlte, dort drängten sich noch mehr Männer, stumm, in weißen Hemden an den schmalen Oberkörpern, in den Ecken waren manche in leise Gespräche versunken. Es herrschte ein schleichendes Kommen und Gehen. Niemand erhob sich, als der König eintrat, der vollständig ungezwungen war und sofort der nächsten Tür zustrebte. Hier empfing der Minister.

Er saß mit seiner Frau in einem engen Schlafzimmer. Eisenbetten mit wenigen Kissen und Decken waren zusammengeschoben und nahmen den größten Teil des Raumes ein, der wiederum von Neon erleuchtet war. Außer den Sesseln für den Minister und seine Frau gab es keine Sitzgelegenheiten. Stühle wurden herbeigebracht, und der König, der sich gewohnt liebenswürdig verneigt hatte, setzte sich augenblicklich und legte dem alten Mann abwehrend die Hand auf den Arm: Er möge sich keinesfalls erheben. Der Minister hatte blauschwarze Lippen und fettig-dickes, weißes Haar. Sein Gesicht bestand vor allem aus großen schwarzen Poren, die das Fleisch mürbe und in Auflösung begriffen erscheinen ließen. Sein weißer Kurta-Pajama, die Berufsuniform des demokratischen Politikers seit Nehru, war fleckig. Der König neigte den Riesenturban über den Minister, als besuche er eine alte, hinfällige Dame im Krankenhaus. Von der Frau nahm niemand Notiz. Sie hatte sich in einen hellblauen Sari und einen braunen Schal gewickelt und schien zu frieren. Die Männer brachten Tee in unsauberen Gläsern. Der König rührte voll Entzücken mit dem Blechlöffel in seinem Tee, als stehe ihm ein außergewöhnlicher Genuß bevor. Wer die Szene, wie ich, von außen sah, mußte ratlos sein, woran er da teilnahm. Der König in seinem Glanz stieg in dies Elendsquartier hinab, ungeachtet der steilen Treppe, auf der ein weniger Geübter als er leicht zu Fall hätte kommen können. Schon ich tat mich mit dem Aufstieg schwer, aber der König eilte diese Stufen hinauf wie die Freitreppe des Neuen Palastes. In diesem armen Schlafzimmer saß ein alter Mann mit schwerem, bedeutendem Kopf, ein Asket womöglich, auf den Spuren Gandhis wandelnd. Der König besuchte den Weisen, das war eine mögliche Version, Alexander der Große und Diogenes in seinem Faß, der den königlichen Besuch kaum mit Andeutungen der Höflichkeit eher hin- als annahm. Weil ich von der Unterredung der Herren kein Wort verstand, blieb ich Betrachter. Der König bekam jetzt etwas geradezu Mütterliches. Er blickte mit Zärtlichkeit und Rührung auf den Minister, der sich kaum zu einem Wort erweichen ließ und scheinbar wehrlos im Sessel lehnte. Jeder durfte zu ihm hereinkommen, drückte seine Haltung aus, und wenigen würde ihr Besuch, von dem Glas Tee abgesehen, etwas nützen. Durch die unterschiedliche Erscheinungsform der beiden ließ sich Harmonie hier nicht erzielen. Aber der König schien den ästhetischen Konflikt in seiner schmelzenden Zuwendung eben doch zu suchen. Sah ich richtig, daß der Minister unter der königlichen Visite ein wenig litt?

Wer hier Diener, Beamter, Polizist, Parteimitglied, örtlicher Amtsträger war, blieb unsichtbar. Alle Männer sahen gleich aus und lungerten in gleicher Stumpfheit herum. Dem stand die Begleitung des Königs gegenüber, seine beiden Soldaten in ihren Uniformen, die sie nach der Striktheit des republikanischen Gesetzes eigentlich gar nicht tragen durften, sein Page und Kammerherr, der auch jetzt stolz und dreist um sich blickende Rajpute, und die exotische Monstrosität, das europäische zweiköpfige Kalb, in den Hof von Sanchor offenbar fest eingegliedert. Wollte er dem Minister zeigen, daß er gerade durch seine Entmachtung, durch die Aufkündigung des Vertrags- und Rechtsverhältnisses zwischen Republik und Monarchie unangreifbar geworden sei? Daß sein Königtum ungebrochen und ungerührt fortbestehe, seitdem sich die Republik der Mittel begeben hatte, auf ihn als eine Art konstitutionelle Person einzuwirken?

Auch beim Aufbruch beschwor der König den alten Mann, sitzen zu bleiben. Er gewährte ihm als Privileg, was der andere ohnehin als sein Recht empfand. Die Begleitung des Königs hatte gedrängt zwischen den Betten gestanden. Das häßliche Zimmer mit seiner abblätternden Farbe war überfüllt. Nun eilten wir wieder davon. Wieder war dies Aufrauschen des Aufbruchs um den König, als öffne ein riesiger Vogel die Schwingen, recke sich, schüttele sich und setze zu einem geräuschlos gleitenden Flug an. Im Jeep gab ich meinem Erstaunen über die Lebensumstände des Ministers, den der König selbst mir als Zentrum der Macht geschildert hatte, Ausdruck: Wieviel von der Kampfzeit und den Gründungstagen der Republik doch noch lebendig sei in den indischen Parteien.

»Ja, sie haben sich wenig geändert«, sagte der König. Dies Haus hier diene dem Minister freilich nur für Besuche in seinem Wahlkreis, dafür sei es eigens hergerichtet. Natürlich besitze der Mann eine große, moderne Villa, die von Stacheldraht umgeben und von wolfsartigen Hunden bewacht sei. Dorthin kämen allerdings nur die Leute seiner engsten Umgebung. »Es ist ein Ritual für ihn, hier zu empfangen. Alle wissen, wie es sich wirklich verhält und daß ihm seine Frau nicht den Linsenbrei auf dem Kerosinkocher bereitet.«

Der Besuch erfüllte ihn mit der äußersten Befriedigung. Schwer war für mich zu sagen, wo er sich wohler gefühlt hatte, beim Bad in der Menge der Königstreuen oder zwischen den Bettkanten unter der Neonröhre des Ministers.

Wir hatten die wirren Häuser- und Hüttenansammlungen, die einen großen Teil der Stadt Barmer ausmachten, hinter uns gelassen und fuhren der nach einem langen Tag im Sinken begriffenen Sonne entgegen, nun wieder in kahlem, wüstenhaftem Land. Für den König sollte diese Reise noch eine wichtige Station haben, vielleicht die wichtigste. Der lange Schleier seines Turbans wurde vom Fahrtwind ergriffen. Wer uns entgegenkam, sah, daß dieser Jeep einen bedeutenden Mann fuhr. Eile hatten wir bisher nicht gekannt, nur Unerschrockenheit gegenüber langen Entfernungen und Sorglosigkeit gegenüber dem Durchgeschütteltwerden, aber nun ging es spürbar darum, vor dem Verschwinden der Sonne ein bestimmtes Ziel zu erreichen. Der kleine soldatische Faun fuhr wie der Teufel, mein turbangepolsterter Kopf schlug unablässig an das Wagendach.

Der König befand sich, was die Länge eines Tages anging, im Zwiespalt. Einerseits war er der erste, der die vom Ritus der Religion bestätigte Rhythmik eines Tages zwischen Sonnenaufgang und -untergang als unüberbietbar harmonisch feierte, andererseits waren ihm die Tage meist zu kurz. Der Tag war wie ein Diener, dem man vieles dringende aufgetragen hatte und der unversehens Bauchschmerzen bekam und sich hinlegen mußte, oder wie ein Heer, das zu großen Eroberungen ausgezogen war, dessen Führer sich aber plötzlich uneins wurden und eine unnötige Rast erzwangen. Der König fand sich oft in der Lage, am Tagesende die erhobenen Hände sinken lassen zu müssen und die Nacht unverrichteter Dinge zu empfangen.

Aber heute war der Tag gehorsam. Die Sonne hielt den Atem an, bis Seine Hoheit zur Stelle war, zur schönstmöglichen Stunde. Rotgoldener Lichtschein vermählt sich besonders vorteilhaft mit Sand und pulverisierter Erde. Was eben nur staubig und unfruchtbar war, begann schwer und warm zu strahlen. Vor einem sandbestreuten Hügel hielten wir an. Der König schritt voran. Sein Turbanschleier war seine Fahne. Seine Begleiter kannten den Ort nicht, zu dem er strebte. Daß es nicht eigentümlich organisch geformte Felsen waren, die sich nach einer Weile aus einer Geländefalte erhoben, sondern die Trümmer eines Tempels, erkannte ich erst, als wir davor standen, denn der Sand und der Sandstein, aus dem sie gemeißelt waren, hatten im Sonnenuntergang dieselbe Farbe angenommen. Die noch nicht eingestürzten Tempeltürme waren schwammartig wie Morcheln, die erhaltenen Teile von höchster Feinheit der Steinmetzarbeit. Der Tempel wirkte wie ein hölzerner Schrein, den Termiten ornamental vollständig zernagt hatten. Kasten schob sich unlösbar in Kasten, ein ineinandergestauchtes Kasten- und Kästchensystem war dieser Bau, er wirkte eher gesägt als gemeißelt, er war ein Destillat, zusammengepreßt und unter Überdruck mit Götter- und Tänzerinnenleibern gestempelt.

Das Sanktuarium war leer. In seinem Schutz wuchsen schwache, graue Pflanzen. Vogelkot sprenkelte den Stein, der von keinem Priester mehr gewaschen, besprengt, mit Blütenblättern bedeckt und beräuchert wurde. Die Tempelreste mochten tausend Jahre alt sein. Was von ihnen noch stand, hielt höchsten Ansprüchen an Kunstfertigkeit und Handwerksvirtuosität stand, aber ich durfte sicher sein, daß es nicht oder nicht ausschließlich antiquarische Interessen waren, die den König nach seinem langen, mühevollen Tag in die Einsamkeit hatten ziehen lassen.

Der Jung-Rajpute nannte den alten Namen des Ortes. Kirundi, eine Stadt, habe einst hier gestanden. In seinem vergnügten, grundsätzlichen Lebenshochmut verachtete er alles Abgestorbene, das es nicht geschafft hatte, sich so kräftig durchblutet zu bewahren, wie er selbst es war. Wenn Städte untergingen, konnte es mit ihnen nicht so weit her gewesen sein. Im Untergang einer Stadt offenbarte sich stets auch ein bis dahin verborgener Makel. Vom Standpunkt der Ehrfurcht vor Heiligtümern her gab ihm seine Religion sogar recht. Von Purhoti wußte ich, daß beschädigten Idolen keine Verehrung mehr zukam. Sie wurden begraben, wie man einen heiligen Mann begrub, und hatten mehr an Schonung nicht zu erwarten. Über diesen Tempel hier war gewiß schon vor Hunderten von Jahren die Entweihungsformel gesprochen worden, mit der die Brahmanen den göttlichen Geist baten, unbrauchbare oder zerstörte Idole wieder zu verlassen. Für den Jung-Rajputen war Kirundi in seiner hölzernen Steinigkeit nichts weiter als ein Steinhaufen. Jeder aus Beton und billigen Kacheln um knallbunt lackierte Götterpuppen roh zusammengehauene neue Tempel überragte Kirundi um ein Vielfaches an Heiligkeit und Wirklichkeit.

Die beiden Soldaten, der lange Dünne und der kleine Zähe, standen mit ausdruckslosen Mienen in einer gewissen Entfernung. Der König ließ jetzt seine Entourage hinter sich. Es gab Regionen, die ein König ohne Gefolge betrat; das wartete dann in sicherem Abstand. Auch zu mir sagte er kein erklärendes Wort, obwohl er sich doch leidenschaftlich gern in historischen Erklärungen erging. Ansehen durfte ich mir die edlen Reste von Kirundi, die in ihren Kästchen immer noch verdreht tanzenden Götterbegleiterinnen mit ihren Ballonbrüsten und ihren schwellenden Schenkeln, und mir zurechtlegen, wie diese strotzende Körperlichkeit ins Religiös-Geistlich-Metaphysische zu transponieren sei. Auch der Westen hat, beim Hohen Lied etwa, Erfahrung in solchen Übungen, die allerdings immer eine gewisse Anstrengung enthalten.

Der König ging in großen, langsamen Schritten in das Hügelgelände hinein, in dessen Schoß der Tempel lag. Unter diesen Hügeln war eine der Residenzstädte der Könige von Sanchor begraben, und es war vielleicht nur der Pietät derer, die sie zerstört hatten, zu danken, daß sie den Tempel gleichsam natürlicher Verwesung preisgegeben hatten. Eine tausendjährige Stadt kann nach weiteren tausend Jahren verschwunden sein, als habe es sie nie gegeben. Der König aber durchschritt sie soeben. Er bewegte sich auf ihren Straßen und Plätzen. Daß er sich an der romantischen Naturschönheit weidete, wie sie die Maler des neunzehnten Jahrhunderts gereizt hätte – die im roten Abendschein aufglühenden Tempelmassen als inselhaftes Menschenwerk in einem sandigen Hügelmeer, über dem sich ein tiefblauer Abendhimmel wölbt –, hielt ich und halte ich heute erst recht für vollkommen ausgeschlossen. Hier fand jede Einfühlung ein Ende. Sonnenuntergang und Ruinen und Einsamkeit, das war eine Sprache, die mir wohlvertraut war, die aber für den König so unverständlich blieb wie jedes deutsche Wort, das ich an ihn gerichtet hätte. Wer ihn jetzt über die Hügel schreiten sah, der mußte freilich glauben, daß er dabei Genuß empfand, daß er eine stille, ihn selbst aufs höchste erbauende und erhebende Feier abhielt. Auch ein Pfau, der gemessen, ohne immerfort nach etwas zu picken, daherschreitet, ohne ein Ziel anzusteuern, der nur innehält, um den schillernden Hals zu recken und nur um der schönen Bewegung willen, der die

Flügel ausbreitet, um sie gemächlich dann wieder zusammenzufalten, den seine überlange Schleppe nicht beschwert, der sie aber auch nicht ausbreitet und kein Rad schlägt, weil er in seinen Gedanken auf niemanden gerichtet ist als auf sich selbst, bietet ein solches Bild des Genusses. Der Schleier, von dem hohen Turban über den ganzen Rücken des Königs hinabfallend, begleitete mit seinem leisen Wehen jeden seiner Schritte. Wir sahen ihn gegen die inzwischen glutrot gewordene Sonne als Figur des alten Schattentheaters, und dazu paßten auch die langen Arme und Beine, ein storchhaftes Staksen mit leichter Ruckhaftigkeit, die aber die Eleganz der Fortbewegung überhaupt nicht beeinträchtigte. Ein niedriggewachsenes Wesen, ein sandfarbener Wüstenfuchs mit buschigem, beinahe weißem Schwanz huschte vorbei. Die Landschaft belebte sich. Es wurde nun auch kalt. Langsam kehrte der König zurück.

Die Rückfahrt nach Sanchor würde, das wurde sehr schnell klar, noch viel weniger angenehm werden, als die Reise hierher. Die Nacht war frostig, und die Staubwolke, in der wir fuhren, als reisten wir in den mächtigen Händen eines Dschins, wurde durch das Scheinwerferlicht, das sich in ihr verfing und riesig von ihr auf uns zurückgeworfen wurde, noch undurchdringlicher. Wir fuhren nun langsamer und unruhiger, immerfort warf der kleine Fahrer das Steuer herum, als gelte es einen Slalomparcours bewältigen. An einem schmutzigen Zelt am Straßenrand, in dem Lastwagenfahrer Tee tranken, hielten wir an. Nach kurzem Wortwechsel des Aide-de-camp mit dem Besitzer des Zeltes, der wie ein Schmied hinter der pechschwarzen Esse seines Feuers hervorschaute, begaben wir uns in den hinteren finsteren Winkel des Zeltes. Der Einfall der Menschen scheuchte dort große Ratten auf, die sich ins noch Dunklere zurückzogen. Hier wurden die Kleider gewechselt. Der Königs-Kapitänsanzug und der hohe Fürstenturban kamen wieder in den Koffer, auch der Jung-Rajpute zog einen dicken Norwegerpullover über seinen seidenen Hochzeitsstaat, und die beiden Soldaten entledigten sich ihrer Uniformen. Innerhalb weniger Minuten stand der König im Pullover umgeben von Pullover-Männern, die Standarte war gleichfalls vom Kühler abgeschraubt, die Königspracht verstaut. Wir tranken Tee aus verschmierten Gläsern wie alle anderen erschöpften Kunden dieser Bude. Erschöpft war nur einer nicht, der König.

Den Schlangenlinien seines faunischen Fahrers hatte er auf dem Vordersitz wohl mit Besorgnis zugesehen. Es waren da offensichtlich nicht nur Hindernisse umfahren worden. Der Junge war todmüde, obwohl er sich nicht beschwerte. Der König befahl eine neue Sitzordnung. Das Steuer übernahm nun er, das rote Kissen kam auf den Fahrersitz, und ich mußte mich nach vorn neben ihn setzen. Jetzt war die Gelegenheit da, die er mir verheißen hatte. So lange war das Gespräch, um dessentwillen ich mich in Sanchor aufhielt, herausgeschoben worden, aber seine Stunde war nun gekommen. Tatsächlich war es ein klein wenig bequemer hier vorn. Binnen kurzem würde dieser Vorteil, der vor allem wohl aus dem Eindruck des Wechsels bestand, allerdings vergessen sein.

»Ich bin zufrieden, daß Sie nun einen Eindruck davon haben, wie wir von unserem Volk aufgenommen werden«, begann der König, der erheblich sicherer fuhr als sein Fahrer. Der kleine Wilde war augenblicklich hinten an der Schulter des Dünnen eingeschlafen. »Was sagen Sie dazu?«

»It was a great impression to see Your Highness acting«, antwortete ich aufrichtig und zugleich beflissen und leider mit einem fatalen Fehler, den der König zum Glück sofort erkannte – »Sie meinten ›in action‹?« Und selbstverständlich war mir jede Neigung, den König nach diesem Tag mit einem

Demokraten würden häufig von Demokraten umgebracht, entgegnete ich eifrig, gelegentlich sogar Monarchen von Monarchisten. In Cäsars Fall seien es jedoch nicht Demokraten gewesen, die den Mordanschlag verübten, sondern – »Wer, bitte?«

»Aristokraten.«

»Aristokraten?«

»Ja, Aristokraten.«

Der König sank in Schweigen. Wog er alle Fälle ab, die ihm bekannt geworden waren, in denen indischen Fürsten von umherreisenden Herrschaften aus dem Westen, über die man letztlich überhaupt nichts wußte, der schrillste Unsinn verkauft und erzählt worden war? Stand ich irgendwo zwischen dem russischen Maler und dem Ehepaar Jenkins mit seinem ungezogenen Betragen? Wer weiß, ob, hätten wir uns im Neuen Palast befunden, die Audienz nicht jäh beendet gewesen wäre. Aber so waren wir, für Stunden noch, wie zwei Büffel nebeneinandergespannt, die ein Wasserrad drehen, wobei der König mich allerdings jederzeit auf die Rückbank hätte verbannen können. Aber das tat er nicht. Er war jetzt neugierig. Es war viel Volkstümliches in ihm, wie ich schon an seiner Gestik hatte lernen dürfen. Er war nicht nur der König, er war zugleich auch der wirkliche Repräsentant seines Volkes, wenn dieses Volk womöglich auch noch eher verschwinden würde als die Könige. Ich versuchte, den König daran zu erinnern, daß die Aristokraten allezeit die gefährlichsten Diener der Monarchie gewesen seien. Auch der russische Zar sei schließlich von den Aristokraten gestürzt worden – »Lenin war Aristokrat?«

»Kein richtiger, aus der untersten Schublade des Amtsadels, aber er hat den Zaren nicht abgesetzt, er hat ihn nur ermorden lassen.« Kerenskij, Trubetzkoi – die russischen Republikaner, die hätten den Zarenthron schließlich umgestoßen, seien von den Kommunisten dafür freilich schwer bestraft worden.

»Von den Kommunisten?« sagte der König. »Und was geschah mit Cäsars Mördern?«

»Sie wurden umgebracht, genau wie Danton und Robespierre, die Mörder des französischen Königs, und Trotzki, der Mörder des Zaren. Wenn ein König untergeht, ist es wie beim Sinken eines großen Schiffes. Es entsteht ein Sog, der viele kleine Boote mit sich in die Tiefe reißt.«

Dem König lagen terrestrische Vergleiche näher: »Wenn Könige ermordet werden, kommt es zu einem Erdbeben.«

Ich meinte jetzt zu spüren, daß der König sich unterhalten fühlte. Was er gehört hatte, war geeignet, seinen eigenen Gedankenschatz anzureichern. In seiner geistigen Schatzkammer gab es Stellagen und Truhen, die solche Gedanken, wie er sie soeben vernommen hatte, aufnehmen konnten. Das Gespräch hielt ihn wach, und das war für alle Insassen seines Wagens gut. Die Reise war im Hellen schon einförmig gewesen, nachdem wir die Bergkulisse hinter uns gelassen hatten und das tellerflache Wüstenland durchquerten, aber jetzt war überhaupt keine Veränderung mehr wahrzunehmen, außer daß hin und wieder in der goldenen Sand-Halo eine Kuh vor uns stand und uns mit einem von außerirdischem Frieden kündenden Blick ansah. Dann riß der König das Steuer herum, so daß seine Vasallen wie die Kartoffelsäcke gegeneinanderstießen.

Lange nach Mitternacht hielt der König vor einem jener schmutzigen Teezelte am Straßenrand, das genauso aussah wie jenes, in dem wir uns umgezogen hatten. Es war mir im Augenblick, als seien wir stundenlang im Kreis gefahren. Auf alten geflochtenen Ruhebetten schliefen vor dem Zelt beturbante Männer unter Bergen von Decken. Ich war vor Frost so steif, daß ich kaum die Beine bewegen konnte. Am Feuerloch des Herds stand ein kleines Kind und fuhrwerkte mit der großen Aluminium-Teekanne herum. Im Näherkommen erkannte ich, daß dies Kind gewiß schon dreißig oder vierzig Jahre alt war, ein wohlproportionierter, aber puppenhaft klein gebliebener Mensch, vor dem der König doppelt so groß wirkte. Er kannte die kleine Frau, die ihn schon in vielen Nächten bedient hatte und sich in ihrem geschäftigen, ernsthaften Walten und Herumfuhrwerken nicht beeindrukken ließ. Des Königs dichtes Haar war vom Fahrtwind verstrubbelt und stand nach allen Richtungen ab. Er trug eine schäbige dunkle Windjacke über dem Pullover und wirkte, als er dem steifgefrorenen Häuflein entgegensah, das sich aus dem Jeep herausquälte, unversehens um Jahrzehnte jünger, ein vor Übermut und glücklicher Erschöpfung strahlender junger Mann, der mit einem Haufen Freunden durch die Nächte schweift und schon drei Tage nicht zu Hause geschlafen hat. Wenn man bei anderen Staatspersonen aber gern den Unterschied zwischen ihrem offiziellen, von Protokoll und vielen Rücksichtnahmen vorgeschriebenen Gesicht und dem der Entspannung in einer gestohlenen Stunde der Privatheit feststellt, so wäre eine solche Unterscheidung beim König von Sanchor nicht am Platz gewesen. Er war ja durch die Pflicht zur Repräsentation und königlicher Amtsführung niemals bedrückt, sondern stets erhoben, und zwar in einem Maß, daß ich mich fragte, ob er ein Zurücksinken in die Privatheit des Prinzentums, die er schließlich lange gekannt hatte, auch nur für denkmöglich halten konnte. Jetzt, bei dem Teetopf der tüchtigen Zwergin, beschienen von den gelben Flammen aus dem schwarzen Feuerloch, war er ein Eroberer, der sich an die Spitze der Avantgarde gesetzt hat, um mit wenigen Getreuen den Feind auszukundschaften, und der von diesem Abenteuer heil zurückgekehrt ist. Mehr denn je wurde sichtbar, daß die Überanstrengung ihn berauschte.

Und nach weiteren Stunden im Dunkeln hielt der Jeep dann vor dem Portal des Monsun-Palastes, der aus toten Fenstern sah, als sei er seit langem verlassen. Der König drückte auf die Hupe. Von ihrem Gequäke erwachten die eingenickten Vasallen auf der Rückbank. Unbarmherzig ließ er es quäken, bis die erste Lampe im Innern des Palastes aufschien und die bunten Scheiben erleuchtete. Das Tor wurde aufgestoßen, Virah und drei andere junge Diener kamen barfüßig und mit zerrauftem Haar, aber vollständig bekleidet aus dem Haus gelaufen. Sie hatten in der Halle auf dem Fußboden in Schlafsäcken geschlafen, um bereit zu sein, wenn der König zurückkehrte.

10.
Unzucht mit Tieren

Das obere Stockwerk des Monsun-Palastes war unbewohnt, soweit ich das sehen konnte, wobei einige Zimmer gewiß bei großen Familienversammlungen als Gästezimmer genutzt wurden. Dort standen rot- und weißgestreifte altertümliche Matratzen an der Wand, und ein durchgesessener Korbsessel mochte einfach hier oben abgestellt und vergessen worden sein. Die Räume waren von hellem, aber gebrochenem Licht durchflutet. Ich hatte meinen Arbeitstisch in der Veranda aufgeschlagen, die mit vielen Fenstern und Terrassentüren um die beiden Kirchenschiffe mit den hohen Sälen des Hauses herumführte. Diese oberen Säle dienten jetzt als Speicher. Sie waren mit schweren Messing-Vorhangschlössern gesichert, aber ihre bunten Glastüren erlaubten, sie ringsum einzusehen. Ich liebe Speicher und Speicherstilleben, den Ramsch und die verschlossenen Kisten, die vielleicht keinen Ramsch enthalten. Ausrangiertes, aber nicht weggeworfenes Zeug ist redselig. Hier oben stand, halb von einem Tuch bedeckt, das Trainingsfahrrad, das Prinz Gopalakrishnan Singh aus Ahmedabad hatte kommen lassen, nachdem er wieder einmal reuevoll seinen vermutlich stattlichen, aber erschlafften und zu Dicklichkeit neigenden Körper im Spiegel betrachtet hatte, und es schien mir jetzt ganz natürlich, daß dies Trainingsrad alsbald und noch beinahe unbenutzt aus seinen Augen geschafft worden war. Daneben erkannte ich ein großes Puppenhaus, ein düster-gefängnishaft wirkendes Gebäude, vergleichbar kleinen Polizeistationen auf dem Land mit ihren

Beton-Sonnendächlein über jedem der verhängten und vergitterten Fenster. Das Haus war von überlebt kolonialer Modernität, vielleicht gar ein Modellhaus für das neuzeitliche Viertel der Hauptstadt Sanchor? Ob es auch mit Deckenventilatoren und brummendem Eisschrank ausgestattet war? Auch ein paar Ölbilder in bronzierten Gipsrahmen lehnten mit dem Gesicht zur Wand, die Rückseite einer altangestaubten Leinwand zeigend – alles, vom kümmerlichsten Montmartre-Matterhorn bis zu einer ingresken Haremsszene konnte darauf sein – nun, nicht alles, wie ich inzwischen wohl sagen durfte, das Wahrscheinlichste waren dünn nach Photographie gemalte und von der Photographie das unwirklich Papierene auf die Leinwand übertragende Prinzenporträts des mir inzwischen sattsam bekannten russischen Malers. Diese Prinzen hatte eine entscheidende, verstörende Lektion vom Westen empfangen, als sie prunkvoll aufgeschirrt, mit bizarren Turbanen, großen Juwelen und im Glanz ihrer Säbel und Dolche in einem Atelier empfangen worden waren, in dem nur ein langes Stielauge aus Glas sie beobachtete. Ihnen, denen niemand gebieten durfte, befahl ein geschäftiger, keineswegs besonders ehrfürchtiger Mann im schmuddeligen weißen Leinenanzug und mit Hornbrille für ganze zehn Sekunden vollständige Bewegungslosigkeit, nicht einmal die Fliege vor der Nase durfte weggewedelt werden, und dann, nach bengalischem Zischen und Blitzen, ohne nachfolgenden Donnerknall, war die Sitzung schon zu Ende. Was dachte das gläserne Stielauge, als es die goldfunkelnden Prinzen sah? War es beeindruckter, als wenn an ihrer Stelle ein kranker Ziegenbock gelegen hätte?

Viele Kisten waren mit weißen Tüchern bedeckt, die vor einem Staub schützten, den es auf dieser Höhe kaum gab. Zwischen den Reihen der weißen Kuben war genug Platz für Straßen. Man konnte sich in diesem Speichersaal bequem bewegen. Das Licht fiel aus bald zehn Metern Höhe auf diese Ansammlung des ungebrauchten Aufgehobenen. Wenn ich müde wurde und mich über meinen Zahlen langweilte, stand ich auf und wandelte die breite kahle Veranda auf und ab, von den bunten Glasscheiben der Fenster wechselnd in rotes, blaues oder gelbes Licht getaucht, und schließlich fand ich mich immer wieder an einer der Glastüren zu dem Speichersaal, der da vor sich hin schlief, aber mir war, als gebe es dort etwas zu entdecken, wie auf einem Suchbild, wenn man nur lang genug hinsehe.

Aus dem Tal zu Füßen des Palastes drang immerfort ein gedämpftes Volksmurmeln zu mir herauf, ohne daß man viele Menschen gesehen hätte; wenn man auf das Gewirr der schlampig weißgetünchten Beton- und Backsteinwürfel hinabsah, war es, als hielten sich im Schatten der engen Gassen Hunderte auf, die dort gespannt und erregt, aber ohne zu schreien einem Kampf zusahen. Ein Volksbrodeln war das, aber durch dicke Kissen erstickt. Es war unmöglich, die Vielen da unten zu vergessen. Kinder ließen auf einem sandigen Platz in der Tiefe Drachen aus Buntpapier steigen, die sich manchmal in den kahlen Ästen vor meinen Fenstern verfingen, und schufen damit eine zusätzliche Verbindung zwischen den Bewohnern des Palastes und der Stadt. Hier oben empfing den aufsteigenden Lärm die Stille. Wie ein versteinerter Schwamm ließ der Palast die Geräuschwolke der vielen Stimmen in sich eindringen.

Dann drang ein Scharren an mich, das aus dem Haus kam. Als ich aufblickte, sah ich in weiter Ferne, am Ende des breiten halbdunklen Korridors zwischen den Sälen eine Frau in türkisblauem Sari, die dort hinten mit einem Reisigbesen ohne Stiel den blanken fleckigen Estrich kehrte. Sie ging gebeugt wie Ruth, die Ährensammlerin, das Fegen ohne Besenstiel gab ihrer Arbeit etwas demonstrativ Knechtisches, obwohl ihr dort hinten niemand zuschaute. Ihr Fegen glich in seiner mühevollen, rhythmischen Langsamkeit anderen zeitlosen bäuerlichen Tätigkeiten, dem gemächlichen Hacken eines großen Feldes, dem Sieben großer Mengen von Reis, sie nahm eher die Körperhaltung der Arbeit ein, als daß sie tatsächlich arbeitete, der staubige Hauch, den sie in ihren rosa Kunststoffeimer füllte, war kaum zu messen. Sie kam auch nicht näher und blieb dort hinten als Erscheinung, zog nur den Schleier tiefer über ihr Gesicht, als habe sie mich doch bemerkt, und fegte sich ohne Eile dann aus meinem Bildausschnitt wieder hinaus.

Als ich mich an meinen Tisch zu meinen Listen zurückbegab, wischte etwas Graues an mir vorbei. Das war die ausgewachsene, aber zarte Katze des Hauses, die ich bis dahin nur in den unteren Zimmern gesehen hatte. »Billy«, heiße diese Katze, sagte mir ihre Herrin, die Hausfrau, aber das sei nur ihr englischer Name. Sie habe natürlich noch einen richtigen, der aber sei zu kompliziert für mich. Und außerdem sei sie sehr wild. Sie lasse sich ohnehin nicht von Fremden berühren. Dies sei eine Katze, die arbeite. Sie fange Mäuse. Ihr sei es geglückt, was vorher nie gelang: das Haus von den Mäusen zu befreien. Ein Raubtier, eine Jägerin, die ihre Blutgier zu ihrer Pflicht hatte erheben dürfen.

Ich setzte mich und begann mein Exposé für die Dänen zu entwerfen. Ich wußte, daß ich mit meinem Plan die Leute hier verriet. Was ich meinen dänischen Auftraggebern vorschlagen wollte, das mobile Hotel, das wandernde Luxuslager, war gerade nicht, was man sich in Sanchor gewünscht hatte. Ich kenne diese Situation. In abgelegenen Gegenden erhoffen sich die Bewohner von einem luxuriösen Hotel unsinnig viel. Dabei können sie sich meist glücklich schätzen, wenn einige ihrer Söhne und Töchter in Garten und Küche des Hotels arbeiten dürfen. Es wird mit solchen Hotels nicht so viel verdient, wie der Aufwand vermuten läßt. Ein Hotel ist keine Ölquelle, und selbst für die Ölquelle kommt es heute mehr denn je darauf an, in welchem Land sie liegt, wenn sie ihren Besitzer wirklich reich machen soll. Während ich in diese von ökonomischer Weisheit erfüllten Überlegungen versunken war, näherte sich mir die getigerte Katze ein zweites Mal. Sie kam aus derselben Richtung wie eben, ohne daß ich sie hatte umkehren sehen. Sie beachtete mich kaum. Nur der große Abstand, den sie zwischen sich und mich legte, zeigte mir, daß sie mich bemerkte. Sie war unterwegs auf weiter Reise. Wenn sie so die Korridore und Veranden des Hauses durchmaß, legte sie am Tag leicht mehrere Kilometer zurück. Es mußte in meinem Rücken eine Verbindung zu der großen Veranda geben, in der ich saß.

Da war die Katze wieder. Sie näherte sich, wieder von vorn, duckte sich in meiner Nähe, vermied, mich anzusehen, und schoß an mir vorbei.

»Sie umkreist mich«, dachte ich, »die ganze Woche hat sie sich nicht sehen lassen.« Sie gab mir wahrlich nicht das Gefühl, daß sie meine Gegenwart schätze, aber es half ihr nicht, sie mußte an mir vorbei, immer aufs neue, jetzt gerade zum viertenmal. Ich war durch ihr geräuschloses Treiben derart abgelenkt, daß ich aufstand.

Zürnen durfte ich der Katze wahrhaftig nicht, denn taktvoller konnte sie ihren Verkehr nicht abwickeln. Aber hinnehmen wollte ich ihr nichtachtendes Vorbeischnüren auch nicht mehr. Wenn sie das nächstemal kam, würde ich ihr den Weg versperren, arglos und nicht in Angreiferpose – »damit sie sich nicht bei der Hausfrau beschweren kann«, dachte ich. Es war mir plötzlich, als ob man sich auf die Stummheit der Tiere nicht allzu sicher verlassen solle.

Doch – auch das war zu erwarten – jetzt kam die Katze nicht. Sie hatte offenbar geahnt, daß mit ihr ein Spiel getrieben werden solle, daß ihr aufgenötigt werden könne, sich irgendwie mit mir abzugeben, und sei es, indem sie vor mir davonliefe. Wenn sie Verbindung mit mir aufnehmen wollte, würde sie das durchaus einseitig entscheiden.

Sie kam nicht. Jetzt war kein Zweifel mehr erlaubt, sie hatte mich auf der anderen Seite des Palastes, durch Mauern und Tore von mir getrennt, durchschaut. Ich tat ein paar Schritte. Was führte mich zu der Glastür des Speichersaales? Wollte ich mich beim Anblick der verhüllten Kisten und Kasten, der angeschlagenen Überseekoffer und des ernsten Puppenhauses beruhigen?

Inmitten des auf allen Seiten mit schweren Schlössern verbarrikadierten Saales – es gab immerhin neun Flügeltüren, und ich hatte sie auf meinen nachdenklichen Wanderungen sämtlich überprüft, indem ich sanft an ihnen rüttelte – saß die Katze und sah mich an. Sie hatte gewußt, daß ich durch die Glastür schauen würde, und mich vielleicht bei meinem meditativen Starren in den Saal auch schon beobachtet. Was sie in der Veranda nie tat, wagte sie jetzt, wo sie Holz und Glasscheiben zwischen uns wußte. Sie erhob sich langsam und kam, behutsam Schritt vor Schritt setzend, näher. Zum erstenmal erlebte ich sie langsam. Sie war mager, aber ihr Bauch hing ein wenig herab, als ob sie schon geboren habe. Mit ihren braungrauen Streifen war sie zu einem Leben im Unterholz ausgerüstet, wo man sie im Dämmer des Gestrüpps nur erkannte, wenn sie sich bewegte. Stillsitzen konnte sie nämlich auch. Sie hatte sich niedergelassen und war nun so unbeweglich wie eine ägyptische Katzenstatue aus Obsidian.

Nur ihre graubeigen Augen strahlten. Ja, jetzt sah sie mich an, ungehemmt, gespannt, nachdenklich. Es war keine Gegenseitigkeit in diesem Ansehen. Sie stiftete keine Verbindung mit ihren Augen. Sie sah mich so dreist, so offen, so musternd an, wie man eine Hure in einem Schaufenster abschätzt.

Ich hielt still. Meine Stirn lehnte an dem kühlen Glas. Ich bot mich dem Studium der Katze geradezu an. Und ich erwiderte ihren Blick. Genauso ausdrucks- und leidenschaftslos wie sie sah auch ich geradeaus. Ich hätte meine Augen jetzt kurz schließen müssen, sie verlangten danach, einen Lidschlag lang von feuchter Haut bedeckt zu werden. Ich entschloß mich, auf diesen Lidschlag zu verzichten. Ich war unversehens in Wettkampfstimmung geraten – wer würde eher den Kopf abwenden oder die Augen schließen – die Katze oder ich?

Ich entdeckte etwas Überraschendes. Wenn ich den Kopf leicht bewegte, ohne meine Augen aus ihren Augen zu lassen, vollzog sie die Bewegung mit. Ich wandte den Kopf etwas nach rechts, dann etwas nach links – die Katze folgte. Und je öfter ich diese leichten Wendungen vollzog, desto deutlicher wurde mir, daß die Katze nicht freiwillig meinem langsamen Kopfschütteln folgte. Sie tat es, weil sie es mußte. Ich hatte sie unterworfen.

Sie erhob sich, mich unablässig im Blick haltend, und kam langsam näher. An der Tür stand ein Pappkoffer mit Aluminiumecken. Sie vollbrachte das Kunststück, auf ihn zu springen, ohne ihre Augen aus den meinen zu lassen. Ich ging langsam in die Knie. Jetzt waren wir, nur durch die Glasscheiben getrennt, beinahe Nase an Nase. Das Augen-aufgerissen-Halten gelang mir ohne Nachdenken, nicht um alles in der Welt hätte ich mir ein Blinzeln erlaubt. Ich beherrschte die Katze, wie sie noch niemals von einem Lebewesen beherrscht worden war. Dieses Tier in seiner trotzigen Magerkeit war vollkommen von mir unterjocht, und zwar nicht, weil ich es an einem Strick hinter mir herzerrte, sondern weil es sich in einem bestimmten Augenblick auf dies Spiel mit mir eingelassen hatte, weil es, was es jetzt schon heftig bereuen mochte, sich ganz kurz aus der Hand gegeben hatte, weil es, vielleicht um eine winzige verhängnisvolle Sekunde lang von mir hatte unterworfen werden wollen.

Meine Eitelkeit stieg ins Maßlose, als ich erkannte, daß die Katze zitterte. Sie starrte mich an und haßte sich und mich dafür. Ihr Körper drängte mit aller Kraft danach, aus dem Bann auszubrechen. Ihr Kopf blieb starr auf mich fixiert, aber ihr Hinterteil mit steil aufgerichtetem Schwanz versuchte nach links und rechts auszuweichen. Es war, als stecke ihr Kopf in einer Falle und sie versuche, ihn mit Anspannung ihres ganzen Körpers herauszuziehen. Ein Kampf tobte in ihr. Jetzt sprang sie vom Koffer, aber rückwärts, die Augen tief in die meinen getaucht, auch dies ein akrobatisches Kunststück. Zwischen unseren Augen schien sich etwas materialisiert zu haben wie unsichtbare Nervenstränge. In gerader Linie konnte sie sich vorwärts und rückwärts bewegen, bebend und mit großer Anstrengung, aber ein Ausbrechen nach den Seiten war ihr verwehrt. Es kam der Augenblick, daß ich mich meiner Gewalt über sie schämte.

Sie hob die zitternde Vorderpfote und dieser Anblick rührte mich und war ein Vorwurf. Niemand besaß das Recht, über ein anderes Lebewesen solche Herrschaft auszuüben, die schlimmer war als eine Jagd auf die Katze, um sie totzuschlagen. Was sie quälte, war, daß sie ihrer Unterwerfung auf eine für sie fatale Weise zustimmte oder doch zugestimmt hatte. Ich fühlte jetzt deutlich ihre Schmach, und diese Schmach schwappte zu mir herüber und bekleckerte mich gleichfalls. Es war wie in einer Umarmung, in der einem unversehens blendend klar wird, daß man sich niemals auf sie hätte einlassen dürfen. Ich schlug die Augen nieder, aber nicht aus endlich siegreichem Reflex, ich hätte die Augen, so kam mir vor, jetzt noch stundenlang offen halten können. Als ich wieder in den Saal sah, war die Katze verschwunden. Ich habe sie später nur noch von weitem gesehen, wenn sie mit abgewandtem Kopf vorüberschlich.

Mit dem Arbeiten war es vorbei. Ich saß da und dachte an die Katze. Sie wurde größer vor meinem inneren Blick, wie ein Gepard oder ein junger Panther. Ich fühlte mich nicht wohl in meiner Haut, als hätte ich etwas sehr Böses getan. Wie immer fuhr ich zusammen, als der kleine barfüßige Diener, der sich stets geräuschlos näherte, neben mir stand. Er trug ein mobiles Telephon und reichte es mir mit weit ausgestrecktem Arm, als wolle er mir nicht zu nahe treten. Ich hörte Manons Stimme, mit ihrem sanften, zärtlichen Maulen.

»Ich finde furchtbar, was du machst«, sagte sie, »und glaub bloß nicht, daß ich hinter dir her telephoniere.«

Drittes Buch
Die Lösung

1.
Glückliche Ankunft

Der Tag, an dem Manon eintraf, hätte festlicher nicht gewählt sein können. Es war, nach der Krönung, der womöglich bedeutendste Tag in der Regierungszeit des Königs: Ein Opferfest, das zum letztenmal vor neununddreißig Jahren begangen worden war und zu Lebzeiten des Königs gewiß nicht wiederholt werden würde. In einem vom Monsun-Palast aus nur zu Fuß erreichbaren Bergtal, das sonst die stille Heimat eines heiligen Eremiten war, hatte man unter einem bunten Zeltdach neunundneunzig kleine Brandopferaltäre gemauert. An jedem dieser Altäre würde ein Familienvater aus einer der ehrenwerten Kasten sitzen und ein Speiseopfer von Butter, Mandeln, Nüssen, Honig und Öl so oft aufs neue darbringen, bis im Gesamten die Zahl von hunderttausend erreicht war. Von oben bis unten waren die Felsen mit heilig-bedeutsamen Zeichen und apotropäischen Symbolen bemalt und das Steingeschiebe ganz und gar in einen von Menschen geschaffenen Tempelbezirk verwandelt worden. Tausend heilige Einsiedler und Asketen aus ganz Indien hatten sich zu dieser Zeremonie auf den Weg gemacht, schon in den Tagen zuvor hatte man die Asketen in orangefarbener Toga mit Dreizackstäben und bizarren Turbanen heranwandern sehen. Sie waren in die Opferzeremonien keineswegs einbezogen, sondern würden in der Nähe, unter weiteren Zeltdächern, im Dunstkreis des Opferrauchs lagern und in der Hochspannung der Himmel und Erde zusammenzwingenden Riten ausharren. Wie der König sich auf diesen Tag vorbereitete, blieb mir natürlich verborgen. Schon am frühen Morgen sah ich drei weißgekleidete Priester in der Halle, die Blumen und Tempelspeisen mit sich führten und, wie ich das schon kannte, einer nach dem anderen in das Schlafkabinett des Königs geführt wurden.

Schließlich teilte sich der Vorhang, und der König trat heraus. Er trug ein weißes weites Hemd und die aus rotem Tuch geschlungene Priesterhose, seine Füße in den Sandalen waren nackt. Prinz Gopalakrishnan Singh, durchbohrend und irritiert um sich blickend, folgte ihm in einem hochgeschlossenen dunklen Anzug, aber sonst ganz zivil. Bei diesem Anlaß wären die stolzen königlichen Turbane offenbar verfehlt gewesen; es galt heute nicht zu glänzen und aufzutrumpfen, sondern sich würdig dem gewaltigen Sakral-Automatismus einzufügen. Etwas wehmütig sah ich zu, wie der Herrscher und sein Bruder, nur von dem dünnen Aide-de-camp begleitet, das Haus verließen, an den leeren Wassergefäßen aus Messing vorbei durch das Fliegengitterportal, die Korridorgasse der Throne hinter sich lassend, den sandigen Vorplatz unter den gefräßigen Eukalyptusbäumen überquerend, um hinter der schwarzen Felswand zu verschwinden. Hätte ich ihnen folgen dürfen? »Eröffnet« hatte man mir die »Möglichkeit«. An dieser diplomatischen Formulierung ist aber ablesbar, daß es sich nicht um eine förmliche Einladung handelte.

Ich glaubte indessen, auf Manon warten zu müssen. Ich war davon überzeugt, es den Gastgebern, die heute nur noch durch Prinz Gopalakrishnans Ehefrau Karūna Devi vertreten waren, schuldig zu sein, daß ich beim Eintreffen meines Anhangs erklärend und vorstellend zur Stelle war. Manon allein hätte nicht verdient, daß ich für sie hier einen Tag verwartete. Bei diesem Gedanken war mein Zorn wieder ganz frisch. Säße ich nicht hier als Gast im Monsun-Palast, sondern in einem Hotel, ich hätte keine Stunde auf sie gewartet.

Doch nun hatte sie mich wieder dahin gebracht, als sei sie mit dem König von Sanchor, den sie gar nicht kannte, bereits im Bunde gewesen. Daß sie mich aufgestöbert hatte – nichts leichter als das: sie brauchte sich nur hinter Dr. Grothe zu stecken, den Angestellten ihres Vaters schließlich –, war erregend und beunruhigend genug. Sie lief mir hinterher, wie sie dem Untergrundzug barfuß vor den Augen von hundert greisen Japanern hinterhergelaufen war. Sie hatte mich belogen, aber sie schien doch an mir zu hängen. Sosehr mir dieser Gedanke das Herz klopfen ließ, so wenig durfte mich, wie ich wußte, beeindrucken, was andere Leute eine Demütigung genannt hätten. Manon war stolz, jede ihrer Bewegungen sprach davon, aber sie ließ sich durch diesen Stolz an nichts hindern, was ihr eben gerade durch den Kopf schoß. Ich stellte mir vor, wie ihre Freundinnen sie tadelten: »Man darf niemals einem Mann nachlaufen, dann hat man schon verloren« – im übrigen hatte sie keine Freundinnen, vor allem aber konnte sie sich wohl keine Lage vorstellen, in der sie irgend etwas endgültig verloren hätte, gehorchte alles nicht ihrem Willen? Und dennoch, dieser Wille richtete sich offenbar auf mich. Ich war es, dem sie Tausende von Kilometern hinterherreiste. Das mochte eine Laune bleiben – eine Laune war für sie das unerbittlichste aller Gesetze –, aber war es nicht schmeichelhaft, der Gegenstand einer solchen Laune zu sein?

Wenn es nun aber gar nicht ich gewesen wäre, der sie nach Indien lockte? Plötzlich stand mir wieder der »Indisch-magische Zirkus« vor Augen. War es nicht das Wahrscheinlichste, daß sie in Mission des Meisters reiste, womöglich gar in seiner Gesellschaft, und einen Blitzbesuch in Sanchor zwischen die Programmpunkte dieser hochbedeutsamen Reise schob? Ich versuchte, meine Umgebung mit Manons Augen zu sehen. Würde sie den Monsun-Palast nicht einfach unerhört schäbig finden? Hier gab es wahrlich keinen »Indisch-magischen Zirkus«. Die Prinzessin trug Saris, die Manon nicht einmal als Duschvorhang hätte passieren lassen. Der Jeep des Königs mit dem symbolischen roten Samtkissen als sparsamem Zeichen royaler Herrlichkeit, das schwammdurchzogene Gemäuer, das rostige Wellblechdach. Ich stellte mir die melancholisch sanften Blicke vor, die sie darüber schweifen lassen würde, mit der geheimen unaufgeregten Gewißheit, hier am falschen Platz zu sein. »Stoffe und Steine« gab es in Sanchor nicht zu kaufen. Alle Akzidenzien des Königlichen waren verwelkt, abgestorben und abgefallen. Übriggeblieben war nur das Königtum selbst in einer zerbrechlichen, aber reinen und womöglich gar geläuterten Gestalt. Ich wußte plötzlich, daß ich Manon hassen würde, wenn sie an Sanchor mäkelte. Es war vielleicht gut, daß wir uns ausgerechnet hier wiedersehen sollten. Hier würde sie sich auf die Probe stellen lassen müssen. Hier würde sich erweisen, wieviel Gewalt sie noch über mich besaß.

An Iris dachte ich nur flüchtig. Sie ging in der Arbeit an der Fledermauskammer auf und behandelte mich kühl und ironisch. Ein nächtlicher Besuch bei ihr war nach der unwirklichen Liebe in dem heißen kleinen Lustgemach nicht zwingend geboten. Es war mir aber keineswegs peinlich, daß Manon mich nicht allein antraf. Und sie war in diesen Dingen sachlich. Sie rechnete nicht damit, daß jemand in treuer Entsagung auf sie wartete, und sie durfte das auch gar nicht, wie sie sich verhalten hatte. Bei diesen Überlegungen, diesen Versuchen, mich gegen Manon zu wappnen, pochte mir das Herz bis zum Hals.

Ich sah sie, die sich mit den Händen an das U-Bahn-Fenster anzuklammern suchte, in ihrem verzweifelten Eifer und fühlte mich wie ein Menschenmörder. Ich war ihr davongelaufen, das war das einzige Mittel, das ich gegen sie zu besitzen glaubte. Nun hatte sie mich eingeholt. Ich würde mit leeren Händen vor ihr stehen. Was würden wir tun? Sie jedenfalls schien sich diese Frage keinen Augenblick zu stellen.

Ich nutzte die leere Zeit, Virah zu Prinzessin Karūna Devi zu schicken und sie um eine Unterredung zu bitten. Sie trat, ohne anzuklopfen, bei mir ein, mit großen, scheuen Augen, zwischen Verlegenheit und Stolz hörte sie mich an. Eine Mitarbeiterin habe sich angesagt und werde sich im Lauf des Tages einfinden. In dem meinem Schlafzimmer mit dem hohen, aber schmalen Himmelbett benachbarten Saal ließ sie gegenüber der Feuerstelle ein Bett aufstellen. Rot-weiß gestreifte Matratzen trugen die Diener unter Virahs Aufsicht herbei. Die Prinzessin entzündete ein Räucherstäbchen und stellte es in eine kleine häßliche Vase auf den Gipskamin. Das war ihre Geste, die fremde Dame willkommen zu heißen. Ich versuchte Erklärungen über Manon zu erfinden, damit meine Gastgeberin diesen Besuch nicht als Zumutung empfinde, aber meine Worte glitten an ihren großen, ein wenig stumpfen Augen ab. Neugier war nur eine oberflächliche Eigenschaft der Prinzessin Karūna Devi, darunter war sie gleichgültig, jedenfalls was Fremde betraf, schon gar die anderer Rassen mit ihren unausdenklichen Gebräuchen.

Virah hob die Böckchenstirn und musterte mich finster und mild: »Madam« sei angekommen. Ich hatte mir vorgestellt, Manon hier oben in der Galerie zwischen den bunten Glasscheiben zu erwarten und ein wenig verwirrt von meinen Papieren aufzublicken, wenn sie vor mir stand. Als hätte ich dies Vorhaben vergessen, lief ich hinter Virah her, der barfüßig die enge, dunkle Wendeltreppe hinuntersprang. In der Halle standen Iris und ein junger Mann, der mir bekannt vorkam. Er war so mager, daß ich glaubte, unter seinen Hosen und seinem lose sitzenden Pullover verberge sich ein Knochengerüst, ein schwarzer, kurzer Bart füllte die hohlen Wangen, das dicke schwarze Haupthaar schien alle Kraft aus dem Körper gesogen zu haben, aber die großen Augen brannten dunkel und verachtungsvoll. Nein, ein Verwandter der Herrscherfamilie war das nicht, obwohl seine Souveränität beachtlich war. Die Prinzessin blickte er überraschend höflich an und legte die Handinnenflächen eine Sekunde andeutungsweise ohne Kopfneigung zusammen. Da erkannte ich die Geste. Es war Purhotis kommunistischer Sohn. Iris lächelte still mit gekräuselten Lippen, als lutsche sie saure englische Drops. Durch die weit geöffneten Fliegendrahttüren sah ich draußen am Fuß der Freitreppe einen weißen Ambassador, der von Maggah und einem stets schweigsamen, geradezu unhöflichen Diener ausgeladen wurde, drei große Koffer und eine weiche, übergroße schwarzlederne Reisetasche standen auf dem sandigen Boden.

»Sie kommt gleich«, sagte Iris, und mir war, als sei sie boshaft, »sie telephoniert.«

Vergeblich, wie ich wußte, Mobiltelephone hatten hier oben in der Landschaft des Monsun-Palastes keinen Empfang. Die Prinzessin trug zwar ein mobiles Telephon in der Hand, aber gleichsam als Hoheitszeichen, benutzen konnte sie es, wie sie selbst am allerbesten wußte, erst wieder im Tal von Sanchor.

»Wir haben deine Freundin im Alten Fort kennengelernt, plötzlich stand sie vor uns und fragte nach dir.«

Manon hatte eine Irrfahrt hinter sich, an der sie selbst schuld war. Ich hatte ihr den Weg genau beschrieben, aber sie hatte davon nur »Sanchor« und »Palast« behalten. Purhotis Sohn hatte den Taxifahrer, mit dem Manon angekommen war, weggeschickt. Wo sie aufgebrochen war, habe ich vergessen zu fragen, ich nehme an, aus einem der luxuriösen Schloßhotels, die den König dazu veranlaßten, für seinen Staat ähnliches zu erwägen. Vorgefahren war sie im Wagen des Königs aus der Garage. Vom Monarchen benutzt wurde immer ja nur der Jeep. Ich war überrascht, diesen Jüngling in königlichen Diensten zu sehen.

»Wieso? Er hilft mir mehr als sein Vater«, sagte Iris, als errate sie meine Gedanken aus meinen verblüfften Blicken. Die Wagentür öffnete sich. Manons langes Bein sah heraus, dann das zweite. Sie trug einen khakifarbenen, blusigen, in Taille und Knöchel aber engen Seidenoverall, von weitem sah sie wie eine Großwildjägerin darin aus, aber ein hauchzartes Gespinst, eine »Leheria«, wie ich gelernt hatte, umfloß sie und bedeckte auch ihren Hinterkopf. Zum Einkaufen von »Stoffen und Steinen« war offenbar schon Gelegenheit gewesen. Schmuck war zum Glück nicht viel zu sehen, vielleicht war sie auch gewarnt worden. Auf dem Weg zum Monsun-Palast gab es Straßenräuber, die ein einzelnes Auto gern zum Halten zwangen.

Prinzessin Karūna Devi trat in die Mitte des Portals. Manon ging ihr entgegen, in der Hand gleichfalls das gebietende Zeichen des funktionslosen Mobiltelephons. Es war ein offizieller Empfang. Ich hatte mich gefragt, ob ich Manon umarmen und küssen dürfe oder solle, ob sie von mir geküßt zu werden wünsche und ob ein solcher Kuß nicht vieles vorwegnehme, was erst geklärt zu werden hätte, aber ich war in diesem Augenblick jeder Intimität enthoben. Unter den Augen von Karūna Devi, Iris und dem brahmanischen Kommunisten hätte ich sie ungern geküßt. Ihre Miene war derart freundlich und zugleich kühl, daß eine Umarmung wie eine Belästigung ausgesehen hätte, so sah ich das jetzt. Statt dessen ging es in den großen Salon. Karūna Devi ließ Tee und salzigen Zitronensaft anbieten. Sie kam mir unversehens viel weniger schüchtern vor. Die große Frau mit dem eleganten, durchaus ein wenig schweren Körper, vielleicht vor allem auch der Schleier, flößte Karūna Devi Vertrauen ein. Wir saßen in der durchgesessenen rosafarbenen Sophalandschaft weit voneinander entfernt.

»Ich gratuliere dir«, sagte Iris leise, »so ähnlich habe ich mir deine Liaison vorgestellt. Jimmy hatte mal eine solche Liebe: seufzte und bellte Tag und Nacht auf ihrer Schwelle und wollte sich dort entleiben, aber sie war Jungfrau, hoheitsvoll, ohne ihn allerdings von der Kette zu lassen.« Jünger und dünner sei die Person gewesen, aber es sei dies Desaster schließlich auch schon eine Weile her.

Mir war es nicht angenehm, mit Iris diese gedämpfte Spezialkonversation zu führen, während Manon mit Karūna Devi sprach und Purhotis Sohn mich stechend im Auge behielt. Iris mochte Manon nicht und machte sich den Spaß, mich ein wenig zu quälen.

Es dauerte gewiß eine Stunde, in der ich von Manon nur gelegentlich einen dunklen, fremden Blick erlangte. Dann waren wir endlich allein. Virah hatte einen halben Eimer heißes Wasser ins Badezimmer gestellt. Ich erklärte ihr, wie es hier mit dem Wasser stehe, und zeigte ihr die zerdellte Messingschale, mit der man sich das Wasser über den Körper goß. Sie ging schweigend durch die Zimmer, öffnete die bunt verglasten Flügeltüren und blickte in den leeren Saal, der von dem schönen, kühlen, grauen Licht aus den Fensterluken unterm Dach erfüllt war wie von weichem Wasser. Über ihr Bett war jetzt eine rotseidene, vor Alter ganz in sich zusammengesunkene, dünne Steppdecke gebreitet. Auf drei Kofferböcken – reich war das Haus an solch altertümlichen Hotelgerätschaften – lagen ihre Koffer. Sie öffnete sie nicht. Wir betraten mein Schlafzimmer.

»Hier schläfst du? Und wo schläft die Frau? Ich will euch nicht stören.«

Ich fühlte mich stark. Ich schwieg. Diese Herausforderung ließ ich einfach auf den Boden fallen, ohne mich danach zu bücken. Auf der Galerie griff sie wahllos in einen Papierstapel. Das Blatt in ihrer Hand trug eine Skizze für einen Speiseaufzug im Alten Fort, eine Pflichtübung von auserlesener Sinnlosigkeit. Wir sahen aus dem Fliegendrahtfenster auf die tief unten brodelnde und gedämpft tosende Stadt, eigentlich nur ein Dorf, aber die Geräuschwolke war wie über einem städtischen Organismus schwebend. Viele Kinder ließen heute Drachen steigen, als wollten sie Manon begrüßen. Wie die Schwalben schossen die gelben und roten Papierrechtecke durch die Lüfte.

»Wie sieht es aus mit dem Zirkus? Kommst du voran?« Die Frage war nur noch mit gespielter Sicherheit gesprochen, aber ich fühlte, daß ich errötete, und vermied, Manon anzusehen. Wir hatten uns seit ihrer Ankunft nicht berührt, nicht einmal die Hand zur Begrüßung gereicht. Ich hatte sie genaugenommen überhaupt nicht begrüßt. Die Verneigung mit gefalteten Händen kam ihr gegenüber, so empfand ich, nicht in Frage. So war sie wie eine Erscheinung im Traum zu mir gekommen, die man gleichfalls nicht begrüßt, sondern die man erwartungsvoll ansieht. Was wird sie tun? Sie hatte sich auf eine schwierige und nicht ungefährliche Reise begeben – um mich wiederzusehen? Aber mit dieser Reise hatten sich auch die Gewichte der Ereignisse verschoben. Hätten wir uns Stunden nach dem Auftritt in der Untergrundbahn oder Tage oder auch Wochen danach zu Hause oder auf der Straße zufällig oder geplant getroffen, wäre ich es gewesen, der Erklärungen von ihr hätte verlangen dürfen. Aber nachdem ich meine Abreise vor ihr verborgen hatte und mich in Sanchor ihren Blicken entzog und willenlos zusehen mußte, daß sie mich hier aufstöberte, war es zu spät, überhaupt noch einmal auf das trennende Ereignis zurückzukommen.

Ich war ihr dankbar, daß sie meine Anspielung auf den »Indisch-magischen Zirkus« nicht zur Kenntnis nahm, leitete daraus aber auch das Recht ab, nichts über Iris zu sagen. Hatte ich mich darauf gefreut, sie wiederzusehen? Meine Ratlosigkeit war jetzt größer als meine Freude. Wir schlenderten durch die Galerie, durch die leeren Säle. Sie sah in den Speichersaal hinein, in dem sich nichts bewegte. Wir wandelten weiter wie auf einem Weg durch eine fremde Stadt.

Was versiegelte mir den Mund? Hier war sie, deren Gegenwart ich heimlich ersehnt hatte, aber diese Gegenwart machte mich nicht glücklich, und sie selbst war offenbar auch nicht wirklich beruhigt. War sie dem Meister davongelaufen, um ihn eifersüchtig zu machen und ihn zu bewegen, daß er sie suchte und zurückzuholte? Es war aber auch möglich, daß sie wirklich an mir hing, daß ihre Rückkehr zu mir ein aufrichtiger Versuch sein sollte und daß sie es ernst mit mir meinte. Es war möglich, daß sie mich nicht liebte, aber Hilfe von mir erwartete, Verständnis, Mitgefühl, einen Ausweg aus ihren Gefühlsknäueln. Es war möglich, daß sie ganz unfreiwillig verfahren war, Leute, die ihr davonliefen, mußte sie einfach verfolgen, wie ein kleines Raubtier, das auch ohne Hunger töten muß. Jetzt war sie da, hatte mich aufgespürt, kostete den Triumph, die Herausforderung der Jagd bestanden zu haben, und wußte nicht weiter. Es war möglich, daß sie wegen Iris Eifersucht empfand, obwohl sie das nie zugeben würde. Es war möglich, daß ein Luftballon an Erwartung aufgestochen wurde, als sie feststellte, daß ich mich nicht einsam nach ihr verzehrte. Es war möglich, daß sie sich über sich selbst ärgerte; daß sie mir in der Untergrundbahn hinterhergelaufen war, daß sie vor den stoischen Japanern die Tür hatte öffnen wollen und mit dem Zug mitgerannt war. Vielleicht war sie nur gekommen, um zu verhindern, daß diese Szene die letzte war, die ich von ihr im Auge behielt?

»Liebende, sich wiederfindend« – gab es jemals ein derart ratloses Liebespaar wie uns? Wir waren allein am Ende der

Welt. Niemand stand zwischen uns, und dennoch empfanden wir ein Hindernis. Auf meinem Schreibtisch lag, beinahe ganz auseinandergefallen, das einzige Buch, das ich im Monsun-Palast gefunden hatte, das Deckblatt war verlorengegangen, das holzhaltige Papier zerbröselte mir unter den Augen beim Lesen.

»Sieh mal, was die weisen Inder einem Mann raten, der sich mit einer Frau beschäftigen möchte«, sagte ich unversehens, als wir an den Schreibtisch zurückgekehrt waren und Manon sich in den ächzenden Korbstuhl setzte, der schon kaum die Last des Prinzen Gopalakrishnan getragen hatte.

»Hier steht es: Das schöne Geschlecht wird von Begierden regiert, Frauen lieben den Glanz und sind stolz. Deshalb sollte ein König für ihre Zufriedenheit Edelsteine sammeln.«

»Hast du etwas für mich gekauft?« fragte sie und sah mich zum erstenmal offen an.

»Hier nicht«, antwortete ich, »hier gibt's nichts.«

»In Delhi wüßte ich, wo«, sagte sie träumerisch. Sie war wohl schon an entsprechenden Orten gewesen und hatte wahrscheinlich gefunden, was ihr gefiel.

»Könige und Männer mit großen Vorhaben sollten sich ausschweifender weiblicher Gesellschaft enthalten und sie auch nicht zu viel besuchen«, fuhr ich fort.

»Dann machst du es ja richtig«, sagte sie leise.

»Der König sollte niemals seinen Diwan mit einer Frau teilen, die seine Liebe nicht erwidert, ihm Ungutes antut oder ihm nicht richtig antwortet, mit seinen Feinden verkehrt, stolz und faul herumläuft, ihren Kopf voll Abscheu abwendet, wenn er sie küssen will, die nicht glücklich und dankbar ist, wenn sie etwas geschenkt bekommt, die einschläft, wenn er noch wach ist, und die weiterschläft, wenn er morgens erwacht, die keine Liebesreden anhören will und auch dabei das Gesicht wegdreht ...«

»Und wie soll die Frau bei den Indern denn sein?« fragte Manon, jetzt endlich lächelnd, aber in Gedanken.

»Sie kann die Augen vom Gesicht ihres Mannes nicht abwenden. Sie erzählt ihm alle ihre Geheimnisse. Sie windet sich um den Hals ihres Mannes, wenn er nach Hause kommt, und überwältigt ihn mit langen, liebevollen Küssen, sagt auf jede Frage nur die Wahrheit und fühlt, wie sich Tautropfen der Liebe in ihr bilden, sowie ihr Mann sie nur leicht an der Hand faßt.«

Manon hatte einen ausgeprägten Sinn für erotischen Humor. Ohne Berechnung hatte ich daran appelliert. Sie stand auf und küßte mich so überraschend und lang, wie sie mich bei unserer ersten Begegnung geküßt hatte. Vielleicht war alles zwischen uns nur ein Irrtum gewesen, aber sie mochte mich, das sollte dieser Kuß womöglich ausdrücken, und aus dem Mögen und Angenehmsein konnte sich mehr ergeben. Sie wollte das jetzt nicht ausschließen, gern hier »am Ende der Welt« auch ein wenig vorwegnehmen, hier, wo es keine Regeln und keine ernstzunehmenden Zeugen gab. Dann mochte im Hintergrund auch noch der Wunsch eine Rolle spielen, eine Person wie Iris in die Schranken zu weisen. Die Dame Iris sollte erkennen, daß bei Manons bloßem Eintreffen alle Karten neu gemischt wurden. In bedauerlicher Illoyalität bekannte ich Manon, daß ich Iris Winnetou nannte, sie hatte mich jetzt schon so weit, daß ich gemeinsam mit ihr über Iris lachte. Oh nein, ich seufzte nicht auf Manons Schwelle an diesem Nachmittag, aber Manon war tatsächlich für mich jetzt Jungfrau, einzig für mich da, niemals für irgendeinen Kerl davor.

Es war die vollständige Versöhnung. Wenn man das zerfallende indische Weisheitsbuch zuschlug, wölkten Papier- und Staubpartikelchen um es herum, und genauso schlug ich das Buch der Vergangenheit zu, laut und Staubwolken erzeugend und so heftig, daß es dabei endgültig aus dem Leim ging.

Als wir gegen Abend aus dem Haus traten, um einen Spaziergang zum Dorf zu machen, lag das Licht aprikosen-, sand- und rauchblau um Felsen und Hänge. Über die weite Fläche zwischen den schroffen und unheimlich organartig geformten Steinen bewegte sich eine kleine Gruppe von Männern mit Stäben in der Hand. Als sie näher kamen, sah ich einen alten, sehr mageren Mann mit weißem Turban, der ein großes goldenes Szepter trug, vergleichbar dem Stab eines Tambourmajors, nur eben goldfunkelnd mit dicken Knöpfen an beiden Enden. Ihm folgte der König – ich erkannte zuerst das Rot der Dhoti-Hose –, von weißgekleideten Brahmanen und dem langen, dünnen Aide-de-camp in olivfarbener Uniform begleitet. Den ganzen Tag hatte der Herrscher bei den zahllosen Opfern droben in der Felseneinsamkeit zugebracht. Doch, es hatte dort etwas zu Essen gegeben, erfuhren wir später: einen Becher Wasser und ein wenig Linsenbrei auf einem getrockneten Blatt als Teller. Das dicke, stahlgraue Haar saß wie ein metallischer Helm auf seinem Kopf. Sein Gesicht war poliert und leuchtete. Die Augen waren weit geöffnet und glänzend. Das Opferfest hatte auf Seine Hoheit verjüngend gewirkt. Die nackten, langen, mageren Füße mit den fingerlangen Zehen gaben ihm etwas Kindliches. Ich wußte, wie sehr er die aufpulvernde Wirkung der Überanstrengung schätzte, welches Wohlgefühl sie in seinem Körper erzeugte. Als er mich und Manon bemerkte, strahlte sein Gesicht sonnenhaft auf, wie ich das zwar kannte, aber selten so naturereignishaft bewundern durfte. Ich stellte Manon vor, aber er würdigte sie, die hochaufgerichtet in schöner Haltung vor ihm stand, keines Blickes. Wir tauschten ein paar Worte. Er berichtete von dem Linsenbrei und schien stolz, so wenig gegessen zu haben. Dann bewegte der

Zug sich auf das düstere Haus zu, nicht ohne daß der König mich noch einmal mit seinem schmelzendsten Gruß ausgezeichnet hätte. Mir kam der Verdacht, daß er mich derart liebenswürdig bedachte, um sichtbar zu machen, daß er Manon nicht grüßte.

Sie stand vollkommen ruhig da, ihr schönes Gesicht war entspannt und zeigte sich in seiner ganzen Wohlproportioniertheit, weder »durch Furcht noch durch Hoffnung« verzerrt.

»Wer war das?« fragte sie, als der Zug in den Schatten des Hauses verschwunden war.

»Der König.«

Ich sah, daß sie einatmete, geräuschlos, aber so, daß ihre Brust sich hob. Sie blieb heiter, sagte aber nicht mehr viel. Die Nacht verbrachte sie allein in ihrem rotseidenen Bett, denn sie war erschöpft, und das war nach der langen Reise und den Ereignissen des Tages auch allzu verständlich.

2.
Wie ich Manon Purhotis Geschichte von der Krönung des Königs erzählte

Die Nacht war unruhig. Prinz Gopal kam es, als er die Augen aufschlug, vor, als sei er stundenlang um sein Leben gelaufen. Keine Erinnerung mehr an die Gegend, durch die er gehetzt war, nur an die eigene Überanstrengung, das laute Keuchen, das er zu unterdrücken versuchte, die Schwere der Füße, die nur mit Aufwendung des ganzen Willens gehorchten und zäh am Boden hafteten. Im Zelt herrschte mildes, graues Licht. Die Sonne war noch nicht aufgegangen. Es war warm, aber noch nicht drückend. Auf dem großen Diwan, über den bestickte Decken gebreitet waren, lag in festem Schlaf der König, Vater des Prinzen Gopal; zu seinen Füßen, wie es Brauch war, auf dem Boden, völlig angekleidet und jederzeit dienstbereit, sein Leibsklave Virah, der sich gleichfalls noch nicht rührte. Um den Kopf des Königs waren seine stahlgrauen Haarsträhnen gebreitet wie Fesseln, mit denen der schöne Kopf auf dem Kissen festgebunden schien. Die Stirn des Königs war gerade und nicht sehr hoch, die Nase ging ohne Sattel kurz und stumpf aus ihr hervor, die großen Augen waren unter den ausdrucksvollen Wölbungen der Augenlider verborgen, die Oberlippe eingesunken, weil die Vorderzähne ausgefallen waren, das gab dem Antlitz etwas Saturnisch-Winterliches.

Wer den König so schlafen sah, gerade ausgestreckt wie auf einer Bahre, erblickte ihn in seiner unbeeinträchtigten Majestät, aber wenn er erwachte, würde dieser Eindruck schnell dahinschwinden. Obwohl nicht uralt, war er in kurzer Zeit ein kleines Kind geworden. Seine Frauen und Töchter mußten ihn füttern, und weil er sich dabei ungebärdig betrug, wirre Reden führte und sich wehrte, achtete man darauf, daß ihn nur noch seine nächste Familie sah.

Prinz Gopal erhob sich so behutsam wie möglich, aber das sanfte Rauschen der Kissen drang in den Schlaf des Leibsklaven, der die Augen aufriß und auf die Füße springen wollte. Prinz Gopal legte den Finger auf die Lippen und schlich hinaus, über die Leiber der vor dem Zelt schlafenden Wachen hinweg.

Er sehnte sich nach Bewegung in der Frische des jungen Morgens. Ihm war, als müsse er weiterlaufen, aus dem Traum in den Tag hinein, in einem einzigen Hinübergleiten, und im Laufen eine Distanz zwischen dem Erlebnis der Nacht und sich selbst schaffen. Das Zeltlager war nicht groß. Außer dem roten königlichen Zelt gab es nur fünf oder sechs weitere für Frauen und Dienerschaft, denn der König hatte immer kleine Jagdausflüge ohne den Hof geliebt, und jetzt, in seiner geheimnisvollen und von keinem Arzt zu heilenden Krankheit, bot diese jedem in der Hauptstadt vertraute Gewohnheit einen nützlichen Vorwand, den König wochenlang den Blikken seines Volkes zu entziehen. Noch ahnte niemand, daß man den Herrscher in seiner goldenen Elephantensänfte, in der er an den großen Opferfesten durch die Straßen zum Tempel schwebte, regelrecht anbinden mußte, damit er sich nicht auf das Pflaster stürzte. Prinz Gopal liebte seinen Vater, aber er hatte erleben müssen, daß aus einem lebendigen Menschen ein Bild seiner selbst geworden war, zu dem man nicht mehr in Verbindung treten konnte. Wenn der Vater mit großem Turban und Brokatüberrock mit Juwelen beladen in der Sänfte saß, war er wie eine Götterstatue, die in Prozessionen herumgeführt und angerufen und angefleht wird, ohne daß jemand weiß, was sie von diesen Bitten hört. Dennoch war er unbestreitbar der König, man konnte sogar sagen, daß das Königsein das einzige war, was nach dem Wegfall der Erinnerung, der Sprache, des Bewußtseins, von ihm übriggeblieben war. Gopal war nicht mehr jung, aber er zählte nicht zu den ehrgeizig auf den Thron wartenden Prinzen. Er konnte sich einen anderen König als seinen Vater nicht vorstellen. Er wußte, daß er eines Tages an die Stelle des Vaters treten mußte, aber im tiefsten glaubte er nicht daran. Er entdeckte nichts Königliches an sich. Das begann mit der Größe. Der Vater überragte seinen Hof und erst recht sein kleinwüchsiges Volk um zwei Köpfe. Jede seiner Handbewegungen war voll Würde und Schönheit. Unnachahmlich war, wie er beim Durbar den Rat seiner Vasallen eingeholt hatte, wie er jeden zum Sprechen aufforderte und jedem schweigend und ohne zu unterbrechen lauschte, wie er jeden Einwand und jedes Bedenken erwog. In seiner Brust pendelten die goldenen Schalen einer empfindlichen Waage, und jedes Argument wurde hier objektiv geprüft. Dann, aus einem Meer von Schweigen heraus, stieg der Entschluß empor, und wehe dem, der daran noch rührte. Königlicher Zorn, so etwas zu erzeugen, daran wagte Prinz Gopal nicht zu denken. Er kannte an sich selber Wutanfälle, Verzweiflung, Entrüstung, aber alles in unköniglichem Format. Und er fühlte sich außerstande, Pläne für die Zukunft zu fassen und seine Nachbarn, die Könige der umliegenden Reiche nach ihren Interessen einzuschätzen. Gewiß, er würde Purhoti an seiner Seite haben, aber er wußte aus vielen königlichen Durbars, daß es die eine Sache war zu raten und eine andere zu entscheiden. Selbst jetzt, im geistigen Zustand eines Säuglings, so empfand er, war der Vater mehr König, als er selbst unter Aufbietung seiner gesamten Verstandeskraft es je sein könnte. Und so war auch sein Weglaufen, sein Aus-dem-Traum-Herauslaufen unreif und planlos.

Virah hatte er zugeflüstert, daß er allein auf die Jagd gehe, aber er ließ sich kein Pferd geben und verließ den Umkreis des Lagers in den engen, faltigen weißen Seidenhosen und dem flatternden weißen Hemd, in dem er geschlafen hatte. Und er nahm nicht einmal eine Flasche Wasser mit.

Ein riesenhafter grauer Felsen, glatt wie ein Totenschädel, in dessen Schatten das Lager angelegt war, entzog die Zelte schon nach wenigen Schritten seinen Blicken. Er schaute in ein weites, welliges Tal, dessen braun-vertrocknetes Erdreich mit magerem Gras an vielen Stellen von schwarzem Stein durchstoßen wurde. Einzelne große Bäume mit weit ausgreifenden Ästen behaupteten sich in der Trockenheit, und jeder von ihnen hatte sich einen manchmal ebenso hohen mächtigen Felsen als Gefährten erwählt, ja, es war, als seien die großen Bäume und die großen Felsen wie Mann und Frau füreinander erschaffen, es waren Paare, die zueinandergefunden hatten, der glatte, gewölbte Stein und der ihn mit einem Schlangengewirr dicker Wurzeln umarmende große Baum. Jedes dieser Paare bildete einen Ort, der bedeutungsvoll war, jede dieser Baum- und Felsenverbindungen war ein Ziel für eine Wanderung oder Pilgerschaft, und zu Füßen der Baumstämme und der Steine fanden sich häufig rohe kleine Altäre mit einem farbig beschmierten und von welken Blumenketten geehrten Idol, meist nicht mehr als ein eigentümlich geformter, aber von keiner Menschenhand zurechtgemeißelter Stein. Das Tal war ein Hain. Die trockene Erde sah aus der Ferne wie ein von Gärtnern angelegtes Parkland aus, in dem sich die heiligen Stätten erhoben, aber niemand hatte jemals daran gerührt, es war ein Werk der Natur. Gopal näherte sich einem mit blattlosen Armen in den Himmel greifenden Dornenbaum, an dem bunte Fetzen flatterten: ein Kejereh, ein Wunschbaum, in dessen Zweigen die Bauern ein Stück Stoff verknoteten, wenn der Baum ihren Bitten entsprochen hatte.

Für Könige war dies kein möglicher Verkehr mit den wohlwollenden Geistern, für sie vollbrachten die Priester Zeremonien von einer Kompliziertheit, daß dicke Bücher zu ihrer Beschreibung kaum ausreichten, aber der Vater kannte viele davon und wies selbst Purhoti zurecht, wenn er etwas ausließ oder einen Fehler machte. Eigentümlich verzweifelt sah der Kejereh aus mit seinen bunten Lumpen, als überforderten ihn die vielen Wünsche. Erst jetzt dachte Gopal kurz daran, daß es nicht ungefährlich sei, sich auf der weiten Fläche vor Sonnenaufgang und nach Sonnenuntergang zu bewegen. Er hatte nur Pfeil und Bogen dabei und einen Dolch, aber einen Bären hätte er damit nicht erlegen können, und Bären waren nicht selten in diesem Gelände.

Mit rauhem Schrei flog ein großer, üppig gefiederter Vogel niedrig über den Boden hinweg. Gopal hob ohne nachzudenken seinen Bogen und schoß einen Pfeil auf den Pfauen ab. Zu seiner Verblüffung traf er ihn. Es war der erste Pfau, den er im Flug getroffen hatte, aber der Pfau schien nur verwundet und flog weiter auf ein Dickicht zu, das hinter den letzten großen Felsgruppen begann. Hier war der Wald, das königliche Jagdrevier, die Heimat der Bären und Tiger. Ohne Besinnung folgte Gopal seiner Beute. Die Zweige schlugen hinter ihm zusammen. Ihm war, als stürze er sich in ein Meer.

Es ging bergauf im Gestrüpp, der Wald war ein Bergwald. Der Bogen war sperrig und blieb leicht an den Bäumen hängen. Als ein Ast den Prinzen am Weitergehen hinderte, ließ er seine Waffe von der Schulter gleiten. Ein Weilchen später verlor er auch den Köcher aus Goldleder mit noch sechs scharf geschliffenen, buntgefiederten Pfeilen. Die Dornen verfingen sich in seinem seidenen Hemd, das kümmerte ihn nicht, den kleinen Schrei des Stoffes beim Zerreißen hörte er mit Lust.

Auf einer Lichtung war der Pfau niedergegangen. Seine Brust war blutbefleckt, er wälzte sich im Todeskampf, seine Krallen fuhren in der Luft herum, als versuche er, auf die Beine zu kommen. Die Dornen hatten die Haut des Prinzen geritzt, auf seinen weißen Ärmeln, die große Risse hatten, zeigten sich Blutstropfen, er stand dem Pfau gleichfalls zerfetzt und – wenigstens andeutungsweise – blutig gegenüber, aber bei ihm war dieser Zustand ein Zeichen der Kraft. Je weiter er sich von dem königlichen Lager entfernte, desto lebendiger war ihm zumute. Der zappelnde und sich windende Pfau sah ihn mit großem Auge an. Verstand er, daß schwitzend und hechelnd sein Mörder vor ihm stand? Was war es nur gewesen, warum hatte er nach dem Pfau geschossen, was hatte er mit dem Vogel gewollt? Gopal drehte sich um, aber er ging nicht zurück. Er ließ den sterbenden Pfau dort liegen, mochte ihn ein Panther fressen, so daß nur ein wilder Berg Federn übrigblieb, als sei an dieser Stelle mitten im Wald ein Pfauenfederkissen geplatzt.

Der Aufstieg wurde einfacher. Neben einem ausgetrockneten Bachbett aus rundgeschliffenen schwarzen Steinen führte eine Art kleiner Pfad, manche Steine auf dem Weg wirkten geradezu, als habe sie jemand dort hingelegt, um dem Tritt Halt zu bieten. Wie auf einer Wendeltreppe ging der Pfad aufsteigend um den Stamm eines riesigen Baumes herum. Als er oben angelangt war, streiften die untersten Äste der weit ausgreifenden Blätterkronen Prinz Gopals rosafarbenen Turban, eigentlich mehr eine Binde aus einem Seidentuch, das neben seinem Bett gelegen hatte, denn der Turbanwickler sollte nicht geweckt werden. Und vor ihm erhob sich hellgrau und übergroß, wie es in diesem überraschenden Augenblick schien, der knochige Hintern einer Kuh, die den Weg versperrte.

Wie war eine Kuh hierhergekommen? Gopal schlug ihr mit

der flachen Hand auf die Kruppe, aber sie bewegte nur schläfrig ihren Schwanz, wie ein in der Hitze dösender Hofbeamter, der gelegentlich seinen Fliegenwedel schwenkt. Gopal mußte sich an der Kuh vorbeidrücken, nicht einen Schritt wollte sie tun, sie war hierhergekommen, weil sie gerade diesen schattigen Platz im weiten leeren Revier gesucht hatte, ihren Lebensplatz neben Fels und Baum. Hier würde sie lange stehen, den ganzen Tag bis zum Abend, wenn der Himmel sich rötete und »wenn die Kühe heimkehren«, wie Gopals Amme die Abendstunde genannt hatte. »Abendstunde«, sang sie, »du führst zusammen, was der helle Tag getrennt hat: Die Ziegen kommen heim, die Kühe kommen heim, nur die Tochter muß die Mutter verlassen«, das spielte auf die abendlichen Hochzeitsfeiern an, wenn die Mütter sich von ihrer bräutlichen Tochter unter Tränen verabschiedeten, nachdem sie die Hochzeit jahrelang mit List und Zähigkeit betrieben hatten.

Prinz Gopal hatte diesen Augenblick bisher mit viel List hinausschieben können, und seit der Krankheit des Vaters ruhten ohnehin alle solche Bestrebungen. Es zeigte sich, daß ein guter Regent am Ende des Lebens seine Ernte einfahren konnte, ohne freilich noch Genuß daran zu haben. Der Staat war so vortrefflich eingerichtet, daß er seit geraumer Zeit von alleine lief, ja es bestand die Gefahr, daß die ersten Taten eines neuen Königs mit dem erfolgreichen Nichts-mehr-Tun des alten Königs verglichen würden und dabei schlecht wegkämen. Der neue König konnte im Grunde nur Fehler machen. Er war dazu verurteilt, als schwacher Keim des gefällten Riesen verachtet und verurteilt zu werden. Warum konnten nicht auch die Königreiche leben wie diese Kuh? Warum waren sie, nachdem sie eine glückliche Daseinsform gefunden hatten, zum Wechsel gezwungen? Die Kuh wandte ihm den großen Kopf zu. Sie sah mit mildem Antilopenauge, wie er sich an ihr vorbei durchs Gezweig drängte, als begreife sie nicht, daß sie das Hindernis auf seinem Weg war. Ihre Hörner waren bemalt mit Pünktchen, Sternchen und Zackenbändern, die das Kuhhorn wie einen Turm in Stockwerke gliederten. So glich sie aufs Haar Prinz Gopals eigener Kuh, die mit der Kuh des Königs auch in das Jagdlager und überhaupt überall hingeführt wurde, wo die königlichen Herrschaften sich befanden, damit sich Milch und Butterfett für die königlichen Speisen nicht mit den Zutaten für den Hof mischten. Gopal war, als treffe er hier im tiefen Wald seine ihm zugeordnete Kuh, mit der ihn ein gleichsam verwandtschaftliches Band verknüpfte. Sie fragte ihn nicht nach seinen königlichen Eigenschaften, seinen Befähigungen und Leistungen, sondern war voll Gleichmut für ihn da, als gebe es keine andere Pflicht auf der Welt. Sie wartete auf ihn, wie Sanchor wartete. Aber Sanchor war keine Kuh. Es lag im Spannungsfeld großer Königreiche. Wer sich darin nicht bewegen konnte, mochte eines Tages ohne Thron und Reich aufwachen. Die Kuh blieb wie angewurzelt stehen, während er weiterging. Sie schaute ihm hinterher, sie nahm teil an ihm, aber sie war nicht bereit, für seine Gesellschaft ihren Standort aufzugeben.

Der Blick weitete sich. Das Unterholz wurde krüppliger, höhere Bäume standen nun in lichtem Abstand. Gopal trat in eine grüne Halle. Fern war eine Lichtung zu ahnen. Zwischen den Bäumen erhob sich ein Felsen mit blasigen Höhlungen, eine steinerne Ohrmuschel. Die Höhlenöffnung war unten zugemauert. Eine kleine Holztür hing schief in den Angeln. Der Felsen war mit weißen Strichen gleichsam geschminkt, wie das Gesicht eines Schamanen. Gopal wußte, daß überall im wilden Wald Asketen wohnten, heilige Männer, die es in der Einsamkeit unter den wilden Tieren aushielten und nackt oder nur mit einer orange gefärbten Dhoti-

Hose bekleidet ein Leben aus Gebet und Opfer führten. Nur selten kamen solche Asketen in die Hauptstadt, vor allem zu den großen Festen im Tempel, sammelten Almosen und sprachen mit dem König. Seit jeher gab der gegenwärtig glücklich herrschende König viel auf das Urteil der Einsiedler. Es war für Gopal als Kind ein befremdender Anblick gewesen, den juwelengeschmückten König in seiner breiten Riesengestalt in stillem Tête-à-tête mit einem bis auf die Knochen abgemagerten, von weiß-bläulicher Asche beschmierten Nackten zu beobachten. Purhoti saß dann mit nichtssagender Miene an der Schwelle des Kabinetts und ging angelegentlich Listen durch, als wolle er zeigen, daß der König auch Diener besitze, die für ihn arbeiteten. Aber gegen einen Asketen hatte er keine Chance, ein Glück nur, daß diese Männer sich niemals auf Befehl zu einem Gespräch mit dem König herbeiließen, wenn er sich nicht gar zu ihnen in ihre Höhlen bemühte.

Es war nicht lange her, daß der letzte Heilige beim König gewesen war. Der König lehnte auf seinem Diwan, so schön wie eh und je. An seinem Turban leuchteten drei große Saphire, seine grauen Augen blickten unergründlich. Der Asket saß halbnackt zu seinen Füßen, ein kahlgeschorener Mann mit brennenden Augen. So saßen sie sich gegenüber, in tiefem Schweigen. Der Asket wartete nicht, daß der König das Schweigen brach. Er mochte schweigen so lang er wollte, tage- und nächtelang, das war für den Heiligen ohnehin die natürliche Daseinsform. Der König blickte auf einen Teller mit reifen Pfirsichen. Er faßte einen Entschluß. Mit den biegsamen Fingern seiner auffallend blassen Hand betastete er die pelzigen Kugeln und wählte einen besonders weichen, überreifen Pfirsich, wog ihn in der Hand, als sei er der Reichsapfel, und warf ihn dann mit einer unerwartet scharfen und starken Bewegung dem kahlen Asketen an den Schädel, daß die Frucht platzte und dicke Safttropfen über die Stirn des Heiligen liefen.

Das war aber nicht der Grund, weshalb es hieß, die Heiligen hätten den Wald verlassen. Woher wollte man das auch wissen? Niemand betrat ja den Wald. Prinz Gopal glaubte, dies Gerücht sei die verschlüsselte Form der Ahnung, die immer mehr Untertanen von Sanchor hegten, was die geistige Verfassung des Herrschers anging: nicht daß die Heiligen den Wald, sondern daß der Verstand den Kopf des Monarchen verlassen habe.

Es war etwas Unreinliches, Unappetitliches an der engen, verlassenen Höhle, als Prinz Gopal den Kopf hereinsteckte, um nachzusehen, ob sie wirklich leer sei oder ob nicht doch, unbeweglich und schon zum Gegenstand geworden, ein Heiliger im Dunkeln hockte. Wie ein verschwitztes Hemd war diese Höhle, ein wenig feucht und vom Kot kleiner Tiere gesprenkelt, der einen üblen Geruch ausströmte. Die Verkommenheit der Höhle war nicht naturhaft. Die verlassene Lagerstatt von irgendwelchem fahrenden Volk hätte so aussehen können, nahe der Abdeckerei am Rand der Stadt. Und dabei war Gopal nun schon tief in den Dschungel eingedrungen.

Trocken war dieser Dschungel, verfilzt und ausgetrocknet wie ein Eichhörnchennest. Jeder Schritt erzeugte das Krachen und Knacken zerbrechender Äste. Die leichten Peitschenhiebe in sein Gesicht empfand Gopal im Weiterlaufen schon nicht mehr. Wie weit er so ging, hätte er später nicht mehr sagen können, denn der Tag war nach schöner aprikosenfarbener Morgenröte dunstbedeckt. Ein weißgraues gleichmäßiges Licht lag über dem Land, es war ein Tag ohne Tageszeiten. Dem entsprach ein Weiterlaufen ohne Ziel. Eine Stimme in seinem Innern sagte ihm, aber ohne alle Besorgtheit oder warnende Untertöne, daß er den Weg zurück nun nicht mehr finden werde. Keine Stimme war zu der Frage zu hören, was dies Vorwärtsstreben eigentlich sollte. War es eine Flucht, ein Davonlaufen? So kam es Gopal nicht vor, und zugleich stand fest, daß er sich kein Innehalten gestatten würde.

Angst konnte einem der Wald mit seinen reißenden Tieren schon machen, aber zugleich gab es die Erfahrung, daß er vielfältig belebt war von menschlichen Wesen, die sich mit und ohne Erlaubnis hier aufhielten. Als Gopal die großen Blätter eines Busches zur Seite schob, stand er unversehens in einem Kreis von Menschen, die auf dem Boden hockten und ihn mit weit aufgerissenen Augen ansahen. Ein Mann mit struppigem Haar, schmutzigen Lumpen und mageren, knochigen Gliedern, eine verhungerte Frau mit dem Schleier über dem Scheitel und dunklen Kinderarmen, vier Kinder, drei Knaben halbnackt und ein Mädchen, das einen großen Drahtring durch den linken Naselflügel trug, waren dabei, dünne Bäume, die der Vater geschlagen hatte, mit gesammeltem Gezweig zu großen Bündeln zu schnüren, die sie dann auf dem Kopf irgendwohin tragen würden, zu einem Kohlenmeiler, der hier verborgen sein mußte. Der älteste Mann war von schwarzem Staub wie gepudert.

Die Köhlerfamilie hatte sich, wie sie da hockte, eines schweren Verbrechens schuldig gemacht. Waldfrevel im königlichen Jagdrevier konnte mit dem Tod bestraft werden, auf jeden Fall aber mit Prügeln, die kaum weniger Todesstrafe waren. Die Familie kauerte in der den Armen eigentümlichen Weise, die Knie in der Höhe des Kinns, das kleine Hinterteil hing knapp über dem Boden. Gopal konnte keine fünf Minuten derart kauern. Man mußte von Jugend auf daran gewöhnt sein, und jung waren die Leute ohnehin, der von Falten zerfurchte Vater war höchstens dreißig, ein Altersgenosse von Gopal, der vom Schweiß glänzte und blühte, als seien seine glatten, vollen Wangen mit Butterfett eingerieben.

Seine Kleider waren zerrissen, aber die Weiße der Seide und das Rosa des Kopftuchs stachen gegen die Schwarzgepuderten immer noch scharf ab.

Niemand sagte ein Wort. Die Familie bewegte sich nicht. Gopals plötzlicher Auftritt hatte sie erstarren lassen. Erkannten sie ihn? Sie konnten ihn nur von fern einmal in der Elephantensänfte gesehen haben, wenn er ganz in Goldstoff gekleidet war. Unmöglich, dann irgendwen wiederzuerkennen. Aber daß er zu der Sphäre gehörte, die drohen und strafen konnte, zu den unbegreiflichen höheren Wesen, die über das kümmerliche Menschengewimmel gesetzt waren, ohne Teil an ihm zu haben, das war ihnen klar. Was würde geschehen? Folgten dem weißen Prinzen Soldaten und Sklaven, die sie ohne Erbarmen wegschleppen würden? Oder war das Unvorstellbare eingetreten, daß ein solcher Mensch allein war, niemanden hinter sich, dem er befehlen konnte und der mit Stock und Spieß Gehorsam erzwang?

Auch Gopal rührte sich nicht. Er redete die Leute nicht an, er war erst erschreckt und dann ratlos. Was tat man in solcher Lage? Der Vater saß über Übeltäter zu Gericht. Er hörte auch Zeugen, aber er war nie selber Zeuge. Neben dem Mann lag eine Axt, ein langer Stiel, an dem die gehämmerte und an einem Stein blinkend geschliffene Schneide mit schwarzem Draht festgewickelt war. Was wäre, wenn er in seiner Verzweiflung diese Axt ergriffe und Gopal in den Hals haute? Das Entsetzen, in dem die frevelnde Köhlerfamilie befangen war, hielt die Mitte zwischen den beiden ihr verbliebenen Möglichkeiten zu handeln, die sich beide gleichermaßen vorbereiteten, so daß schließlich vielleicht nur der Zufall entschied, zu welcher es kam, zu winselnder Proskynese oder zu einem blitzartigen frontalen Angriff.

Dies war sein Volk, die Menschen, die zu beherrschen er berufen war. Niemand konnte ihm fremder sein. Und so war es denn auch kein Entschluß, den er faßte, sondern nur die Weiterführung des längst früh vor Sonnenaufgang gefaßten Entschlusses, daß er aus seinem Innehalten die Kraft zu einem ersten schnellen Schritt fand, zu einem zweiten und dritten und mit dem vierten schon wieder ins Dickicht verschwunden und den Blicken der Köhler entzogen war. Die Linie, die zwischen ihm und seinem Volk gezogen war, blieb unberührt.

Mit jedem Schritt, den Gopal nun tat, änderte sich die Landschaft, zunächst unmerklich. Was ihm dann auffiel, war, daß seine Schritte kein Knacken mehr hervorbrachten. Das Ausgetrocknetsein von Erde und Pflanzen nahm ab. Statt über weißen Staub schritt er über Erde, die nicht geradezu feucht war, aber gesund und atmend. In die Zweige war Lebenskraft geflossen. Sie zerbrachen nicht mehr, sie bogen sich. An ihren Spitzen erschienen klebrig glänzende Knospen. An den Felsen hatten sich Moose gebildet mit samtigen Härchen. Hier und da wuchsen Büschel von saftigem Gras. Es atmete sich frischer. Es war eine Wohltat, sich in dieser Luft zu bewegen. Der Schweiß auf den Schläfen trocknete. Er fühlte sich, als habe er gebadet. Und schließlich traute er seinen Ohren nicht, als er Quellen murmeln hörte. Es war lange vor dem Monsun, und die Bachbetten dieses Gebirges führten Wasser nur in den Wochen nach dem reichen Regen. Hatte Gopal womöglich schon die Grenzen seines Reiches überschritten?

Da war der Bach, er war kristallklar und wand sich zwischen den wassergeglätteten Steinbrocken. Ein riesiger Baum mit großen Blättern neigte sich so tief, daß es schien, als entspringe der Bach seinem verschlungenen Wurzelwerk. Am Ufer saß ein junges Mädchen und spielte mit kleinen nackten Füßen in den Strudeln. Sie war keine Köhlerin, weder verhungert noch schmutzig, sie war blühend schön und wie zu einem Fest gekleidet, in jenem weiten, faltenreichen Rock, der aus Bahnen in vielen Farben bestand und der, wenn er gewaschen auf einem Felsen zum Trocknen lag, einen großen Kreis bildete. Ihr Wams in Blau und Rot saß eng an ihrem Oberkörper. Die nackten Arme trugen viele Elfenbeinarmbänder, der Schleier war etwas nach hinten gerutscht und zeigte einen spiegelnd blanken Scheitel. Gopal erkannte, daß sie der Kaste der Schneider angehörte. An den Armreifen sah er, daß sie verheiratet war. Auf ihrer schön geformten braunen Stirn war ein gelber Punkt aus dem leuchtendsten Pigment. Er stand eine Weile still, um sie zu betrachten. Dann blickte sie auf, und sie zeigte nicht die geringste Überraschung, ihn hier zu sehen.

Es war, als habe sie ihn erwartet. Gopal legte die Hände vor der Brust zusammen und verneigte sich lächelnd, wie er es gegenüber jedermann zu tun gewohnt war. Dies Lächeln war etwas Automatisches. In seiner Erinnerung sagte er sich, daß er niemals gewagt hätte, gegenüber diesem Mädchen gleichsam absichtsvoll zu lächeln. Aber das Mädchen grüßte nicht zurück, sondern sah ihn nur immer ernst und freundlich an. Dann stand sie auf, wandte sich zum Gehen, sah sich aber noch einmal um, und Gopal schwor sich, daß in dieser Geste eine winzige Aufforderung gelegen habe – doch, gewiß, sie hatte zwar nicht gewinkt, aber ihn mit ihrem Blick gleichsam zu sich gezogen. Und so streifte er eiligst seine roten Lederpantoffeln ab und begann, durch den Bach zu ihr zu waten, was nicht ganz einfach war, die Steine waren glatt, und die Strömung hatte Kraft, er schwankte und mußte sich zusammennehmen, um stehen zu bleiben. Er ärgerte sich, daß er in diesem Bach so unbeholfen wirkte, gern wäre er mit einem tänzerischen Riesensprung zu ihr gelangt, dies Planschen und Wanken und vorsichtige Vermeiden eines Ausrutschers war unheroisch, und als er am anderen Ufer schließlich den Kopf hob, war sie verschwunden. Nein, nicht vollends verschwunden. Unter den Büschen blitzte es blau-rot.

Er beeilte sich, zu diesem Blau-Rot zu gelangen, aber da war sie schon wieder fort, und es begann eine schwierige, atemlose Jagd. Oft war das Mädchen unsichtbar, oft mußte er stehenbleiben und um sich schauen. Das Mädchen wechselte beständig die Richtung. Manchmal kam sie ihm geradezu entgegen, nur durch einen Busch getrennt flitzten ihre Farben vorbei. Wenn er sie überhaupt nicht mehr fand, klatschte sie in die Hände. Das klang auffordernd, gar frech. So verhielt sich niemand, der entkommen wollte. Das Mädchen war barfuß, aber es flog gleichsam über die spitzesten Steine, es brauchte offenbar den Weg nicht zu beachten, aber Gopal, der einen seiner Pantoffeln auf der Jagd verloren hatte, tat sich fortwährend weh; auch wenn er nicht darauf zu achten versuchte, war der Schmerz ein Hindernis. Während er rannte, sich verhedderte, sich losriß, lauschte, bis das Klatschen kam, und dann von neuem losrannte, niemals mehr von dem Mädchen sehend als die verwischten Farben, wie Bänder an einem abgeschossenen Pfeil, meinte er plötzlich, daß er diese Verfolgungsjagd heute nacht geträumt habe, als er so mühevoll und zugleich gehetzt gelaufen war. Und mit dieser Einsicht wurde eine zweite geboren: Das Wesen, das so atemlos gelaufen war, sei gar nicht er selbst gewesen, er habe diese Vorgänge betrachtet, das Mädchen sei es, das durch seinen Traum gehetzt sei.

Er war davon überzeugt, daß er jetzt plötzlich seinen Traum verstehe. Es war ihm sogar, als sei das Blau-Rot des Wamses auf unbestimmte, nur im Traum mögliche Weise darin vorgekommen, und auch das Mädchen hatte er ja nicht als Gestalt gesehen, er hatte vielmehr mit dessen Augen geschaut und den Schlag von dessen Herz wie von innen, wie aus ihrer eigenen Brust heraus, wahrgenommen. Dies Laufen war eine Erfüllung, außerhalb derer es nichts mehr geben mußte. Und dann, gänzlich unvermittelt, stand das Mädchen vor ihm, neben einem schwarzen Felsen mit blasigen Öffnungen.

Ein mächtiger Baum überwölbte sie. Von der Jagd war ihr nichts anzumerken. Ihre Stirn war rein und blank. Der Schleier ließ vom Scheitel genausoviel sehen wie am Bachrand. Sie war nicht furchtsam, sondern ebenso ernst und ruhig wie zu Beginn der Jagd. Während er aber einen Schritt auf sie zumachte, ging eine Veränderung in ihr vor.

Es begann mit den Augen, die eben noch groß und dunkelbraun gewesen waren und sich nun verfärbten. Fischaugen, die noch wie lebendig blicken, werden in der Pfanne allmählich weiß, und genauso wurden auch ihre Augen weiße Kugeln, aber es war nun klar, daß diese Kugeln zugleich durchscheinend waren, nicht opak wie bei den toten Fischen in der Pfanne, weiß ja, aber weiß glühend, flüssiges Blei, und zugleich welkten und verzehrten sich und schmolzen die Kleider, das blau-rote Wams und der weit schwingende Rock wie dünnes Papier auf einem brennenden Scheit, so kräuselte sich der Rock und flog in hauchfeinen Fetzen weg. Und der Körper, der nackt darunter hervortrat, war gleichfalls weißglühend, und nun war es Gopal, daß das Mädchen wachse, nicht allzusehr, nur wie ein großes Einatmen und Aufblähen war es, als habe es sich, solange es in Gestalt einer jungen Ehefrau aus der Schneider-Kaste nicht nur, was das Kostüm angeht, zurückgenommen, sondern sich auch körperlich irgendwie geduckt und zusammengezogen. Ihre Brüste standen spitz und weißleuchtend vor. Die Brustwarzen bewegten sich. Waren das kleine Schlangenköpfe?

Der Anblick war schreckenerregend, aber Gopal dachte keinen Augenblick an Flucht. Er mußte sich diesem Anblick hingeben. Er trank ihn gleichsam, während seine Beine versagten und er ganz unwillkürlich auf die Knie sank. Und nun hob das Mädchen, die weißglühende Erscheinung, in ihrer übergroßen Erhabenheit die rechte Hand und hielt sie mit gespreizten Fingern in die Luft. Gopal starrte die Hand an, die dort oben verharrte, sich dann senkte, den Körper entlangfuhr und sich zwischen die Beine schob, bis sie die schönen Schamlippen bedeckte, aber das war keine Geste der Scham, nichts abwegiger, als bei dieser Erscheinung Scham zu vermuten. Als sie die Hand vor ihrem Schoß wieder wegnahm, war ihre Innenfläche blutig – auf dem weißglühenden Hintergrund ihrer Haut hatte das Blut schwarz ausgesehen, und nun legte sie diese Hand auf Gopals Stirn und wischte das Blut daran ab. Das war für Gopal mit einem blitzartigen Kopfschmerz verbunden, der ihm die Tränen in die Augen trieb und einen Augenblick alles schwarz werden ließ, bis auf purpurn gezackte Sterne, die im Dunkeln tanzten.

Als er wieder sehen konnte, war die Erscheinung verschwunden. An ihrer Stelle aber schoß eine hohe und kräftige Flamme an der Rinde des Baums entlang und leckte an den Ästen. Bald stand die ganze Krone in Flammen. Es krachte und knackte, aber dahinter war ein saugendes Rauschen. Wie von einem Riesenatem wurde die Flamme in die Höhe gezogen. Gopal kniete noch, als sich das Unterholz durch hinabfallende Äste zu entzünden begann. Und während er nun auf die Beine sprang und vor den Flammen davonlief, meinte er in dem Brausen der nun schon hoch aufschießenden Flammen, die zu einer Feuerwand geworden waren, das Trappeln von kleinen Füßen in schnellem Lauf zu vernehmen. Mit diesem Trappeln verbanden sich seine eigenen Schritte. Jetzt war er der Verfolgte. Die Flammen fraßen sich als undurchdringliche Mauer voran, liefen sich aber gleichzeitig voraus, überholten sich gegenseitig, hüpften auf die Spitzen der Zweige, warfen einen Funkenregen dem fliehenden Gopal hinterher und stellten sich ihm in den Weg. Und wieder hätte er nicht sagen können, wie lange er lief, aber es kam ihm nicht lange vor, zu seiner größten Verblüffung stand er unversehens auf der hügeligen, felsigen Fläche, wo die Bäume nur in großen Abständen wuchsen. Hinter ihm war die Flammenhölle. Das Feuer überragte den Wald um ein Vielfaches. Eine Rauchwolke wie von einer brennenden Stadt hob sich in den Himmel. Zugleich ging die Sonne unter und malte Aprikosenfarben in den Rauch.

Als Gopal an dem Kejereh vorbeikam, blieb er stehen, nahm sich den rosafarbenen Turban vom Kopf und schlang ihn in die dornigen Zweige. Eine Weile stand er allein. Er dachte an nichts. Dann ging er langsam schlendernd auf den glatten Felsen zu, der das Lager seinen Blicken entzog.

Als er sich den Zelten näherte, liefen ihm Männer und Frauen mit Schreckensrufen entgegen und warfen sich noch deutlich von ihm entfernt auf den Boden. Sein Haar stand in alle Richtungen. Seine Kleider waren zerrissen, seine Stirn blutverschmiert. Der Horizont hinter ihm war rot. Bevor irgend jemand der sich nun schüchtern Erhebenden und angstvoll Nähernden ein Wort sagen konnte, wußte Gopal, was geschehen war: Der König war tot.

»Seit diesem Tag wird ein König von Sanchor auf folgende Weise konsekriert«, sagte Purhoti, der mir die Geschichte derart unbeteiligt und nüchtern erzählt hatte, daß kaum mehr als eine knappe Inhaltsangabe dabei herausgekommen war, »der Prätendent wird in den inneren Hof geführt, wo ihn die Großen des Reiches, die Familie und einige Brahmanen erwarten« – er tat so sachlich, als kämen für diesen Vorgang auch andere Brahmanen in Frage als Mitglieder seiner eigenen Familie – »während sich das Volk und die meisten geladenen Gäste in den vorderen Höfen drängen. Der Weihe- und Krönungsakt hat in der Öffentlichkeit nichts zu suchen. Im inneren Hof erwartet den Prätendenten eine junge Frau, Mitglied der Schneiderkaste, verheiratet, aber nicht schwanger.« Die Richtige auszusuchen obliege den Astrologen. »Dies junge und schöne Mädchen in blau-rotem Wams und weitem Rock hebt die rechte Hand, der Brahmane fährt mit einer rasiermesserscharfen Dolchklinge über ihre Handfläche, so daß ein feiner Schnitt entsteht, und wenn die Hand ganz blutüberströmt ist, drückt sie sie auf die Stirn des Prätendenten. Von diesem Augenblick an ist er König und sie seine leibliche Schwester, freilich ohne Titel oder irgendeinen ohnehin unmöglichen Wechsel des Standes.«

»Hat auch der gegenwärtige König« – ich vermied, vom regierenden König zu sprechen – »eine solche Schwester?«

»Hätte er keine solche Schwester, wäre er nicht der König.« Die Zeremonie habe vor sieben Jahren im Alten Fort wie immer stattgefunden, zwanzigtausend Menschen seien anwesend gewesen.

»Und wann war das erste Ereignis, das Erlebnis dieses Prinzen Gopal?«

Purhoti war auch hier präzise. Er lokalisiere die erste blutige Königskonsekration zwischen das Jahr achthundert und das Jahr tausend. »Bevor wir das Königshaus nicht im Agnikund aus dem Feuerbad hervorgeführt hatten, wäre keinem seiner Mitglieder eine Göttin begegnet – nach dem ersten Eroberungszug der Muslime aber wird von Göttererscheinungen nichts mehr berichtet, die Anwesenheit der Muslime stört die Götter.«

Und welche Göttin sich dem Prinzen offenbart habe?

»Manche haben sie Kali genannt, andere Durga – das Königshaus verehrt Lord Shivah, da liegt das Eingreifen seiner hohen Gemahlin nahe.«

In einer stillen Straße mit offenen Läden, wo mechanische Nähmaschinen leise summten, näherten wir uns einem Ladenlokal, das Purhoti aufsuchen wollte. Der Schneider stand auf, als er Purhoti erkannte, und holte aus dem Hinterzimmer eine helle Hose, der er neue Hosentaschen eingesetzt hatte. Während er seine Arbeit vorführte, betrachtete ich seine Frau, die mit gespreizten Knien auf dem Boden hockte und Bohnen putzte. Sie war nicht mehr ganz jung, zwischen Nase und Mund zogen sich scharfe Falten. Als sie mich anblickte und Purhoti nach mir fragte, sah man, daß sie einen silbernen Zahn hatte. Ihr Sari war auf westliche Weise großblumig gemustert, wie man es bei uns vor allem auf Kunststofftischdecken findet. Ihre Fingernägel waren schwarz vor Erde. Sie hatte im Garten gearbeitet. Purhoti nahm seine Hose und bezahlte den Schneider, der, ohne weiter aufzublicken, sogleich an seine Nähmaschine zurückkehrte. Vor der Frau verbeugte er sich aus deutlicher Distanz mit gefalteten Händen. Sie erwiderte den Gruß, ohne Messer und Bohne aus der Hand zu legen.

»Nun sehen Sie, daß ich Ihnen keine Märchen erzählt habe«, sagte Purhoti, als wir weitergingen.

»Was für Märchen?«

»Jetzt haben Sie sie selbst gesehen.«

»Wen habe ich gesehen?«

»Die Schwester des Königs.«

3.
Götteratem

Obwohl ich längst nichts mehr arbeitete, weil jeder Gedanke an die wirtschaftlichen Pläne des Königs mir absurd geworden war, ging ich weiterhin jeden Morgen nach dem Frühstück hinüber in die Galerie, in der mein Schreibtisch stand wie ein Denkmal anspruchsvoller geistiger Tätigkeit. Die Remington-Schreibmaschine mit ihrem imposanten überlangen Wagen, mit dessen Hilfe ich lange Listen und vielspaltige Statistiken hätte tippen können, die Pappmappen mit ihren Baumwollschnüren, das Tintenfaß und der Zigarrenkasten standen für eine Ewigkeit bereit. Da hatte sich zwischen den bunten Scheiben der Fenstertüren eine veritable Schreibwerkstatt etabliert, die jetzt aber ebenso unbenutzt war wie die edwardianischen Phantasiestühlchen des großen Salons. Für mich war der Schreibtisch eine Zuflucht, wenn Manons Schweigen mir unerträglich wurde, aber wenn ich mich an ihn setzte, hatte ich das Gefühl, nicht ich selbst sei es gewesen, der diese dekorativen und verheißungsvollen Arbeitsanordnungen geschaffen hatte, sondern dies alles stehe seit den Tagen, in denen der Staat von Sanchor aufgelöst wurde, unberührt hier herum, nachdem der letzte Schreiber nach Hause gegangen sei. Und als sei ich immer weiter an der Arbeit, erschien Virah, kurze Zeit nachdem ich mich gesetzt hatte, mit dem Teetablett. Wahrscheinlich hielt er für meine eigentliche Tätigkeit das Am-Schreibtisch-Sitzen, und alles, was ich dann tat oder ließ, für bloß akzidentielle Zutat. Während ich wartete, daß er mir die Tasse eingoß, war alles wie vorher, als ich noch gearbeitet hatte. Als er wegging, trank ich, und das war auch noch der gleiche Vorgang wie an den Arbeitstagen, denn beim Teetrinken kann man nicht schreiben. Aber als ich die Tasse absetzte, war der neue Zustand da. Mir war, als hätte ich nicht nur die Arbeit an einem aussichtslosen Vorhaben aufgegeben, sondern jede Arbeit überhaupt, auch für die Zukunft.

Was wäre, wenn ich von nun an jeden Morgen meines Lebens in diese Galerie hinüberginge, auf Tee wartete und dem Abend entgegensah? Im Haushalt des Königs würde mich wahrscheinlich niemand daran hindern. Man war auf Zeitlosigkeit eingestellt. Diese Galerie war so öde und verlassen wie die riesigen Bienenwaben, die von den Sonnendächern der Fenster herabhingen und wie große Pilzgewächse auf mich gewirkt hatten, so ausgesogen, papieren und brüchig erschienen sie mir, das Fette des Wachses war ganz von ihnen gewichen. Eines der Fenster wurde von den Waben beinahe verdunkelt. Wenn man die Glastür öffnete, gab es dahinter noch ein rostiges Fliegengitter, das die Menschen vor den Bienen beschützt hatte. Bienen am Haus zu haben galt, wie ich schon erfahren hatte, als günstiges Zeichen. Auch wenn der Haushalt in lebhafterer Verfassung gewesen wäre, hätte man den Bienen nicht verwehrt, womöglich alle Fenster mit Wabenkonstruktionen zuzubauen. Gegenwärtig summten nur einige wenige um die verlassene Stätte herum, vielleicht Abgesandte anderer Völker, die dort, wo sie auf ein Schwestervolk warteten, Öde vorfanden. Mit ein paar Schritten war ich auf der Terrasse, das war schon während der Arbeit meine Angewohnheit gewesen: drei Sätze schreiben, auf die Terrasse gehen, ins Tal zu den Kindern herabblicken, die Drachen steigen ließen, und zurück an den Schreibtisch gehen.

Auf der Mauerbrüstung sah ich eine weitere Biene, die erste, die ich aus der Nähe betrachten konnte. Sie sah etwas anders aus als europäische, deutlich größer – klänge das bei Bienen nicht komisch, hätte ich gesagt: zwei Kopf größer – und ohne den feinen schwarz-gelb gestreiften Pelz. Diese hier war gleichfalls gestreift, aber unbepelzt, sie glänzte glasig, als habe sie ein Bad in ihrem eigenen Honig genommen. Das Gelb war goldener als bei europäischen Bienen, vielleicht war die Biene auch schwerer. Sie bewegte sich langsam und wie betäubt, als wisse sie nicht genau, wohin es sie hier verschlagen habe. Für den Haushalt des Königs mochte die Zeitlosigkeit gelten, aber für die Natur, die den Palast umgab, rückte die Zeit unablässig voran. War dies nun Herbst oder Winter für die Biene, war ihr das Absterben in die zarten Glieder gefahren? Rund um die vom Rost der Regenrinne rot gefärbten Marmorsäulchen des Vordachs tanzten zwei weitere Bienen, schwerfällig, der Unterkörper hing ihnen herab. Waren dies nicht überhaupt die ersten Bienen meines Aufenthaltes hier? Ich war überzeugt, anfangs überhaupt keine Bienen in Sanchor gesehen zu haben.

Und während ich nachdachte und den beiden Bienen vor dem strahlenden Rostrot folgte, mußte ich einen wichtigen Augenblick verpaßt haben. Es brauste und brummte um mich herum, wie eine bedrohliche elektrische Klangwolke, in der die Strahlen vieler Funkgeräte sich sirrend und surrend trafen. Ich blickte in die Höhe. Über mir machten sich Millionen umeinandertanzende Bienen daran, die Sonne zu verdunkeln. Die Wolke senkte sich. Die einzelnen Bienen, die ich gesehen hatte, waren eine Avantgarde gewesen, zwei einzelne Regentropfen vor einem Wolkenbruch. Ich machte einen großen Satz auf die Terrassentür zu, aber obwohl die Wolke nun schon mit verstärktem Brausen auf der Höhe meines Kopfes stand und ich bei meiner Flucht Bienenkörper auf mich prallen fühlte, glaubte ich keinen Angriff der Übermacht auf mich wahrgenommen zu haben.

Die Bienen waren mit sich selbst beschäftigt. Sie hatten sich versammelt, um einander zu fühlen und um gemeinsam dem in jeder von ihnen wohnenden Gesetz zu gehorchen, bei genau diesem Stand des Mondes ihre private Existenz aufzugeben und die Gemeinschaft zu suchen. Nichts Wichtigeres kannten die Bienen jetzt, als im Gebraus, das sie selbst erzeugten, auf und ab zu schweben. Und ebenso plötzlich wie sich die Bienen in ihrer Schwärze über der Terrasse versammelt hatten, waren sie auch wieder verschwunden. Sie hatten sich den leeren, ausgesogenen Waben zugewandt, am Fenster neben meinem Schreibtisch. Die winzigen Löcher der Fliegengitter bewirken einen Lupeneffekt, der das hinter ihnen Liegende schärfer erscheinen läßt und dabei leicht verdunkelt. Gestochen scharf und zugleich verschleiert schwirrte das Bienenheer vor den toten Waben. Im Fensterbogen aber hatte sich schon ein dunkler Kegel gebildet, der wie ein Zapfen hinunterhing. Der Bienenschwarm umsummte ihn rasend, aber die Bienen, die dem Zapfen nahe kamen, lösten sich unversehens aus dem Schwarm und folgten seinem Sog. Ich stand mit dem Gesicht an das Fliegengitter gepreßt. In der formlosen Masse des großen Zapfens wimmelte es von tausend Bienenkörpern, die unablässig von einem Bein aufs andere traten. Wenn der ganze, jetzt schon beinahe um die Hälfte weitergewachsene Zapfen bis zu seinem Herzen aus lebenden Bienen bestand, trug jede Biene im Innern hunderte zappelnde und trippelnde Bienen auf den Schultern in einem Bienengestrüpp, aus dem das Tageslicht ausgesperrt war. Besessenes Summen und stetiges Wachsen; und dabei entstand ein Körper, der wie ein großes Herz aussah, wie jener Muskelklumpen, der uns in der Brust zuckt, und tatsächlich pumpte der Klumpen. Die tausend Bienen wanden sich und gingen auf der Stelle, als verursache ihnen ihr Gemeinschaftswerk eine rasende Ungeduld, aber es kam dabei eine gemeinschaftliche große Bewegung heraus. Der Klumpen bestand zwar aus unzähligen Einzelleben, hatte aber jetzt ein darüber hinausgehendes eigenes Leben begonnen, das sich aus den unzähligen nährte, aber zugleich auch etwas von ihnen Losgelöstes war. Ich sah, wie ein großer Körper mit seiner Individualität aus unendlichen mit Eigenleben erfüllten Körperchen gebildet wurde. Warum sollte es unter der Heerschar der Bienen nicht welche geben, die die Vorstellung, zu diesem wimmelnd wachsenden Klumpen beizutragen, haßten und viel lieber ihre eigenen Zwecke verfolgt hätten? Aber so dissonant die einzelnen Willensbekundungen auch klingen mochten, sie alle mußten dem auch ohne ihren Willen entstehenden großen Ganzen dienen. Und dann war schließlich die von den vielen unabhängige Verlebendigung des Ganzen eingetreten, so wie auch die Nationen in ihrem Gesamtleben stärker sind und unbeeinflußbar von den Menschen, aus denen sie bestehen. Der einzelne mochte sein Land aus ganzem Herzen verabscheuen und konnte dennoch nicht verhindern, mit seiner Vernichtungskraft nur zu dem ihn überwölbenden und vollständig konsumierenden Leben eben dieses Landes beizutragen. Und nicht nur die Staaten, der Mensch selbst war geschaffen worden, wie dieser Bienenklumpen wuchs.

Wenn dies Wachstum bis zum Abend weiterging, war womöglich eine große Gestalt entstanden. Shiva waren die Bienen heilig, und nun roch ich zum erstenmal ihren Duft. Eine Woge feinstaubig-buttrig-süßen Atems aus hunderttausend kleinen Leibern schwappte ins Innere über mich hinweg, Götteratem, Götterschweiß, bei der Arbeit des Schöpfungswerks vergossen.

Ich wollte Manon rufen. Die Betrachtung des Bienenschwarms hätte unser Schweigen nicht gebrochen, wir hätten zusammen vor dem Fenster stehen können und das Werk des Bienenstaates bewundert. Bei den Bienen schien alles entweder sehr allmählich oder sehr plötzlich zu geschehen. Eben noch hing der langsam wachsende Bienenklumpen von tausend Bienen erregt umschwärmt da, und jetzt war keine einzige Biene mehr in der Luft. Alle hatten ihren Platz auf- und nebeneinander eingenommen. Mir war, es verberge sich unter dem Bienenzapfen ein Ballon, der langsam an- und abschwoll. Es war ein Endzustand erreicht. So, in dieser zu höchster Bienenhaftigkeit gesteigerten Verfassung mochten die Bienen offenbar eine Weile ausharren. War der Zapfen nicht überhaupt bienenförmig geworden, der Spindel gleichend, die den großen Unterkörper der Bienen bildet?

Ich öffnete die Tür zu dem Saal, der neben unseren Schlafzimmern lag. Er war leer bis auf einen riesigen schwarz und rot gestreiften Teppich, der den ganzen Boden bedeckte. Diese Art Teppiche wurden in Zuchthäusern hergestellt, viele Hände hatten monatelang daran gewoben. Mein Schritt darauf war lautlos, als ginge ich barfuß. Am anderen Ende des Saales vor der Glastür zum Schlafzimmer hielt ich inne. Bevor ich sie öffnete, sah ich hinein. Wenn ich an mich denke, wie ich da an der Glastür stand, glaube ich mich in einem Traum zu befinden, aber es war kein Traum.

Manon stand am Fenster. Sie war noch nicht angezogen, sondern trug ihren schwarz-weißen japanischen Kimono. Ihr Haar hatte sie hochgesteckt, wie sie es im Badezimmer zu tun pflegte. Sie stand da wie eine Frauenfigur aus einem holländischen Menschenstilleben, eine Brieflesende. Aber in ihren Händen hielt sie keinen Brief. Ich erkannte dies silbrigsperrige, fahnenartige Ding nicht gleich, das sie so angelegentlich betrachtete. Dann erinnerte ich mich. Der König lehnte, wie man weiß, alle Arten von Geschenken nichtritueller Natur ab. Als ich ihn vor Manons Eintreffen fragte, ob er etwas aus Europa mitgebracht zu haben wünsche, hatte er, wie auch bei anderer Gelegenheit, zerstreut abgewinkt. Aber dann war ihm ein Gedanke gekommen. Es gebe in Deutschland ein gewisses sehr hohes Gebäude mit Türmen, höher und größer als alles, was es in dieser Art in England oder Amerika gebe, das wichtigste Gebäude Europas, wie er gehört habe. – »Der Kölner Dom?«

»Dies Gebäude interessiert mich«, antwortete er mit einer Miene, als werde mir nie gelingen zu erraten, warum der Kölner Dom ihn beschäftige. Es ging mich auch nichts an. Deshalb hatte ich Manon gebeten, einen repräsentativen Bildband über den Kölner Dom mitzubringen, und sie hatte auch einen gefunden und das schwere Buch, eingewickelt in eine vor Stößen schützende Blasenfolie, unter Klagen mitgeschleppt. Es wunderte mich nicht, daß der König, als wir das Buch überreichten, keinen Blick darauf richtete. Es wurde auf ein Tischchen gelegt und blieb dort, solange wir in Sanchor waren, unberührt liegen. Aber die Blasenfolie fand Verwendung. Das silbrige Material, das Manon jetzt so eindringlich wie einen alten Brokat studierte, war diese Folie.

Und als ich die Tür öffnete, ganz leise, nur für einen Spalt, hörte ich ein leises Knallen, ein weiteres leises Knallen, und immer weiteres Knallen, und ich verstand, daß sie ihre ganze Aufmerksamkeit dem Geschäft widmete, die Kunststoffblasen der Folie mit den Fingern zum Platzen zu bringen. Keine Blase sollte ungeknackt bleiben. Die kleinen Knaller, die das Platzen anzeigten, mußten sie mit tiefer Befriedigung erfüllen, oder eben nicht mit tiefer, weil nie genug geknallt werden konnte, der Reiz war so flüchtig, daß er nie Überdruß erzeugte. Ich lauschte gebannt. Ich war durch das Knallen der platzenden Blasen genauso gefesselt wie sie, und ich wagte nicht, den Raum zu betreten oder mich bemerkbar zu machen. Es war mir klar, daß ich soeben Einblick in Manons geheimstes Leben erhielt. Jetzt war sie ganz bei sich.

Sie mußte keine Rolle spielen und nicht kokettieren, nicht lügen und nicht rätselhaft sein. Sie mußte nichts Interessantes sagen, und sie mußte, was sie im Innersten bewegte, nicht verbergen. Sie konnte sich ausleben. Sie war im Verborgenen und folgte der Lust, die sie ganz erfüllte. Blase für Blase zerstörte sie diese Blasen.

Ich stand bewegt und voll Bangigkeit da. Ich verstand von Manon so viel wie mein König vom Kölner Dom. Ja, ihm gegenüber war es mir leichtgefallen, mich überlegen zu fühlen. Wir können nur sehen, was wir längst kennen, was schon unsere Ureltern gekannt haben. Ein Bauwerk wie der Kölner Dom kam in den ererbten Erfahrungen des Königs nicht vor, er war davor geschützt, dieses monumentale Zeugnis einer irgendwie auch bedrohlichen fremden Kultur wirklich wahrzunehmen. Er war überzeugt, daß er mit Sanchor, mit der Herkunft seiner Familie aus dem Feuer, mit seiner Religion und ihren heiligen Schriften, mit den Sprachen und Dialekten seiner Völker, mit ihren Gebräuchen und Trachten die ganze Welt kenne. Der Kölner Dom war für ihn wenig mehr als für unsereinen ein Mammut im ewigen Eis. Aber mit Manon und mir war es doch ganz anders. Manon gehörte doch zu meiner Welt, oder besser, sie war meine Welt, ich bewegte mich in einer von ihr angehauchten und zum Leben erweckten Atmosphäre. Sie war kein Fremdkörper in dem Reich meiner ästhetischen Begriffe, meiner Erfahrungen und Überzeugungen, sondern sie hatte dieses Reich belebt und geradezu angezündet, ich verstand, seitdem ich sie kannte, daß ich und meine Gedanken nicht aus versteinertem, sondern aus im höchsten Maß entzündlichem, brennbarem, womöglich explosivem Material bestanden. Und doch hatte ich offenbar nur einen winzigen Zipfel ihres Gewandes zu fassen bekommen. Und wenn die griechischen Orthodoxen einen solchen, Engel und Heiligenkörper umflatternden Gewandzipfel auch

»Pneuma-Zipfel« nennen, weil er das Wehen des Geistes sichtbar macht, so hatte sich bei mir jedenfalls der Geist sofort verflüchtigt, als ich nach diesem Zipfel griff. Die Manon, der ich schmeichelte, mit der ich kämpfte, die ich verfluchte und der ich verzieh, bevor sie überhaupt nur darum gebeten hatte – sie tat das nie –, war nur ein verschwindend kleiner Aspekt ihrer Person. Ich mußte mir eingestehen, daß die Manon, die in sich ruhte und sich selbstvergessen und leidenschaftlich dem Blasenaufknacken hingab, mit mir wahrscheinlich nicht das geringste zu tun hatte. Es kam mir sinnlos vor, sie zu den Bienen zu führen. Was sollten ihr die Bienen?

In diesem Augenblick betrat Virah das Schlafzimmer mit neuem Tee. Er näherte sich ihr gewohnt lautlos von hinten, aber so tief sie auch versunken war, sie hatte seine Annäherung doch wahrgenommen und sagte zu ihm ohne sich umzudrehen: »Danke, Virah«.

Wie plump meine Nerven organisiert waren, daß ich beständig zusammenfuhr. Dann drehte sie sich um und ging zu dem Tischchen und dem Teetablett. Ohne den Kopf in meine Richtung zu heben und ohne ein Zeichen, daß sie meine Gegenwart wahrgenommen hatte, goß sie zwei Tassen ein, nahm die ihre und kehrte an das Fenster zurück.

4.
Manons Apotheose

»Sanjay ist nett, höflich und intelligent«, sagte Manon, als ich sie auf Purhotis Sohn ansprach. Das war eine Einschätzung des jungen Mannes, die mich reizte und verstimmte. Nichtssagender konnte man sich über den lauernden Finsterling, der sogar dem König nur mäßigen Respekt erwies, wahrlich nicht äußern. Daß er sich im Alten Fort an Iris heranmachte, verdachte ich ihm nicht. Sie ermutigte ihn wahrscheinlich. Männer gehörten bei ihr einfach zum körperlichen Wohlbefinden. Sie war gewiß nicht wählerisch. Das Stucco-lustro-Miniaturenkabinett erlebte nach langem Schlaf eine Wiederbelebung, die auch für andere in Verkommenheit schlummernde Institutionen hoffen ließ. Was nicht vollständig abbrannte und unterging, hatte, wenn es nur irgendwie weiter bestand, Chancen, wieder in Gebrauch zu geraten. Purhoti trat die Aufgabe, als Kustos der königlichen Paläste über die Arbeiten dort zu wachen, offenbar gelegentlich an seinen Sohn ab. Ich hätte mir ausrechnen können, daß der Junge Manon gefiel. Jeder Mann, der mir fragwürdig oder undurchsichtig vorkam, hatte bei Manon gute Karten. Ich sah solche Sympathieerklärungen als unausgesprochene Kritik an mir, als Feststellung dessen, was mir fehlte. Sie gab sich in meiner Person mit einem Mann ab, der ihr eigentlich nicht lag; Männer wie Ivan Schmidt und der Sohn Purhotis besaßen etwas, was mir abging. Ein Eifersuchtsreflex verführte mich, zwei Menschen in einem Atemzug zu nennen, die wahrlich nichts miteinander zu tun hatten. Eine Revolution zu fordern mochte zwar so ähnlich sein, wie mit einem unfertigen Roman herumzuprahlen. Aber Sanjay war gewiß kein Schnorrer, eher ein Straßenräuber. Als solcher gehörte er womöglich zu den irregulären Truppen Seiner Hoheit.

Er war gegen Mittag erschienen, um uns zum König zu bringen, der sich den Tag über im Familientempel unterhalb von Achalghar aufhielt. An diesem Tempel hing er weit mehr als an seinen Palästen. Prinz Gopalakrishnan Singh hatte schon davon gesprochen und unglücklich dabei ausgesehen, daß sein regierender Bruder in diesem Tempel manches wieder aufzurichten gedenke, was von der Zeit angenagt oder gar umgesunken sei. Die Brahmanen mißbilligten das Vorhaben. Ich stellte mir vor, daß Sanjay als kommunistischer Brahmane das grundsätzlich Mißbilligende, kritisch Strenge seiner Kaste in seine neuen politischen Gesinnungen überführt hatte und daß es in dieser Verbindung womöglich noch gesteigert war und dem Geist seines Vaters auf verschlungenen Wegen auch wieder entsprach und entgegenkam. Wir stiegen zu ihm in den Ambassador, nachdem wir uns vor Prinzessin Karūna Devi verneigt hatten, die uns bat, unbedingt zwei Plastikflaschen Mineralwasser mitzunehmen. Ich wußte, wie sehr der König dieses Mineralwasser ablehnte, als sei es Verrat an seinem Reich, wenn man die darin sprudelnden oder vielmehr auch aus großer Tiefe ans Tageslicht gepumpten Gewässer nicht trank. Sie stand zwischen den Flügeln der Fliegendrahttür und blickte auf uns herab und sah auch den mageren, glutäugigen Sanjay in seinen ihn lose umgebenden modernen Kleidern und den bäuerlichen Lederpantoffeln an den bloßen Füßen, aber kein Zeichen des Erkennens erschien auf ihrem ernsten Gesicht, und auch Sanjay grüßte sie nicht. Diese Menschen lebten seit Jahrzehnten zusammen und hielten, vor uns jetzt jedenfalls, eine Reserve aufrecht, als seien sie Fremde.

Sanjay ging mit dem Automotor um, als verberge sich unter der Kühlerhaube ein tückischer, arbeitsunwilliger Sklave, der mit vom Gaspedal bewegten Stimuli zum Trampeln angetrieben wurde. In seiner Miene lagen Trauer und Abscheu, und mir schien, gerade dieser Ausdruck stifte zwischen der neben ihm sitzenden Manon und ihm selbst eine Gemeinsamkeit. Sie sah blitzschnell zu ihm hinüber und gab ihren Zügen gleichfalls einen melancholischen Zug, seelenvoller freilich als der chauffierende Brahmane. Vielleicht glaubte sie, sich der Seinsart dieses Mannes anzunähern und sein Rätsel zu ergründen, wenn sie ein ähnliches Gesicht aufsetze wie er. Die Fahrt durch das Hochtal war schön. Die Palmengruppen, denen wir begegneten, ließen in ihrem Schatten alte bäuerliche Siedlungen vermuten; oasenhafter, sogar luxuriöser Frieden ging von ihnen aus. Kühe hoben die edlen Köpfe, wenn wir schüttelnd heranbrausten, und Landarbeiter, die ihren Schal um den Kopf gewunden hatten, starrten uns nach, als seien wir die unheilvollen Vorboten einer wilden Jagd.

Der Tempel lag unterhalb einer Steilwand, deren Abschluß hoch oben von ruinenhaftem Gemäuer gekrönt war: die einst strahlend uneinnehmbare Festung des Reiches, jetzt aufgeknackt wie eine Nuß, deren zertrümmerte Schalen man hat herumliegen lassen. Außerhalb der Tempelmauern erstreckte sich ein großes Becken, in dem Gras und kleine Bäume wuchsen. Die Treppenstufen, die zu dem reinigenden Wasser herabführen sollten – freilich war das Becken nur nach dem Monsun einigermaßen gefüllt –, lagen kreuz und quer, als habe eine mächtige Faust sie zerschlagen.

Wir zogen unsere Schuhe aus. Ein alter Mann nahm sie in seine Obhut, während wir das Tempeltor durchschritten. Im Innern öffnete sich ein weites Geviert mit vielen kleinen Kuppelgebäuden. Der Tempel von Achaleshwar glich einer Hürde, in der eine Schafsherde weidete. Riesige alte Bäume, in deren Gezweig bunte Fähnchen flatterten, breiteten ihre Äste und Wurzeln aus. Auf den unregelmäßigen Marmorplatten des Bodens, auf denen abgetretene Schriftzeichen und Ornamente verrieten, daß sie von untergegangenen Gebäuden genommen waren, saß ein struppiger junger Mann mit einer Kastenharmonika, die, während er sie auf- und zuklappte, einen weh-saugenden Akkord von sich gab; dahinein ließ er seine klagende, beinahe schreiende Stimme fahren, zu einem verzückten Liebeslied an die Gottheit, und diese Klagegewalt litt nicht darunter, daß er sie erst aus sich herausholte, als er unser ansichtig geworden war. Als die Liebesgewalt ihm die Augen brechen ließ und sein Kopf in den Nacken sank, wie wenn die Liebe jetzt von allein aus ihm herausströme, setzte das Kreischen einer Motorsäge ein und nahm den heiligen Gesang ganz in ihren Lärm auf.

Es wurde gebaut in dem stillen Tempelbezirk. Hier einmal war nicht nur von Plänen und Absichten die Rede, hier hatte das Erneuerungswerk bereits begonnen, das den königlichen Äon ausfüllen sollte. Kleine Familien näherten sich, am unter dem Lärmdach der Säge weitersingenden Harmonikaspieler vorbei, dem Heiligtum. Man machte sich zu diesem ländlichen Tempel von weit her auf den Weg. Ein barfüßiger Priester mit feinen, durchscheinenden Fledermausohren kam tänzerisch-plattfüßig den Pilgern entgegen und winkte sie ins Innere. Unter einem Steinbaldachin lagerte ein lebensgroßer Messingstier mit ballonartig aufgeblähtem Leib, starr triumphierenden Augen und kugelrunden Hoden. Dieser Bulle habe Sanchor einst während einer der schlimmsten mohammedanischen Invasionen errettet, sagte Sanjay düster. Es war überraschend, ihn in der Rolle des Fremdenführers zu erleben, aber es war gewiß keine Höflichkeit, die ihm diese Worte entlockt hatte. Wer wußte schon, was er beim Gedanken an mohammedanische Eroberungen empfand. Alles, was an er-

erbtem Priesterwesen in ihm steckte, mußte sich dagegen wehren. Seine Miene nahm den Ausdruck von Grausamkeit und Fanatismus an – was ihn beträchtlich verschönte –, als er uns den Axthieb vorspielte, der auf Befehl des siegreichen Sultans in den Leib des Rindes fuhr. Die Klinge traf, der Messingbauch barst und entließ einen Strom von hunderttausend Bienen, die im hohltönenden Messingdunkel diesen frevelhaften Befreiungsschlag erwartet hatten. Als böse summende Wolke senkten sie sich auf die Soldaten des Moguls herab. Panik brach in den Truppen aus. Die Soldaten schlugen um sich und versuchten vergeblich, ihre Augen zu schützen. Gegen dies zu fuchtelnden Einzelwesen zerfallende Heer rückten die geordneten Reihen der Armee von Sanchor vor. Die Bienen unterschieden zwischen Freund und Feind. Kein Kämpfer für Sanchor wurde gestochen. Ich stellte mir vor, daß die Bienen für Sanjay etwas aktuell Politisches besaßen, erdhafte Mächte, die sich für die gerechte Sache erhoben. Seinem Vater hätte ich ohne Zweifel erklärt, daß man rund ums Mittelmeer einst an die Entstehung der Bienen aus dem Kadaver einer Kuh geglaubt habe. Bei ihm hielt ich den Mund.

Sanjay trat in dieser Schilderung aus sich heraus. Es war, als erzähle er uns von einem inneren Bild, das deutlich vor seinen Augen stand. Uns? Nein, natürlich nur Manon. Schon beim Schuheausziehen am Tempeltor hatte sein nächtlicher Blick auf ihren zarten, langen Füßen mit dem hohen, von den Sandalenriemchen leicht geröteten Spann geruht. Er hatte lange Beine, unter dem dünnen Stoff seiner Hose zeichneten sich auf den Schenkeln die Ränder seiner Unterhose ab. Hatte Manon das bemerkt? Wer mit dem Meister lebte, konnte sich doch eigentlich nicht für schöne Männer interessieren? Oder gerade doch? War der Meister für sie am Ende ein schöner Mann? Diese Frage war für mich ganz neu. Sie traf mich wie ein Stich ins Herz.

Am äußersten Mauerrand des Tempelbezirks stand der König, für den Ausflug aufs Land in weißer Hose mit scharfer Bügelfalte und hellblauem Sporthemd gekleidet, das seine jugendglatten, trotz ihrer Länge knabenhaft wirkenden Unterarme sehen ließ. Seine Hellhäutigkeit trat vor seiner dunkelhäutigen Begleitung, den Dienern, Priestern und Dr. Sharma, hervor, nur Purhotis feines Brötchenteiggesicht war heller, aber der Brahmane hatte einen nußbraunen Sohn gezeugt, als seien die politischen Differenzen zwischen Vater und Sohn schon in ihrer unterschiedlichen Hautfarbe angelegt. Dort hinten wurde etwas beraten. Der König sprach mit schönen Gesten und warf seine Hand weit von sich, um sie am Handgelenk dann aufblühen zu lassen, wie eine sich öffnende Seerose. Ein kleiner Vishnu-Tempel hatte einem Erdstoß nachgegeben und war in sich zusammengesunken. Die Marmorsteine, aus denen er gefügt war, lagen auf einem Haufen wie aus dem Baukasten, den ein ungeduldiges Kind beiseite geschoben hat. Am Eingang dieses Tempels war ein Relief aus schwarzem Obsidian eingelassen gewesen, das einen liegenden, die schwellenden Steinglieder bequem und anmutig ausstreckenden, hochgekrönten Vishnu zeigte. Jetzt lehnte es unter einem Baum. Seine Verehrung war nicht unterbrochen worden, wie eine hinter die göttliche Schulter geklemmte gelbe Nelke bewies. Manon stand sinnend vor dieser kleinen Plastik und streckte die Hand aus, als wolle sie die Lust empfinden, den kühlen, schwarzen Körper mit den Fingerspitzen entlangzustreichen.

»Ein Phantasiekörper«, sagte ich unter Sanjays strengem Blick auf deutsch, »kein Inder hat eine solche Figur. Die Leute hier sind nicht so dionysisch, sie sind mager und zugleich unmännlich weich.« Manon sah mich ernst und aus großem Abstand an und antwortete: »Ja, genau.«

Als wir uns dem König näherten, fragte ich mich, wie er

Manon empfangen werde, und war sogar etwas besorgt, sie ohne weiteres, auf Sanjays Aufforderung hin zwar, nach Achaleshwar mitgebracht zu haben. Iris jedenfalls war nicht gebeten. Eine ohne Mann in Sanchor zurückgelassene Frau, die mit den Händen arbeitete wie eine Scheuerfrau, erzeugte Ratlosigkeit. Es gab gewiß auch Spione. Am Ende berichteten selbst die Fledermäuse dem königlichen Kabinettschef und Volksschullehrer Purhoti allfällige Vorkommnisse in ihrer angestammten Behausung.

Ich hatte Manon vorzubereiten versucht. Die Aufmerksamkeit, die sie in Europa einzusammeln gewohnt war, würde es hier nicht geben. Niemand würde ihr einen Platz anbieten, niemand vor ihr aufstehen, vielleicht würde sogar niemand das Wort an sie richten. Und dazu würde diese Zurückhaltung noch für besonders höflich gehalten. Ich beschwor sie, keine Damenrechte oder Menschenrechte hier einzuklagen, und erwähnte auch den Purdah der Prinzessin Karūna Devi. Man mußte hinnehmen, daß ein König, der gewohnt war, zusammen mit den Göttern auf den Scheiteln seiner Untertaninnen entlangzuschreiten, für eine Frau wie Manon nicht den richtigen Ton fand.

Sie sah mich nachsichtig an, als hätte ich vergessen, daß sie ihr Leben, angefangen mit ihrem Vater, bedeutenden alten Männern geweiht hatte, die es liebten, junge Frauen zu belehren und ihnen Vorträge zu halten. Und tatsächlich wußte ich, wie ausdrucksvoll und belebend sie schweigen konnte. Aber war sie auch darauf eingestellt, wie Luft behandelt zu werden? Denn das stand ihr bevor.

Barfüßig schritt sie über den unregelmäßigen Marmor, der von der Sonne erwärmt war. Ihr neuer langer Seidenschal, die gestreifte Leheria, schleifte hinter ihr über dem Boden und blähte sich im Gehen, als wolle er ihre Knöchel umtanzen. Der König sah uns kommen. Er schien befriedigt, mich zu sehen, und zeigte mir sein bestrickendes Begrüßungslächeln zugleich mit der frommen und anmutigen Verneigung, aber Manon und Sanjay blieben unbegrüßt. An Sanjay richtete er wenigstens gedämpft, gleichsam »beiseite« gesprochen, die Frage, ob ich schon im Inneren des Haupttempels gewesen sei. Es handele sich hier, wandte er sich daraufhin an mich, um einen der bedeutendsten Plätze der Welt. Das sei der Grund, warum er sich regelmäßig hier einfinde, wie es alle seine Vorfahren getan hätten. Im Altar des Tempels befinde sich ein Loch, das zu den Wundern der Erde zähle. Es sei unmeßbar tief und reiche einer plausiblen Tradition zufolge bis in den Mittelpunkt der Erde. Wissenschaftler, so bemerkte er mit abschätzigem Triumph, hätten versucht, die Tiefe des Lochs auszuloten – ohne Erfolg. Er lächelte und sah sich um, und Purhoti und Dr. Sharma lächelten gleichfalls, weniger ostentativ allerdings, geradezu gehorsam. Ich wußte, wie wichtig es dem König war, daß Wissenschaftler ihre Kunst erprobt hatten und auf wunderbar bestätigende Weise gescheitert waren. Es handele sich bei diesem Loch um einen umgekehrten Natur-Lingam, einen als Röhre in die Erde hineingewendeten Riesenphallus von Lord Shiva, eine Kraftquelle ohnegleichen. Er versäume nie, in Achaleshwar Kraft zu schöpfen. Der fledermausohrige Priester in seiner watschelnden Feingliedrigkeit führte mich ins Innere des Heiligtums. Manon schloß sich einfach an, von der Lcheria umweht, in keineswegs gedämpfter Erscheinung, vielmehr in der Stummheit zu voller Schönheit aufgeblüht, ohne daß der König ihr einen Blick schenkte. Sie wandelte daher wie eine Statue. Sie war stumm, aber diese Stummheit bezog sich nicht allein auf den König, sondern auch auf mich, sie war zu etwas Grundsätzlichem geworden, Manon fühlte sich wohl in ihr, sie verzichtete auf nichts. Nur eben Purhotis Sohn war von diesem Schweigen ausgenommen.

Als wir im Innersten der heiligen Kammer auf den von Blütenblättern überladenen Altar blickten und zwischen Rosen und Nelken das kleine schwarze Loch betrachteten, nicht breiter als ein Ei, sagte sie unversehens: »Unglaublich tief«, und der Sohn Purhotis, dessen hohle Wangen ganz vom Roßhaar seines Bartes ausgefüllt waren, fing ihren Blick auf und antwortete: »Das ist einzigartig.«

Einen Stock hätte man in dies Loch stecken können. Der wäre dann die Weltachse gewesen. Gab es ein zweites Reich, das sich rund um die Weltachse wie ein aufgespannter Schirm entfaltete? Was zählten noch Wasserreichtum, dichte Wälder und volkreiche Städte? Dergleichen bildete sich erst in einem gewissen Abstand zum Hochspannungspunkt, um den herum erst einmal Leere zu herrschen hatte.

Obwohl gelegentlich die Motorsäge kreischte, hatte Seine Hoheit den Tag für ein Picknick im Tempel ausersehen. Er hätte natürlich befehlen können, daß die Säge schwieg, aber ihm gefiel wohl der Gedanke, durch ihr Kreischen an sein Wiederherstellungswerk erinnert zu werden. Nicht lähmen wollte er dies Werk durch seine Anwesenheit, sondern fördern. Wer taub gewesen wäre, hätte nun ein Bild des schönsten bukolischen Friedens geschaut, wie denn ein Mahl im Freien unter dem Schatten großer Bäume vielleicht die Glücks-Chiffre schlechthin ist. Große Tücher waren an einer erhöhten Stelle ausgebreitet, über die ein besonders knorriger Ast ragte. Man sah von hier über den ausgetrockneten Tempeltank zu einem kleinen, halb eingestürzten Palast hinüber, den ein Vorfahre Seiner Hoheit erbaut hatte, ein Monarch, der sein Glück in den Armen von Tänzerinnen suchte, wie Purhoti leise sagte, betont sachlich, nicht ein Funke des Tadels lag darin, irgendwo muß das Glück schließlich gesucht werden, und daß das an der falschen Stelle geschieht, ist das Übliche. An der richtigen Stelle hatten es die heiligen Männer gefunden, die sich unweit unseres Picknickplatzes unter würdigen Steinkuben und nahe bei dem ungemessen tiefen Loch hatten bei lebendigem Leibe begraben lassen. Ihnen gehörte der Respekt Purhotis. Zwischen dem eingestürzten Palästchen und diesen Grabstellen taumelte das wunderliche Leben auf der breiten Bahn der Mittelmäßigkeit.

Virah trug heute eine weiße Livree, die dem Kapitänsanzug des Königs bis hin zu den Schmutzrändern um die Knopflöcher glich. Gemeinsam mit dem hageren Aide-de-camp leitete er unsere Handwaschung, indem er Wasser aus einer Kanne in dünnem Strahl über unsere Hände goß, auch über die Manons, die sonst keine Beachtung fand, als sei sie unsichtbar, und die doch eine Augenweide war, so stolz und sicher bewegte sie sich. Allein, wie sie auf dem Boden saß, mühelos, unangestrengt, anmutig, war ausführlicher Betrachtung wert. Purhotis Sohn verschlang sie denn auch mit Blicken. Sein pechschwarzes Augenpaar krabbelte insektengleich über ihre Glieder; ich meinte zu sehen, daß seine Blicke eine Spur auf Manons Haut hinterließen.

Was Virah und der Aide-de-camp servierten, habe ich vergessen, kleine Gemüseragouts, gelbgefärbten Blumenkohl, gelbe Linsenpaste, Kartoffeln mit gelber Currysauce? Es war jedenfalls etwas leuchtend Gelbes, das wir mit dem lappenförmigen Chapati-Brot aufnahmen. Ich machte mir immer noch die Finger mit der Sauce naß, auch Manon nebenbei, die sie aber so würdevoll an ihre vollen rosa-grauen Lippen legte und ablutschte, daß der König eine Freude gehabt haben müßte, so etwas zu sehen, allein, er sah nicht zu ihr hinüber. Und sie schien in dieser Unbeachtetheit zufrieden.

Der fledermausohrige Priester erschien. Ihm folgte ein kräftiger, halbnackter Bursche mit geschorenem Kopf und trug ein Teetablett. Der Tee war mit fetter, grauer Milch gemischt, die im Mund so eindringliche Geschmackssensationen hervorrief, wie es einem Körpersekret auch zukommt. Es war mir klar, daß solch ein Picknick, nahe der Erdachse im Tempel, in der ganzen Lässigkeit, in der es ausgerichtet wurde, zu den großen Augenblicken im königlichen Jahr zählte. Der König begab sich hier an die Kraftquellen seines heiligen Amtes und lagerte wie ein Pilger in ihrem Bannkreis, nur daß die anderen Pilger Heim und Dorf verlassen mußten, um hierher zu kommen und die Tempelglocken vor dem Loch zum Klingen zu bringen, der König jedoch behaupten durfte, in diesem Götterbezirk zu Hause zu sein. Nahe unserem Picknickplatz erhob sich das steinerne Tor, in dessen Rahmen einst die berühmte Waage hing, das letzte Mal bei Maharao Saroop Singh, dem königlichen Großvater. Hier war der Herrscher an seinen Jubeltagen in Gold und Silber aufgewogen worden. Es muß wie eine wirkliche Elevation ausgesehen haben, wenn der thronende König sich, nachdem ein weiterer Beutel mit goldenen Guinees auf den schon beachtlichen Haufen der anderen Waagschale gelegt wurde, plötzlich sachte zu schweben begann, während sich die Schale mit den Kästchen und Säckchen allmählich, wie von einer Vogelfeder berührt, hinabsenkte. Vielleicht brauchte man gar nicht so viel Gold und Silber, um einen sportlichen, asketischen König aufzuwiegen – wenn nicht gerade Seine Hoheit Laxman Singh unter dem Waagebalken Platz nahm, der Zweieinhalb-Zentner-Riese. Ich war überzeugt, daß der König dem Wiegefest deshalb nicht nachtrauerte. Aber unter dem Marmorjoch des Wiegebalkens stand er gern, und zwar in der Mitte. Er gestattete mir, ihn dort zu photographieren, oder regte das Bild vielmehr selbst an. Es ist das einzige Bild, das ich von Seiner Hoheit besitze. Er scheint durch das Tor höchst wach und bewußt und in bester Haltung, langbeinig, kleinköpfig, breithüftig, von einem Seinszustand in einen anderen zu schreiten.

Während wir lagerten, ging die Unterhaltung weiter, vor allem in den Pausen der Motorsäge, leicht und flüssig, und immer vom König angeregt, der den einzelnen Gästen kurz das Wort erteilte, und während sie sprachen, hingebungsvoll und wählerisch unter Einsatz seiner schönen, langen Hände winzige Portionen der einfachen Speisen zum Munde führte.

»Die Amerikaner stehen vor einem Krieg mit dem Irak«, sagte er und sah sich mit seinen großen Augen eigentümlich befriedigt um. »Halten Sie diesen Krieg für einen Fehler oder für eine Notwendigkeit?«

Prinz Gopalakrishnan Singh wiegte unruhig und bedenklich sein Haupt und sagte: »Die Amerikaner sind stark.« Doktor Sharma pflichtete ihm bei: Sehr, sehr stark seien die Amerikaner, sie könnten machen, was sie wollten.

»Sie machen, was sie wollen«, sagte Sanjay mit einer Schärfe, die in dieser Runde überraschte.

Der König sah ihn ernst an. »Dies alles gehört zu den Eigenschaften der Demokratie. Demokratien vermögen nicht, Erfahrungen zu machen und Erfahrungen weiterzugeben – sie sind immer im Zustand von neugeborenen Kindern, kopflos und deshalb von planloser Gewalttätigkeit.« Er forderte Purhoti auf, die Prinzipien des Umgangs mit dem Feind aufzuzählen, wie sie in Indien seit langem – »seit Tausenden und Abertausenden Jahren« – überliefert seien. Purhoti schwieg eine Weile, als wolle er deutlich machen, daß er nicht wie ein Schüler eine auswendiggelernte Lektion herbeten wolle, sondern sie wie ein Lehrer ins Gedächtnis rufe. Es fiel mir auf, daß der König dabei Sanjay im Auge behielt, zu gewissen Ausdrücken Purhotis zufrieden lächelte und eine geradezu werbende Miene aufsetzte, als appelliere er an alles, was auch Sanjay wissen und gutheißen müsse.

»Ein König sollte stets das Gleichgewicht der Kräfte zwischen den zwölf Monarchien erwägen, die den Kreis jener ausländischen Souveräne bilden, die mit seiner eigenen Regierung in Beziehung stehen...«

»Es sind nicht immer zwölf«, warf ich ein, von Manons unwilligem Seitenblick gestreift. Es war ein Lapsus; ihr hatte ich Zurückhaltung auferlegt, und selbst konnte ich den Mund nicht halten.

»Es sind immer zwölf«, sagte der König kurz, »wenn man genau hinsieht, sind es immer zwölf.«

Purhoti fuhr fort: »Die Monarchen, deren Reiche aneinandergrenzend vor einem invadierenden Herrscher liegen, sollten von ihm nach folgender Regel als Freunde oder Feinde behandelt werden: Der Fürst, dessen Land an das Reich des invadierenden Monarchen grenzt, sollte als Feind behandelt werden; der Fürst des Landes dahinter als Freund, der Fürst, dessen Land hinter diesem liegt, als Freund des Feindes, der Fürst des wiederum dahinterliegenden Territoriums als Freund des Freundes und der König des daran grenzenden Reiches als Freund des Freundes des Feindes. Diese sechs Monarchen einschließlich des invadierenden bilden die erste Hälfte des Mandalas...«

Purhoti hatte die Aluminiumnäpfe, aus denen uns der Linsenbrei serviert worden war, sie glichen Hundenäpfen, ergriffen und eine kreisförmige Ordnung daraus geformt; bei jedem Reich, das er erwähnte, wies er auf einen Napf. Nur ich lauschte ihm gebannt. Alle anderen wußten, was er sagen wollte und sollte und ruhten sich heiter in dieser Gewißheit aus. Nur sein Sohn brachte diese Heiterkeit nicht auf. Er sah zu Manon hinüber, als überwache er ihr Lauschen auf die väterliche Lektion, aber Manon folgte dem Vortrag nicht, sondern sah frei und ernst zum König hinüber, als sei sie ganz allein in einer Gemäldegalerie und betrachte versunken ein Bild, das sich in seiner Schönheit allmählich offenbarte.

»In gleicher Weise muß der invadierende Monarch die Beziehungen zu jenen Staaten, Fürstentümern und Reichen behandeln, die die andere Hälfte des Mandalas bilden. Der Fürst, dessen Reich unmittelbar an die Rückseite des eigenen Reiches grenzt, der Parshnigraha, muß als Feind betrachtet werden, während der Souverän des Landes dahinter, der Atvanda, als Verbündeter zu gelten hat, der König des wiederum dahinterliegenden Landes, der Asara, als Freund des feindseligen Parshnigraha, während der Souverän des dahinterliegenden Landes, der Akrandasara, als Alliierter des Atvanda zu gelten hat. Ein Fürst, dessen Territorium unseligerweise zwischen denen eines invadierenden Monarchen und seinem Feind liegt, wird Madyama genannt. Ein Fürst, der außerhalb dieses Kreises von Monarchen steht und imstande ist, ihnen allen Gutes zu erweisen oder einen von ihnen zu strafen, wird Udashina genannt, der neutrale König.«

»Aus all dem ist vollständig klar«, sagte der König, »im gegenwärtigen Konflikt ist Israel als Teil Amerikas anzusehen, noch mehr als ein Vasall, ein wirkliches Glied dieses großen, mächtigen Reiches. An Israel angrenzend haben wir Jordanien, Syrien und Ägypten: seine natürlichen Feinde. An Jordanien und Syrien hinwiederum grenzt der Irak: also der geborene Freund Israels und Amerikas. Mit dem Irak Krieg zu führen, beschädigt deshalb die natürliche Ordnung in dieser Region, alles andere wäre sinnvoller.« Der König sah genießerisch um sich. »Präsident Bush sollte Verbindung mit einem echten Monarchen aufnehmen, mit mir etwa. Wir haben diese Dinge in den Venen, von denen er als Demokrat glaubt, sie ganz allein neu erfinden zu müssen.«

Der fledermausohrige Priester, der kein Englisch verstand, schaute leer vor sich hin und überreichte plötzlich der neben ihm lagernden Manon eine Rosenblüte aus dem Sanktuarium. Sie nahm sie mit leichter Verneigung an und roch an ihr.

»Jetzt kann sie die Blüte wegwerfen; nachdem sie an ihr gerochen hat, ist sie profanisiert«, sagte der König zu mir, in einem geradezu abschätzigen Ton. Ich war verblüfft, daß er Manon überhaupt wahrgenommen hatte. Auch jetzt richtete er kein Wort an sie. Doch als wir aufstanden und noch plaudernd und das Abendlicht auf den kleinen Tempelkuppeln bewundernd zusammenstanden, war er auf einmal an Manons Seite getreten.

Sie trug ein einfaches, weit über das Knie reichendes Seidenkleid, wofür ich ihr überaus dankbar war, ich hatte gefürchtet, sie werde sich bei ihrer Vorliebe für »Stoffe« irgendwie indisch verkleiden, aber außer den inzwischen erworbenen Schals – keiner war so schön wie der, in dem ich sie kennengelernt hatte – trug sie nichts Indisches am Leib. Eine Klette war durch die Luft gerollt und an ihren Rock geweht, wo sie sich jetzt mit ihren feinen Häkchen festhielt. Und da beugte sich der König zu dieser Klette hinab und begann, sie mit großer Behutsamkeit und Geschick, und indem er sich viel Zeit nahm, aus dem Gewebe zu lösen, ohne Fädchen herauszuziehen. Manon stand still wie ein Baum. Sie ließ die Operation, die der König vornahm, als sei sie das wichtigste Vorhaben auf der Welt, geduldig über sich ergehen. Schließlich zeigte er ihr die Klette auf seinem glatten, hellolivgelben Handteller. Dort rollte sie und konnte sich in nichts verhaken.

Ich blieb ein wenig zurück, während sich die Gesellschaft auf das Tempeltor zubewegte. Der König sprach mit Manon, wenige Worte nur, sie antwortete bescheiden, ich möchte sagen: geradezu lieblich. Ein falscher Ton klingt für unser Ohr bei diesem Wort mit, wie bei süßlichem Wein, aber ich zweifle, daß der Herrscher das so empfand, und hielt Manon auch das Recht auf eine gewisse Künstlichkeit zugute, nachdem sie so lange wie Luft behandelt worden war. Das Picknick hatte genausolang gedauert, wie die Arbeiter mit der Motorsäge hantierten. Jetzt, da die Säge schwieg und die mit ihren Stirnbinden geschmückten Arbeiter Tee tranken und Linsenbrei aßen, war auch das Picknick aufgehoben. Rein drang der süße Harmonikaakkord in jeden Winkel meiner Seele, die auf wehe Lust gestimmt war. Der Sehnsuchtsgesang »Shivaaa« des Tempelsängers schwang sich ungestört in die Lüfte. Ich meinte, er lasse die bunten Tempelfähnchen flattern, die die Kuppel des Heiligtums wie die Wimpel auf einem Segelboot umrahmten. Ob der goldene Nandi-Bulle in seinem köstlichen Leib – die beiden Hoden sahen aus, als brüte er auf goldenen Ostereiern – auch für die Gefahren der Gegenwart Abhilfe in sich barg? Purhoti wußte alles über das Wesen der politischen Feindschaft, aber in seinem Mandala waren die unsichtbaren Heere nicht vorgesehen, jene rätselhafte Verwandlung der Geistes- und Denkungsart, die Völker im Schlaf überfiel und mit der Atemluft in das Blut eindrang.

Ach, dieses elende Reflektieren, die Verführbarkeit durch Stimmung. Ich hatte Grund, meine Verträumtheit zu verfluchen. Als ich den Tempel verließ, war der königliche Jeep und auch der Ambassador schon abgefahren. Manon war verschwunden. Eben noch hatte man sie mißachtet, und nun war sie allzugut einbezogen, ohne daß man meiner noch gedacht hätte. Oh, selbstverständlich hatte man meiner gedacht. Am Hof von Sanchor beherrschte man die hohe Kunst der Logistik, das Hin- und Herbefördern der Gesellschaft dieses so hochbeweglichen Hofes. Dr. Sharma erwartete mich mit überquellender Höflichkeit. Er bot an, mich auf dem Rücksitz seines Motorrads nach Hause in den Monsun-Palast zu befördern. War das nicht rücksichtsvoll und aufmerksam? Worüber beschwerte ich mich? Die Palmenhaine, die mich auf der Hinfahrt so entzückt hatten, die hätte ich jetzt, vom Fahrtwind umbraust und mit den Händen auf den dicklichen Hüften des Arztes, doch viel besser bewundern können. Verheißungsvoll habe ich die Abend- und Morgenröte in Sanchor genannt, aber für ihre Verheißungen blieb ich jetzt taub.

Ich verabschiedete mich fahrig von Dr. Sharma. Ich fürchte, ich wurde seinem Wunsch, mit mir zu plaudern, nicht gerecht. Weder der Jeep noch der Ambassador standen vor dem Haus unter den gerupften Eukalyptusbäumen. Ob ich den Abend nicht im Kreis der Neun Musen verbringen wolle? Er werde dort neue Gedichte zu Gehör bringen, und zwar nicht nur rezitierend, sondern auch singend. Ein Künstler sei anwesend, der dem Synthesizer Erstaunliches entlocke. So oder so – ich dürfe Sanchor nicht verlassen, ohne den Neun Musen einen Besuch abgestattet zu haben. Was mochte er sich bloß unter den neun Musen vorstellen? Zu welchen synkretistischen Gottheiten mochten die Begleiterinnen des Apollo hier geworden sein, mit Tierköpfen und kugelrund stehenden Ballonbrüsten womöglich? Die Vorstellung, jetzt nicht augenblicklich mit Manon zu sprechen, war eine Qual. Nein, tausend Dank, keine Musen heute Abend, aber ich war immerhin fähig, mein Gesicht in fromm-liebevollem Namaste-Gruß aufleuchten zu lassen, bevor ich mich beinahe brüsk abwandte und der Fliegendrahttür entgegenstürmte.

Manon war nicht da. Ich suchte sie in allen Zimmern meiner Suite und rief schließlich nach einem Diener. Es erschien Maggah, der so ungeschickt und stallburschenhaft war, daß er an dem königlichen Picknick nicht hatte teilnehmen dürfen, aber man muß auch einräumen, daß Virah mit ernst und böckchenhaft geneigtem Kopf in seiner Aufmerksamkeit und Geschicklichkeit schwer zu übertreffen war, außerdem hätte Maggahs kräftiger Körper nicht in die kindergroße Livree Virahs gepaßt. Maggah führte mich in den großen Salon und öffnete kurz danach die Flügeltür für die Prinzessin.

Sie bedaure, die Pläne ihres Schwagers nicht zu kennen. Niemand kenne sie im übrigen, aber gewiß wolle er Miss Manon noch etwas zeigen. Hiseinis sei groß darin, noch schnell etwas zu zeigen, da verzögere sich dann ein Essen leicht um Stunden. Lag Amüsement auf ihren diszipliniert verschlossenen Lippen? Hätte sie gewußt, was ich fürchtete und wie wenig es mit dem königlichen Schwager zu tun hatte, womöglich hätte sie ihr Lächeln nicht unterdrücken können. Seine Hoheit mochte treiben, was ihr in den kleinen edlen Kopf kam, solange Manon nur nicht länger mit Sanjay, Purhotis unberechenbarem Sohn, allein blieb. Sie war ein Seismograph, was die Beziehung zwischen den Menschen anging. Es war ausgeschlossen, daß sie nicht bemerkt hatte, welche Wichtigkeit Sanjay offenbar für den Herrscher besaß. Bei allem, was in der Gegenwart des abweisend, ja brütend dasitzenden jungen Mannes gesagt wurde, hatte der König seinen Blick unauffällig auf ihn gerichtet. Seine politischen Lehren waren vor allem für Sanjays Ohren bestimmt, der sie bis zum Überdruß von seinem Vater her kennen mochte. Wer wie Manon ganz abstrakt nur Wellen und Ströme aufnahm und sich um das Gesagte selbst nicht scherte, hatte, so kam mir jetzt vor, alle atmosphärischen Strudel nur um Sanjay, den schweigenden Gast, herum wahrnehmen müssen. Es war gewiß ganz ohne bewußte Absicht geschehen, daß sie nach solcher Vorbereitung in Sanjays Ambassador geraten war, wie eine Kugel langsam einem Loch entgegenrollt, und wenn sie es erreicht hat, noch eine Runde auf seinem Rand tanzt, um dann mit zufriedenem Plopp darin als dem Ort ihrer physikalischen Bestimmung zu landen. Und doch war an dieser angeblichen Absichtslosigkeit und Zwangsläufigkeit eine unerhörte Unverschämtheit beteiligt. Das wurde mir jetzt klar. Ich konnte dies Betragen nun nicht mehr mit einem leise jammervollen Dulden hinnehmen wie so vieles bisher.

Warum hatte sie mich aufgestört, wenn sie mich wenige Stunden nach dem Wiedersehen schon gegen den ersten Besten austauschen konnte? Sie mochte eine Verzauberte sein, sie mochte unter fremdem Gesetz stehen, sie war ein Rätsel, gewiß, aber sie war auch die Tochter ihrer Eltern. Sie war ein Mitglied der Gesellschaft, sie war eine Erbin, sie lebte in einer Welt der Pflicht und der Konvention. Sie hatte nicht nur einen erfolgreichen Vater, sondern auch diese erzbürgerliche Mutter, die sich ein solches Verhalten gewiß in ihren kühnsten Phantasien nicht vorstellte. Schlecht sieht es um den Liebhaber aus, der seiner Geliebten ihre Eltern als Beispiel vorhält. Aber das tat ich nun.

»Wie bitte?« fragte die Prinzessin. Ich hatte unwillkürlich vor ihr die Lippen bewegt, um Manon zu beschimpfen und anzuklagen, und ganz die Gegenwart meiner Gastgeberin vergessen.

Ich litt jetzt alle Arten von Höllenqualen: daß sie mit Sanjay allein sei, ihm lauschte, von ihm wer weiß wohin geführt wurde, alles genoß, alles mit großen Zauberaugen ansah und den jungen, größenwahnsinnigen Provinzgockel zu seiner geballten selbstsicheren kleinen Männlichkeit anschwellen ließ. Wie dies auf meine Gastgeber wirken mußte, war nicht zweifelhaft. Manon war erschienen, um Mrs. Jenkins Nummer zwei zu spielen. In dieser engen dörflichen Welt würden alle noch schneller Bescheid über die neue Lage wissen als ich selbst. War da bei der Prinzessin nicht schon etwas leise Lauerndes? Man mag es der mangelnden Großherzigkeit, einem Defekt meiner Liebe zu Manon, anlasten, daß ich mich nun in diesen, letztlich selbstsüchtigen Gedanken der Verletzung meiner eigenen Ehre flüchtete, aber war das wirklich so unverzeihlich? Zugleich nährte ich die heimliche Hoffnung, daß sie es nicht zu weit treiben würde. Sie war keine Wilde, sie haßte mich nicht. Sie würde mich nicht schnöderweise einer Laune aufopfern. Aber wenn ich mir das vorsagte, war auch gleich der Zweifel wieder da. Wieso sollte sie all das nicht tun? Hatte sie nicht schon Schlimmeres ins Werk gesetzt?

Ich verließ die Prinzessin, ohne ihr meine Sorge um Manon mitzuteilen. Nur nicht noch aussprechen, was mich mit Angst erfüllte! Nie war mir mein Quartier im Seitenflügel des Palastes so trostlos vorgekommen. Die wenigen schwachen Glühbirnen in meinen Sälen und Galerien glommen in riesigen, bedrohlich schwarzen Schattenmeeren. Es war kalt, und es gab keinen Winkel, in den ich mich behaglich hätte zurückziehen können, als das Bett. Im Bett wollte ich Manon aber nicht erwarten. Schließlich mußte sie jeden Augenblick eintreffen. Draußen fegten die Fledermäuse vorbei. Die Hunde im Tal begannen ihr Gebell, zunächst ein einziger, der nach kurzer Zeit schon heiser wurde, die anderen aber schließlich von seinen Anstrengungen überzeugt hatte; von allen Seiten setzten die unterdrückten Hundeseelen, die sich tagsüber nicht mucksen durften und ihre Verächtlichkeit selber empfanden, mit geradezu rhythmischem Bellen ein, das nicht verstummen würde, so dachte ich, bis Manon zurückkehrte. Gewiß war dieser Ausflug nur eine Narretei. Auch Purhotis Sohn würde wie Ivan Schmidt irgendeine fruchtlose intellektuelle Anstrengung vorzuweisen haben, einen Plan zur Abschaffung der Kasten oder für die Alphabetisierung der ländlichen Bevölkerung in Sanchor, den er ihr mit bohrenden Augen gewiß packend genug vortragen würde, dann aber, nachdem sie innigsten Anteil an diesem Kampf genommen hatte, würde sie zu gähnen beginnen. Ich beruhigte mich ein wenig. Sie erlebte womöglich Erstaunliches, tat Einblicke in das Leben des Landes, die ihre Phantasie beschäftigen würden und die sie letztlich mir zugute hielt, weil ich es war, der sie nach Sanchor gebracht hatte.

Es klopfte. Ich fuhr zusammen. In der Tür stand Virah, wieder in das vertraute Khaki gekleidet, und hielt einen großen Korb mit Holzscheiten vor sich, einen Gruß der Prinzessin, die besorgt war, mich bei der Abendkühle so allein und fröstelnd in den hohen, kahlen Zimmern zu wissen. Er beugte sich zum Kamin und baute kundig einen schönen Scheiterhaufen, den er mit einer Flasche Brennspiritus übergoß. Das enttäuschte mich etwas. Einem Nomaden und Kuhhirten hätte ich das Feuermachen auch ohne eine solche Flasche zugetraut. Ich fragte ihn nach Hiseinis – das Wort verstand er, viel mehr nicht. Ich entnahm seinen Gesten, der König sei nach Sanchor gefahren.

»Madam?« fragte Virah nun zurück. Er lächelte ungewöhnlich dreist, dreist und unterwürfig. Das verbot mir, mich nach Manons Verbleib zu erkundigen. Madam komme bald zurück, sagte ich hochmütig, ohne ihn anzusehen, und schaute ins Feuer, das etwas zusammengesunken war, aber die Scheite kräftig umfaßte. Das Starren ins Feuer schenkte mir einen gewissen Frieden. In den Flammen verbrannten die Gedanken- und Assoziationssplitter, die die Unruhe von meiner eifersüchtigen Aufwallung übriggelassen hatte. Die Wärme stieg in die kalten Füße. Das physische Wohlbehagen erfaßte auch den Geist. Ich sann darüber nach, daß ich in wohlerwärmtem Zustand weniger eifersüchtig sei als in ausgekühltem. Was bedeutete das? Beim Nachdenken schlief ich ein. Virah mußte in der Nähe geblieben sein und das Feuer bewacht haben, sonst wäre es viel früher erloschen. Als ich erwachte, war der Korb von Scheiten geleert und die ganze Holzpracht ein säuberliches, von innen rot durchglühtes Häufchen Asche. Ich war steif und benommen. Meine Kräfte reichten gerade, mich zu entkleiden und ins Bett zu sinken.

An Manon dachte ich nur flüchtig. Ob sie wohl gekommen war? Jedenfalls schien ihre Abwesenheit keine Besorgnis auszulösen. Ich schlief so gut, wie ich, wenn heimliche Sorgen mich drückten, immer geschlafen habe. Der Schlaf ist mein Freund. Seit meiner Jugendzeit steht er bereit, um mich aufzufangen, wenn ich nicht mehr weiterweiß. Ich frage mich manchmal, ob ich durch diese Fähigkeit, im Schlaf die schlimmsten Anfechtungen wegzuschieben und verblassen zu lassen, nicht um etwas gebracht werde, um das Hinabtauchen auf den Grund des Leidens und der Schmerzen, und ob ich für diese Selbstschonung womöglich eines Tages bestraft werde. Vielleicht gibt es dort unten etwas, was für die weitere Lebensreise unentbehrlich wäre. Dann stünde ich mit leeren Händen da, ohnehin meiner natürlichen Haltung. Auch jetzt, als ich durch Virahs Morgengruß erwachte und die Teetasse entgegennahm, stand ich dem, was mich erwartete, mit leeren Händen gegenüber.

Auf dem Tablett stand eine zweite Tasse. »Madam«, sagte Virah, mir schien sein Lächeln verschämt.

Im Saal nebenan waren die Koffer auf den drei Kofferböcken geöffnet wie bei Manons Ankunft. Als ich eintrat, klappte sie gerade einen der Koffer zu und gab Maggah, der in der Tür stand, ein Zeichen: Der hier sei fertig, und Maggah ergriff ihn und trug ihn hinaus.

»Ich wollte dich nicht stören«, sagte sie, als sie mich entdeckte. Ich sei hoffentlich nicht durch irgendwelchen Lärm aufgewacht? Sie sah übernächtigt aus, als habe sie in ihren Kleidern geschlafen oder als habe sie ihre Kleider wieder angezogen, ohne Toilette zu machen. Ich liebte sie gerade in dieser Verfassung, die für ein derart verwöhntes und gepflegtes Wesen ungewöhnlich war. Herr Haag kannte sie gut, wenn er ihr niemals eine Friseurfrisur verpaßte, er kannte sie so gut, wie ich sie kannte. Manon kam auf mich zu und küßte mich, einen vollen, weichen, unfrischen Morgenkuß gab sie mir, der alle Sehnsucht nach ihr weckte. Sie schien ein wenig traurig, war aber kein bißchen verlegen oder unsicher. Was geschehen war, besaß zu viel Bedeutung und Gewalt. Es formte ihr Leben um. Sie war am Ziel. Da gab es kein kleinliches Bedauern oder Um-Verständnis-Bitten. Wie sollte ich etwas verstehen, was sie selbst nicht verstand?

»Es ist sofort passiert, bei der ersten Begegnung«, sagte sie ruhig, als spreche sie über eine Fremde. Vielleicht war es das Zauberlicht, der Abendschein über dem Felsental, der auch bei mir immer das Gefühl einer großen Erwartung weckte. Schon als sie von weitem den großen Mann mit dem dichten grauen Haar und der aus rotem Stoff geschlungenen Hose sah, habe sie gespürt, endlich angekommen zu sein.

»Ich werde dich deshalb immer lieben, denn ohne dich wäre ich nie hierher gekommen. Deine Aufgabe in meinem Leben war, mich glücklich zu machen – so hast du das einmal gesagt. Und du hast Wort gehalten.«

Still ging sie im Raum auf und ab, barfuß nebenbei, ich durfte ihre schmalen, langen Füße mit dem hohen Spann, der von Schuhen stets ein wenig malträtiert wurde, ein letztes Mal bewundern. Das Wichtigste hatte ich, der ich in meinem zerknitterten Schlafanzug mit zerrauftem Haar vor ihr stand, sofort verstanden. Sie war dabei, mich zu verlassen. Sie packte ihre Koffer. Aber weshalb sie das tat, das wollte mir zunächst nicht in den Kopf. Ich hatte, von bösen Ahnungen besessen, die sich als die lautere Wahrheit herausstellten, in die falsche Richtung geguckt. Ich hatte mich ganz darauf eingestellt, daß mein Gegner Sanjay sei, ein Mann mit dem Charme des Nichtsnutzes, voll schwarzem Roßhaar in den hohlen Wangen, ein unzufriedener junger Mann, wie sie zu Millionen und Abermillionen auf der Erde herumlaufen, ein Jüngling, der seinen Brahmanenstand schon allein durch seine Unzufriedenheit verriet, aber nicht genug, um nicht noch das Brahmanen-Recht in sich zu spüren, anderen Leuten seinen

Willen aufzudrängen. Wenn Manon sich an einen solchen Burschen gehängt hätte, suchte sie etwas, was ich nicht besaß und vielleicht nie besessen hatte: jugendlichen Egoismus, jugendlichen Ernst, jugendlichen Moralismus. Es wäre zum Verzweifeln gewesen, aber auch zum Lachen. Und mir wurde jetzt allmählich klar, daß ich nichts, aber auch gar nichts zum Lachen haben würde, so wie sich meine Affären gegenwärtig entwickelten.

Sie habe verstanden, daß Yatindra ihr Schicksal sei, sagte Manon in einer Ruhe, als formuliere sie jetzt schon ihre Memoiren. Zum erstenmal hörte ich den Namen des Königs, den, wie man weiß, nicht einmal seine nächsten Verwandten in meiner Gegenwart nannten. Sie besaß nun das Recht dazu, ihn bei diesem Namen zu nennen. Allein das war für mich mit einem tiefen Erschrecken verbunden.

Wann sich denn diese große, schicksalhafte Verbindung herausgestellt habe, fragte ich mit matter Stimme. Ich war ein Narr, taub und blind, oder ich sollte dazu gemacht werden.

Augenblicklich, gleichzeitig, antwortete Manon. Die Antwort ließ sie träumen. Ich konnte mir das Hirn zermartern, nichts hatte ich gemerkt, alles Wichtige war an mir vorbeigegangen. Hatte die Nichtachtung des Königs für Manon nicht den Rand der Unhöflichkeit überschritten? Hatte ich mir nicht sogar überlegt, wie ich Manon, ohne daß sie es merkte, dem König aus den Augen schaffen könnte, um die Peinlichkeit dieser Begegnungen nicht noch zu steigern? Welch ein Tropf war ich. Manon schien das aber nicht wahrzunehmen. Sie war so freundlich, »nett« wäre wohl das passende Wort gewesen, mich in ihre Entschlüsse einzuweihen, da ich nun schon einmal aufgewacht war – hätte ich weitergeschlafen, wäre sie wohl ohne Gruß ihrem neuen Leben entgegengegangen. Yatrinda wolle die etwas fragwürdige Lage ihrer Unterbringung hier – das Fragwürdige daran war gewiß ich – schnell beenden. Sie werde das Frauenhaus im Alten Fort beziehen, einen wundervollen Ort. Sie lebe dort unter tausend goldenen und silbernen Kugeln.

»Nein, Manon«, rief ich, »du wirst dort eingemauert werden. Komm, laß uns schnell alles hier zusammenraffen und ein Taxi besteigen, das uns zum nächsten Flughafen bringt ...« Ich überschlug mich in Warnungen vor dem Frauenhaus. »Warum kannst du nicht wenigstens im Neuen Palast wohnen?«

»Dort wohnt die Königin«, antwortete Manon hoheitsvoll. Morgen werde sie ihr vorgestellt.

Aber das alles sei wahnsinnig. Sie ahne gar nicht, welche Mauern zwischen diesen Menschen und uns stünden. Da sie zu keiner Kaste gehöre, sei sie Luft für den König, nichts als Gegenstand seines Vergnügens, aber als Person, »als Mensch« ...!

»Du hast mir immer verboten, von mir selbst ›als Mensch‹ oder ›als Frau‹ zu sprechen«, sagte sie spitz. Mit den Kasten – das stimme zwar, aber es gebe Ausnahmen. Wenn zwei derart füreinander bestimmt, geboren, geschaffen seien, wie sie und Yatindra, dann zähle das Kastenproblem nicht mehr sehr stark, habe der König ihr versichert. Einer seiner Vorfahren sei mit einer griechischen Dame verheiratet gewesen, Helena, der Tochter des Seleukos – sie sagte »Selenus«, aber ich wußte sofort, was sie meinte, und beschwor sie in dem verzweifelten Versuch, Überlegenheit und Hohn glaubwürdig darzustellen: »Das war vor zweitausenddreihundert Jahren, wenn überhaupt, diese Genealogien sind doch Wahngebilde. Aber was aus dir wird, wenn du auch nur eine Woche hierbleibst, das ist kein Wahngebilde, das wird eine überaus reale Katastrophe. Du bist verloren, wenn du dich auf diese Phantasien einläßt.«

Virah betrat den Saal, in der Hand das tragbare Telephon aus der Halle. Ich nahm es ihm ab, bevor Manon es ergreifen konnte, ein mir fremder Mann sprach englisch mit einem südlichen Akzent und wollte »Miss Gran« sprechen. Manon entwand mir den Apparat.

»Nein, ich komme nicht zurück, heute nicht und nächste Woche auch nicht. Nein, ich fliege nicht mit zurück, du kannst bitte alles absagen. Nein, ich bin hier nicht mehr zu sprechen. Nein, versteht bitte, ich bleibe hier, solange es mir paßt.« Sie trennte die Verbindung durch Knopfdruck mit ihrem schönen Daumen. Sie war außerordentlich geschickt mit ihren Fingern. »Das war Tofet«, sagte sie, »es kann sein, daß er noch einmal anruft. Dann kannst du ihm ja sagen, ich sei abgereist.«

»Ja, natürlich«, antwortete ich. Maggah kam, aber Manon entschied, daß die anderen Koffer später geholt werden könnten. Sie war schon in der Tür, als sie sich umsah und eines ihrer drolligen Clownsgesichter machte. »Meinen Eltern sag erst einmal lieber gar nichts. Wir treffen sie am besten in London.«

Wäre ich ihr nachgelaufen, wenn ich nicht im Schlafanzug gewesen wäre? Ich muß mich fragen, was ich aufgrund solcher Bedenken in meinem Leben schon alles versäumt habe. Aber sie sind stärker als ich, wie die Franzosen sagen würden. Da standen unsere beiden unangerührten Tassen als stillebenhaftes Denkmal unserer in Luft aufgelösten Liaison.

Wie sieht das Weiterleben nach der Katastrophe aus? Man rasiert sich und zieht sich an, sucht vielleicht ein wenig zu versonnen unter den Krawatten und wählt eine besonders unauffällige, sitzt beim Strümpfeanziehen eine Spur zu lang auf dem Bett, kann sich nicht entschließen, wie gewohnt an den Schreibtisch zu gehen; dies Geschäft war ohnehin sinnlos geworden. Mein linker Schuh hatte ein kleines Loch in der

Sohle, das bald ein größeres sein würde. Es gab jetzt nur eine einzige wichtige Angelegenheit auf der Welt: Diese Sohle mußte augenblicklich repariert werden. In dem Dorf unterhalb des Monsun-Palastes gab es zwar keinen einzigen Schuhmacher, der einen Wiener Maßschuh auf fachmännische Weise hätte flicken können – in meinem Metier tue ich gut daran, mit Schuhen einen gewissen Aufwand zu treiben –, aber darauf kam es jetzt nicht an. Nicht einen einzigen Tag durfte ich mehr mit diesem Loch im Schuh herumlaufen. In der Straße, wo die Schneider an ihren Nähmaschinen saßen und mit ihren schweren Schneiderscheren in den Stoff hineinfuhren, hatte ich auch einen Schuhflicker bemerkt, der an der Straßenecke kauerte und seine Werkstatt unter freiem Himmel ausgebreitet hatte. Der Himmel über ihm war rein und ungetrübt hellblau, aber die Straßenecke war schmutzig, auf den ersten Blick konnte ich nicht unterscheiden, was zum Arbeitsmaterial des Schuhflickers gehörte und was einfach herangewehter Abfall war. Der Mann war sehr dunkelhäutig. Sein Haar war seit langem ungewaschen. Er kauerte, wie eigentlich nur ein Krüppel kauern konnte. Sein Rücken machte einen Buckel. Sein nackter Fuß sah wie eine mißgestaltete Hand aus dem Hosenbein. Er hatte wahrscheinlich nie in seinem Leben Schuhe getragen. Die Schuhe, die er flickte, waren Gegenstände aus einer von ihm geschiedenen Welt, wie ein Hufschmied sich auch keine Eisen unter die Fußsohlen nagelt. Es sah aus, also ob unter dem schlottrigen Hemd des Mannes kein Körper steckte, so dünn war er, aber er lächelte freundlich, wenn ihm ein kaputter Schuh vor die Nase geworfen wurde; so nämlich erhielt er seine Aufträge. Die Kunden sahen ihn nicht einmal an und liefen weiter. Wenn sie nach einer Weile zurückkehrten, reckte der Schuhflicker ihnen von unten den reparierten Schuh entgegen und bekam dafür ein paar Münzen oder einen kleinen Schein.

Dann mußte er sich aus seiner zusammengeschraubten Haltung herausarbeiten und bei den Nachbarläden um Wechselgeld bitten. Wenn man ihm damit aushalf, wurde dabei stets der Versuch sichtbar, ihn möglichst nicht zu berühren. In seinem Armutsplunder besaß der Schuhflicker ein paar schöne, aus der Wirrsal herausleuchtende Gegenstände: einen sauberen roten Stein von feiner, stumpfer Körnung, an dem er seine Messer schärfte, aber auch unter den Messern blitzten manche Klingen scharf geschliffen hervor, und das Leimtöpfchen glänzte wie Honig und Bernstein. Ich setzte mich auf ein Mäuerchen und zog den linken Schuh aus, ein Meisterwerk der Schuhmacherkunst, aus verschiedenen Schichten aufgebaut wie die Muskulatur eines Körpers, aus einem mit gerundeten Hämmern weichgeklopften Leder. Der Schuhflicker hielt ihn sich verdreht unter die Augen, er griff zu wie ein Affe, dessen Daumen parallel zu den anderen Fingern steht. Niemals, so hätte ich schwören können, hatte er einen solchen Schuh in der Hand gehalten. Aber er war kein bißchen verwundert. Er zog einen Fetzen Zeitungspapier aus seinem Kram. Er stellte den Schuh darauf und zeichnete mit einem Kugelschreiber dessen Umriß nach. Mit einer schweren, schwarz angelaufenen Schere schnitt er den Sohlenumriß aus und legte ihn auf ein Stück Gummi von einem abgefahrenen schwarzen Autoreifen. An diesem Gummi bewährte sich die Schere.

»Er wird meinen Schuh nicht reparieren, er wird ihn zerstören«, dachte ich teilnahmslos. Noch hätte ich ihm den Schuh wegnehmen können, aber ich war entschlossen, allem seinen Lauf zu lassen. Mit dem Finger fuhr der Mann ins Leimtöpfchen. Er hatte keine Bedenken, diesen gewiß fest pappenden Leim auf der Haut zu haben. Die zerlöcherte Schuhsohle, die er mit einer räudigen Bürste nur flüchtig gereinigt hatte, salbte er mit dem Leim. Der Staub schmolz in diesen Brei hinein, die Sohle glänzte dunkel. Und nachdem er das Gummi des Autoreifens auf den Schuh geklebt hatte, nagelte er es mit feinen Nägelchen rundherum fest. Der Schuh klang, als sei er aus Holz. Viele Nägelchen mußte er erst einigermaßen gerade klopfen. Sie stammten aus anderen Schuhen, irreparablen, aber deshalb doch nicht wertlosen. Bei der Arbeit benutzte er seinen dickkralligen Fuß tatsächlich wie eine Hand, die Zehen klammerten sich um meinen Schuh und hielten ihn fest, während der Schuhflicker im Schmutz nach weiteren Nägelchen suchte. Was an Gummi überstand, schnitt er mit einer herrlich blanken, papageienschnabelartig gebogenen Klinge ab. Wie sicher er dabei vorging. Wie er sein Material ergriff, als sei es Fleisch von seinem Fleisch. Ich vertiefte mich in seine Arbeit wie gestern abend in die Flammen meines Kaminfeuers. Ich bewunderte diesen Mann. Nicht weit von uns dröhnte ein Automotor, der als privater Generator bei Stromausfall dafür sorgte, daß der Eisschrank im Nachbarladen nicht versagte. Nicht nur von Schmutz, auch von ohrenbetäubendem Lärm war der Schuhflicker umgeben; wie er dort saß, war keine Idylle. Und doch fühlte ich, wie meine Bewunderung unversehens in ein größeres, mich noch tiefer ergreifendes Gefühl umschlug, das beinahe schon gar nichts mehr mit diesem Mann zu tun hatte, dafür um so mehr mit mir. In meine betäubte und erstarrte Seele begann ein warmer Strahl zu fallen. Etwas schmolz in mir. Etwas Festes platzte leise auf. Und aus dieser Stachelhaut, deren Stiche ich so deutlich in meiner Brust gefühlt hatte, fiel eine Kugel, keine mahagoniglänzende Frucht, sondern eine Art Kristallkugel, einer alten Schusterkugel vergleichbar, und in dieser Kugel sah ich, von einem kosmischen Schneeflockenschwall umkreist, zunächst ganz klein, dann anwachsend ein göttliches Paar: Manon und den König, die nebeneinanderstanden und doch voneinander durch Welten getrennt schienen, die zusammengehörten und doch jeder für sich in Schönheit und Erhabenheit ausruhten. Manon war mir stets fern geblieben, nie hatte ich der allzu starken Versuchung nachgegeben, in ihrer Handlungsweise etwas Kleinliches und Berechnendes zu sehen, wenn es auch manchmal so ausgesehen haben mochte. Im letzten hatte ich doch gewußt, daß ihre Treulosigkeit eigentlich einer Ratlosigkeit entsprang. Sie war in eine Welt gesetzt, die sie nicht verstand, und sie suchte einen Ausweg. Sie suchte nach einem Wesen, das ihr gleichgeartet war, das wie sie keinen Platz in der Welt hatte, sondern aus einer größeren, strahlenderen Sphäre stammte. Wenn ich mich fragte, warum ich mich augenblicklich, vom ersten Augenblick an zu dem König von Sanchor hingezogen gefühlt hatte, dann kannte ich jetzt die Antwort: Ich hatte seine Verwandtschaft mit Manon erkannt. Was er als Mann war, war sie als Frau. Sie waren Rama und Sita, auf verschiedenen Elephanten oder in verschiedenen Autos wie auf verschiedenen Gestirnen thronend, auch in der Umarmung einander noch fern, nie vollständig vom andern überwältigt, aber zueinander gehörend wie die Riesenbäume, die sich im Tal nahe des Monsun-Palasts mit den Riesenfelsen vermählt hatten. Töricht und allwissend, in ungestörtem Traum wie Fels und Baum, würden sie nebeneinander herleben, und dies Nebeneinander bewirkte in ihnen so unendlich viel mehr Gemeinsamkeit als jedes noch so heftige Eindringen und Erforschen. Daß ich dazu beigetragen hatte, diese beiden füreinander bestimmten, diese einander entsprechenden Lebewesen zusammengebracht zu haben, das war geradezu ein Beitrag zur Reparatur der Welt. Ich empfand eine Freude, die weit über jeden Trost hinausging.

Darf ich mir selbst gegenüber noch einmal in jenes kleinlich-schlaue Psychologisieren verfallen, dem ich gegenüber Manon und dem König endgültig abgeschworen hatte? Es fiel mir möglicherweise etwas leichter, die Entwicklung der Verhältnisse als gut und wahr und schön anzunehmen, seit ich wußte, daß der Meister nun gleichermaßen vergeblich auf Manon warte. Noch vor kurzem hätte mich ein Anruf von Herrn Tofet bei Manon sehr verstimmt, aber Zeuge dieses letzten gewesen zu sein, das gab meiner Überwindung ein sicheres Fundament.

5.
Königsbeben

Ich lief zufrieden auf meiner neuen Sohle. Die dicke, neue Gummisohle bewährte sich. Fünfzig Rupien hatte der Schuhflicker gefordert. Das war vermutlich zehnmal mehr, als ihm seine übliche Kundschaft gezahlt hätte, aber ich gab ihm den Schein in hochherziger Gönnerlaune, er hatte mich beschenkt, ich durfte nun auch selber Schenker sein. Ich erkannte, daß Purhotis Haus hier in der Nähe lag, und zugleich überfiel mich auch die Gewißheit, daß meines Bleibens nicht länger sei, gleichgültig, ob ich mein Geschäft als abgeschlossen betrachtete oder nicht. Ich mußte hier verschwinden. Das Beste wäre gewesen, mein Götterpaar hätte mich mit einer duftenden Wolke umhüllt und in ihr auf einen anderen Kontinent entrückt. Erneut bedauerte ich, daß das Leben kein Film ist. Nach dem Hocken beim Schuster, der mir meinen inneren Frieden wiedergegeben hatte, hätte ich mich nach einem Filmschnitt unmittelbar zu Hause in meinem Büro wiederfinden müssen. Indessen erspart einem das Leben nicht den kleinsten Schritt. Den König wollte ich nicht mehr sehen, aber noch mehr graute mir vor den verwirrten und ablehnend verlegenen Mienen seines Bruders und der Prinzessin Karūna Devi. Aber von Purhoti wollte ich mich verabschieden. Er war mir stets mit untadeliger Sachlichkeit entgegengetreten und würde meiner Abreise ebensowenig Gewicht beimessen wie vermutlich schon meiner Ankunft. Er mochte in dem überlieferten Stil, den er wie kein anderer beherrschte, dem Hof von meiner Abreise Mitteilung machen, am besten an einem Morgen, wenn der König die Haushaltsbücher prüfte und von Ereignissen und Verschiebungen in seinem Reich Kenntnis nahm.

Am Eingang des Häuschens, das zwischen einer zur Straße hin offenen Druckerei mit alter, gußeiserner Druckpresse und einem Gemüsegeschäft mit Salatpyramiden lag, stand eine alte Frau in großgeblümtem Sari, die ich nach Purhoti fragte. Sie ging hinein und kam nach einer Weile zurück: Ich möge eintreten. Das war seine Ehefrau, die Mutter Sanjays, eine ernste Dame, die mein vorauseilendes Lächeln nicht erwiderte. Purhoti kam mir in dem engen, hellblau gestrichenen Gang entgegen. Er musterte mich kühl, aber nicht erstaunt, und bat seine Frau, mir einen Tee zuzubereiten – er freilich werde nichts zu sich nehmen, um sich den Appetit auf das Essen nicht zu verderben. Sein Zimmer, in das er mich führte, war kahl und bis auf ein Sopha mit braunem Kunststoffüberzug und zwei an der Wand stehenden Stühlen vollkommen leer. Wenn es richtig heiß wurde, hielt der Steinfußboden es gewiß wohltemperiert. Eine dicke hellgelbe Farbkruste lag auf den Wänden. Die Sauberkeit erinnerte an ein einfaches ländliches Krankenhaus. Tiefe Befriedigung strahlte aus Purhotis Augen.

»Dies ist mein Zimmer«, sagte er mit geradezu feierlichem Nachdruck. Er hatte sein ganzes Leben an der Seite schwieriger Herrscher in bedenklicher Lage zugebracht. Er hatte die Auflösung des Staates von Sanchor miterlebt, und er war einer der Bürgen für dessen luftiges, mit konkret politischen Begriffen nicht faßbares Fortbestehen, und er empfand es als einen geheimen Trumpf, in Gestalt dieses Zimmers einen Ruhepunkt zu besitzen, der von keiner Veränderung berührt werden würde.

Die Tür öffnete sich einen Spalt, zwei Kinderköpfchen lugten herein. Purhoti winkte sie zu sich und nahm die beiden etwa vier- oder fünfjährigen Knaben auf je ein Knie. Sie schwiegen und sahen ihn ehrfürchtig an. Das waren Sanjays Söhne, erfuhr ich; wie hatte ich zweifeln können, daß solch ein junger Mann aus bestem brahmanischem Haus nicht längst verheiratet war. Purhoti zeigte mir hier ein neues Gesicht. Ich war gewohnt, ihn als ersten Diener, als Vasallen von höchster Diskretion zu erleben. Hier war er selber König. Es war mir klar, daß er die neueste Entscheidung Seiner Hoheit längst kannte. Ich wußte aber auch, daß er es nicht als Lüge oder verschämten Versuch der Verschleierung begreifen würde, wenn ich darauf nun nicht zu sprechen kam, sondern im Unbestimmten, Allgemeinen blieb. Nicht daß Purhoti die Frage, mit welcher Frau sein Souverän zu leben gedachte, als unwichtig oder gar als Privatsache betrachtete. Privatsachen hatte der Herrscher von Sanchor nicht, es würde vielmehr Purhotis Aufgabe sein, die königliche Entscheidung ins staatspolitisch und familienhistorisch Verträgliche einzupassen und umzugießen. Ich hätte große Hemmungen verspürt, vor seinen Ohren den Namen Manons fallenzulassen, das wäre wie eine Entblößung gewesen.

Die Planung für das Hotel sei von mir zu einem Punkt geführt worden, der es erlaube, sie den europäischen Investoren vorzustellen. Derweil könne man in Sanchor noch einmal in Ruhe Rates pflegen, wie weit man sich darauf einzulassen gedenke. Purhotis verschlossenes, aber heiteres Gesicht zwischen den Köpfchen seiner ehrfürchtigen Enkel, die wie die Vögelchen auf seinen Knien saßen, ließ sich durch diese Worte nicht rühren. Es müsse, wie ich gewiß verstanden hätte, die Frage des Hotels noch gründlich erwogen werden. Nicht daß ein Hotel dieser Art ein Fremdkörper sei in Sanchor – keineswegs, das habe Seine Hoheit richtig erkannt. Die Bedeutung Sanchors in der Geschichte habe immer besonders darin bestanden, ein Rastplatz der Karawanen gewesen zu sein. Im Grunde sei Sanchor als große, durch ein Fort beschützte Karawanserei entstanden. Durch Sanchor seien einst die bedeutendsten Karawanen gezogen, mit Waren von unschätzbarem Wert. Daß diese Karawanen dann später, oft für ganze Epochen, wieder ausgeblieben seien – so wie auch jetzt –, habe nichts mit Sanchor, sondern großen, bis ins Kosmische reichenden Bezügen zu tun. Man dürfe nie die erste wirkliche Existenzkrise vergessen, in die die Staaten Seiner Hoheit beim Untergang des Römischen Reiches gestürzt wurden, als dessen Osthandel zusammenbrach.

»Wann, bitte?« fragte ich verdutzt.

»Im fünften Jahrhundert«, sagte er mit lächelnder Zufriedenheit und fügte, als müsse er mich beruhigen, hinzu: »Nach Christus.« Man könne mit dem Hotel demgemäß noch ein wenig warten. Die großen Bezüge würden einst wieder in einer Ordnung stehen, in deren Mitte Sanchor lag.

»Vieles ändert sich, aber vieles bleibt auch gleich und bekommt nur einen neuen Namen.« Was vor hundert Jahren Leibeigenschaft hieß, nenne man heute ›political contribution‹. So fern waren Vater und Sohn sich nicht. Womöglich lernte der Vater gar manches von ihm. Wer weiß, vielleicht würde Sanjay dereinst die nächste Generation auf dem Thron von Sanchor beraten.

Die Enkel glitten von den Knien des Großvaters herab, damit er sich erheben und sich verneigen konnte. Auch ich verneigte mich. Mir war feierlich zumute. Unversehens wurde mir die schlichte Vorstellung, daß wir uns nie wiedersehen würden, zum bedeutungsschweren, ja philosophischen Augenblick, über den ich mich bei einem weiteren Treffen gern mit ihm ausgesprochen hätte. Man sieht, meine Verwirrung war beträchtlich.

Es dämmerte bereits. Der Himmel war noch festlich blau, aber auf der Erde nahm die Kraft der Farben zu. An der Straßenecke hockte der Schuhflicker im Kreis von Frau und kleinen Kindern. Er hatte Holz gekauft von seinen Rupien, die Familie feierte um die kleinen Flammen ein Fest. Ich hatte Abschied genommen, aber meine Schritte waren langsam und unentschlossen. In tiefen Gedanken schlenderte ich durch den weißen Staub, blieb stehen, um einen Affen oder eine Kuh zu betrachten, und langte im Monsun-Palast erst an, als die Schatten schon lang waren und das Haus aus seinen buntverglasten Fensterscheiben leuchtete wie eine Kinderlaterne.

Auf dem sandigen Platz vor dem Haus stand der Jeep des Königs unmittelbar vor der Freitreppe, als sei er eben erst angekommen oder breche in wenigen Minuten auf. Auch Sharmas Motorrad und der weiße Ambassador waren vorgefahren. Und im Halbdunkel bewegten sich viele Gestalten in weißen Kleidern und mit den mir längst bekannten großen Turbanen der Devasi, die aus einem festen roten Tuchwulst um den Kopf herumgelegt wurden. Auf den drahtigen kindlichen Körpern und schlanken Hälsen wirkten diese Turbane wie eine Last. Die Devasi-Männer hatten ein großes Feuer gemacht, um das herum sich schon viele lagerten, dicht an dicht wie ein Vogelschwarm, so daß die roten Turbane aneinanderstießen. Ihre Augen leuchteten in Erwartung. Die gegerbten, faltig-braunen Gesichter waren regungslos. Ich hatte gehört, daß eine Abordnung der Devasi erwartet werde. Die große Trockenheit zwinge den Stamm, neue Weidegründe zu suchen, die Tankwagen der Regierung reichten schon lange nicht mehr, um die Kühe zu tränken. Die Hirten sahen voraus, daß die Tiere verdursteten. Ein langer Zug nach Süden schien unausweichlich. Wollten sie den König um Urlaub bitten? Erwarteten sie Hilfe, Zugang zu Quellen, die der Regierung verschlossen waren? Wuchs auf den königlichen Weiden noch Gras? Ihre Tracht war wie eine Uniform.

Es war, als ordne sich hier eine Armee, obwohl die Männer nur lange Stöcke dabeihatten. Um sie war ein Wogen, ein Spucken, ein gedämpftes Sprechen, leises Scharren, die Turbane übersetzten das Neigen und Wenden der Köpfe in eine größere, wellenartige Bewegung. Ich hielt mich abseits. Auf den Bergspitzen stand noch das Sonnengold, als antworte es auf die Funken des Feuers. Die Männer sahen mich teilnahmslos an. Sie waren mit sich beschäftigt. Ihr Zusammensein erzeugte einen Magnetismus, als seien sie Eisenspäne, die in die Ordnung um das Feuer Schulter an Schulter wie von selbst gezwungen würden. Als ich mich schließlich überwand, die Treppe hinaufzugehen, empfand ich deutlich, daß ich einen Bannkreis verließ und in einen anderen eintrat. Nie war mir so bang wie in dem Augenblick, als ich die Fliegendrahttür öffnete. Schon dies hätte mich stutzig machen müssen: daß ich sie selber öffnen mußte. Hinter dem dunklen Drahtgitter hatte, von außen unsichtbar, sonst stets ein Diener gewartet, der, kurz bevor ich oben anlangte, die Flügel von innen aufstieß.

Und dabei war die Halle voller Menschen. Virah und Maggah standen mit starren Mienen neben den leeren Wasserkrügen. Iris lehnte auf dem Bambussopha, aber nicht so selbstbewußt und ungezwungen wie üblich, sondern als ob sie nicht zuviel Platz aufnehmen wolle. Prinz Gopalakrishnan Singh stand mit Doktor Sharma zusammen in eine geflüsterte Unterhaltung versunken.

Prinzessin Karūna Devi trat durch das Tor. Ihre Augen hatten das Eingeschüchterte, mühsam Beherrschte verloren. Sie wirkte sicher und zielbewußt und eilte durch die Halle, eine Wasserflasche in Händen, auf das Kabinett des Königs zu, und sie verschwand darin, ohne den Schleier ihres Sari auch nur von den Schultern über den Scheitel zu ziehen. Das Flügeltor wurde wieder geöffnet. Der faunische kleine Chauffeur und der schmutzige Greis aus dem Neuen Palast hielten die von Eisenfedern gehaltenen Türflügel auseinander, eine ältere Frau mit weichen, etwas zerfallenen Zügen, modern geschminkt und frisiert, in einem rötlich und bräunlich gewebten Seidensari, erschien im Türrahmen. Auf sie richtete sich sofort die allgemeine Aufmerksamkeit. Die Diener verneigten sich, die in der Ecke der Halle kauernden alten Dienerinnen hoben ihre gefalteten Hände wie in Anbetung, Gopalakrishnan Singh neigte sich und eilte ihr entgegen, nicht ohne mir im Vorübergehen zuzuraunen: »Ihre Hoheit, die Königin.« Er begleitete sie durch die Halle und führte sie in das Kabinett des Königs, in dem seine unverschleierte Frau sich immer noch aufhielt.

Schließlich sah ich das mich Verstörendste. Neben dem Eingang standen meine beiden Koffer, auch noch eine weitere große Tasche. Ich sah zu Iris hinüber. Sie nickte.

In der allgemeinen Beklommenheit wagte ich keine Frage zu stellen oder auch nur auf Iris zuzugehen. Dafür fand sich Dr. Sharma unversehens an meiner Seite. Heute räche sich die Lage von Sanchor, die große Abgelegenheit, sagte er leise. Wenn man Hiseinis sofort gefunden hätte und dann mit dem Helikopter nach Udaipur in die Klinik gebracht und sofort behandelt hätte, wären Chancen für seine Gesundheit dagewesen.

»Ist der König tot?«

»Nein, tot noch nicht, aber gelähmt, vielleicht auch blind, unansprechbar, stumm. Ein Schlaganfall.« Ob er aus seiner Erstarrung noch einmal erwache, sei ungewiß, vielleicht auch gar nicht wünschenswert. Als man ihn, Sharma, endlich gefunden hätte – er habe sich bei den Neun Musen aufgehalten –, sei der König schon zwei Stunden unbeweglich gewesen. Der Transport vom Alten Fort war nicht einfach, die engen, steilen Treppen dort machten es beinahe unmöglich, einen derart großgewachsenen Mann, der wie ein rohes Ei zu behandeln war, herauszutragen. Iris trat zu uns. Sie hatte heute ein letztes Mal in der Fledermauskammer gearbeitet und sie dann zugeschlossen. Strahlend schön sei das Räumchen geworden, das jetzt darauf warte, daß die Fledermäuse wieder einzögen. Nichts in ihrer Miene verriet, daß sie sich an die Vorkommnisse in dieser Kammer erinnerte. Nichts als Stolz über ihre Arbeit erfüllte sie. Sie war eine Spezialistin.

»Wo ist Manon?« fragte ich, indem ich sie unterbrach. Vor Sharma hatte ich keine Bedenken. Sie zauderte mit der Antwort, aber ich sah, daß sie es wußte.

»Sie ist nicht mehr da«, sagte sie schließlich.

Sie sei gerade die Treppe von der Kammer in den Hof hinaufgestiegen, als sie Manon aus dem Frauenhaus kommen sah. Manon sei nicht allein gewesen. Ein dunkelbraun gebrannter Mann habe sie begleitet, kein Inder, im Blazer mit Goldknöpfen. Manon sei ihm, wie es schien, widerwillig gefolgt, in einem gewissen Abstand und mit abgewandtem Kopf. Im Hof habe dann eine große schwarze Limousine gestanden. Und im Nu seien sie abgefahren.

Eine Flut von Bildern stürzte auf mich ein: Manon in dem alten Frauenhaus, unter den tausend staubigen Christbaumkugeln, im Halbdunkel zwischen den schäbigen Möbeln vom Dachboden, das Klavier öffnend und einen verstimmten, laut scheppernden Akkord anschlagend. Wo hatte sie dort geschlafen? Welch einzigartig gruftähnliches Liebesnest hatte Seine Hoheit ihr bereitet? Dann fand ich schließlich zu der Frage, die mir nun als die allein wesentliche erschien: »War das vor dem Zusammenbruch des Königs oder danach?«

Iris zuckte mit den Schultern. Wir hatten deutsch gesprochen, aber Sharma hing an unseren Lippen und las ihnen jedes Wort ab. Als ob er mir antworten wolle, sagte er: »Niemals ist Hiseinis allein gewesen. Nie hat er einen einzigen einsamen Augenblick erlebt. Wenn er schlief, schlief sein Aide-de-camp im angrenzenden Zimmer. Er betete mit seinen Priestern, er aß im Angesicht seiner Leute. Er mußte nur die Stimme heben, damit ein Mann vor ihm stand. Aber als er im Alten Fort zusammenbrach, war er allein.«

Gopalakrishnan Singh hob den Vorhang, der die Tür des königlichen Kabinetts verdeckte, sah sich nervös um und kam dann auf uns zu.

»Schlecht sieht es aus. Seine Hoheit spricht nicht und hat die Königin nicht erkannt. Was meinen Sie, Dr. Sharma? Sollen wir Prinz Gopal rufen lassen?« Er zog ihn zur Seite.

»Gopal ist der Sohn. Er arbeitet als Leiter eines Fast-Food-Restaurants in Florida«, flüsterte Iris mir zu. »Wenn sie Gopal rufen, wird es ernst. Es gab hier einen großen Konflikt. Sie reden nicht darüber, aber man kann es sich vorstellen. Wärst du gern der Sohn dieses Mannes gewesen?«

Ewigkeitsluft hatte ich in Sanchor geatmet. Was mir hier begegnet war, war auf unbegrenzte Dauer eingerichtet. So viele Untergänge hatten das Reich und seinen Herrscher zu einer Form finden lassen, die nun jeder Drohung die Stirn bot. Und dann hatte eine beinahe unmerkliche Bewegung, einer sachten Hebung und Senkung der Erdkruste vergleichbar, die Säule des Reiches zum Einsturz gebracht. Ich fragte mich unwillkürlich, ob diese stille Katastrophe in der meteorologischen Station zu Füßen von Manons Dachterrasse aufgezeichnet worden sei.

Ein gedämpftes Brausen drang in den Saal, das ich erst allmählich als einen Gesang aus zahllosen Kehlen erkannte. Die Devasi draußen verkürzten sich die Wartezeit auf die Audienz mit Singen und Tanzen. Sie wußten, daß es beim König wie bei ihnen nicht um das Einhalten von Uhrzeiten ging. Irgendwann würden sie vor ihm stehen, wie ich es gesehen hatte, als der König auf der erhöhten Bank am Eingang des

Familientempels saß, die Bauern seine Füße küßten und sich dann wie Kinder ganz nah an ihn schmiegten, indem sie die Hände auf seine Schenkel legten und hinauf in sein bestrickend lächelndes Gesicht blickten. Wie ich beim Blick aus dem Fenster erkannte, saßen jetzt alle Männer dicht bei dicht um einen einzelnen Tänzer herum, der ein schöner Junge mit geradezu übermäßig großem Turban war und mit weit ausgebreiteten Armen zu dem Lied seiner Stammesgenossen tanzte. Sie sangen mit Diskantstimmen, die sie am Ende einer Phrase leiser werden ließen, dann war es, als sinke ein Schwarm Stare langsam auf ein Feld hinab. Anschwellend und abschwellend trieb der Chor den Tänzer an. Neben mir bemerkte ich Virah, der mit ganzer Seele am Anblick des Tänzers hing. Spürte er den Sog, nach draußen zu den Männern seines Volkes zu eilen und das Barett wegzuwerfen, um es mit dem roten Turban zu vertauschen? Der Dienst beim König war Ehrendienst, aber er forderte ein Leben in Einsamkeit unter Menschen, die eine andere Sprache sprachen. Der Starengesang im Hof wurde ein elastisches Klangkissen, auf dem der Tänzer sich federnd wiegte. Vielleicht würden dieser Tanz und dieser Gesang gar nicht abgebrochen werden müssen, wenn sich dort unter den Sängern die Kunde vom Verstummen des Königs verbreitete. Das waren keine Freudenlieder, die vor dem Ernst des Lebens zu schweigen hatten. Vielleicht drang dieser sirrende, gedämpft grelle Chor in das Bewußtsein des Ohnmächtigen und wurde dort zu etwas Festem, zu einem Stahlseil, an dem sich Schritt für Schritt der Weg zum Leben zurück oder voran zum Tod entlanghangeln ließ.

Ein Hinauswurf war es nicht, was Iris und ich erlebten, zu beiläufig schuppte der Palast uns ab. Er könne uns keinen Wagen bis Udaipur geben, sagte Prinz Gopalakrishnan Singh zerstreut, als sei über unseren Aufbruch längst ausführlich gesprochen worden. Bis zur nächsten Bahnstation bringe uns der Wagen, wenn wir Glück hätten, fänden wir dort morgen einen Zug. Leider seien die Züge meist ausverkauft. Seine Verneigung geschah, gleichsam ruckartig, dann wieder in gemessenem Ernst. Er verfügte nicht über das Lächeln seines Bruders, aber an Würde ließ er es nicht fehlen.

Angenehm war eine solche Nachtfahrt nicht, auch wenn vorher nicht so häufig über die Seuche der Straßenräuberei gesprochen worden wäre. Schweigend saßen wir im Fond, nach Aufmerksamkeiten war uns nicht zumute. Als ich das erste der ausgebrannten Autowracks am Straßenrand bemerkte – bis zum Bahnhof folgten sicher noch zehn, denn die übermüdeten, von Drogen wachgehaltenen Lastwagenfahrer fielen über ihren Lenkrädern immer wieder in kurzen, unheilvollen Schlaf –, träumte ich mir zurecht, es könne dem Auto des Herrn Tofet mit Manon auf dem Rücksitz doch gut ein ebensolches Schicksal widerfahren. Dann wäre Manon eine Sati, ihrem Geliebten in Treue verbunden bis in den Tod – jedenfalls könnte man es so deuten, dann hätte sie noch Glück im Pech gehabt. Außer bösartigen, zynischen Gedanken bekam ich nichts mehr hin, während ich auf die dunkle Straße starrte.

Wir hatten keinen Anlaß, uns zu beklagen. Es gab in derselben Nacht noch einen Zug, und wir fanden sogar noch zwei Sitzplätze in einem von Schläfern besetzten Abteil erster Klasse. In Prüfungen wie der meinen genügt aber ein Strohhalm, um einen Heuwagen umzuwerfen, und mit leicht entzündlichem Stroh und Heu war der Wagen meines Geistes wahrhaft hoch beladen. Bei der nächsten Bahnstation ging ein Junge durch die Abteile, der einen Aluminiumkessel mit heißem Tee schleppte. Der Kessel war möglicherweise so schwer wie das Bürschchen, das hinkte und ein ramponiertes Auge hatte. Ich bestellte Tee für Iris und mich, den der Junge eilfertig ausschenkte, doch als er den Preis nannte, verlor ich plötzlich die Nerven. Zwei Rupien koste ein Tee und nicht vier, erklärte ich mit wachsender Schärfe und wurde nur noch gereizter, als der Junge betrübt auf seinen vier Rupien bestand. Nein, das war jetzt unmöglich. Ich war der Kenner. Ich kannte die Preise, ich ließ mich nicht düpieren. Diese Inder glaubten, einem Europäer, der sich ihnen voll Liebe und Respekt näherte, wirklich alles zumuten zu dürfen.

Traurig goß der Kleine den Tee in den großen Kessel zurück. Iris sah mich stirnrunzelnd von der Seite an, wandte sich dann ab und blickte aus dem Fenster ins Schwarze.

Nachtrag

Haben meine schlimmen Wünsche Manon erreicht? Ich kann es nicht sagen, denn ich habe sie nicht wiedergesehen, bis auf einmal, möglicherweise. Anna Pfeiff war im letzten Sommer fünf Jahre bei mir und durfte sich ein Jubiläumsgeschenk wünschen. Sie konnte sich lange nicht entscheiden, dann wurden uns Karten für die Salzburger Festspiele angeboten. Und so saß ich denn an einem unerträglich schwülen Sommerabend mit Anna in der »Zauberflöte«, einer Inszenierung des Meisters, wie sich herausstellte, und weil ich weiß, wie sehr Anna Pfeiff den Meister verehrt, vermag ich an ihre Überraschung und Unschuld nicht ganz zu glauben. War es etwa Zufall, daß sie auch einen großen seidenen Schal aus dem Museumsladen trug? Wir gehörten für jeden erkennbar zur Gemeinde. Der Meister hatte sich der Oper in vorhersehbarer Manier angenommen, oder einen Assistenten wirken lassen. Sarastro und die Königin der Nacht irrten durch prallbunte Aborigines-Spiralen wie auf Annas Schal, die Prüfungen des Tamino waren aus der Voodoo-Sphäre von Haiti genommen. Anna schwamm in Begeisterung, das Geschenk war geglückt. Aber als es nach der Pause wieder dunkel wurde, drängte sich fünf Reihen vor uns noch ein Paar zu seinen in der Mitte gelegenen Plätzen. Ein Wort von Bernini behauptet, es gebe bei allen Ähnlichkeiten zwischen den Menschen doch nur eine einzige, unwiederholbare Art, wie einem der Kopf auf den Schultern sitze. Ich brauchte nur ihre Silhouette zu sehen. Manons Kopf jedenfalls saß auf Hals und Schultern, wie ich es in hundert Jahren nicht vergessen werde. Von den australisch-haitianischen Riten auf der Bühne bekam ich nichts mehr mit. Ungeduldig wartete ich auf den Fall des Vorhangs. Aber man weiß, wie das ist: Beim Applaus standen die Leute vor mir auf und versperrten mir den Blick, und später habe ich sie im Gedränge nicht wiedergefunden.

Inhalt

Erstes Buch
Manon

Zweites Buch
Der König

Drittes Buch
Die Lösung

[illegible] 18

96 Ivan Schmidt = I

82
100 118 117
131
123 124
134
133
152
154
157
158
161 ff
166
173 172
174
180
189
192 Frz!
194
202 kind!
204
207 kind
209
211 kind
215 kind
219
220 222
226
227 234
246 Beben
249
250
256
263
269
270 + kind
272
277
281 kind
283 kind
288 kind
295
294
299 kind
302

303
305
311
313
315
318, Tür = Inkarnation
320
335
337
338
339
342
343
345ff kind
346
348
351 Tod
351!
352 kind
353
355
360 kind
362
365
367 allg
372 kind
376
377
381 ! kind
382 "
393
397 400
401
402

17
21
26
46